新潮文庫

冬を待つ城

安部龍太郎著

新潮社版

10791

冬を待つ城　目次

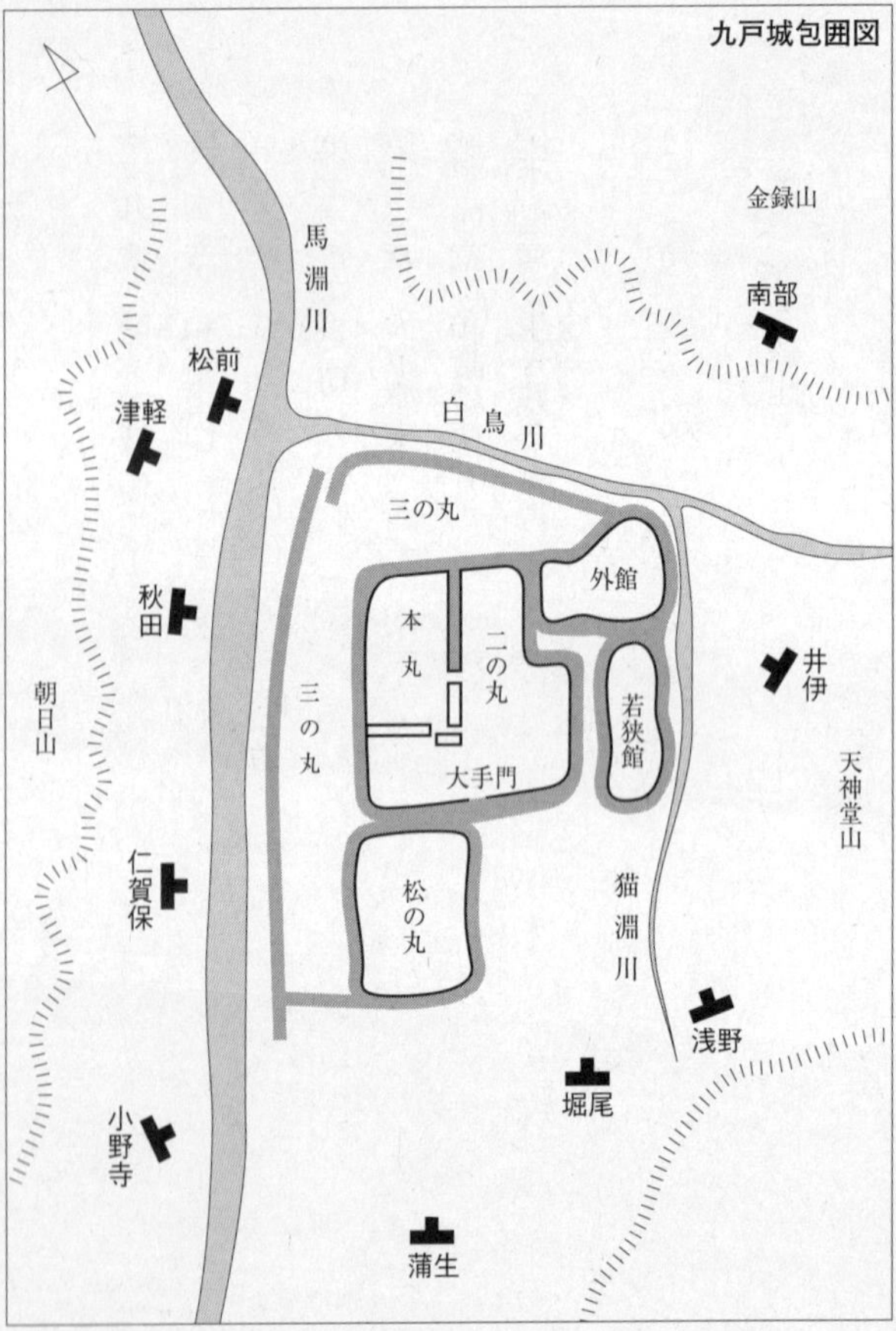
九戸城包囲図
金録山
南部
馬淵川
松前
津軽
白鳥川
三の丸
外館
本丸
二の丸
秋田
井伊
若狭館
三の丸
朝日山
大手門
天神堂山
仁賀保
松の丸
猫淵川
浅野
堀尾
小野寺
蒲生

冬を待つ城

序章

文禄《ぶんろく》二年（一五九三）の年が明けると、寒さはいっそう厳しくなった。

薄曇りの空にきらきらと光る氷片《ひょうへん》のようなものがただよっている。初めは大地をおおった雪が風に吹かれて舞い上がったのかと思ったが、あまりの寒さに空気中の湿気が凍っているのだった。

漢城《ソウル》の南を流れる漢江《ハンガン》も凍結し、幅一町（約百九メートル）もある川を荷馬車が列をなして渡っている。話には聞いていたが、現実にこんなことが起こるとは信じられないほどだ。

石田治部少輔《じぶのしょうゆう》三成は漢城の町を取り囲む城壁の上に立ち、暗い目であたりをながめていた。鎧《よろい》の上に毛皮で作った上着を着込んでいるが、肌を刺す冷気を防ぎきることはできない。手足もかじかんで指を動かすことさえ不自由なほどだった。

北大門の外側では、足軽や人足たちが馬出しの石塁をきずいている。高さ二間（約三・六メートル）ばかりのぶ厚い城壁で囲まれた町は一見守りが堅そうだが、城外に打って出るための馬出しがないので実戦には不向きである。

その欠点をおぎなうために、東西南北の門の外側に鉤形《かぎがた》の石塁をきずき、敵の攻撃をかわしながら打って出られるようにしているが、工事は遅々として進まなかった。寒さと雪にはばまれて、病気や凍傷になる者が続出したからである。

寒さのせいで風邪をひいたり腹を下したりするし、雪原に出れば雪目になる。凍傷になった者は手足の先から腐りはじめ、あまりの激痛から自分で切り落とす者までいる。

こうした惨状と過酷《かこく》な労働に耐えかねて逃亡する者もいたが、人手が足りないのでそれを取り締ることもできなかった。

「これでは間に合わぬ、もう少し急がせることはできぬか」

普請《ふしん》奉行の増田《ました》長盛にたずねた。

「我らも力を尽くしておりますが、大地が凍りついておりますゆえ、石を掘り出すこともままならぬのでござる」

「石は地元の者から買い付けよと言ったはずだが」

「それが銭を払っても、応じる者が少ないのでござる。内地のようなわけにはいきませぬ」

「ともかく普請を急いでもらいたい。寒いからと言って、明《みん》軍は待ってはくれぬぞ」

三成は苛立《いらだ》ちのあまりつい声を荒くした。

冬になった途端、何もかもが思うとおりに進まなくなった。将兵たちに暖を取らせる陣小屋も充分ではないし、兵糧《ひょうろう》や薪《まき》も不足しがちである。

しかも日本の支配に抗して立ち上がった朝鮮の義勇兵たちの動きは活発になり、釜《プ》山《サン》からの弾薬の補給がとぎれがちになっていた。

三成は宿所にしている宮殿の部屋にもどった。朝鮮王室の高官が使っていたもので、屋根を低く壁を厚く作っている。しかも台所の竈《かまど》で煮《に》炊《た》きしたときの煙や暖気を床下に取り込んでいるので、凍《い》てついた体がほっととゆるむほど暖かい。

昨年の夏に漢城に到着した時には、何と狭苦しく貧しげな部屋だろうと見下したものだが、冬になってこの部屋の有難さが骨身にしみて分ったのだった。

数日後、平壌《ピョンヤン》の小西行長から急使が来た。

「一昨日、明軍の軍勢五万に城を包囲されました。城中の兵糧、弾薬は不足しており、欠け落ちた者たちもおりますので、防ぎきることは難しいと存じます」

「撤退なされるつもりか。小西どのは」

「漢城からの援軍がなければ、一万余の兵では太刀打ちできません。援軍を出していただけましょうか」

「残念ながら、それは無理だ」

漢城にも三万ほどの軍勢しかいない。しかも町の北の北漢山城《プハンサンソン》、南の南漢山城《ナムハン》、西の幸州《ヘンジュ》山城には朝鮮の義勇兵が立てこもって隙《すき》をうかがっているので、城を空けることはできなかった。

「ならば撤退し、この城の身方と合流するしかありません。この旨《むね》、ご報告申し上げます」

使者はそう告げると、一刻を惜しむように行長のもとに戻っていった。

平壌から漢城まではおよそ七十里。早馬を乗り継いで二日で着ける。その道を七日かけて、一月十四日に小西行長の第一軍が敗走してきた。

平壌まで進攻した時には総勢二万の威容《いよう》をほこっていたが、今は半数ちかくに減り、隊列もまともに組めないほどだった。

「弥九郎、いったいどうしたのだ。この有様は」

三成と行長は幼名で呼び合うほど親しい。若い頃から秀吉に仕え、朝鮮出兵にも積極的に関わってきた間柄だった。

「病気の者、歩けぬ者は置いてきた。やがて自力でたどり着くはずだ」

「置いてきたとは、どういうことだ」

「明軍はすぐ後ろまで迫っている。朝鮮兵も村々にひそんでいる。全滅をさけるためには、足手まといになる者を切り捨てるしかあるまい」

行長は三成を暗い目でにらみ据え、他に何か手立てがあるなら言ってみろと迫った。

断腸《だんちょう》の思いに耐えていることは、蒼白《そうはく》な顔を見れば分る。残してきた者たちが自力でたどり着くとは、自分でも信じていないにちがいなかった。

「あと何日だ。何日で明軍がやって来る」

「早くて三日、遅くても五日」

「武器は？　奴《やつ》らはどんな武器を使う」

「火縄銃と大筒《おおづつ》だ。我らのものより性能が劣るが、一万挺《ちょう》ちかくを備えている」

「五万の軍勢に、一万挺か」

日本では考えられない装備率の高さだった。

「それに奴らは鉄の楯《たて》を使う。これで間近まで仕寄《しよ》り、鉄砲、大筒を撃ちかけてくる」

「分った。ともかく休め。軍勢を立て直して、次の戦《いくさ》にそなえておけ」

三成は増田長盛を呼び、足軽や人足ばかりでなく、すべての将兵を動員して馬出しの工事を急ぐように命じた。

「石がないのなら土嚢《どのう》でも構わぬ。一俵につき銀一粒を与えると町の者に触れを出せ」

領民から土嚢を買って土塁や堤防をきずくやり方は、秀吉が備中高松城や紀州太田城の水攻めで用いたものだ。ところが日本への敵愾心《てきがいしん》が強いこの土地で応じる者は少ない。しかも大地が固く凍っているので、土嚢を作ろうとしても土を掘り返せないのだった。

問題はそればかりではなかった。籠城戦《ろうじょうせん》にそなえて兵糧、弾薬の在庫を確認させたところ、硫黄《いおう》が一千斤《きん》(約六百キロ)ほどしか残っていないことが分ったのである。

「なぜだ。昨年の夏には三千斤以上の貯《たくわ》えがあったではないか」

「分りません。煙硝蔵《えんしょうぐら》の係の者を呼びつけているのですが」

担当の十人の姿が、そろって見当らないという。

「そんな馬鹿《ばか》なことがあるか。すぐに見つけ出して厳しく詮議《せんぎ》せよ」

やがて係の一人が捕えられ、事の真相が明らかになった。この雪と寒さの中では、薪を燃やそうにも容易に点火しない。そこで硫黄を焚《た》きつけがわりに使うようになり、軍勢ごとに配給するようになった。

これは総大将の宇喜多秀家の了解を得てのことだが、そのうち高値で売り買いされるようになり、係の者が横流しして私腹を肥やすようになった。今度の改めでそれが発覚するのが避けられなくなったので、十人で申し合わせて逃亡したのだった。

「そのようなこと、わしは聞いておらぬ」

火薬の原料である硫黄を、焚きつけに使うとは言語道断である。宇喜多秀家に厳重に抗議しなければと思ったが、今さらそんなことを言っても手遅れである。それにそうした措置《そち》を取らなければ、凍死や病死はもっと増えていたはずだった。

(しかし、これでは戦えぬ)

漢城を捨てて撤退するしかないかもしれぬ。三成はふと弱気に捕われ、対応を協議《きょうぎ》するために秀家の部屋に向かった。

(だからあれほど、奥州《おうしゅう》から人足を徴用せよと言ったのだ)

三成は憤懣《ふんまん》のやり場がないまま足を踏みしだいた。

厳寒の敵地に攻め込むのだから、寒さに慣れた足軽や人足を徴用しなければ軍勢は維持できない。秀吉にそう進言し、十五万の軍勢を奥州に侵攻させて人を狩り集めようとした。

また冬場の合戦の課題や問題点をさぐるため、出陣を長期化させて全軍に奥州の冬を経験させる予定だった。

（ところが蒲生飛驒守《がもうひだのかみ》めが……）

飛驒守氏郷《うじさと》が勝手に和議を結んで兵を引いたために、三成が心血を注いできずき上げた計略は水の泡と化したのである。

（いや、飛驒守だけのせいではない。あの男の計略に最後まで気付かず、まんまと罠《わな》にはまった我々がうかつだったのだ）

三成は奥州の三迫《さんのはさま》で見たその男の首をまざまざと思い出した。打首になりながらも目を大きく見開き、敵をひたと見据えている。しかも口を大きく開け、高らかに笑っているではないか。

男の名は九戸政実《くのへまさざね》。陸奥《みちのく》の九戸城に立てこもり、天下の軍勢十五万を手玉に取った、憎みてもあまりある謀叛人《むほんにん》だった。

第一章　長兄政実《まさざね》

風が強くなったらしい。吹き上げられた粉雪が、戸の隙間《すきま》から舞い込んでくる。冬ごもり用に屋根を低くし、寒さを防げるように戸を二重にしているが、それでも舞い込んでくる粉雪を止めることはできなかった。

明り障子の前で書見をしていた久慈四郎政則《くじしろうまさのり》は、背中に冷気を感じて我に返った。ふり返ると床板がうっすらと雪におおわれ、明り障子からさし込む光に照らされて白く輝いている。政則はそれを見て、京都大徳寺の真珠庵《しんじゅあん》で教えられたことを思い出した。

一休和尚《おしょう》が粗末《そまつ》な庵《いおり》で仏道の修行をしていた時、破れ戸《やど》から雪が舞い込んで土間に積っていた。その美しさに心を奪われた一休は、北宋《そう》の楊岐方会《ようぎほうえ》禅師の偈文《げぶん》にちなんで真珠庵と名付けた。その故事にちなみ、真珠庵では今も表の戸に障子をはらない。

そう教えた僧は、舞い込む雪を真珠と見立てた一休の器量の大きさと遊び心の豊かさを称賛《しょうさん》したが、それは寒さおだやかな都だから生まれた逸話《いつわ》である。本州の北端に位置し、身も凍るほど冷え込みがきついこの地方でそんなことをすれば、生きて夜明けを迎えることはできない。

そんな土地で半年も雪に閉ざされて生きている者に、雪を真珠と見る余裕などあるはずがないではないか。政則は自嘲《じちょう》の笑みをもらし、熊《くま》の毛皮を戸にかけて風が吹き込むのを防いだ。

「主《ぬし》さま。父が会いたいと申しております」

敷居際《しきいぎわ》で明日香《あすか》が遠慮がちに声をかけた。十五歳も年下の妻である。丸いふっくらとした顔立ちで、腕にはこの春に生まれた則子《のりこ》を抱いていた。

「どうだ。少しは熱が下がったか」

「ええ。処方《しょほう》していただいたお薬が効いたようです」

則子は生まれつき体が弱く、寒い日がつづくとすぐに風邪をひいて熱を出す。そのたびに桂皮《けいひ》を煎《せん》じて飲ませるようにしていた。

「義父上《ちちうえ》のご用は何だろうな。また一門衆《いちもんしゅう》との寄り合いか」

「二戸《にのへ》のお館《やかた》さまから使いが来たそうでございます。目出たい知らせゆえ、早く伝えたいとおおせでございました」

二戸のお館とは、政則の長兄九戸《くのへ》政実のことである。目出たいとは何事だろうといぶかりながら、政則は二の丸の館を出た。

あたりは一面の雪景色だった。

西には北上山地がつらなっている。東には白一色の大地を切り裂いて久慈川がゆるやかに流れ、太平洋にそそいでいる。眼下の平野も厚い雪におおわれ、ひっそりと静まっていた。

政則は目を半眼にして雪のまぶしさをさけ、足元だけを見ながら歩いた。

久慈川の北に位置する男山にきずいた城は、本丸、二の丸、三の丸と階段状に曲輪《くるわ》を配している。さして高くもない平山城だが、山から吹き下ろす風をまともに受けるので、冬の冷え込みは厳しかった。

本丸に入ると、御殿の中庭から大勢が上げる気合が聞こえてきた。

双肌脱《もろはだぬ》ぎになった武士たちが輪になり、抜き身の刀で素振りをしている。気合を発するたびに吐く息が白い蒸気《じょうき》になり、天に向かって立ち昇っていた。

輪の中心にいるひときわ大柄な男が、明日香の父久慈修理助直治《しゅりのすけなおはる》である。政則にとっては義父にあたるが、歳は同じ三十七歳だった。

この不自然な縁組みには訳がある。九戸家の四男に生まれた政則は、十歳の時に菩《ぼ》提寺《だいじ》の長興寺《ちょうこうじ》に入れられ、仏門の修行をした。

その学才は近隣に鳴りひびいたほどで、二十二歳の時には京都の本山に呼ばれて指導僧となるための勉学に励んだ。

ところが二十九歳の時に長兄の政実が突然寺を訪ねてきて、有無を言わせず還俗《げんぞく》させて奥州に連れ帰った。そうして九戸家と久慈家の関係を強化するために、明日香と縁組みして久慈家の婿養子《むこ》になれと命じたのである。

以来八年、政則は明日香との間に三人の子をなすむつまじい仲を保っていたが、直治との関係はどうもしっくりいかなかった。

「これは婿どの、さっそくのお出ましかたじけない」

直治はすぐに刀をおさめ、政則を殿上に案内した。

「雪の中の稽古《けいこ》とは精《せい》が出ますね」

「さよう。お館さまから知らせをいただき、血が騒いでならぬ。郎党どもと空を斬《き》り、胆《きも》をねっていたのでござる」

直治は上座にどかりとあぐらをかき、酒を運べと若侍に命じた。

あごの張ったいかつい顔をして、濃いひげをたくわえている。汗をかいた体からかすかに湯気が立ち昇っていた。

「目出たい知らせがあったと聞きましたが」

「まあ待たれよ。それゆえ酒を運ばせておる」

直治は素焼きの瓶《かめ》に入れたどぶろくを、二つの椀《わん》につぎ分けた。醸《かも》し足りない甘酸《あまず》っぱい匂《にお》いの酒だが、いかにもうまそうに喉《のど》を鳴らして飲み干した。

「お館さまは正月参賀には参られぬ。南部信直《なんぶのぶなお》どのとは手切れとあい成った」

「手切れとは、戦《いくさ》をなさるということですか」

「それは相手の出方次第じゃ。無理難題を持ちかけたのは向こうゆえ、尻尾《しっぽ》をふって従うことはできぬ。九戸の男は皆そう思っておる」

「お待ち下さい。戦などなされては……」

九戸も南部も共倒れになるだけだ。その言葉とともに、口にしたばかりのどぶろくの饐《す》えた匂いが喉元にこみ上げてきた。

「婿どのの考えは分っておる。だが奥州には奥州の仕来《しきた》りとやり方がある。それを一顧《いっこ》だにせず、勝手に京儀《きょうぎ》を押しつけられてたまるか」

事の発端は七ヵ月前の天正十八年（一五九〇）四月、豊臣秀吉が二十万の軍勢を動かして小田原城を攻めたことだった。

出陣にあたって秀吉は奥州の諸大名にも参陣を求めたが、これに対する対応は大きく二つに分れた。南部信直や津軽為信《つがるためのぶ》のようにいち早く応じた者もいれば、葛西晴信《かさいはるのぶ》や大崎義隆《おおさきよしたか》のように北条氏との好《よしみ》を重視して動かなかった者もいた。

奥州の雄伊達《だて》政宗《まさむね》はぎりぎりまで態度を決めかねていたが、六月になって百人ばかりの家臣をつれて小田原に駆けつけ、かろうじて家の存続を許された。

七月五日に小田原城を攻め落とした秀吉は、そのまま奥州まで兵を進め、八月九日に会津の黒川（会津若松）で奥州仕置きをおこなった。

その眼目は政宗が不法に占領していた会津領四十二万石を没収し、寵臣《ちょうしん》の蒲生《がもう》氏郷《うじさと》に与えることである。また、小田原に参陣しなかった葛西晴信と大崎義隆の所領三十万石は没収され、秀吉の馬廻り衆である木村吉清《よしきよ》に与えられた。

小田原に参陣して家の存続と所領の知行を認められた大名たちも、決して安穏《あんのん》としてはいられなかった。検地と刀狩りを断行し、秀吉が命じる通りに統治を行なうように強要されたからである。

その影響は、政則らが暮らす北部奥州にも及んだ。この地方七郡の知行を認められた南部信直は、秀吉の命令に従って一門の有力者に南部家への臣従を迫った。しかもその証《あかし》として、それぞれの居城を破却《はきやく》し、妻子を人質として差し出せというのである。

これには南部氏の一門衆から強い反発の声が上がったが、信直は秀吉の命令には逆らえないと突っぱねたばかりか、来年の元旦《がんたん》に三戸《さんのへ》城に参賀におとずれ、臣従の実を示すように求めた。

直治が京儀と呼んだのは、信直のこうしたやり方のことだった。

「しかし信直どのに逆らえば、関白殿下のご下知に背くことになりましょう」

「関白とやらがどれほどのお方かは知らぬが、何百里も離れた都にいてこの地のことが分るはずがあるまい。そのような輩《やから》の命令に唯々《いい》諾々《だくだく》と従うのではなく、この地の事情と領民の意見を上に伝えるのが、総領《そうりよう》たる南部信直どのの役目ではないか」

しかるに秀吉の顔色ばかりをうかがい、我らに理不尽の掟《おきて》を押しつけるとは何事か。直治は怒りに顔を赤らめ、どぶろくを一気に飲み干した。

二の丸の館にもどった頃には、すでに陽が沈みかけていた。

冬の日は短い。そして陽が沈んだ後には、不気味な闇《やみ》といっそうの寒さが大地をおおう。じっと身をひそめてこれに耐える以外に、奥州での過ごし方はないのだった。

二の丸には二つの館が建っている。ひとつは直治がきずいた立派な二の丸御殿である。八年前に婿養子として久慈家に入った時、政則はこの御殿をゆずり受けて明日香と住むようになった。

ところが屋根を高く上げ間取りを広くした館は、冬場を過ごすには寒すぎる。大人はまだ耐えられるとしても、幼な児《ど》には毒である。

そこで嫡男《ちゃくなん》の福寿丸《ふくじゅまる》が生まれたのを機に、冬ごもり用に屋根が低く部屋が狭く、土壁を厚くした館をきずいた。直治はまるで蝦夷《えみし》の掘っ立て小屋だと笑い、こんな家では冬に臆《おく》せぬ丈夫な男子《おのこ》は育たぬと難じたが、政則は自分の意見を押し通したのだった。

館の戸を開けると、鳥を煮るいい匂いがただよっていた。囲炉裏《いろり》の鉤《かぎ》に鍋《なべ》を吊《つ》るして雉《きじ》を煮ている。下女の妙子が則子を背負い、鍋の側に座って丹念にあくを取っていた。

明日香は台所に立ち、夕餉《ゆうげ》の仕度にかかっている。干した大根葉を水でもどしているのは、雉鍋に入れるためだった。

「則子の具合はどうだ」

「お陰さまで熱はすっかり下がりました。でもまだ具合が悪いようで、お乳も飲んでくれません」

「福寿丸と治子《はるこ》は」

「孫助爺《じい》やと、菜小屋《なごや》にごぼうを取りに行ってくれました。少し焼いて鍋に入れようと思って」

明日香は料理が好きで、いつも工夫をこらした食事を作ってくれる。食材が少ない冬ごもりの時期には有難いことだった。

「雉鍋とは豪勢だな。庄左衛門《しょうざえもん》がとってきたのか」

「ええ。二羽とれたので、本丸と二の丸に届けてくれました」

小田庄左衛門は政則が久慈家に婿養子に入った時、政実が警固役として従わせた剛の者である。

弓、鉄砲を自在にあやつれる上に山にも詳しいので、冬になると猟に出て山鳥や野うさぎ、時には熊を仕止めてくるのだった。

「あっ、父上がお戻りだ」

背後で幼い声がして、福寿丸と治子が入ってきた。

六歳と四歳になる。丸い頬っぺを寒さで赤くして、手には藁《わら》がついたごぼうを一本ずつ持っていた。冬の間は菜小屋の側の土の中に埋めておき、藁をかけて保存するのである。

「母上、取ってきたよ」

福寿丸と治子が得意気にごぼうを差し出した。

むろん二人に雪に埋もれた地面を掘り返すことはできない。下男の孫助が掘り起こし、子供たちを先に帰したのだった。

夕食の献立ては雑鍋と玄米の芋飯《いもめし》、それに蕗《ふき》と筍《たけのこ》の漬物だった。

漬物は旬《しゅん》のうちに塩漬にして保存し、食べる時には二、三日水につけて塩出しをする。手間はかかるが、冬の間の貴重な食糧だった。

食事を終えると、まず子供たちが夜具に入る。暗くなってからは何もできないし、囲炉裏の燃えさしが残っている間に寝たほうが暖かいからである。

政則も子供たちと夜具を並べて横になったが、直治の話が気にかかってなかなか眠れなかった。

直治や政実が、南部信直に反感を持つ気持はよく分る。かつては南部家と九戸家、久慈家は対等な親戚《しんせき》付き合いをしていたのだから、信直が秀吉の力を利用して自分の立場を強化しようとしていると受け取るのは無理からぬことである。

だがこれは信直の私利私欲ではなく、秀吉が新しい天下をきずくために、従来の仕来りを根本から変えようとして推し進めていることだ。

自分の号令一下、日本国中すべての大名が手足となって動く体制を作ろうとしているのである。

そのためには奥州のように一門の武将たちが横並びで合議するやり方ではなく、一人の大名のもとにすべての家臣が従属する態勢をきずき上げなければならない。

これに異を唱え、信直の命に従わなければ、天下への謀叛人《むほんにん》として討伐され、小田原城の北条氏のように滅亡の道をたどるだけだ。

京都の寺で七年間修行してきた政則には、そのことがよく分っていた。

（それくらいのことは、葛西、大崎一揆《いっき》の末路を見れば分るはずではないか……）

政則の胸に不安と憤《いきどお》りがない混ぜになってせり上がってきた。

秀吉の奥州仕置きによって所領を没収された葛西晴信と大崎義隆の家臣たちは、新しく領主となった木村吉清を打倒するべく二ヵ月前に一揆を起こした。

吉清さえ倒せば晴信と義隆が大名に復帰し、元の暮らしが取り戻せると信じてのことだ。

だが、豊臣政権が本腰を入れて鎮圧《ちんあつ》に乗り出すと一揆勢はもろかった。

十月二十六日には伊達政宗が一万五千の兵をひきいて米沢を出陣。十一月五日には蒲生氏郷も六千の軍勢とともに会津を出て、寒風吹きすさぶ雪原を北に向かった。

一揆勢は地の利を生かして立ち向かおうとしたが、大量の鉄砲を装備した秀吉勢に歯が立たず、なで斬り（皆殺し）にされた城や村も多かった。

直治や政実が信直の命令に背き、正月参賀を拒否したなら、これと同じ運命をたどることになる。たとえ信直を倒して一時《いっとき》の勝利を手に入れたとしても、秀吉が本腰を入れて征伐に乗り出したなら、抗する術《すべ》はないのである。

（直治どのも兄上も、そのことが分っておられぬ）

政則は暗い天井を見据えながら憤りに息を荒くした。

「主さま、温《ぬく》もりを」

分けて下さいませと、明日香が夜具に入ってきた。

政則は腕を伸ばして抱き寄せた。小柄で太り肉《じし》の明日香は、細身で背が高い政則のあごまでしか背丈がない。体を寄せ合うと、豊かな髪から立ちのぼるお香《こう》の匂いがした。

体は温かいが足先が冷たい。土間で遅くまで働いているうちに冷えきったのである。

政則は足先を自分の足裏で包み込むようにして温めてやった。二人で温もりを分け合えば、冬の夜の冷え込みもしのぎやすかった。

「父とはどんな話をなされたのですか」

「政《まつりごと》にかかわることだ」

「ご不快なことが、何かあったのでしょうか」

明日香は政則の変化を鋭く察していた。

「九戸の兄が、正月参賀には行かないと決めたそうだ」

だがそれでは南部宗家との間が険しいことになると、政則は不安の一端を口にした。明日香と夫婦《めおと》になって以来、隠しごとをしないように心掛けている。だがすべてを話せば不安ばかりをあおることになりかねないので、匙《さじ》加減が難しかった。

「そうですか。父はきっと張り切っているでしょうね」

「あのご気性だからな。お気持は分るが……」

政則はふいに奈落の底に突き落とされるような不安を覚え、明日香を強く抱きしめた。

外は吹雪《ふぶ》きはじめている。屋根をかすめて吹き過ぎる風が、時折もがり笛の音をたてた。


数日が経《た》っても、政則の煩悶《はんもん》は去らなかった。

このまま政実や直治らが正月参賀を拒み、南部信直との合戦になったなら、九戸と南部は共倒れになる。秀吉は待ってましたとばかりに所領を没収し、子飼いの大名を配して領民に過酷な負担《ふたん》を押しつけるだろう。

だから一致結束して、秀吉の奥州仕置きに対応しなければならないのだ。そう進言しても、義父の直治は耳を貸そうとしない。婿どのの考えは分っていると言うばかりで、着々と合戦の仕度をととのえていた。

この上は九戸城の政実をたずね、膝《ひざ》を交じえて説得するしかないと思うものの、雪に閉ざされた道を行くのは至難の業である。

どうしたものかと悶々としている間にも、新たな噂《うわさ》が伝わってきた。

葛西、大崎一揆の残党が、和賀《わが》郡、稗貫《ひえぬき》郡の一揆衆と連絡を取り合い、来年の雪解けを待って決起しようとしている。しかも一揆衆は九戸政実を旗頭と頼み、共に起《た》ってくれるように懇願しているという。これが事実なら、由々しき事態だった。

十二月十日になり、皆が正月の仕度にかかった頃、下男の孫助が城下で面白い話を聞き込んできた。

「広野の山立《やまだち》衆が、円子《まるこ》へ熊撃ちに行くそうでございます」

広野は久慈城の一里ほど北にある山間の集落で、古くから狩猟《しゅりょう》を生業《なりわい》とする山立（マタギ）が住んでいる。蝦夷の流れを汲《く》む者たちで、腕の良さは奥州一円に知られていた。

その腕を見込んだ円子の領主が、はぐれ熊を仕止めるように依頼したのである。

「冬眠しそこなった熊が二頭、村に下りてきて人を襲ったそうです。円子の山立衆では手に負えないので、広野の衆に頼んだということでした」

「その者たちは、いつ円子へ行く」

「今夜は城下の旅籠《はたご》に泊り、明日の朝に出立するそうでございます」

「どこの旅籠だ」

「さあ、そこまでは聞いておりませんが、一行は七人らしいので城下で聞けばすぐに分りましょう」

政則がなぜそんなことをたずねるのか分らず、孫助はいぶかりながら答えた。

「ならばこれから城下に行く。供をせよ」

城下の町までは半里ばかりだった。

久慈川ぞいに久慈から葛巻《くずまき》、岩手につづく街道が通っている。そこを往来する者たちを目当てにした宿場で、店や旅籠が百軒ちかく並んでいた。

広野の山立衆が泊っていたのは、宿場のはずれにある安宿だった。

板張りの部屋にひげ面《づら》の屈強の男たちが七人、火縄銃や手槍《てやり》を壁に立てかけて座っている。食事も夜具もつかない素泊りなので、銘々《めいめい》が持参した食物を頬張っていた。

政則が入っても、皆がちらりと目を向けただけである。身形《みなり》を見れば上位の武士だと分るのに、自分たちとは無縁と言わんばかりに何の関心も示さなかった。

政則はしばらく様子をうかがってから、

「小田庄左衛門の主《あるじ》で、久慈政則という者だ」

そう名乗った。すると七人がいっせいに顔を向け、急に態度を改めた。

政則ではなく庄左衛門の名に反応したのだった。

「そんだば、ご養子さまでございますかい」

熊皮の袖《そで》なしを着た男がたずねた。

一行の頭《かしら》で弥吉という。頭から左目にかけて熊にえぐられた太い傷跡があるので、熊爪《くまづめ》の弥吉と呼ばれていた。

「そうだ。頼みがあって来た」

「庄左衛門さまは」

「昨日から山に入っておる。四、五日で戻ると言っていた」

「んだすか。また何か、でけえ獲物《えもの》を見つけなさったようだ」

弥吉の口調には、庄左衛門への敬意と信頼がにじんでいた。

「明日円子へ向かうと聞いたが」

「へえ。頼まれたことがあるもんだすけ」

「私も行きたい。連れていってくれぬか」

「お一人ですかい」

「この孫助と二人だ。足手まといにはならぬ」

城下から円子までは、戸呂町《へろまち》川ぞいの道をさかのぼって赤城峠《あかぎ》をこえる。およそ十里ばかりの道程《みちのり》である。

冬場の山越えはさぞ厳しいだろうが、政則は出家していた頃に、諸国を行脚《あんぎゃ》してきたので足腰には自信がある。孫助は五十を過ぎたが、若い頃から鍛え上げた体は鈍《なま》ってはいなかった。

「山さ入りゃあ面々《めんめん》持ちだ。一切手助けはしねぇのが山立の掟だで」

それでもいいなら付いてくるがいいと言うなり、弥吉は食べかけていた干飯《ほしいい》を手ですくって頬張りはじめた。

夕餉を終え子供たちが寝静まると、政則は明日香に九戸の長興寺まで行ってくると告げた。

「先祖のことで気になることがある。薩天《さってん》和尚《おしょう》なら知っておられると思うのだ」

長興寺は九戸家の菩提寺である。そこから三里ほど西に行けば、政実が居城を構える二戸村があった。

「この雪道を、どうやって行かれるのですか」

明日香は心配のあまり、夜目にも分るほど顔をくもらせた。

「広野の山立衆が円子まで行く。それに同行させてもらえば、無事に山を越えることができる。円子から長興寺までは、我らだけでも大丈夫だ」

「庄左衛門どのが、お供をなされるのですか」

「あれはまだ戻って来ない。孫助爺やを連れて行く」

「分りました。父にはそのように話しておきます」

政則が嘘《うそ》をつくのは、年若い妻を父と夫の板挟《いたばさ》みにしたくないからである。明日香はそれを察し、信じたふりをしたのだった。

翌朝卯《う》の刻(午前六時)、一行は出発した。

山立衆七人と猟犬五頭。いずれも四肢《しし》たくましく、ふさふさとした暖かそうな毛におおわれている。弥吉がつれている黒毛が頭らしく、とがった耳をぴんと立てて先頭を歩いていった。

あたりはまだ暗いが、夜目が利《き》く山立たちは迷いなく真《ま》っ直《す》ぐに歩いていく。その背中を見ながら、政則と孫助は後をついていった。

道には二尺ばかり雪が積っているが、往来する者たちが踏み固めているので歩きやすい。五頭の犬たちは散歩にでも連れ出されたように喜んで、後になり先になりしながら進んでいった。

川ぞいを二里ほどさかのぼると、道は二つに分れていた。左は平庭《ひらにわ》峠をこえて葛巻にいたる街道、右は赤城峠をこえて円子に出る間道である。

山立衆は右の道をたどったが、谷川ぞいの曲がりくねった道には人が踏み込んだ跡はない。四半里ほど進むと腰までうまるほどの雪で、かんじきをつけなければとても歩けなかった。

道ぞいにはいくつかの集落があり、雪におおわれた茅《かや》ぶきの家が、息をひそめて身を寄せあっている。朝餉《あさげ》の仕度をしているらしく、どの屋根からも薄く煙が立ちのぼっていた。

川の側には所々にバッタリ小屋が建っている。水の流れを樋《とい》で引き込み、水車を回して杵《きね》をつく水唐臼《みずからうす》だが、冬には川が凍りつくので用をなさない。樋や水車から何本もの氷柱《つらら》が下がり、厚い雪におおわれていた。

陽が頭上にかかった頃、戸呂町の集落についた。

久慈領の中でもっとも森林資源に恵まれた所で、ここから切り出した杉や赤松を筏《いかだ》で流し、久慈の港まで運んで船の用材にする。雑木は冬の間に炭にして出荷する。そうした仕事に従事する者たちが、百戸ばかりの集落を作っていた。

そこを過ぎるともはや民家はない。だが山立衆はさらに歩を進め、一里ほど先の岡《おか》堀《ぼり》で足を止めた。ここには無人の山小屋がある。赤城峠をこえる足場にするために、戸呂町の者たちが建てたものだった。

「今夜はここさ泊りやんす。体を休めてくだせえ」

弥吉は道中一度も声をかけなかったが、政則と孫助の疲れ具合はしっかりと把握《はあく》していた。

翌日は曇りだった。

弥吉はしばらく山をながめ、風が吹く前に峠をこえると言った。この雲行きだと、昼過ぎには空が荒れるというのである。

しばらく歩くと、尾根を見渡せる場所に出た。靄岳《もやだけ》から南につづく山々が、雪にぶ厚くおおわれて連なっている。赤城峠は鞍部《あんぶ》の低くなった所だが、それでも勾配《こうばい》はかなり急である。

あれを越えるのかと、政則は一瞬立ちすくんだ。足腰をきたえているとはいえ、冬山になれていない者が踏み込める所ではない。それを思い知らされて気遅れしたが、今さら引き返すことはできなかった。

峠のふもとまで来た時、先頭を歩いていた黒毛の犬が急に立ち止まり、体を低くして耳を立てた。

何かの異変を察知したのである。他の四頭も素早く前に出て同じ姿勢を取った。

「山親父《やまおやじ》だ。ここまで出張ってきたみでぇだな」

弥吉が政則にそう告げ、配下の六人に目配《めくば》せをした。

円子にいるはずの熊が、峠をこえてこちら側に来たのである。

弥吉と二人が右の尾根に、他の三人が左の尾根に無言のまま分け入っていく。熊を包囲して追い詰める巻き狩りの配置についたのである。

勇吉という年若い男だけがこの場に残り、熊が谷の道に飛び出してきた場合にそなえた。

「ここさいで、動かねでくだせぇ」

勇吉は政則らに身を伏せるように言うと、山をながめて風向きをはかった。

風は峠から吹き下ろしている。熊に匂いをかがれるおそれはない。それを確かめてから火縄銃の装塡《そうてん》にかかった。

火蓋《ひぶた》を切ればいつでも撃てる状態にして、半町ほど先に進んで片膝立ちの姿勢を取った。

その先は道が大きく左に曲がり、山の斜面にさえぎられて向こうが見通せない。熊を見つけるには不利な位置だが、熊に気付かれることもない。

しかも熊が駆け下りて来たなら、道を曲がる時に横腹をさらすので、鉄砲で狙《ねら》いやすいのだった。

勇吉は片膝の姿勢をとったままぴくりとも動かなかった。まるで石になったように雪景色の中にとけ込み、斜面の向こうの気配をかぎ取ろうとしている。

政則は雪を掘って塹壕《ざんごう》らしきものを作り、孫助とともに身を隠した。

熊狩りの場に行き会うのは初めてである。どうすればいいか分らないが、少しでも目立たないようにしたほうがいいと思った。

緊張のあまり鼓動が早くなっている。息を大きく吸って気を落ちつけながら様子をうかがっていると、左の尾根で犬が吠《ほ》え始めた。闘志をむき出しにした、低く大きな声だった。

「熊を見つけたようです。ああやって追い込みをかけるのでございます」

孫助は何度か熊狩りを見たことがあり、手順についても分っていた。

やがて五頭の犬が激しく吠えはじめた。包囲の輪をちぢめているようだが、遠巻きにおどしながら熊の逃げ道を閉ざすばかりで、戦いを挑もうとはしていない。

その喧噪《けんそう》が頂点にたっした時、銃声が鳴りひびいた。

一発、つづけてもう一発。火薬の爆発音が木霊《こだま》を呼び、長く尾を引いて消えていった。

犬も声をひそめ、山は再びしんと静まった。

（仕止めたか）

政則はほっと胸をなで下ろした。

その時、山の斜面の向こうで物音がした。何かが転がり、木の枝をへし折る音である。

もしやと思う間もなく、雪まみれになった熊が道を駆け下りてきた。

大きい。普通の月の輪熊の二倍ほどの大きさで、殺気をみなぎらせている。

さっきの射撃で肩口を撃たれ、流れ出した血に足が赤く染っているが、勢いは劣《おとろ》えていない。

曲がり角で前足を踏んばり、体勢を立て直して勇吉に襲いかかろうとした。

だが、勇吉はその隙を与えなかった。横腹をさらした熊の大きさを冷静に見切り、前足の付け根の心臓をねらって引鉄《ひきがね》をしぼった。

爆発音とともに銃口が火を噴き、弾丸はねらい通りに的を射た。

だが熊の動きは止まらない。雪をけって猛然と勇吉に飛びかかろうとしたが、すでにその力はない。跳躍《ちょうやく》しようとした後ろ足はバネを失い、前につんのめるように倒れて動かなくなった。

刀の柄《つか》に手をかけて身構えていた政則は、安堵《あんど》のあまりくずおれそうになったが、安心するのは早かった。倒れた大熊の後ろから、連れのもう一頭が飛び出してきたのである。

こちらは並の大きさだが、動きがおそろしく速い。倒れた大熊の手前で地を蹴《け》ると、勇吉に向かって飛びかかった。

鉄砲の弾を込めている暇はない。勇吉は腰につけたウメガイ（双刃《もろは》の山刀）を抜き、頭から熊に体当たりにいった。

そうして相手に組みつき、雪の上を転げ回りながらとどめを刺そうとする。だが熊も腕に嚙《か》みついてウメガイを封じ、鋭い爪で勇吉の顔をかきむしった。

鋭い爪が、容赦なく皮膚をえぐる。噴き出した血が、雪を赤くそめて飛び散った。

政則は動転《どうてん》しながらも塹壕から飛び出し、刀を抜いて加勢しようとした。

その時、頭上で地鳴りのような音がして、雪の壁が空にそそり立ちながらすべり落ちてきた。

銃声をきっかけに表層雪崩《なだれ》が起こったのである。

「孫助、下がれ」

政則はそう叫びながら引き返そうとした。

ところが次の瞬間、巨大な雪の塊が政則を飲みこんだ。

政則はなす術もなく雪崩に巻き込まれ、山の斜面を押し流されながら気を失った。

急いで申し送ります。去る十一月十五日の御文、洛中《らくちゅう》にて受け取りました。和賀、稗貫の一揆輩《ばら》、雪に閉ざされ鳴りをひそめている由《よし》、うけたまわりました。

目下蒲生どのと伊達どのが相論におよばれ、関白殿下のご裁定《さいてい》なくしては事がおさまりかねる状況に立ちいたり、はなはだ迷惑いたしております。

されど奥州仕置きについては、我らの当初の計画通りに進んでおります。来年夏には十万の軍勢を奥州につかわし、一揆輩をことごとくなで斬りいたし、朝鮮ご出陣の足場をしっかりと固められるおつもりでございます。

ついては葛西、大崎、和賀、稗貫ばかりか、南部一円に一揆起こり、天下騒乱の形勢になることが望ましいと考えております。貴殿のご調略《ちょうりゃく》、ご奔走《ほんそう》、ひとえに頼み入ります。事が成就《じょうじゅ》したあかつきには、お申し越しの儀、しかとお約束申し上げます。そこもと厳寒の由、ご自愛専一に願いたてまつります。

恐々謹言

気がついた時には、夜具の上に寝かされていた。枕元《まくらもと》には孫助が座り、心配そうに顔をのぞき込んでいた。

「ここは？」

どこにいるのか分らなかった。

「岡堀の山小屋でございます」

「お前が助けてくれたのか」

「いいえ。庄左衛門どのが駆けつけて下されました」

昨日久慈城にもどった小田庄左衛門は、政則と孫助が山立衆とともに円子に向かったと知り、二人の身を案じて後を追ってきた。

追いついたのは、政則が雪崩に巻き込まれる直前である。それを見た庄左衛門は自ら雪崩に飛び込み、政則の腕をつかんで一緒に押し流された。

そうしておさまるのを待ち、雪の中からはい出てきたのである。

「あんなことになるとは思わなかった。やはり冬の山は恐ろしい」

あやうく命を落とすところだったと、政則は自分の非力を恥じた。

「勇吉はどうした。熊と組み合っていたが」

「それも庄左衛門どのが間に入り、熊にとどめを刺して助けて下されました。利き腕をやられていたので、もう少し遅ければ命はなかったそうでございます」

「どこへ行った、庄左衛門は」

「表で熊をさばいておられます」

二頭目を仕止めたのは庄左衛門なので、取り分として与えられたのである。

山立衆は討ち取った証拠として熊の掌《てのひら》ひとつを受け取り、大熊をかついで円子に向かったという。

「おや、ようやく気付かれましたな」

庄左衛門が板戸を開け、満面に笑みを浮かべて入ってきた。

背はそれほど高くないが、肩幅が広く胸板が厚い。丸い顔の半ばは黒々としたひげにおおわれ、手には熊の心臓をのせたまな板を持っていた。

「あれは親子熊でしてな。それがしも何度か山で見かけたことがござる。親熊の方が身を捨てて、子供の活路を切り開こうとしたのでござろう」

「そうか。だから死力をつくして勇吉に飛びかかろうとしたんだな」

「無事に穴ごもりさえしていれば、命を奪われずにすんだのじゃ。気の毒なことでござった」

庄左衛門は同情しながらも、これを食えと切り取ったばかりの心臓をさし出した。

つややかな赤い色をして、今でも鼓動を打っているのではないかと思えるほどだった。

「小刀で切り取り、この塩をつけて食べなされ。精がつきまするぞ」

「今はいらぬ。そちが食べよ」

政則は命を落としかけた衝撃から立ち直っていない。朝から何も食べていないのに、少しも空腹を感じなかった。

「九戸のご兄弟ともあろうお方が、軟弱なことを。そんなことではあの峠はこせませぬぞ」

庄左衛門はなれた手付きで心臓を切り取り、小さな竹筒に入れた塩をかけて口にほうり込んだ。

「うむ、旨《うま》い。それでは後で干飯《ほしいい》を入れ、熊鍋をこしらえてさし上げよう」

「それは有難い。明日にも二戸に向かいたいが、供をしてくれるか」

「明日香さまに頼まれましたのでな。殿を凍え死にさせるわけには参り申さぬ」

庄左衛門は小刀についた血を袖でぬぐい、孫助に熊の肉と毛皮をもって城にもどれと申し付けた。

翌日、政則と庄左衛門は赤城峠をこえて円子に向かった。

道は険しく雪は深いが、先に通った山立衆が踏み固めているので楽に歩くことができる。

それに庄左衛門が側にいることが、政則に先行きの不安を忘れさせていた。

円子から先は平坦《へいたん》な道を二里ほど歩き、長興寺についた。政則が十歳で修行に入れられ、十二年間を過ごした寺である。住職の薩天和尚とは、今も師弟関係を保っていた。

かつて九戸家は伊保内《いぼない》と呼ばれるこの村を拠点としていた。ところが勢力が大きくなるにつれて手狭になり、政実の四代前の光政《みつまさ》が馬淵《まべち》川ぞいの二戸に進出した。

光政は初め山中の白鳥《しらとり》城に拠《よ》ったが、水運を扼《やく》するために白鳥川と馬淵川の合流地点の福岡に城をきずき、九戸城と称したのである。

長興寺から九戸城まではおよそ三里。九戸家の興隆を支えた街道を通って、その日の午後に城にたどり着いた。

二戸は馬淵川ぞいの河岸段丘にきずかれた村である。古代から堆積《たいせき》した石灰岩質の地層が何千年にもわたって川の流れに削られ、切り立った崖《がけ》をなして川ぞいにそびえている。

九戸城はこの崖を天然の城壁とし、馬淵川、白鳥川を外堀として守りを固めた難攻不落の城だった。

白鳥川には橋がかかっている。敵が攻めて来た時には引き上げられるようにしたもので、城に入る唯一《ゆいいつ》の道だった。

そこを進むと河岸段丘のけわしい断崖《だんがい》が切り立っていて、人がようやく通れるほどの狭い道が、崖を斜めに横切って城内につづいている。

そこを抜けて南へ進むと、左右に三間（約五メートル）ばかりの高さの土塁があった。左が外館《とだて》、右が二の丸で、二の丸の搦手門《からめてもん》まで一町ちかくの距離がある。

自然の地形をたくみに生かした作りで、城地は東西およそ五町（約五百四十五メートル）、南北四町もの広さがある。しかも城の南には松の丸という堅固な出丸があった。

政則と庄左衛門は搦手門から二の丸に入り、空堀にかけられた橋をわたって本丸に入った。

本丸だけでも東西三十八間（約六十八メートル）、南北四十八間（約八十六メートル）の広さがある。茅ぶき屋根の本丸御殿は寺の本堂ほどの大きさで、まわりには重臣たちの屋敷が建ち並んでいた。

雪と寒さをしのぐために戸を閉めきっているので、御殿の中は薄暗い。雪の明るさになれた目には一瞬真っ暗に見えたが、しばらくするとあたりの様子が徐々に浮かび上がってきた。

広々とした土間と百畳ばかりの板張りの部屋に大勢がいて、七、八人がひと固まりになって作業をしている。

土間のかまどで鉛をとかして鉄砲玉を作っている者もいれば、その側で縄をなっている子供たちもいる。板張りでは女たちが機《はた》をおったり着物をぬったりしているし、奥の方では鎧《よろい》を作っている職人がいる。

まるで工場《こうば》のようなにぎやかさである。表が雪に閉ざされる冬場には、一族郎党が集まって思い思いの仕事をするのが奥州《おうしゅう》の仕来りだが、これほど大がかりなものは珍しかった。

「兄者に会いたい。どこにおられようか」

政則は顔見知りの下女にたずねた。

「あんれ、さっきかまどの火の番をしておりゃんしたが、どこさ行かれましたかねえ」

下女はあたりを見回し、あそこあそこと土間の隅を指さした。

十歳ばかりの子供たちが、筵《むしろ》の上で円座になって草鞋《わらじ》を編んでいる。その輪に加わって黙々と働いている大柄の男が、政則の長兄政実だった。

大柄なわりには手先が器用で、草鞋を手早く編み上げている。かつては剛勇をもって聞こえたものだが、五十六歳になり、髪やひげにも白いものが混じって枯淡《こたん》の風貌《ふうぼう》になっていた。

「兄者、このような所で何をしておられるのですか」

政実はちらりと政則を見やり、見て分らぬかという顔をした。

「草鞋を編んでおられることくらい分りますが、今はそんなことをしている場合ではないのではありませんか」

「これが冬ごもりの仕事じゃ。忘れたか」

「正月参賀のことで話があります。どこか静かな場所に席を移してください」

「何だ。そんなことのために、大雪の中を駆けつけたのか」

政実はあきれ顔で立ち上り、袴《はかま》についた藁くずを落として囲炉裏の間に案内した。

ここでも四人の職人が、金の細工物を作っている。政則は四人を追い立てるように下がらせ、政実の正面に座った。

「正月参賀に行かなければ、一揆に加わっていると見なされ、南部どのと戦《いくさ》になります。それを承知でご決断なされたのですか」

「いいや。そんなことなど考えておらぬ」

「ではどうして、参賀に行かれぬのです」

「それが奥州の正月の過ごし方だからだ。冬ごもりしている熊に、起きて穴から出ろと言うようなものではないか」

だから従うわけにはいかぬと、政実は職人が残した細工物を大きな掌《てのひら》にのせて改め始めた。

「相手は関白秀吉さまですよ。そんな理屈が通じると思いますか」

「わしらは先祖代々このように暮らしてきた。相手が誰であろうと、それを変えることとはできぬのだ」

政実の口ぶりは愚かしいほどのんびりしていて、政則の心配と苛立《いらだ》ちはつのるばかりだった。

第二章　兄弟四人

何かが執拗《しつよう》に追いかけてくる。その黒い影は刺客《しかく》なのか、それとも手負いの熊《くま》なのか。息を切らし懸命に逃げても、楽々と追いすがり、とどめを刺そうと狙《ねら》っている。この先はもう行き止まりの道である。それが分っていても、走りつづけるしか術《すべ》はない。一瞬でも長く生きたいなら、逃げつづけるしかなかった……。

声にならない叫びを上げ、久慈四郎政則《くじしろうまさのり》は目をさました。

悪夢にうなされ、首筋にうっすらと汗をかいている。かすかに頭痛と吐き気がするのは、昨夜九戸政実《くのへまさざね》に酒宴に付き合わされたせいだった。

集まった一族郎党は、政則も昔から知っている者たちである。久々に実家にもどった心地良さについ心を許したが、うまくはぐらかされたという思いは否《いな》めない。これでは何のために九戸城まで来たのか分らなかった。

夜はまだ明けていない。家の中は真っ暗で何も見えないが、まわりに大勢が眠っていることは、人が発する濃密な気配で分った。

そういえば昨夜どうやって寝たのか覚えていない。酔いと疲れにいつの間にか寝入ったようだが、ちゃんと夜具の上に寝かされ、夜着もかけてくれている。明け方の冷え込みがきつい時刻だろうに、不思議なくらいに暖かかった。

政則はふと闇《やみ》の匂《にお》いに懐《なつ》かしさを覚えた。

久しい間忘れていた実家の空気である。十歳の時に長興寺《ちょうこうじ》に修行に出されたので、もう二十七年も前のことだが、体の奥底にしっかりと記憶が残っていた。

思えばあの頃には、こうして皆が寄り集まって冬を過ごしていた。

父信仲《のぶなか》は一族郎党を集めて酒宴に興じ、外に出ることができない憂《うさ》を晴らしていた。母親のお峰《みね》は村の娘たちに読み書きや裁縫《さいほう》を教えていた。

棟梁《とうりょう》の城は皆が冬を過ごすための砦《とりで》であり、仕事と教育と交流の場だった。だから皆が心を込めて御殿を暖かく保つ努力をつづけ、他の者に温かく接しようと心掛けた。

外は大敵の冬である。しかも半年ちかくもつづく長い戦いだけに、いがみ合ったり勝手を押し通しては、皆が共倒れになると分っているからだ。

(この暖かさは、そうした長い努力によって作られている)

政則は初めてそのことを理解した。

屋根を低くしたり壁を厚くしたりするだけでは、この暖かさは生み出せない。いい酒蔵が何百年も杜氏《とうじ》たちによって支えられているように、この屋敷の暖かさも長年の努力と善意に支えられている。

（まるで赤子の胞衣《えな》のようだ）

政則はそう思い、政実が豊臣秀吉の仕置きに従うことができぬと言った心情がよく分った。

秀吉は南部信直《なんぶのぶなお》に臣下の礼を取れと迫っているばかりか、この城を破却して三戸《さんのへ》城下に移り住めと命じている。それはこの暖かさを捨て去り、領民との関係を断ち切ろうとするものだった。

（しかし、それでも……）

秀吉の命令に従わなければ、小田原城の北条氏のように亡《ほろ》ぼされる。無理な要求と分っていても、従う以外に生きる道はないのだ。

そうした考えをめぐらしているうちに、政則は寒気を覚えて身震いした。これから直面する苦難を思い、背中から鷲《わし》づかみにされたような恐怖を覚えたのだった。

夜が明け、皆が動き出すのを待って、政則は小田庄左衛門《おだしょうざえもん》に声をかけた。

「これから三戸へ行く。供をしてくれ」

「何事でござるか」

「中の兄者をたずねて、正月参賀のことを相談したい」

中の兄者とは、次兄実親《さねちか》のことである。南部家先々代の当主であった晴政《はるまさ》の娘を妻にしているので、南部信直とは相婿《あいむこ》の間柄である。

南部家中でも重きをなし、あちらの様子にも通じているので、何かいい知恵をさずけてくれるかもしれなかった。

「それは、いかがなものでござろうか」

庄左衛門が竹筒に入れた水を飲み干した。旧知の者たちと再会した嬉《うれ》しさに、昨夜はつい酒を過ごしたのだった。

「なぜだ。中の兄者では頼りにならぬと申すか」

「大殿はとぼけていらっしゃったが、何か考えがお有りのようでござる。もう少しこの城にとどまり、それを見極めたらいかがかな」

「正月参賀まであと半月しかないのだ。何としてでも兄者に考えを改めてもらわねば、南部との戦《いくさ》になる」

「それならお供いたしまするが、大殿には何と申される。黙って行かれるつもりではござるまいな」

「それは……」

政則は一瞬口ごもり、ちゃんと話していくと声を張って答えた。

政実は囲炉裏《いろり》の間で横になっていた。寝ているわけではない。毎朝寝床で四半刻《しはんとき》（三十分）ほど想を練《ね》り、心と体をととのえてから起き出すのが日課だった。

武士は毎朝寝床を出る時に、何があっても動じない覚悟を定めておかねばならぬ。子供の頃、そう教えられたものだ。政実は今もそれを忠実に実行しているのだった。

「兄者、よろしいか」

政則は遠慮がちに声をかけ、実親に会いに三戸へ行ってくると言った。

「実親に？　何の用だ」

「正月参賀のことで、お知恵を拝借したいと存じます」

「あれは南部家の重臣だ。話したところで信直どのを諌《いさ》めることはできまい」

「信直どのではなく……」

兄者を諌めてもらいたいのだ。政則は声を荒らげてそう言いたくなったが、さすがに口にはしなかった。

二戸《にのへ》から三戸までは、馬淵《まべち》川ぞいの道をたどれば五里ばかりである。

馬淵川は二戸、三戸と港町八戸《はちのへ》を結ぶ水運の大動脈で、春から秋にかけては山と海の産物をつんだ舟が上り下りする。ところが冬には川がぶ厚い氷に閉ざされ、舟を使えないのだった。

九戸家と南部家は、この馬淵川水運を主要な収入源にしていた。

領内の産物を八戸まで運び、各地に売りさばくばかりではない。川を通る舟から関《せき》銭《せん》(通行料)を取ることによって、安定した収入を得ていたのである。

最初にこの水運の支配権を確立したのは南部家だった。三戸と八戸に勢力を張り、利権を独占して莫大《ばくだい》な富を手中にした。

室町時代中期の応永二十五年(一四一八)、南部家十三代守行《もりゆき》が将軍足利義持《よしもち》に馬百頭、金千両を献上していることが、その経済力のほどを示している。

この隆盛を見て食指を動かしたのが、九戸家七代光政《みつまさ》だった。

九戸村を本拠地とし、瀬月内《せつきない》川の水運を支配することによって勢力をたくわえた光政は、さらなる飛躍をめざして二戸に進出し、九戸城を拠点として馬淵川上流の支配に乗り出した。

南部家の利権を横取りするようなやり方だが、当時の南部家には光政を押さえきるほどの力はなかったのだろう。二戸より上流にかぎって九戸家の支配権を認め、共存する道を選んだのだった。

三戸城は馬淵川と熊原《くまはら》川の合流地点にあった。

熊原川の南につらなる独立段丘を利用したもので、船のような形をした巨大な段丘の上にいくつもの曲輪《くるわ》を階段状に配している。東に向かって嘴《くちばし》を突き出したように下る尾根は、熊原川と馬淵川の合流地点につづいていた。

九戸彦九郎《ひこくろう》実親の屋敷は、三戸城の西側の在府小路《ざいふこうじ》に面していた。城の大手口である下馬御門《げばごもん》の外側で、守りの要《かなめ》と言うべき重要な位置だった。

表門で来意を告げると、ほどなく実親が直々に出迎えた。

「四郎、久しいの」

久慈からわざわざ来てくれたのかと、肩を抱き寄せんばかりにした。

歳《とし》は四十九。政則より三寸ほど背が高い偉丈夫で、南部家中でもその名を知られた剛の者である。角張った顔はひげにおおわれ、笑うと形のそろった真っ白い歯がのぞいた。

「いえ、九戸城の兄者に会いに来ました」

「正月参賀のことか」

「参賀には行かれぬと聞きましたので、ご存念をうかがいに参ったのですが」

「そのことならわしも案じておる。奥でゆるりと話そうではないか」

実親は玄関先まで案内し、すすぎ桶《おけ》を二つ運ばせた。

雪道で冷えきった足をぬる目の湯にひたすと、じんわりとした暖かさが脳天まで突き抜けていく。体中の疲れが溶けていくようで、冬場には何よりのもてなしだった。

政則と庄左衛門は、囲炉裏の間で実親と向き合った。

「聞こうか。兄者のご存念を」

実親は鉄瓶の湯を碗《わん》にそそいで二人に勧めた。

「正月参賀は奥州《おうしゅう》の仕来りではない。それゆえ従うわけにはいかぬとおおせでございます」

「それは聞いた。わしにも同じようにおおせであった」

「それで中の兄者は何と応じられましたか」

「お前と同じじゃ。関白殿下のご命令に背けば、九戸家は亡ぼされると申し上げた。するとと兄者は何とおおせられたと思う」

「分りません。私には何とも答えて下されませんでした」

「亡びても構わぬ、とよ。わしが南部家に従っていれば、九戸家は残るともおおせられた」

「いったい兄者は、何を考えておられるのでしょうか」

「さあ、わしにも分らぬ。あるいは何も考えておられぬかもしれぬな」

実親は肩をゆすって豪快に笑った。

今度のことで実親は、南部信直に顔向けできない立場に追い込まれている。しかし政実に対する恨みなど一言も口にしなかった。

「ならば親族会議を開き、兄者のご存念をうかがうことにしたらどうでしょうか」

「それは名案じゃ。わしもそろそろ、腹を割った話をせずばなるまいと思っておった」

「できれば長興寺で、薩天和尚《さつてんおしょう》にも加わっていただきたいのですが」

それ以外に説得する方法はないと思ったものの、政則には政実を親族会議に引っぱり出す妙案がない。実親を訪ねたのは、その手立てを相談したかったからだった。

「それなら簡単じゃ。十七日は親父《おやじ》の月命日ではないか」

「確かにそうですが、月命日では……」

「兄者から月命日の供養《くよう》をしたいと申し入れがあったのよ。今の時期に兄者と会っては、南部家中で痛くもない腹をさぐられる。それゆえ断わっていたが、お前がその考えなら話は別じゃ」

信直に事情を話し、大手を振って行こうと思う。わしが行くと言えば、兄者は断わりはしないはずだと、実親は厚い胸板を叩《たた》いて請け合った。

長興寺は九戸村の北のはずれにあった。瀬月内川の西岸に、政則の父信仲が一族の菩提寺《ぼだいじ》として創建した曹洞宗《そうとう》の禅寺である。

開基は永正元年（一五〇四）で、加賀宗徳寺の大陰恵善《たいいんけいぜん》和尚をまねいて教えを受けたという。

真《ま》っ直《す》ぐに伸びた参道を進むと大きな山門があり、その奥に本堂の大屋根がそびえている。山門の左脇《ひだりわき》には樹齢三百年といわれる大銀杏《いちょう》が枝を広げていた。

政則は十歳の時にこの寺に入れられ、十二年間を過ごした。雪におおわれた寺の景色を見ると、懐しさと切なさに胸がうずいたほどだった。

「それでは、それがしはここで」

お暇《いとま》申し上げると、庄左衛門が山門の前で足を止めた。

「一緒に訪ねてはくれぬか」

「薩天和尚とつもる話もござろう。お一人の方が良うござる」

「寺は性に合わぬようだな」

「実を申せば堅苦しくてなりませぬ。雪山に入って自然の気配に耳を澄ませていた方が、心が安まるのでござる」

「月命日は明後日だ。正午までには戻ってもらいたい」

親族会議に立ち合わせるわけにはいかないが、庄左衛門が側にいてくれると何かと心強い。

「お約束申し上げる。ただし、皆で大殿に縄をかけるようなことはなさらぬ方が良かろうと存ずる」

「縛ろうとしているわけではない。南部との争いは避《さ》けるべきだと申し上げるのだ」

「大殿は山親父でござる。山のことは誰より良く知っておられまする」

庄左衛門は雪焼けした浅黒い顔を真っ直ぐに向け、深々と一礼して川ぞいの道を北に向かっていった。

政則は虚《きよ》をつかれた思いでその姿を見送った。山親父とは熊のことだが、山のことは誰より良く知っているとはどういう意味だろう。

そんな疑問を抱えたまま、政則は寺の庫裏《くり》に薩天和尚をたずねた。

「何だ。そなたか」

戸を細目に開け、薩天が顔だけ出してつぶやいた。

痩《や》せ達磨《だるま》という仇名《あだな》のとおり、眉《まゆ》は濃く目は大きく、豊かなひげをたくわえているが、体は骨と皮ばかりに痩せている。長年五穀《ごこく》断ちの修行をつづけ、穀物《こくもつ》を一切口にしないからである。

その体に麻の衣をまとっただけの寒々とした姿だった。

「どなたか待っておられましたか」

「弁天さまを待っておる」

「……」

「分らぬか。女子じゃ」

薩天は戸を引き開けて招き入れ、あれを見ろとあごをしゃくった。

座敷には綿入りの夜具が敷かれ、床の間に置いた青磁《せいじ》の花器には水仙が生けてある。これはどう見ても、女子を待ってこれから床入りをしようという構えだった。

「そうよ。美人の陰に水仙花の香有りと、一休禅師も歌っておられる。わしはこの年になって、ようやくその境地に達したのじゃ」

薩天は七十二歳になる。信仲の末弟なので政則の叔父にあたる。やはり十歳の時に長興寺に修行に入れられ、今やその高名は奥州全土に鳴りひびいている。

ところが人の意表をつく奇行も多いので、偽《にせ》行者だと陰口を叩かれることもあるのだった。

「それでは、お邪魔ではありませんか」

「邪魔に決っておる。だが来たのなら仕方があるまい」

薩天は手早く夜具を二つ折りにし、今夜はここで泊っていけと言った。

「実は明後日」

「甥《おい》どもが集まって、つまらぬ話をするようだな」

「どうして、それを……」

「そなたの顔にそう書いてある。相変わらず、性根を隠せぬ奴《やつ》じゃ」

せっかく来たのならひと座りしていけと、薩天は禅堂に案内した。

六畳ばかりの土間の部屋に、座禅のための板が両側に渡してある。政則は薩天と向き合って座り、目を半眼にして静かに呼吸をととのえた。

そして意識を丹田《たんでん》に集め、あらゆる執着をはなれて無の境地に入る。

還俗《げんぞく》して八年たつが、十歳から修行した禅の要諦《ようてい》は体が覚えている。丹田に意識を集めると、腹に熾火《おきび》を入れたように体が暖かくなってきた。

「蒼天《そうてん》、良うした」

一刻ばかりの座禅を終えると、薩天は政則を昔の僧名で呼んだ。還俗してかえって禅の深みが増していると、不愛想な顔をして誉めてくれた。

「正月参賀のことで、心は千々に乱れております。とても無の境地になどなれません」

「だから良い。心が乱れるほど、無の境地は深くなる」

「師匠さまに兄者を説き伏せていただこうと、月命日の集まりを企てました。この儀、いかがでございましょうか」

「義のために命をなげうつのと、命のために義を捨てるのと、どちらが尊い」

薩天が問答を仕掛けてきた。

「命は正義です。生きる道を閉ざす正義はありません」

「道心《どうしん》の中に衣食《えじき》あり、衣食の中に道心なし。この教えが分らぬか」

「衣食は四恩の現われゆえ、四恩に報いることが道心をまっとうすることだと存じます」

四恩とは、人がこの世で受ける国王、父母、衆生《しゅじょう》、三宝の恩のことである。

「死はどこにある」

「心の内にあります」

「さようか。その性根なら、政実の説得役を引き受けよう」

薩天は即妙《そくみよう》の呼吸で応じ、このことは他言するなと命じた。


その夜、政則は早目に床についた。

夜明けとともに三戸を出て、長興寺までの道を歩き通してきたのでさすがに疲れている。だが横になってみると、妙に気持が高ぶって寝付くことができなかった。

この寺にいると、修行に入れられた頃を思い出す。

家に戻りたいと粗末な夜具の中で泣いていたことや、武士として生きる道を断たれたと自暴自棄《じぼうじき》になっていた気持が、心の奥底からよみがえってくる。

（あれから二十七年か……）

政則は闇の中で天井を見すえ、来し方に思いを馳《は》せた。

まさに光陰《こういん》矢の如《ごと》しである。そしてこうして薩天和尚が用意した夜具に、自分が横になっていることが不思議だった。

どこからか涼やかな甘い香りがただよってくる。それが床の間に生けた水仙の匂いだと気付くまでに、さして時間はかからなかった。

政則はその香りに誘われるように、明日香のことを思った。家を出てまだ四日しかたっていないのに、ずいぶん長い間離れている気がした。

いつもなら「主《ぬし》さま、温《ぬく》もりを」と言って夜具に入ってくる頃である。冬の寒さも二人で体を寄せ合えばしのぐことができる。いたわり合いむつみ合って、辛《つら》い日々を耐え抜くことができる。

そう思えば思うほど、淋《さび》しさはつのっていく。政則はそこから逃れようとするように、明日香と過ごした夜の幻影を追い始めた。

小柄で太り肉《じし》の体を抱きしめると、内から押し返されるような弾力がある。肌理《きめ》こまかく色白の肌は柔らかで、体の温みと命の鼓動が伝わってくる。

小ぶりの乳房は春の花のようで、唇を触れれば薄赤く染っていく。首筋からうなじにかけて感じやすく、あごを上げのけぞるようにして歓《よろこ》びの吐息をもらす。

眉根をきつく寄せ唇を半ば開き、吐息は次第にあえかな声へと変っていく。

日常の世界から離れて、愛の陶酔《とうすい》へ迷い込んでいくのである。その旅に誘《いざな》える喜びに夢中になってさらに奥へ手を伸ばすと、その先には……。

政則は胸苦《むなぐる》しさに寝返りを打った。体がほてり、股間《こかん》の物が熱く張っている。こんな幻影にとらわれたことが、喜ばしくも気恥しくもあった。

政則は大きく息を吐いて我に返り、一休和尚の『狂雲集』の一節を思った。

愛念愛思　胸次を苦しむ
詩文忘却　一字無し

愛ゆえに胸苦しく、しかつめらしい教えも忘れはててしまった。一休は真っ正直にそう告白している。当時彼が夢中になっていた森侍女との愛こそが、万巻の教典よりも意味深いと言うのである。

これは還俗し明日香との愛を知った政則の実感に近いが、当時の仏教界は一休の正直さを認めず、破戒僧《はかい》の烙印《らくいん》を押した。

一休はそうした偽善にいっそう反発し、偽悪ともいうべき奇行に走るが、彼の本音は前の二行を受けた次の句に明確に現われている。

唯《ただ》悟道《ごどう》有って　道心無し
今日猶《なお》愁《うれ》う　生死に沈まんことを

仏教という悟りの道はあるものの、悟ろうという真剣さがない。長年修行をつづけていながら、まだ生死のことが気にかかっている。

この告白は同じく仏教や禅を学ぶ者への問いかけにもなっている。

私はそうだが、お前さんたちはどうだい。本当の道心を持って、生死を離れた境地になれたかい——。一休は容赦のない態度でその答えを迫っているのである。

政則は久々にそうした厳しさを思い出した。そして生死を離れた目を持てば、正月参賀の問題はどう見えるか考えてみた。

しかし、どれだけ考えてみたところで、その答えを見通すことはできない。今の政則は、戦をさけなければ九戸家は亡ぼされるという危機感で頭が一杯なのだった。

翌朝、薩天和尚の居間をたずねた。

政実をどうやって説得するつもりか聞いておきたかったからだが、和尚はいなかった。文机《ふづくえ》には飲みさしの茶がおかれ、巻子本《かんすぼん》を開いたままである。

厠《かわや》にでも行ったのかと思ったが、しばらく待ってももどらなかった。

「師匠はどこにおられる」

庭で雪かきをしている五兵衛《ごへえ》にたずねた。薩天に三十年ちかく仕える顔見知りの寺男だった。

「夜明けに出がけられりゃんした」

「どこに行かれた」

「弁天さまに会いに行くとへられましだが、どこさ行がれたがは分からながんす」

「この雪の中をか」

昨夜も一晩降ったようで、野山は輝くばかりの新雪に包まれていた。

「あのお方は行者さまでやんすから、どごさでも思うままに行げぁんす。明日の昼までには戻ると、へってやんした」

五兵衛は手を休める間を惜しむように雪かきをつづけた。

一晩に三尺ちかくも積っているので、雪を払わなければ外への道が確保できないのだった。


十二月十七日は九戸信仲の月命日だった。

他界したのは十一年前、天正七年（天正十七年との説もある）七月十七日だから、来年の命日は十三回忌にあたる。

行年《ぎょうねん》は八十二。この時代としては驚くべき長寿だった。

この日は朝からカラリと晴れ、空は突き抜けるように青く、雪におおわれた大地はまぶしく輝いていた。

政則は朝から緊張していた。食事も喉《のど》を通らないし、気持を落ち着けようと座禅を組んでも集中することができなかった。

四人兄弟の末っ子なので兄たちには遠慮がある。普通なら意見など許される立場ではない。それでも政実を正月参賀に行かせようと親族会議を仕掛けただけに、何とかうまくいきますようにと祈るような思いだった。

頼りは薩天和尚と庄左衛門だが、二人とも正午ちかくになってももどらなかった。

「薩天和尚はどうなされた。昼にはもどられると言ったではないか」

仕方がないと分っていても、五兵衛にそう言わずにはいられなかった。

「おらも心配しでおりゃんす。行者さまのことだから、無事に戻りゃんすごったが」

五兵衛は薩天の身を案じるばかりで、今日がどんな日か分っていないようだった。

陽が頭上にかかる頃、南の方から瀬月内川ぞいの道を進んでくる武士の一団があった。

二人は馬上で、前後に二十人ばかりを従えている。川ぞいの道は細いので、縦に長い蟻《あり》の行列のような隊形をとっていた。

馬上の武士は門前で馬を止め、雪かきの行きとどいた参道を大股《おおまた》で歩いてきた。ひょろりと背が高く、前につんのめるようにして足を運んでいる。

面長の顔に陣笠《じんがさ》をかぶっているので、いっそう長く見える。目が細く薄い唇をきつく引き結んだ、いかにも癇《かん》が強そうな顔立ちだった。

（あれは……）

政則はしばらく様子をうかがってから、下の兄の康実《やすざね》だとようやく気付いた。

出家する時に祝いの宴《うたげ》で会って以来だから、実に二十七年ぶりの再会だった。

康実は庫裏の戸口まで真っ直ぐに歩いてくると、

「そなたが四郎か」

念を押すように確かめた。

「さようでございます。下の兄者でございますね」

「おう。久しいことだ」

康実はにこりともせずに陣笠を取り、供の者に持たせた。

背はすらりと高いが、肉の薄いきゃしゃな体付きである。奥州人にはめずらしく、ひげもたくわえていなかった。

「どうぞ、奥へ。まだどなたも来ておられませんが」

「久慈家に婿入りしたそうだが、居心地はどうだ」

「楽に過ごさせていただいております。三人の子にも恵まれました」

「男か」

「息子が一人と娘が二人でございます」

「それは何より。婿養子は跡継ぎを作るのが役目だからな」

康実が毒のある皮肉な言い方をするのは、自分も養子に出されて辛酸《しんさん》をなめたからだった。

高水寺城《こうすいじ》（紫波《しわ》郡紫波町）の斯波《しば》詮真《あきざね》の婿養子になり、三人の子を生《な》したものの、詮真の死後に後継者となった詮直《あきなお》と争い、南部信直を頼って出奔した。信直はこれを好機と見て斯波氏を亡ぼし、紫波郡全域を支配下におさめた。

康実はこの功によって紫波郡中野に所領を与えられ、中野《なかの》修理亮《しゅりのすけ》康実と名乗っていた。

「四郎はわしより十歳下であったな」

康実は座敷に座り、火鉢に手をかざしてすり合わせた。

「はい。三十七になりました」

「それにしては胆太《きもぶと》いことをするではないか」

この会合を仕掛けたのは政則だと、康実は実親から聞いていた。

「二戸の兄者には、何としてでも正月参賀に出ていただかなければなりません。その一心でお願いしたことでございます」

「何かあるのか。左近将監《さこんのしょうげん》どのを説き伏せる手立てが」

左近将監とは政実の官名である。わざわざ他人行儀な呼び方をするところに、政実とは距離を取ろうとする康実の気持が表われていた。

「別に、手立てと言えるほどのことは」

「ないのか」

「理非《りひ》を分けて語れば、兄者も分って下さるものと思います」

わしに頼んだことは他言するなと薩天に言われているので、政則はあいまいな答え方をした。

「甘いな。そんなことで左近将監どのを動かせるはずがあるまい」

「何ゆえでしょうか」

「あのお方はすでに正月参賀に行かぬと触れておられる。兄弟に説得されたからと言って方針を変えては、九戸の棟梁として面目が立つまい」

それにこれにはお前が知らない事情もあると、康実は嵩《かさ》にかかって言いつのった。

「知らぬこととは、何でしょうか」

「これは一門だけの問題ではないということだ。あのお方は和賀《わが》、稗貫《ひえぬき》ばかりか、葛《か》西《さい》、大崎《おおさき》の一揆《いっき》衆にまで廻状して、挙兵の仕度にかかるように呼びかけておられる」

「助力を申し入れたのは、一揆衆だと聞きましたが」

「誰から聞いた」

「噂《うわさ》です。そんな噂が伝わってきたのでございます」

「だからお前は甘いと言うのだ。我らの世界は殺《や》るか殺られるか、嵌《は》めるか嵌められるかだ。間者《かんじゃ》を使えば、噂などどんな風にも流すことができる」

康実は薄い唇の端を吊《つ》り上げ、小馬鹿《こばか》にしたように笑った。

その表情を見て、政則はこの人は昔からこんな風だったと思い出した。三人の兄の中では一番頭の回りが早く要領《ようりょう》も良かったが、それを鼻にかけて人を見下したところがある。

何かを教えてくれと頼んでも、ひとくさり嫌味を言ってからでなければ教えなかった。

その本性はあの頃のままだと思うと、政則は康実と向かい合っているのが急に気詰りになった。

「しかも困ったことに、南部信直どのも廻状のことを知って警戒《けいかい》を強めておられる。今日の我らの集まりも」

康実がそう言いかけた時、庫裏の戸が勢い良く開いて小田庄左衛門が入ってきた。蓑《みの》をつけた肩に、足を結んだ二羽の雉《きじ》をふり分けにして荷《かつ》いでいる。手には大事そうに布包みを下げていた。

「おや、修理亮どの。お早いおこしでござるな」

庄左衛門は愛想良く声をかけたが、康実は急に落ち着きを失い、そそくさと立ち上がった。

「今日の我らの集まりも、どんな風に見られているか分らぬ。そう心しておくがよい」

政則にささやきかけるなり、逃げるように本堂に向かった。

「おやおや。相変わらずわしは嫌われておるようでござるな」

庄左衛門は肩から雉をはずし、今日の馳走《ちそう》に捕《と》ってきたと言った。

「その包みは」

「月命日でござるゆえ、先代さまが好んでおられた花を仏前にそなえさせていただきたい」

包みを開くと、福寿草の可憐《かれん》な花が顔を出した。枯らさぬように、地面の土ごと掘り起こしているのだった。


急ぎ認《したた》め申します。去る十二月八日の御文、大坂にて落手しました。そこもと波乱の形勢、大慶に存じます。

蒲生どの、伊達どの相論の件、ご両人上洛《じょうらく》あって、関白殿下の御前にてご対決の運びと相成りました。やがてその旨《むね》、会津と米沢にお達しなされることでしょう。葛西、大崎一揆は伊達どのの指嗾《しそう》によるとの蒲生どのの訴状、昨日拝見つかまつりました。いまだ理非は定かではありませんが、伊達どのの申し開きはなり難き形勢と相見えます。

かかる事態となりては奥州仕置きが遅滞《ちたい》し、朝鮮ご出陣にも障《さわ》りがあるのではないかと、皆々案じております。

さて南部、九戸使嗾《しそう》の儀は、いかが相成りましたか。ただ今厳冬にて物皆凍《い》てつきおるとうけたまわりましたが、ご油断なき謀《はかりごと》、肝要《かんよう》と存じます。

来春には雪の下から花の咲くごとく一揆起こり、天下の餌食《えじき》になることが望ましいと存じます。道奥《みちのく》はもともと蝦夷《えみし》の地ゆえ、一国消亡《しょうぼう》したとしても苦しくないという覚悟で事に当たっているところです。ますますのご調略、ご奔走を頼み入り申します。

恐々謹言

約束の未《ひつじ》の刻（午後二時）の直前、彦九郎実親がやって来た。

意外にも十八歳になる嫡男晴親《ちゃくなんはるちか》をつれている。二人とも足の太い馬に乗り、口取りを一人ずつ従えていた。

「この雪に馬どもが難渋しおった。道中たびたび下り立ってきたゆえ、思いがけず時がかかってしもうた」

「晴親どのも来て下さるとは思いませんでした。お久しゅうござる」

政則は一門の集まりで、何度か晴親と顔を合わせたことがあった。

「叔父上、また都の話を聞かせて下され。それがしも一度はこの目で、都大路のにぎわいを見てみとうござる」

晴親が青年らしい澄んだ目を輝かせた。

「今日は本音をさらした話になろう。それを聞かせた方が、晴親のためになると思ったのじゃ」

ところで他の二人はどうしたと、実親が怪訝《けげん》な顔で庫裏を見わたした。

「下の兄者は本堂におられます。ご案内いたしましょう」

康実は本堂の脇の間にうつ伏せになり、従者に腰をもませていた。雪道を馬で来たので、疲れはてていたのだった。

「よお、康実。相変わらず蚊《か》トンボのような体をしておるではないか」

実親が顔を見るなりからかった。

「お誉めにあずかり、かたじけない」

「家臣たちが寺の前で震えておる。どこかで暖を取らせてやれ」

「僧坊をお借りしようと思ったのですが、和尚がお留守ゆえ」

帰りを待っていたのだと、康実はうつ伏したまま答えた。

「それなら庫裏に入ってもらいましょう。気付かずに失礼いたしました」

政則は五兵衛を呼びにやらせた。

脇の間には四角い大きな火鉢がある。炭火にかけた鉄瓶から、さかんに湯気が上がっていた。

「兄者が遅れているのは好都合じゃ。話をどう持っていくか、下話をしておこうではないか」

「彦九郎兄者は、どうお考えでござろうか」

康実が火鉢に寄って実親と向き合った。

「知れたことじゃ。何としても正月参賀に出てもらい、南部家との和を計っていただかねばならぬ」

「しかし左近将監どのは、もはや引き返せぬところまで突き進んでおられるようですが」

「引き返せぬとは、どういう意味じゃ」

「和賀、稗貫の一揆衆と連絡を取り合い、挙兵の仕度にかかっておられるのです」

「確かか」

「それがしの所領は稗貫に接しております。お忘れか」

康実は一揆衆のもとに間者を送り込み、つぶさに動きを調べているのだった。

「なるほど。相変わらず手回しの良いことだが、その程度のことはいかようにも言い抜けることができる。要は正月参賀に出向き、信直どのと腹を割った話をしていただけば良いのじゃ」

「腹の中から出てくるものは恨《うら》みつらみばかり、ということになりかねませぬぞ」

康実は持ち前の皮肉な言い方をしたが、それが皮肉と聞こえないほど政実と信直の関係は冷えきっていた。


発端は八年前。天正十年（一五八二）正月に南部晴政が急死したことだった。

南部家第二十四代晴政は、一族内部の争いを乗り切り、南部家の所領を糠部《ぬかのぶ》、鹿角《かづの》、津軽、岩手、閉伊《へい》にまで拡大し、伊達家と並ぶ奥州の雄の地位を確立した。

ところが晴政には、ひとつの泣き所があった。五人の娘は生まれたものの、晩年になるまで後継ぎの男子に恵まれなかったのである。

そこで晴政は従弟《いとこ》である田子《たっこ》信直と長女を妻合《めあ》わせ、婿養子にして後継者にしようとした。ところが結婚後間もなく長女が他界したばかりか、側室との間に世子鶴千代《つるちよ》が誕生した。

そのために晴政は信直を廃嫡《はいちゃく》し、鶴千代を後継者にしようとしたが、信直は北信愛《きたのぶちか》ら南部家の重臣たちの支持を集めてこれに抵抗した。

激怒した晴政は、天正四年（一五七六）に兵を集めて信直を討ち果たそうとした。あやうく難を逃れた信直は三戸から出奔し、根城《ねじょう》の八戸政栄《まさよし》にかくまわれて数年間を過ごすことになる。

その間に晴政は九戸政実を重用し、弟の実親と次女を妻合わせて両家の結びつきを強め、実子に家督をゆずる体制を着々と作り上げていった。

つまりこの頃から、政実と信直の対立は始まっていたのである。

そして運命の天正十年一月四日がやって来た。この日重臣たちと正月祝いの盃《さかずき》を交わしていた晴政は、厠《かわや》に立った直後に急死した。

行年六十六。死因は脳溢血《のういっけつ》と言われているが、毒殺だという噂も飛び交う不穏な形勢となった。時に政実四十八歳。信直は三十七歳である。

政実らは十三歳の鶴千代を元服させて晴継《はるつぐ》と名乗らせ、南部家第二十五代の当主にしたが、一月二十四日に行なわれた晴政の葬儀から帰宅する途中、晴継は何者かに暗殺された。

風雨激しい夜道で待ち伏せていた下手人は、突然物陰から躍り出て晴継を刺殺し、夜陰《やいん》に乗じて姿をくらました。

政実らは信直が命じたにちがいないと見て血眼になって犯人を捜したが、ついに捕えることはできなかった。

一方信直派も政実派の仕業だと言い立て、一触即発のにらみ合いの中で南部家の後継者選びが始まった。

候補として名が上がったのは、信直と九戸実親である。

信直は妻としていた晴政の娘を病気で失い、二人の間には子供もなかったが、いったん婿養子として南部家に迎えられた実績がある。しかも武将としての資質に優れていて、北信愛ら南部家譜代の重臣たちの支持を集めていた。

実親は晴政の次女を妻にし、嫡男晴親をもうけている。しかも兄の政実は晴政に重用され、信直が追放されていた間に家老として治政を取り仕切ってきた。

それゆえ一門衆の中には、実親を後継者として政実を後見人とするべきだという意見が多かった。

この問題に決着をつけようと、二月十五日に三戸城内で重臣一同を集めた大評定が開かれた。

政実、信直、実親ら当事者が席をはずした中、政実派と信直派の間で白熱した議論がくり返されたが、勝ちを制《せい》したのは信直派だった。

北信愛が武装した百名ばかりをひきいて議場に乱入し、後継者は信直に決ったと一方的に宣言したのである。これに南部家譜代の重臣たちが賛成し、実親を推す一門衆は異をとなえることができなくなった。

それ以来、政実派と信直派の対立はつづいている。信直はなし崩《くず》しに南部家二十六代の当主になったものの、正統な後継者と認めない者は多かった。

信直がいち早く秀吉と好《よしみ》を通じ、南部家の後継者と認めてもらったのは、中央政権の力を背景にして家中の統制《とうせい》を押し進めようという狙《ねら》いがあったからだった。

「わしはな、康実。これは南部家の一致をはかるいい機会だと思っている」

実親は実直で欲のない男である。後継者の座を力ずくで奪い取られながら、文句も言わずに身を引き、信直の重臣となって南部家を支えてきたのだった。

「南部に臣従しても良いとおおせられるのでござりますな」

「それが天下の趨勢《すうせい》じゃ。我らばかりが我を押し通すわけにはいかぬ」

「左近将監どのもそのようにお考えなら、事は落着いたしましょう。されど」

政実は信直を恨んでいるし、晴継を暗殺したのは信直ではないかと疑っている。だから頑《かたくな》に正月参賀を拒むのだと、康実が政実の胸中を解き明かしてみせた。

「ですが、兄者は南部どのと事を構えるつもりはないとおおせられました」

政則が口をはさんだ。

「ほう、それならなぜ参賀に行かれぬのだ」

「正月は我が家で過ごすのが奥州の仕来りだ、それを変えるわけにはいかぬとおおせでございます」

「馬鹿《ばか》な。それでは子供が駄々《だだ》をこねるのと同じではないか。お前では話にならぬと、いいようにあしらわれたのであろう」

「ともかく兄者には、一揆衆とは手を切り、正月参賀に出席してもらう。その約束を得ぬかぎり、この寺から出ぬ覚悟じゃ」

実親が脇差を抜いて二人の前にかざした。

これが九戸流の金打《きんちょう》である。政則も康実も脇差を抜き、誓いのしるしに刃を打ち合わせた。

鋭い金属音に呼び寄せられたように、連れ立ってやってくる人の気配がした。

板を強く踏みしめて歩くのは政実。すり足で音もたてないのは薩天和尚である。政則には二人が本堂に入る前からそれが分った。

「待たせたな」

政実は長兄の特権とばかりにわびも言わなかったが、晴親が部屋にいることに気付くとひざを折って姿勢を改めた。

「かような所までおこしいただき、かたじけのうござる」

晴政直系の孫にあたる晴親を、政実は今も主君と同様にうやまっていた。

若い晴親は堅苦しい挨拶《あいさつ》に気遅れして、実親に救いを求めた。

「今日の話には我が一門の行く末がかかっておるゆえ、晴親にも聞いてもらうことにしたのでござる」

実親が仕方なく助け船を出した。

「よい孝行じゃ。亡《な》き父上も喜んで下されよう」

「和尚とご一緒とは珍しい。どうした風の吹き回しでござろうか」

「二戸の城下にご用があられたそうでな。偶然行き合《お》うたのだ」

「和尚、二戸へはよく行かれるのでござるか」

「近頃のことじゃ。弁天さまに会いに保土《ほど》の町に行脚《あんぎゃ》しておる」

保土の町は城下の東のはずれにある色街である。洪水を防ぐための堤防があるのでこの名がついたとも、遊女の女陰《ほと》にちなんでいるとも言われていた。

「お盛んなことでございますな。叔父上はいくつになられましたか」

康実が薄笑いしてからかった。

「年など忘れた。愛念愛思があるのみじゃ」

薩天は須弥壇《しゅみだん》の前に座り、本尊の釈迦牟尼仏《しゃかむにぶつ》と道元禅師の尊像に手を合わせた。

「それでは月命日の供養をしていただこうか」

政実が席を立って仏前に向かおうとした。

「お待ち下され。その前に話のけりをつけなければ、心おだやかに供養することはできません」

実親が先に話をしようと迫った。

「正月参賀のことか」

「さよう。そのためにこうして皆が顔をそろえております」

「ならば聞こう」

遠慮なく申せと、政実は火鉢の側にあぐらをかいた。

「先日兄者は正月参賀には行かぬと一門衆に触れられた。それは是非とも撤回し、四人そろって三戸城に登城していただきたい」

「康実もこの儀に同意か」

「左近将監どののお気持は分ります。されど関白殿下のご命令には逆らえますまい」

「なぜ逆らえぬ」

「逆らえば亡《ほろ》ぼされるからでございます」

「わしは亡びても良い」

政実は何の気負いもなく言いきり、おだやかな目で康実を見やった。

「愚かな。戦《いくさ》になったなら、亡びるのは左近将監どのばかりではございませぬぞ」

「ならばたずねるが、関白に従えば奥州《おうしゅう》は亡びぬか」

「さよう。今までのごとく、所領の知行を許してもらえましょう」

「一時の命を永らえることはできるかもしれぬ。だが、長年守ってきた仕来りを変えれば、我らはやがてこの土地には住めなくなる。それではご先祖さまにも子孫たちにも申し訳が立つまい」

(確かにそうかもしれぬ)

政実の言葉に、政則の心はゆらいだ。

冬ごもりの城の居心地の良さを支えているのが、先祖代々受け継がれた心だと気付いたせいか、これを失えば何もかも失う気がするのだった。

「そうではござらぬ。一門一族を守り抜くことこそ、ご先祖さまのご恩に報いることでございましょう」

実親は引くことを知らぬ剛の者らしく、信念をゆずろうとしなかった。

「おおせの通りじゃ。今は南部どのに従い、力を合わせて領地と領民を守ることこそ大切でござります」

康実がここぞとばかりに実親の後押しをした。

「さようか。お前たちがそう言うなら」

正月参賀にだけは行くことにする。政実は意外なほどあっさりと前言を撤回した。

「二戸からここまで来る間、和尚にもさんざん説教された。八年ぶりに信直どのに会って、互いの存念を確かめ合うのも悪くはあるまい」

薩天和尚は約束通り政実を説得してくれたのである。政則はそう思って胸をなで下ろしたが、掌《てのひら》を返すような政実の態度がどことなく腑《ふ》に落ちない。
その違和感は、喉につかえた小骨のようにいつまでも去らなかった。

第三章　南部信直

天正十九年（一五九一）の年が明けた。

元日はあいにくの雪で、低くたれこめた黒錆《くろさび》色の雲から大粒の雪が降り落ちてくる。水分の多いボタ雪があとからあとから落ちかかり、大地を白く封じていく。

この雪は積るのが早く、目が詰って重いので厄介《やっかい》である。木や竹をへし折るし、放置すれば家さえ押しつぶす。だが止める術《すべ》はないので、工夫をこらし季節が変わるのを待つしかないのだった。

久慈四郎政則《くじしろうまさのり》は元日の朝を次兄実親《さねちか》の屋敷で迎えた。

今日は三戸《さんのへ》城で正月参賀がおこなわれる。それに備えて下馬御門《げばごもん》前の実親の屋敷に泊めてもらったのだった。

（雪か……）

政則は戸を開けて外を見るなり、不吉な予感に駆られた。

（だから昨日のうちに来ておけば良かったのだ）

雲行きが怪《あや》しいと知った一門や重臣たちは、昨日のうちに城下に到着して万全を期している。政実もそうするように小田庄左衛門《しょうざえもん》をつかわして申し入れたが、応じてはくれなかったのだった。

朝餉《あさげ》をすまして着替えにかかった。

参賀の席には大紋に烏帽子《えぼし》という正装でのぞまなければならない。それに備えて久慈から褐色《かちいろ》（濃紺）の装束を取り寄せていたが、一人で着るのは大変だった。大紋などめったに着ない。たまに着る時は妻の明日香《あすか》が手伝ってくれるので、細々としたことを覚える必要もなかった。そのツケがこんな形で回ってきたのである。

政則は四苦八苦して装束をととのえながら、久慈の家族のことを思った。いつもなら皆で新年を迎え、朝餉の食卓に向かっている。重箱に詰めた御節《おせち》料理や干し餅《もち》の雑煮《ぞうに》を食べながら、一年の目標などを語り合っている頃だった。

「政則、仕度はできたか」

九戸実親が返事も待たずに戸を開けた。

深みのある小豆《あずき》色の大紋を着て、脇差しをたばさんでいる。背が高く肩幅が広いので、烏帽子がよく似合っていた。

「集合は巳《み》の刻（午前十時）と申し合わせたはずですが」

「もう康実《やすざね》も参っておる。兄弟で新年の挨拶《あいさつ》をするのも悪くあるまい」

実親に案内されて主屋の広間に出た。

中野康実は実親の嫡男晴親《ちゃくなんはるちか》と話し込んでいた。うこん染めの派手な大紋を着ているが、ひょろりとやせた体付きなので貧相な感じはいなめなかった。

「四郎、胸紐《むなひも》」

康実は一瞥《いちべつ》するなり非難がましい声を上げた。

「これが何か」

「結び方が逆じゃ。そんなことも分らぬか」

ああ、そうかと、政則は胸紐を結び直した。明日香の手付きを思い出しながら締めたので、左右が逆になっていた。

「待たせたな。それでは年賀を」

実親が場を仕切り、四人は姿勢を改めて正月の挨拶をした。

「左近将監《さこんのしょうげん》どのは、まだでござるか」

康実があたりを見回してたずねた。

「約束の刻限までには、まだ間がある」

「来ないつもりではありませんか。あの御仁は」

「来ると言われたのだ。案ずるには及ばぬ」

実親は押さえ込むように言い、晴親に席をはずせと命じた。

「九戸城下に一揆《いっき》勢が入っているという報告もございます。もし欠席なされたなら、由々しきことになりまするぞ」

「康実、口をつつしめ」

実親は叱《しか》りつけたが、政実は巳の刻の鐘が鳴り終えても来なかった。

雪は玉のすだれとなって降りつづいている。雲が低くたれこめ、あたりは夕方のような暗さだった。

政則は気を張りつめて玄関先の気配をうかがったが、人の出入りはない。吹きつける風が、時折板戸を鳴らすばかりだった。

巳の刻を四半刻《しはんとき》（三十分）ほど過ぎた頃、

「どうやら手違いがあったようじゃ。やむを得ぬ」

実親が三人だけで登城すると言った。

供の侍十五人はすでに仕度を終えていたが、屋敷に控えておくように命じた。

「かくなる上は、意を尽くしてわびるしかあるまい」

三人に謀叛《むほん》の意志がないことを、丸腰同然で登城することで示すことにしたのだった。


下馬御門を入り、長くなだらかな大手道を登った。

三戸城も厚い雪におおわれているが、大手道はきれいに掃《は》き清められている。雪が積もると沿道に控えた兵がすぐに箒《ほうき》で払うのである。

その手厚いもてなしぶりに、秀吉から南部家の当主と認められた信直《のぶなお》の正月参賀に賭《か》ける決意が現われていた。

政則は実親、康実の後ろを歩きながら、失望に打ちのめされていた。

政実を説得できたと思っていただけに、当日になって裏切られたのがひときわ辛《つら》い。これでは信直からどんな処罰《しょばつ》を受けるか分らなかった。

「いっそ白装束で来れば良かったのだ」

康実が聞こえよがしにつぶやいたのは、同じ不安に駆られているからだった。

三戸城の第一の曲輪《くるわ》は武者溜《だまり》である。合戦の際に武者揃《ぞろ》えをして出陣するためのものので、巨大な綱御門によって厳重に守られていた。

大手道の両側には桜庭《さくらば》、目《め》時《とき》、北《きた》、東《ひがし》、石亀《いしがめ》氏ら、南部一門の重臣たちが屋敷をつられている。そこを抜けて欅《けやき》御門をくぐると広々とした二の丸があり、信直の一族と譜代の家臣が守りを固めていた。

本丸に近付くにつれて見晴らしは良くなるが、風が身を切る冷たさで吹きすぎてゆく。いかに厳重な城とはいえ、冬場に城内で過ごすのは無理だった。

政則らは大御門をくぐって本丸に入り、本丸御殿の御焚火《たきび》の間に案内された。部屋の中央に大きな囲炉裏があり、炭火が燃えさかっている。

冬には何よりの馳走《ちそう》で、烏帽子、大紋姿の一門衆や重臣たちが、まわりに集まって暖を取っていた。

「九戸ご兄弟が参られました」

案内の者が告げると、皆がいっせいに目を向けた。そうして素早く政実がいないことを見て取り、険しく難しい表情をして黙り込んだ。

「方々、あいにくの天気でござるな」

実親が臆《おく》する気色《けしき》もなく声をかけ、一門衆の筆頭である八戸政栄《はちのへまさよし》の側に席を占めた。

「実親どの、左近将監どのはいかがなされた」

険しい顔付きでたずねたのは北左衛門佐信愛《さえもんのすけのぶちか》だった。

南部家の家老で、九年前に策略をもちいて信直を擁立《ようりつ》した張本人である。六十九という高齢ながら、黒と赤の片身ちがいの派手な大紋を着ていた。

「参上すると申しておりましたが、何かさし障《さわ》りがあったようでござる」

「それでは済みませぬぞ。お分りとは存ずるが」

参賀は午《うま》の刻から大広間で始まった。御座の間に向かって右側に信愛を筆頭とする譜代の重臣たちが、左側に八戸政栄を上座にした一門衆が居流れている。

政栄の隣は政実の席だが、実親がひとつ席次を上げて座っていた。

やがて出御の太鼓が打ち鳴らされ、南部信直が太刀持ちの小姓を従えて御座の間についた。

眉《まゆ》が濃く、鋭い大きな目をしている。四十六歳の分別盛りで、武将としての力量も並々ならぬものがあった。

「皆の者、面《おもて》を上げよ」

信直はそう言って一人一人の顔をゆっくりと見回した。

「雪の中の参賀、大儀である。息災で何よりじゃ」

「新年おめでとう存じます。殿と南部家の弥栄《いやさか》を願って、一同参上いたしました。御下知をたまわりとう存じます」

八戸政栄が口上をのべ、一同がそろって頭を下げた。

一門筆頭の政栄が臣従を明言することで、七戸や九戸などの分家も臣下に下るという演出だった。

「関白殿下の奥州《おうしゅう》平定以来、我らがいかなる立場におかれているか皆も存じておろう。それゆえ今日は、新しく報《し》らせがあったことだけを伝える。ひとつは伊達《だて》どのと蒲生《がもう》どのの一件だ」

昨年九月に起こった葛西《かさい》、大崎《おおさき》一揆の鎮圧をめぐって、伊達政宗《まさむね》と蒲生氏郷《うじさと》の間で対立が起こった。氏郷は木村吉清《よしきよ》らを助けるために一刻も早く一揆勢を攻めるように求めたが、政宗はいろいろと理由をつけて出陣を遅らせた。

このために氏郷は政宗が一揆勢と結託していると見なし、その旨《むね》を秀吉に訴え出た。それ以後も氏郷は大崎義隆《よしたか》の居城だった名生《みょう》城に立てこもり、政宗と敵対する構えを取っていた。

ところが両者の和解が成立し、今日一月一日をもって氏郷は黒川城へ引き上げることになったのだった。

「ご両所の争いは、関白殿下のご裁定によって決着がはかられるそうだ。巷《ちまた》には伊達どのが一揆勢に加担しておられるという雑説があった。和賀《わが》や稗貫《ひえぬき》、そして南部領の地侍の中には、伊達どのが身方をされるので一揆勢に分があると説く輩《やから》もいる。だがこれが虚説であったことは、伊達どのが上洛《じょうらく》して関白殿下にご対面なされることからも明らかである。いまひとつは昨年十一月、関白殿下が朝鮮の使者と対面なされ、ある要求を突きつけられたことだ」

去る十一月七日、秀吉は朝鮮国王の使者と聚楽第《じゅらくだい》で対面し、銀四百両を与えた上で国王へあてた書状を渡そうとした。

しかし書状が礼を欠くものであり、内容も受け容《い》れがたかったので、使者は取り次ぎを拒否したという。

「この書状に何が記されていたか、殿下と側近衆しかご存知ない。しかし都では、殿下はやがて朝鮮に出兵されるおつもりだという噂《うわさ》が流れておる。そうなったなら奥州にも出兵のご下知があり、応じる力がない大名は改易《かいえき》される。そんな憂《う》き目にあわぬよう、皆で力を合わせて領国の経営にあたろうではないか」

信直は都に家臣を常駐させ、秀吉政権の動きを注視させている。その情報は正確で、先を見通す眼力も備えていた。

信直が話を終えると、若侍たちが一の膳《ぜん》を運んできた。三つの皿にするめと昆布《こんぶ》とのし鮑《あわび》を少しずつ盛ってある。いずれも正月の縁起《えんぎ》物だった。

まず信直が朱塗りの盃《さかずき》に口をつけ、八戸政栄に回す。政栄から実親、そして一門衆の末席についている政則まで回ると、家老の信愛へ盃が渡り、譜代の重臣たちに回される。

盃が三度回ることを一献と呼ぶ。そして二献、三献と膳を替えて同じことをくり返すのが正式な酒席の礼法で、式三献と呼ばれている。

二の膳は炊《た》きたての白米と雉《きじ》と胡桃《くるみ》餅の雑煮、鰈《かれい》の煮付け。三の膳は鱈《たら》の吸い物、鰊《にしん》の昆布巻、黒豆としみ豆腐だが、最後にめずらしい一品が出た。

餅を油で揚げて煮汁をかけた南蛮渡来の料理である。参賀の客をもてなすために、信直はわざわざ都から油を取り寄せていたのである。

式の間、政則はそれとなく信直の様子をうかがっていた。

対面するのは初めてである。巷では先代晴継《はるつぐ》を暗殺したのは信直だという噂もあるので、陰湿《いんしつ》な謀略家《ぼうりゃくか》のような印象を持っていたが、こうして見るとかなりちがう。

肚《はら》がすわった男で、話しぶりにも聡明《そうめい》さがうかがえる。京都に家臣を常駐させて天下の動きをつかもうとする見識もそなえているし、この先の見通しをしっかりと立てて家中の結束を呼びかけるやり方も見事なものだった。

(それに比べて兄者は……)

いったい何を考えているのかと、政実のやり方が腹立たしくてならなかった。

長年の仕来りを守ることも大切にはちがいないが、今は秀吉政権の奥州仕置きに対応することが先決である。その点においては、政実より信直の方が優れていると言わざるを得なかった。

式三献が終わると座は無礼講になる。銘々《めいめい》が勝手に盃を交わし、席を立って話したい者の側に寄る。そうして酔《え》い喰《く》らい、腹にたまった思いを声高に語り合うのが、奥州での酒席の常だった。

実親は真っ先に信直の前に出ると、

「殿、兄者の不参、まことに申し訳ございませぬ」

率直に非をわびた。

にぎわいはじめた座が、一瞬に静まった。信直がどんな態度に出るか、誰もが息を呑《の》んで待ち受けていた。

「何ゆえの不参じゃ」

信直は感情を表に現わさなかった。

「分りませぬ。四人そろって参列させていただくと、しかと申し合わせておりましたが」

「実親どの。子供の使いではあるまいし、分らぬではすみませぬぞ」

信愛が横から口をはさんだ。

「おおせの通りでござる。それゆえ供もつれずに登城いたした」

「いかような処罰も受けるとおおせられるのじゃな」

「さよう。殿のご下知とあらば、お庭先を拝借いたす所存でござる」

「そちは義弟じゃ。信義に厚いことも存じておる」

信直が手ずから盃を渡し、実親のせいではないと言った。

「されどこのままでは、家中への示しがつかぬ。関白殿下のお申し付けにも背くことになる」

それゆえどう対処するか、信愛と相談せよ。信直はそう言いおいて席を立った。

「殿のおおせじゃ。この不始末の責任をどう取るか聞かせていただこう」

信愛が肩をそびやかして迫った。

「しばしお待ち下され。兄弟三人で話し合ってご返答申し上げる」

「それまで下城はあいならぬ。貴殿らは先月長興寺《ちょうこうじ》で法事をなされたようだが……」

信愛は一同の関心を引きつけるように言葉を切り、実親の耳に何事かをささやいてから信直の後を追った。

実親は信直から渡された盃をゆっくりと飲み干し、政則と康実について来いと目くばせして大広間を抜け出した。

向かったのは御焚火の間だった。

「聞いての通りじゃ。すでに大御門と搦手《からめて》御門に兵を配し、下城しようとしたなら討ち果たせと命じておられよう」

「左近将監どのが約束を破られるから、このようなことになったのだ。あのお方はこうなることが分っていながら、我らを罠《わな》にはめられたのじゃ」

康実がうらめしそうに政則を見やった。

「それはどういう意味でございますか」

「知れたことよ。我らを南部家中にいられなくして、一揆の側に取り込む計略じゃ。我らを月命日の法要に集められたのも、兄弟四人が結束していることを信直どのに見せつけるためだったのであろう」

「ちがいます。あれは私がお願いして長興寺に来ていただいたのです」

いきさつは下の兄者も知っているはずだと、政則はむきになって抗弁した。

「愚か者が。そちは左近将監どのの手の内で操られたのだ。坊主《ぼうず》上がりの世間知らずなど、赤子の手をひねるよりたやすく意のままにできるからな」

「やめぬか」

実親が一喝した。

「今はそんなことを言い合っている場合ではあるまい」

「されどご家老も、法要の日に謀叛の申し合わせをしていたのではないかと、疑っておられたではありませんか」

実親の近くにいた康実は、信愛の唇の動きを見てそれを読み取っていた。

「ほう。さような技を身につけておったか」

「斯波《しば》御所に養子にやられ、何度か命を狙《ねら》われました。生き延びるためには、どんな技でも身につけまする」

「たしかにご家老はそう言われたが、事実ではないことはそちも知っての通りじゃ」

「それゆえ罠だったと申しておるのです」

「ともかくこの不始末をわび、兄者と殿の和をはかる策をこうじなければならぬ」

実親は火箸《ひばし》を取り、消えかけていた炭を積み直した。とたんに火の勢いが増し、三人の顔を赤く照らした。

「そのためには策はひとつしかあるまい」

「何でございましょうか」

政則が身をのり出してたずねた。

「晴親と亀千代《かめちよ》を証人に出し、殿に兄者との対面に応じていただくことだ」

亀千代とは十一歳になる政実の嫡男である。政実は長い間子宝に恵まれなかったが、四十七歳になって後添いにした北の方との間に一子をもうけたのだった。

「それは無理でござる。左近将監どのが、ひと粒種の亀千代を人質に出されるとは思えません」

「無理でも何でも、この条件でなければ殿やご家老を説得することはできぬ。四郎、そうは思わぬか」

「おおせの通りと存じます」

「ならばそちが九戸城に行き、兄者の了解を得てきてくれ」

実親はそう命じると、この条件で了解を求めてくると信愛のもとに向かった。

信愛は晴親と亀千代を証人にするならと、強く念を押した上で申し出を認めた。三人は無事に下城を許され、大御門を出て実親の屋敷に向かった。

雪は相変わらず降りつづいているが、大手道はきれいに掃き清めてある。信直に会って人となりに触れたせいか、政則にはそうした配慮がいっそう好ましく感じられた。

屋敷では小田庄左衛門が待っていた。

「大殿はご病気のために、正月参賀を欠席なされるとのことでござる」

それを伝えるために九戸城から戻ってきたが、参賀に間に合わなかったという。

「信直どのへ使者は出されたか」

「出されましたが、それがし同様間に合いませなんだ」

「愚かな。今さらそのような言い訳が通じると思うか」

康実が横から口をはさんだが、庄左衛門がひと睨《にら》みすると腰が折れたように黙り込んだ。

「雪の中大儀であった。そちならこのまま九戸城まで戻れような」

実親の問いかけに、庄左衛門は無言のままうなずいた。

「ならば馬を貸し与える。このまま政則とともに兄者のもとに戻ってくれ」

事は一刻を争うと急き立《せ》てられ、政則と庄左衛門は借りた馬に飛び乗った。

南部の馬は速くて強い。奥州は昔から名馬の産地で、その歴史は古代にまでさかのぼる。一戸《いちのへ》から九戸までの地名は馬の飼育地《しいくち》に由来するもので、戸立《へだ》ちといえば名馬の品質を保証する血統書のようなものだった。

その名馬に乗って雪道を急ぎに急ぎ、日が暮れる頃には九戸城に着いた。

雪のつもった蓑《みの》を脱ぎ捨てて本丸御殿をたずねると、中では相変わらず家臣や領民が冬ごもりの仕事をしていた。

まるで時の止まった別世界に踏み込んだようだった。

「兄者はどこにおられる」

機《はた》を織《お》っている娘をつかまえてたずねた。

「ご病気で寝でおられると聞きりゃんしたが」

娘は伸び上がってあたりを見回し、

「あんれ、あっだな所で向かい鎚《づち》を打っておりゃんす」

さも嬉《うれ》しそうに土間の片隅を指さした。

そこには火床があり、鍛冶《かじ》たちが鎚をふるって何かを作っている。政実は主鎚《おもづち》の男と向き合い、交互に鎚を打っていた。

作っているのは鎧の札《さね》にするための鉄板だった。

「兄者、武士に二言はないはずでございましょう」

なぜ約束を破ったのだと、政則は険しい口調で問い詰めた。

「そう言うな。いろいろと事情があってな」

政実は軽く受け流すと、二人を囲炉裏の間に連れていった。

「何があったかは知りませんが、そんなにお元気なら参賀に来ることができたはずではありませんか」

「それゆえ事情があったと申しておる」

「どのような事情でございましょうか」

「わしが登城したなら討ち果たすように、信直が家臣に命じていたのだ」

「まさか、そんなことが」

あるはずがないと政則は思った。

「確かな筋からの知らせだ。間違いはない」

「誰です。城中に間者でも入れておられるのですか」

「お前にそれを言えば、その者の命を危うくする。明かすわけにはいくまい」

「ともかく、参賀の約束を破ったままにしておくことはできません。中の兄者が南部家中で難しい立場に追い込まれておられます」

「実親のことは案ずるに及ばぬ。あれは少々のことには動じぬ奴《やつ》だ」

「そんな無責任な言い方はないでしょう。すべて兄者のせいで起こったことですよ」

「恐れながら、大殿に向かってお言葉が過ぎまするぞ」

庄左衛門が横からたしなめた。

政則も言い過ぎたことに気付き、大きく息を吐いて冷静さを保とうとした。

「気にするな。お前の気持は分っておる」

「それなら信直どのと対面し、今日のことをわびて下さい」

政則は城中で起こったことを話し、晴親と亀千代を証人に出すという実親の提案を伝えた。

「うむ、亀千代をな」

政実は腕を組んでしばらく考え込み、信直も証人を出すなら応じても良いと言った。

「しかし、わびるのは当方でございます」

「行けなくしたのは向こうだ。それに南部と九戸は、これまで対等の付き合いをしてきた。こちらから一方的に折れることはできぬ」

政実は強硬に言い張り、話はすんだとばかりに鍛冶場にもどって行った。

翌日、政則は実親の屋敷にもどり、政実の申し出を伝えた。

実親は家老の北信愛とこの件を相談したが、信直に証人を出せと求めるのはあまりにおそれ多い。そこで信愛の嫡男秀愛《ひでちか》を証人にするという代案を出した。

その他にも対面の場所や日取り、立ち会い人など、決めなければならないことはいくつもある。そのたびに政則は三戸と二戸を往復し、仲介の役を果たさなければならなかった。

三戸から二戸へは馬淵《まべち》川ぞいの道をさかのぼる。目時《めとき》の渡し場で川を渡り、山越えの道をたどって奥州街道に出れば、二戸までは一本道である。

政則は実親から与えられた黒鹿毛《くろかげ》に乗ってこの道を往復したが、湯田（金田一《きんたいち》）の茶店に寄って足を休めている時、七人連れの侍が急ぎ足で南へ向かうのを見かけた。

いずれも笠《かさ》を目深《まぶか》にかぶり、毛皮の袖《そで》なしを着て直刀をたばさんでいる。地侍のような出《い》で立《た》ちだが、このあたりの者とはどこかちがう。

着物の染めが上等だし、雪を踏む足の運びがぎこちない。一歩一歩踏みつけるようにして歩くのは、草鞋《わらじ》の底に滑り止めの金具をつけているからだった。

（もしや、一揆衆が）

葛西、大崎から入り込んでいるという康実の言葉が頭をよぎった。

政則は馬を茶店にあずけ、笠を目深にかぶって後を尾《つ》けることにした。庄左衛門がいれば任せるところだが、あいにく先に九戸城に向かわせていた。

政則は武芸の腕には自信がない。気配をさとられないように二町ばかり距離をおいたが、雪景色の中なので姿を見失うことはなかった。

七人は温泉地として知られた湯田を通り、馬淵川の支流にそって東への道をたどった。道は急に狭くなり、あたりはうっそうと木々におおわれている。その道を縦一列になって足早に歩いていく。

（この道は、確か）

爾薩体《にさったい》（仁左平）に向かっているはずだった。

かつて蝦夷《えみし》の首領イカコが本拠地とした山深い村である。そんな所に何の用があるのかといぶかりながらも、政則は奇妙な気持の高ぶりを覚えていた。

子供の頃、爾薩体について不思議な話を聞かされたことがある。

かつてこのあたりでは金や銀が採れ、大勢の蝦夷たちが住みついていた。大和朝廷はそれを奪い取るために何万もの軍勢を送り込んだが、イカコが山の神の助けを借りてことごとく追い払ったという。

また爾薩体は薬草の産地としても知られていた。これもイカコが蝦夷を助けるために奥州中から集めたもので、今でも百種類以上が自生している。

この薬草を使えばどんな病気も治すことができるが、この山に入ることができるのは蝦夷の血を引く者だけである。もし里の者が掟《おきて》を破って山に入ったなら、イカコの呪《のろ》いのためにたちまち命を奪われる。だから決して立ち入ってはならないという。

政則はその話を思い出し、このまま爾薩体まで行ってみる気になった。京都の寺で薬草について学んだので、本当に万病に効く薬草があるかどうか確かめてみたかった。道は一本だし見失うこともあるまい。むしろ相手に気付かれることを恐れ、政則はいっそう間を空けて七人の後を追った。

空は晴れているのに、森の道は夕暮れのように暗い。木々をおおう雪が陽の光をさえぎっている。

政則は急に寒気を覚えて足を止めた。あたりをおおう冷気のせいばかりではない。里の者が山に入ればイカコの呪いで殺されるという話が脳裡《のうり》をよぎり、子供の頃のような不気味さを覚えたのだった。

その時、前方から人の叫びが聞こえた。

突然の変事に取り乱した声、態勢をととのえて迎え討てという怒鳴り声、断末魔の絶叫が入り乱れたが、やがて何事もなかったように静まり返った。

(もしや、熊《くま》か)

政則は恐怖に身をすくめながらも、刀を抜いて先へ進んだ。

庄左衛門がいてくれたらと思いながら恐る恐る山を登ると、急にあたりが霧におおわれた。

中腹の平坦地《へいたんち》に池があり、そこから立ち昇る蒸気が霧となって視界をさえぎっていた。

池の側には七人の足跡が残り、恐慌《きょうこう》におちいった様子を伝えるように入り乱れている。ところがそこでぷっつりと途切れ、七人の姿は杳《よう》として消え失《う》せていた。

（そんな馬鹿《ばか》な）

イカコの呪いなどあるはずがないと思いながらも、政則は恐ろしさに身震いし、一刻も早くこの場を離れようと踵《きびす》を返した。

その時霧が晴れ、尾根に立つ人影がぼんやりと浮き上がった。

黒い毛皮を着て半弓を手にしている。背が高く肩幅の広い体付きは誰かに似ている気がしたが、政則はそれを確かめもせずにふもとに向かって駆け出していた。

政則の奔走《ほんそう》と実親の粘《ねば》り強い交渉によって、政実と信直の対面の日取りが決った。

一月二十四日。先代晴継の命日に、南部家の菩提寺《ぼだいじ》である三光寺で法要がいとなまれる。政実もこれに参列した後、信直と対面する。

その前日に証人である亀千代、晴親は北信愛の屋敷に、秀愛は実親の屋敷に入り、対面が終った後に互いの親に引き渡す。

対面の立会人は、信直側が信愛と八戸政栄、政実側は実親と政則。他の家臣や警固の者は、いっさい入れないことにした。

晴継の法要の日にしたのは、信直のたっての希望によるものだった。

九年前に晴継が暗殺されて以来、信直が家を乗っ取るためにやらせたという噂は根強い。それを払拭《ふっしょく》するには、政実が法要に参列するのが一番いいというのである。

「これこそ両者の和解が成ったことを示す最良の手立てと存ずる」

信直は大きな目に決意をみなぎらせてそう迫ったのだった。

対面の日まで半月ほどある。政則は家にもどることにし、小田庄左衛門の案内で久慈に向かった。

九戸城から長興寺、円子《まるこ》をへて赤城峠をこえる難路である。来る時は広野の山立衆《やまだち》に連れられて心細い思いをしたが、庄左衛門が一緒だと何の心配もなかった。

「この一月の間に、殿も肝《きも》太うなられましたな」

感服したと言いたげな顔で、庄左衛門は先に立って歩いていく。

「そちがいてくれたお陰だ。そうでなければ雪崩《なだれ》に巻き込まれて死んでいた」

「天運でござる。それがしの力などではござらぬ」

しばらく歩くと赤城峠の急坂にさしかかった。前方に雪におおわれた尾根がそびえている。

政則はふと爾薩体に向かっていた時のことを思い出して足を止めた。

「殿、いかがなされた」

足でも痛めたかと、庄左衛門が気づかった。

「いや、何でもない」

政則はあの日のことを誰にも話していない。七人の屈強な男たちが忽然《こつぜん》と消えると
は狐《きつね》にでもつままれたようで、本当にあったことかどうか自信が持てなくなっていた。

その日は峠の手前の鎌屋敷《かまやしき》に泊り、翌日の午後に久慈城に着いた。まず本丸御殿を
たずね、義父の久慈直治《なおはる》に帰城の挨拶をした。

「長らく城を空けて申し訳ございませぬ。子細《しさい》は先日の書状にしたためた通りでござ
います」

政則は留守の間に二度文を送り、二戸や三戸の状況を知らせていた。

「大儀でござった。お館《やかた》さまは信直どのとの対面に応じられるそうでござるな」

「二十四日の法要に参列し、和解の道をさぐることになされました」

「婿《むこ》どのもご尽力なされたようだが、それほど簡単には事はおさまるまい」

「何ゆえでございましょうか」

「信直どのが先代さまの法要の日を選ばれたのは、自分の潔白を言いたてるための計略でござる。なかなか一筋縄ではいかぬお方じゃ」

「参賀の席で初めてお目にかかりましたが、表裏のある方とは見えませんでした」

「それは婿どのが慈悲《じひ》の眼《まなこ》で見ておられるからじゃ。現実はもう少し厳しゅうござるぞ」

坊主上がりのお前には現実が見えていないと言わんばかりである。信直に対する不信はそれほど強く、いつでも出陣できるように兵備をきびしくととのえていた。

二の丸の館にもどると、家族がそろって出迎えた。明日香は赤い頰っぺの則子を抱いている。福寿丸《ふくじゅまる》と治子《はるこ》は下女の妙子に手を引かれていた。

「父上、お帰り。明けましておめでとうございます」

福寿丸と治子が声をそろえ、面はゆげに政則を見上げた。

真っ先にそう言おうと、二人で練習したようだった。

「おめでとう。元気だったか」

政則は両手ですくい上げるように二人を抱き上げた。

年が明けて七歳と五歳になる。体重もふえて、ずしりと手応《てごた》えがあった。

「うん。お雑煮をたくさん食べたよ」

「わたしね。母上のお手伝いをしたんだよ」

二人は先を争うように政則の首にしがみついた。

「則子の具合はどうだ。熱は出なかったか」

「ええ。二歳になって少し丈夫になったようです」

明日香が顔を見せようと体をよじったが、人見知りの始まった則子はしっかりと母親の胸にしがみついていた。

その夜、政則は久々に我が家で横になった。気持が安らぎ、体中の緊張がほぐれていく。自分がこれほど疲れていたことに、改めて気付いたのだった。

うとうとしていると、明日香が夜着に着替えて寄り添ってきた。洗いたての木綿のやわらかい肌ざわりだった。

「ようやく生地《きじ》がなじんできたようだな」

「ええ、洗うほどに温かくて着心地がよくなります。不思議な布ですね」

木綿は明国から伝わったばかりで、まだ奥州には普及《ふきゅう》していない。明日香と子供たちのために、政則が京都から取り寄せたのだった。

「正月に留守をしてすまなかった」

「大事なお役目ですもの。仕方がありません」

「兄者と南部どのの対面の段取りだけはととのえた。後はお二人がどのような判断をなされるかだ」

「戦《いくさ》にならないよう、お話がまとまるといいですね」

「その席に、私も立ち会うことになった。二十二日には九戸城に行かねばならぬ」

政則はいつものように明日香を抱き寄せ、額にかかった髪をかきあげた。

「長興寺にいる時、悩ましい夢を見た」

「どんな夢でしょうか」

「二人でこうしているところだ。一人では肌淋《さび》しくてな」

「うれしい。わたくしもそうでした」

明日香が政則の胸に顔をうずめ、背中に回した手に力を込めた。

抱《いだ》き合い温《ぬく》もりを分かちあっているだけで、互いの心は満たされる。離れている時には、肌を合わせてひとつになりたいと願ったものだが、政則は愛撫《あいぶ》の手を伸ばそうとしなかった。

もし今夜子宝をさずかったなら、出産は冬の初めになる。愛《いと》おしさに自制を失って、明日香と生まれてくる子を厳冬の危険にさらすわけにはいかなかった。

急ぎ申し送ります。十二月二十日の御文、洛中にて正月十日に落掌し、つぶさに披《ひ》見《けん》申しました。九戸左近、正月参賀のために三戸城に伺候《しこう》し、南部どのと対面に及ぶとの儀、慮外《りよがい》のことにて先行きを案じおります。

万一和議など相成るにおいては、奥州仕置きの名分が立たなくなり、天下の計略にも支障をきたすは必定と思われます。

あらゆる手立て、非常の手段をめぐらし、対立をあおって弓箭《きゆうせん》に及ぶよう仕向け申さねば、これまで貴殿を頼んできた甲斐《かい》がないと危ぶんでいます。

おたずねの蒲生どの、伊達どのの儀については、伊達どのに非ありといえども、奥州仕置きと朝鮮ご出陣にかんがみ、両者痛み分けの裁定をお下しになるものと拝察しております。

伊達どのから本領米沢を没収して蒲生どのに与え、葛西、大崎の旧領三十万石を伊達どのに与える策もありと、ご進言申す者もいると聞き及んでおります。さすれば伊達どのも一揆勢のなで斬《き》りに血眼になり、奥州仕置きもはかばかしく進むとの目算あってのことと存じます。

京儀のことはご懸念《けねん》無用です。唯々《ただただ》ご当地での計略に専心なされ、奥州を争乱の巷となして下さい。さなくば貴殿のお望みも、うたかたの夢と消え去るは必定と存じます。

恐々謹言

一月二十二日、政則は庄左衛門とともに九戸城をたずねた。

二十四日の対面にそなえ、明日までに三戸城下の実親の屋敷に行っておかなければならない。正月参賀の轍《てつ》をふまないように、前々日から政実の側にいて万全を期すことにしたのだった。

大手門をくぐり二の丸に入ると、珍らしく数人の家臣が迎えに出ていた。

「お館さまは御殿の広間でお待ちでがんす」

老臣の大野弥五郎《おおのやごろう》が先に立って案内した。幼い頃から顔を知っている九戸家の執事だった。

「ご丁重にかたじけない。いつもと様子がちがうようだが」

「今日は久慈備前守《びぜんのかみ》どのとしてお迎えするようにおおせつかっておりゃんす」

広間には一門や重臣が十人ばかり集まっていた。

櫛引河内守清長《くしびきかわちのかみきよなが》、七戸《しちのへ》彦三郎家国《いえくに》、伊保内《いぼない》美濃、軽米《かるまい》兵右衛門ら、政実の軍勢の中核をなす一騎当千の強兵《つわもの》たちが、円座になって政則を待ち構えていた。

「備前守どの、さあ、こちらに」

河内守清長が横に詰めて席を空けた。

「これから寄り合いがあるのでしょうか」

「貴殿を迎えるために集まったのでござる。このたびは九戸家のためにご尽力をいただき、かたじけのうござった」

「それでは南部どのとの対面には」

「お館さまがご決断なされたのじゃ。我らはそれに従うばかりでござる」

やがて政実が北の方と亀千代をつれて現われた。

北の方はまだ三十歳になったばかりの、ふくよかで美しい女である。亀千代は十一歳だが、大人と変わらないほど立派な体格をしていた。

「四郎、大儀であったな」

政実はねぎらいの言葉をかけて、妻子とともに円座に加わった。これまでとはうって変った対応だった。

「わしも迷っておった。お前や実親には迷惑をかけたと思っておる」

「それでは和睦《わぼく》の道を選ばれるのですね」

「南部どのが家臣と領民を守って下さるなら、臣下の礼を取ることに異存はない。今は家中で争っている時ではないとは、もっともな言い分じゃ」

「何か条件を出されるおつもりでしょうか」

「それは対面の折に南部どのに申し上げる。今日は我らの壮行《そうこう》の宴《うたげ》じゃ」

政実は話を断ち切るように手を打った。

侍女たちが次々に膳を運び入れ、またたく間に酒宴の仕度がととのった。

翌朝は晴れていた。

雪におおわれた大地と氷に閉ざされた馬淵川が、朝日に照らされて輝いている。本丸御殿の暗がりになれた目には、正視できないほどのまぶしさだった。

政則は政実ら十五騎とともに城を出て三戸に向かった。大手門を出て二の丸と松の丸の間の道をたどり、馬淵川につづく坂を下りていく。

沿道には家臣や領民が隙間《すきま》なく並び、対面の行方を案じながら見送っていた。

思い詰めた険しい表情を見れば、政実がどれほど慕われているかよく分る。領主というより家族のような親しみを、誰もが抱いていた。

昼前に三戸に着いた。

こちらも大勢が見物に出ていたが、一行に向ける目は厳しい。敵意をむき出しにする者や、聞こえよがしに悪口を吐く者もいる。

九年におよぶ対立は、南部と九戸の間に抜きがたい不信感を生んでいるのだった。

実親の屋敷に着くと、さっそく亀千代と晴親を証人として送ることになった。

「亀千代どの、晴親と二人、親戚《しんせき》の家に泊りに行くつもりでいて下され」

実親が緊張をやわらげようと満面の笑みを浮かべた。

「叔父上、私は大丈夫です。ご懸念には及びません」

亀千代は覚悟の定まった落ち着いた態度で応じた。

「それでこそ九戸の若侍じゃ。二人して肝《きも》をねってくるがよい」

実親が泣き笑いの顔で亀千代の頭を手荒くなでた。

二人を乗せた駕籠《かご》は、雪におおわれた大手道をゆっくりと登り、三戸城内の北信愛の屋敷に向かった。

ここで二人を引き渡し、信愛の嫡男秀愛《ちゃくなんひでちか》を受け取り、下馬御門を抜けて実親の屋敷にもどってくる。わずか五町ばかりの距離で、時間はさしてかからなかった。

駕籠の戸を開けて出てきた秀愛は、肩幅の広い壮年《そうねん》の美丈夫である。南部晴政《はるまさ》の五女を妻にしているので、実親とは義兄弟だった。

「左近将監どの、お懐《なつか》しゅうござる。義兄上《あにうえ》もご息災で大慶に存ずる」

秀愛は庭先に立って挨拶し、こちらが備前守どのでござろうかと政則を見やった。

「久慈備前守政則です。初めてお目にかかります」

「主馬《しゅめ》秀愛でござる。それがしより二つ歳下《としした》と聞きましたが」

「それでは四十になられますか」

「さよう。この正月で不惑になり申した。よろしくお付き合い願いたい」

秀愛は表裏のないさっぱりとした気性である。明日の対面についても、何の不安も感じていないようだった。

三戸南部家の菩提寺である三光寺は、三戸城から一里ほど北の聖寿寺館《しょうじゅじだて》の一角にあった。

聖寿寺館は鎌倉時代以来の三戸南部家の居城で、本三戸城とも呼ばれている。三光寺が城のすぐ側に作られたのはそのためだが、先々代の晴政が天文八年（一五三九）に今の場所に城を移した。

これにはひとつの伝説がある。

南部家中興の祖と呼ばれる晴政は、糠部《ぬかのぶ》郡から岩手、閉伊《へい》、鹿角《かづの》へと勢力を拡大し、戦国大名としての地位を確立したが、梟雄《きょうゆう》らしい傍若無人《ぼうじゃくぶじん》の振舞いも多かった。

家臣の赤沼備中の妻に惚《ほ》れ込み、力ずくで側に侍《はべ》らせたために、これを恨んだ備中が復讐《ふくしゅう》のために城に火を放った。

晴政はかろうじて脱出したが、城は全焼し、歴代の文書や記録が失われたという。これが事実かどうか定かではないが、この火事が原因で晴政は城を移し、三光寺はそのまま元の位置に残されたのである。

天正十年（一五八二）一月に急逝《きゅうせい》した晴政の葬儀もこの寺で行なわれ、悲劇はその夜に起こった。

晴政の跡をついだ晴継は、葬儀を終えて三戸城へ向かった。あいにく夜になって雨風が強くなり、提灯《ちょうちん》をかかげることもできなかった。その機会をとらえた凶徒は、暗がりから飛び出して晴継を刺殺し、いずこへともなく姿を消したのである。

二十四日の巳《み》の刻、政則らは惨劇のあった道をたどって三光寺に着いた。

聖寿寺館の北側に位置する妙心寺派の禅寺である。山門では南部家の家臣が警固にあたり、不審な者が入り込まないように目を光らせていた。

本堂ではすでに法要の仕度がととのっている。まわりに黒白の幔幕《まんまく》が張られ、一門や重臣たちが神妙に席についていた。

政実の席は正月参賀の時と同じで八戸政栄の次である。政実ら四兄弟の母親は八戸南部家の出なので、政栄とは親戚だった。

やがて信直が喪主《もしゅ》の座につき、住職の読経《どきょう》が始まった。僧籍《そうせき》にあった政則にはなじみ深い光景である。捧《ささ》げられるお経は今でも空《そら》でとなえることができた。

対面は庫裏《くり》の客間でおこなわれた。

住職が客をもてなす八畳の部屋に、政実と信直が向き合って座り、政則と実親、信愛と政栄が側に従った。

「本日はご参列いただき、かたじけのうござった」

信直は政実を一門の重鎮として扱った。

九年前、晴継が南部家を継いだ頃は、信直より政実の方が立場は上だった。会うのはそれ以来なので、昔の礼儀を用いたのだった。

「こちらこそかたじけない。正月参賀には急な病で欠席し、ご無礼をいたし申した」

「こうしてお目にかかれたのですから、何とも思っておりません。これからも南部家のためにお力を貸していただきたい」

「大膳大夫《だいぜんのだいぶ》どのが家臣と領民をお守り下さるなら、どんな協力も惜《お》しみません」

政実は信直を官名《かんめい》で呼んで敬意を表わし、家中の融和《ゆうわ》をはかるために自分は隠居をしても構わないと申し出た。

「すると九戸家は、亀千代どのにゆずられるか」

「ここな実親にゆずり申す。そして家中の円満をはかった後に、亀千代に渡してくれればと存じまする」

「それは……、思いもかけぬことでござる」

本心かどうかはかりかね、信直は信愛を見やって判断を求めた。

もし実親が九戸宗家を継いだなら、これまでの争いは一挙に解決できるのである。

「先ほど左近将監どのは、殿が家臣と領民をお守り下さるならとおおせられましたな」

信愛が油断のない目を向けた。

「さよう」

「それには何か条件がござろうか」

「条件などはござらぬ。その日が来た時のお覚悟を、定めていただきたいだけでござる」

「その日とは」

「奥州仕置きが終り天下統一がなったなら、関白殿下は朝鮮にご出陣なされると聞き及んでおり申す」

その時秀吉は奥州の諸大名に何を求めると思うか。政実は低い声でそうたずねた。

「石高に応じた出兵を求められよう。検地《けんち》と刀狩りを厳しく催促《さいそく》されるのは、そのための準備と聞いており申す」

信愛は信直の意を受けて都での情報収集にあたっている。秀吉政権の動きにも通じていた。

「さよう。しかし、それだけではござるまい」

「と、申されると」

「将兵だけでござるか。出陣に必要なものは」

「兵糧《ひょうろう》も弾薬も人足も必要じゃが、それは諸大名の銘々持ちのはずでござる」

「ところがこたびは外国《とつくに》への出陣ゆえ、それらをすべて関白殿下が支給することになされた」

政実は信愛よりはるかに詳しく秀吉の動きをつかんでいる。いったいどうしてと、政則や実親も怪訝《けげん》な顔を見合わせた。

「物資の豊かな西国のことゆえ、兵糧や弾薬はいかほどでも調達できましょう。されど人足はいかがでござろうか」

「それとて西国から調達できましょう。奥州などよりはるかに人の多い土地でござるゆえ」

老練の信愛が、馬鹿にするなと言いたげに顔をしかめた。

「大膳大夫どのも、そう思われるか」

「さよう。西国の軍勢は使いなれた自国の人足を連れて行くはずでござる」

「朝鮮の冬は、奥州以上に冷え込みが厳しいと聞きまする。そんな土地に寒さを知らぬ西国の人足を連れて行って、物の役に立ちましょうか」

「そ、それでは貴殿は……」

「関白秀吉の本当の狙いは、その人足を奥州から駆り集めることでござる。このまま仕置きと下知に従ったなら、奥羽二州の村々が根絶《ねだや》しになるほど惨《むご》い人狩りがおこなわれるはずでござる」

それを防ぐ手立てを考えておられるかと、政実は底光りのする目をすえて返答を迫った。

第四章 政実挙兵

信直《のぶなお》は政実《まさざね》の目を真《ま》っ直《す》ぐに見返した。相手の激しい気迫を受け止め、おだやかに押し返す。その上で視線を彼方《かなた》にそらし、口を引き結んで考え込んだ。

政実も感情的になって詰め寄るようなことはしない。床の間に掛けられた達磨《だるま》の軸《じく》に目をやり、信直が口を開くまでじっくりと待った。

「信愛《のぶちか》、このこと聞いておったか」

信直が家老の北《きた》信愛にたずねた。

「いいや。初耳でござる」

「八戸《はちのへ》どのは、いかがでござる」

「聞いておりませぬ。人狩りなど、正気の沙汰《さた》とも思えませぬ」

八戸政栄《まさよし》が答えた。

「実親《さねちか》、そちはどうじゃ」

「初めて聞く話でござる」

「政則《まさのり》は」

「私も初めて聞きました。されど……」

「申せ。遠慮は無用じゃ」

「されどそれが事実とすれば、左近将監《さこんのしょうげん》どのが関白殿下の仕置きに異を唱えておられたわけが腑《ふ》に落ちます」

「さようか。ならば左近将監どのに、なぜそのようなことを存じておられるのかたずねてみよ」

信直は久慈《くじ》政則を間にはさむことで、政実と直接争うことを避けようとした。

「兄者、ご下問にお答え下され」

「良かろう。ただし大膳大夫どの」

政実が信直に向き直り、それを話したなら覚悟のほどを聞かせていただけようかとたずねた。

「信頼できる筋からの話なら、腹を割って談《だん》ぜずばなるまい。それがしも南部の漢《おとこ》でござる」

「それをうかがって安堵《あんど》いたしました。知らせはあの筋からでござる」

政実が床の間の軸に目をやった。

達磨は座禅、中でも「只管打坐《しかんたざ》」を教義とする曹洞宗《そうとうしゅう》の象徴である。このあたりでそうした情報に通じている禅僧は、ただ一人しかいなかった。

「薩天和尚《さってんおしょう》でござるか」

「さよう。和尚が正法寺の貫首《かんじゅ》（住職）さまから内々に聞かれたことでござる」

正法寺《しょうぼうじ》は水沢（現在の奥州市《おうしゅうし》）にある曹洞宗の古刹《こさつ》で、越前の永平寺、能登《のと》の總持寺《そうじじ》とならぶ三大本山のひとつである。

創建は貞和《じょうわ》四年（一三四八）。無底良韶《むていりょうしょう》が師の峨山韶碩《がさんじょうせき》から道元ゆかりの袈裟《けさ》をさずけられて開いた由緒《ゆいしょ》ある寺で、奥羽二州に一千もの末寺を持っている。

永平寺や總持寺とも密接に連絡を取り合い、都の公家《くげ》や武家とも関わっているので、そうした情報を内々に伝えられることも多い。

薩天は正法寺の貫首と親しいので、極秘の話にも通じているのだった。

「関白殿下は奥州奉行の浅野長政《あさのながまさ》どのに、検地や刀狩りをひときわ厳しくするように命じておられる。これはただ年貢《ねんぐ》や軍役を負わせるためだけではござらん。奥羽二州の村々に何人が住み、どれだけの人足を徴用できるかを確かめるためでござる」

「確かに村々の家主、作人《さくにん》の指出《さしだし》は求められているが、検地では常におこなわれることでござる。人足の徴用とは無縁のものじゃ」

それにそんな計画があるのなら、自分にも連絡があるはずだと信直が反論した。

「実際に人狩りがおこなわれると知ったなら、大膳大夫《だいぜんのだいぶ》どのはどうなされる。関白殿下のご下知に従われるか」

「それは……」

「とても従われまい。相手もそれが分っているゆえ、充分に牙《きば》を抜き、言いなりになる状況を作り上げるまでは、ひた隠しにしているのでござる」

「空言《そらごと》じゃ。そのような話、信じてはなりませぬぞ」

北信愛が老いた肩をいからせて割って入った。

「当家とて都に人を置き、あらゆる伝《つて》を頼って情報を集めており申す。しかし人狩りの話など、聞いたことがござらぬ」

「都の方ばかりながめず、足元に目を向けられたらいかがかな」

政実の表情はおだやかだが、口調には怒りを押し込めた厳しさがあった。

「どういう存念でござろうか。その物の言いようは」

「すでに奥州奉行は手の者を村々に送り込み、検地の指出を元にして徴用できる人数を当たっておる。その者たちの便宜をはかるように、正法寺に達しがあったのでござる」

正法寺は命令に従い、末寺に役人たちを泊めるように計らった。その者たちが酔った折などに口をすべらせるので、人狩りの名簿作りにかかっていることが分ったのである。

「大膳大夫どの、これでもまだ関白殿下に従うとおおせられるか」

「証拠はどこにある」

信直は大きな目をむいて政実をにらんだ。

「これには南部の命運がかかっておる。証拠もないのに同ずるわけにはいかぬ」

「それがしの配下が、領内に入り込んだ不審の者を捕えておりまする」

「なに、まことか」

「お望みなら、明日にも御前に引ったてて口を割らせましょう」

「確かに名簿を作っていたと、その者たちが白状したなら……」

信直がそう言いかけた時、

「殿、待たれよ」

信愛があわてて間に入り、相談したいことがあるからと別室に連れていった。

政則は衝撃《しょうげき》にぼんやりとしたまま二人を見送った。

薩天和尚が正法寺の貫首から聞いたことなら間違いあるまいが、とても現実のこととは思えない。十五万の軍勢が野馬でも狩り立てるように人を捕えていくとは、想像するだに恐ろしかった。

実親も事の重大さに表情を険しくしている。

「それがしは、信直どのの立会人でござるゆえ」

凍りついたような空気にいたたまれなくなったのか、八戸政栄が逃げるように席をはずした。

「兄者、おたずねしてもよろしゅうございますか」

政則は政実の前に進み出た。

「兄者はいつから人狩りのことを知っておられましたか」

「昨年九月に長興寺を訪ねた時じゃ。領内に不穏の輩《やから》が入り込んでいると聞いたゆえ、薩天和尚に知恵を拝借しに参った」

「それならなぜすぐに我らに話してくださらなかったのです。正月参賀に行かぬと言ったり行くと言ったり、あげくに約束を反故《ほご》にしたり、我らはいいように操《あやつ》られただけではありませんか」

「そのことについてはすまぬと思っている。だが敵の正体を確かめるまでは軽々に動けぬゆえ、時間をかせいで調べさせていたのじゃ」

「不審の者を捕えたとおおせられたが、それはどのような者たちでしょうか」

爾薩体《にさったい》に入り込もうとした七人ではないか。政則はそう思った。

「正法寺の末寺で狼藉《ろうぜき》を働いた奥州奉行の手の者じゃ。三の丸の土牢《つちろう》に入れて責めにかけておるが、なかなか口を割らぬ」

「兄者、よろしいか」

実親がじっくりと考えてから口をはさんだ。

「薩天和尚はこのことについて、何とおおせでございましょうか」

「何も言われぬ。ただ見ておられるばかりじゃ」

「見ておられるとは」

「生きるも禅、死ぬるも禅。あのお方はこの世のことなど何とも思っておられぬ。ただ執着を断ち切って無我の境地に入ろうとしておられるばかりじゃ」

「それなら何故《なぜ》、兄者に人狩りのことを告げられたのでございましょうか」

「人狩りが始まったなら、保土《ほど》の町の弁天さままで朝鮮に連れていかれる。それはかなわぬとおおせであった」

「よくもまあ、たわけたことを」

実親は薩天和尚の気まぶりをひとしきり笑い、もし人狩りが事実なら政実はどうするつもりかとたずねた。

「家臣と領民を守るのが我らの務めじゃ。何としてでも阻止せねばなるまい」

「戦われるか。天下の軍勢と」

「南部がひとつになれば、奥羽の諸大名を動かすことができる。皆が一丸となって異を唱えれば、関白殿下の方針をくつがえすことができるかもしれぬ」

「たとえ南部がひとつになっても、奥羽の諸大名まで動かすことができましょうか」

「どなたも関白殿下の仕置きに納得しておられるわけではない。人狩りのことを知ったなら身方をしてくれる方もおられるはずじゃ」

「すでに根回しをしておられるような口ぶりでございますな」

「わしにも策がある。それが成るかどうかは、信直どのの出方次第なのだ」

だから説得に力を貸してくれと、政実は改めて実親の助力を求めた。

信直らはなかなか戻らなかった。

政実への対応を話し合うために信愛が連れ出したことは分っていたが、これほど待たせるとは尋常《じんじょう》ではない。いったい何をしているのかと、政則は次第に落ち着かなくなった。

実親も険しい表情をして、時折外の気配をうかがっている。政実だけは落ち着き払い、目を半眼にしたまま端座《たんざ》していた。

時がたつにつれて部屋は冷え込んでいく。火鉢の炭も残り少なになり、白く灰をかぶっている。政則は火箸《ひばし》で積み直そうとしたが、栗《くり》の実ほどの大きさの炭が五つ残っているだけだった。

「これでは寒くなるはずだ。庫裏《くり》に行って炭をもらってくる」

南部家に身をおく実親は、三光寺の僧たちとも親しくしていた。

「ついでに殿の様子も見て参ります。あるいは信愛どのと揉《も》めているのかもしれません」

実親が席を立つと、部屋はいっそう寒々しくなった。風が強くなったのか、寺の軒先につるした風鐸《ふうたく》が計ったような間合いで音をたてた。

「厠《かわや》は庭のはずれであったな」

政実が腰を上げた。

「冷え込むと近くなっていかん。歳《とし》のせいだな」

「私も行きます」

政則は後を追った。

何やら不穏の予感がする。政実を一人で行かせるのが、そしてこの場に一人で残るのが不安だった。

「見ろ。雪が降っておる」

政実はふすまを開け、立ちつくして空をながめた。

低くたれこめた雲から、大粒の雪が薄墨色になって舞い落ちてくる。すでに庭は雪におおわれ、白一色に染められていた。

「道理で冷え込むはずじゃ。巣にこもらねばどうにもならぬ」

奥州には「自然《じねん》と冬を過ごす」という言葉がある。五ヵ月ちかくも野山が雪に閉ざされるのだから、人の力で抗《あらが》ってもどうにもならない。ただ自然の流れに身をゆだね、忍耐と自制によって乗り切るほかに方法はないと教えたものだ。

そうした風土に生きてきた者たちの知恵と力を、秀吉が厳寒の朝鮮で活《い》かそうとしているとは、何とも皮肉な話だった。

廻り縁を歩いて厠の前まで来た時、政則の胸がざわめいた。

気を張り詰めているせいか、近頃危険に敏感になっている。何事かとあたりを見回すと、裏山の木の枝が不自然にしなっていた。

白装束、白覆面の男が雪にまぎれ、政実に向けて弓を引きしぼっている。

「兄者、危ない」

政則は後ろから政実を抱きかかえて庭に飛びおりた。一瞬後に、矢が音を立てて廻り縁に突き立った。

明らかに政実を狙《ねら》ったものである。二人は二本目をさけるために厠の壁に身を寄せた。

「曲者《くせもの》じゃ。出会い候《そうら》え」

政実が大声を張り上げたが、本堂からも庫裏からも駆けつける者はいない。かわりに白ずくめの五人が雪の中から飛び出してきた。

ギラつく目を白覆面からのぞかせ、手槍《てやり》を構えて包囲の輪をちぢめてくる。

「槍を相手に戦ったことはあるか」

政実は落ち着き払っていた。

「義父上《ちちうえ》に稽古《けいこ》をつけていただいたことはありますが」

実戦の経験はない。迫ってくる穂先を見ただけで、緊張に身がすくんでいた。

「それならわしの袴《はかま》の腰につかまれ。亀《かめ》の子のように背中にくっついていろ」

「足手まといではありませんか」

「早くしろ。この状況では致し方あるまい」

政則は言われるままに背後に回った。政実のほうがひと回り体が大きいので、うまい具合にすっぽりと隠れた。

「誰に命じられた。南部どのか」

政実は大声でたずねて反応をうかがったが、白装束たちは無言のまま詰め寄ってくる。半円形に押し包んで、逃げ道を封じる戦法だった。

相手が一足の間合いに入ろうとした時、

「実親、ここじゃ。よう来てくれた」

政実が彼方に向かって声を張り上げた。

加勢が来たと思ったのか、賊はわずかにそちらに気を取られた。

政実はその隙をのがさず、袖口《そでぐち》に仕込んだ笄《こうがい》を投げた。左端の男が額を押さえてのけぞった。

政実は男の横に回り込んで槍を奪い、隣りの男に向けて突き飛ばした。

二人はもつれ合ってよろけている。そこを目がけて突進し、もつれる二人を他の三人の方に槍の柄で押し付けていった。

凄《すさ》まじいばかりの強さと速さである。三人は槍を構え直すこともできずに雪の上に押し倒され、先の二人とともに次々と槍の餌食《えじき》になった。

いずれも太股《ふともも》を突かれ、雪を鮮血に染めてのたうち回っている。急所ははずしているが、二度と武者働きはできないはずだった。

「どうやらこれが、信直どのの返答のようだ」

政実は仁王のような形相で手にした槍を投げ捨てた。

「中の兄者は庫裏に行かれたままです。大丈夫でしょうか」

「分らぬが、あやつの腕なら心配あるまい。ぐずぐずしていると新手が来るやも知れぬ」

この場を離れるのが先決だと、政実は政則を背中に隠して庇《かば》いながら裏門から表に出た。

久慈城に戻ったのは一月末のことである。いったん政実とともに九戸城に引き上げ、急を知らせるために小田庄左衛門《おだしょうざえもん》とともに雪道を踏破したのだった。

「お館《やかた》さまが襲われただと」

久慈直治《なおはる》は怒りに頬を染め、南部信直の差し金にちがいあるまいと言った。

「詰問の使者を三戸城に送られましたが、信直どのは与り知らぬことだとおおせでございます」

「あやつは先代晴継《はるつぐ》さまを手にかけた男じゃ。自分の罪を認めるわけがあるまい」

「兄者は一門衆に廻状し、戦《いくさ》も辞さぬ覚悟で信直どのとの交渉に当たっておられます」

政実の要求は二つ。ひとつは五人の賊を引き渡すこと。もうひとつは一門、重臣を集めて評定を開き、南部家の当主を決め直すことである。

「信直めは賊の引き渡しに応じたか」

「いいえ。五人とも自害したとの返答でした」

政実が急所を突かなかったのは、誰に命じられたか吐かせるためだ。ところが五人は、南部家の者たちが駆けつける前に喉《のど》を突いて自害したというのである。

「それは口封じのために、信直が殺したのであろう。一人なりとも連れ出して、生き証人にすれば良かったのじゃ」

「新手がひそんでいるおそれもあって、そのような余裕はありませんでした。それに賊が自害したことは、中の兄者も確かめておられます」

実親はその日のうちに九戸城に駆けつけ、信直が仕組んだことではないので冷静な対応をするように申し入れたのだった。

「三光寺に招いたのは信直ではないか。そのような言い訳は通じぬ」

「兄者は五人の身元を徹底的に調べるよう求めておられます。相手がそれに従うかどうか、出方をさぐっておられるのでございましょう」

「当主の件はどうじゃ。信直は責任を取って隠居《いんきょ》すると申したか」

「兄者が求めておられるのは、信直どのの隠居ではありません。南部の結束をはかるために、皆が納得できる形で当主を決め直すことでございます」

評定でもう一度信直が当主に選ばれても構わない。真の狙いは十年にもわたる両派の対立に終止符を打ち、結束をはかることだった。

「手ぬるいことじゃ。わしが供をしておれば、かようなことにはならなかったものを」

「恐れながら、お舅《しゅうと》さま」

大殿の命を救われたのは殿だと、庄左衛門が口をはさんだ。政則は何も語らなかったが、政実から様子を聞いていたのである。

「婿《むこ》どの、まことでござるか」

「ええ、まあ」

「して、どのようなお働きをなされた。槍の稽古が役立ち申したか」

直治が身を乗り出して聞きたがった。

「兄者を弓で狙っている伏兵に、いち早く気付いたばかりです。槍は相変わらず奥手でございます」

「それでも大きな手柄じゃ。お館さまが軍勢をもよおされるのなら、我らもさっそく仕度にかからねばならぬの」

直治が嬉《うれ》しそうに二の腕をさすった。

「ついてはお願いがございます」

「何かな」

「こたびは私が軍勢をひきいて九戸城に駆けつけたいと思います。百ばかりの兵を預けていただきとう存じます」

「婿どの、それはなるまい」

今まで一度も戦に出たことがないではないかと、直治は即座に拒んだ。

「確かにそうですが、こたびは九戸家の命運を賭《か》けた戦いとなりましょう。私が駆けつけなければ、兄者に対して申し訳が立ちませぬ」

「軍配はどうなされる。戦場で大事なのは、攻守の機をとらえた大将の軍配じゃ。経験がなくては、敵の術中におちて全滅しかねませぬぞ」

「戦になったなら兄者の下知に従います。それに庄左衛門を側において、教えを乞《こ》うつもりです」

政則は引き下がらなかった。どうしても九戸城に行きたい理由があった。

「庄左衛門、いかがじゃ。婿どのに戦の大将が務まるであろうか」

「失礼ながら、無理でございましょう」

庄左衛門は遠慮のないことをはっきりと言った。

「されど雪解けを待たねば兵は動かせませぬ。あと一月ばかりでどれほど身方を募《つの》れるかが、勝負の分かれ目となりましょう。その時、殿が九戸城に入っておられると聞けば、一門衆も国人衆《こくじんしゅう》も勇み立つものと存じます」

「なるほど。そのような計略もあるか」

確かに総力を上げて南部家と戦おうとしていることを示すには、政則が九戸城に入るのがもっとも効果的だった。

「戦端が開かれたなら、義父上にご出馬いただきます。それまではこの城にいて領地と領民を守っていただきたい」

政則がたたみかけると、直治はしぶしぶながら留守役を引き受けたのだった。

二の丸の屋敷へ向かう道すがら、政則は庄左衛門に礼を言った。

「助かったよ。お陰で義父上に承知してもらうことができた」

「戦の役には立たぬなどと申し上げましたが、お気を悪くしないでくだされ」

「いや、その通りだ。戦が始まったら、私にできることはあるまい」

「何をなさるおつもりですか。それまでに」

「兄者の側にいて、何とか南部との和をはかりたい。そうしなければ九戸と南部が共倒れになる」

「大殿の懐《ふところ》に飛び込み、手を尽くされるのでござるな」

「義父上が行かれたなら、火に油をそそぐことになりかねぬ。それに、兄者のお考えもいまひとつ分らぬ。分っているのは、戦を始めてはならぬということだけだ」

もし南部が二つに割れて戦ったなら、互いに疲弊《ひへい》し、家臣や領民に苦しみを強いるだけである。しかも信直は知行の不行き届きを理由に所領を没収されるだろう。

その後には秀吉の息のかかった大名が配置され、過酷な検地や刀狩り、そして人狩りを強行するにちがいない。

それを避けるためには、政実の側にいて自制を求めつづけるしかないのだった。

「大殿も戦を望んでおられるわけではござるまい。されど強く出なければ、相手を譲歩させることはできませぬ」

「何かおおせであったか」

「何も聞いておりませんが、長年大殿に仕えてまいりましたゆえ、おおよそのことは分り申す」

それではさっそく出陣の仕度にかかりますると、庄左衛門は三の丸の侍屋敷に向かっていった。

二の丸の屋敷は静まりかえっていた。

普通なら明日香が夕餉《ゆうげ》の仕度にかかり、福寿丸《ふくじゅまる》や治子《はるこ》がまとわりついている刻限である。だが、かまどの煙も立たず人の声も聞こえない。

胸さわぎを覚えて戸を開けようとすると、中から下男の孫助《まごすけ》が手を添えてくれた。

「どうした。何があった」

「則子《のりこ》お嬢さまの具合が良くありません」

「風邪か」

「昨日から熱が出て、ぐったりとなされています」

孫助は自分の責任のように力なくうなだれた。

則子は奥の閨《ねや》で横になっていた。高熱のために頬が赤くなり、口を開けて苦しげに息をしている。

明日香は枕元《まくらもと》に座り、絞った手ぬぐいを当てて額を冷やしていた。

「どれ、代わろうか」

政則は則子の額に手を当て、両手で頭を包み込んだ。ひどい熱である。しかも少しも汗をかいていなかった。

「昨日から桂皮《けいひ》を煎《せん》じて飲ませているのですが、いつものように汗をかきません。汗さえかけば熱が下がると思うのですが」

「乳はどうだ」

「昨夜から吸う力もありません」

米の炊《た》き汁《じる》をうすめて与えていると、明日香は心労のあまり憔悴《しょうすい》しきった様子で言った。

「桂枝《けいし》を煎じてみよう。しばらく待ってくれ」

政則は部屋の薬棚から桂枝と芍薬《しゃくやく》、甘草《かんぞう》を取り出し、薬研《やげん》で細かくすりつぶした。

いずれも京都に修行に行っていた頃に買い求めたもので、桂枝は桂皮と同じく発汗をうながし、芍薬は痛みをやわらげ、甘草は炎症をおさえる作用を持つ。

それを調合して囲炉裏《いろり》で煎じ、麻布の先から則子の口にたらして少しずつ与えた。

「私が観《み》ていよう。お前はしばらく横になって休んでくれ」

「主《ぬし》さまこそお疲れでしょうに」

「私は大丈夫だ。福寿丸や治子は？」

「下女の妙子の家に預かってもらっています。風邪が染《うつ》るといけませんので」

「それでいい。後のことは心配せずにゆっくり休め」

「すみません。それでは」

明日香は夜具に横になるなり、精根尽きたように眠りに落ちた。

政則は寒くないように囲炉裏に炭を足し、吊《つ》るした鍋《なべ》のフタを取った。こうすれば蒸気が立ち昇って乾燥を防ぐので、則子の負担を少しでも軽くすることができるのだった。

調合した薬が効いたようで、則子の寝息はやすらかになっている。頬の赤みが少しうすれたのは、熱が下がったからだった。

「則子……」

額に手を当てて具合を確かめ、寒くないように夜着をもう一枚重ねた。

こんなに小さな体で懸命に生きようとしている。この子を病気からも戦からも守り抜くのが親の務めなのに、状況は悪化するばかりだった。

（人はなぜ我欲を断てないのか。敵意の虜《とりこ》になって殺し合いをつづけるのか）

政則は天に向かって慟哭《どうこく》したくなった。

戦をしても誰も幸せにはならない。それでも戦をせずにいられない人の性《さが》が、これほど疎《うと》ましく思えたことはなかった。


政則が家族と共に過ごせる時間は長くはなかった。

九戸政実から廻状が来て、評定を開くので二月十日の巳《み》の刻（午前十時）までに参集せよと伝えてきたのである。

当初の予定は二十日だったが、どうしたわけか十日も早くなったのだった。

政則は出陣の仕度を急がせ、二月七日の早朝に発《た》つことにした。

野山はまだ雪におおわれ、行軍は困難をきわめるだろう。だが空は明るく雲も高く、春がそこまで来ていることが感じられた。

「それでは参る」

政則は紺色縅《おどし》の鎧《よろい》を着て、蓮《はす》の花の前立てをつけた兜《かぶと》をかぶっていた。

「ご武運をお祈り申し上げます」

明日香が則子を抱いて見送りに出た。

則子の熱はようやく下がり、風邪は小康《しょうこう》を保っていた。

「薬を調合して袋に小分けしておいた。熱が出た時には、それを飲ませてくれ」

「分りました。お申し付けの通りにいたします」

「もし喉に痰《たん》がつまるようなら、麻黄《まおう》を煎じて飲ませるといい。それも袋に入れて表書きをしておいた」

麻黄は気管を広げて呼吸を楽にする作用がある。だが使いすぎると体に負担をかけるので、注意が必要だった。

「ご無事のお帰りを」

お待ちしておりますという言葉を呑《の》み込み、明日香は気丈に笑顔を見せた。

「案ずるな。神仏のご加護がある」

政則はその願いを込めて則子を抱き上げた。熱は下がったものの、青くやつれた顔をしている。無事に冬を越せるか案じられた。

「父上、私も」

治子が抱き上げてくれとせがんだ。

長男の福寿丸は出陣の意味が分る歳になっている。淋《さび》しさや不安に懸命に耐えながら、嫡男《ちゃくなん》として父の留守を守り抜こうと気を張り詰めていた。

三の丸の武者溜《だま》りには百人が勢揃《せいぞろ》いしていた。騎馬十五、足軽五十。後は荷物運びや馬の口取りなどである。鉄砲はわずか十挺《ちょう》だが、二千石の身上《しんしょう》の久慈家にとって、これだけの軍勢を出すのが精一杯だった。

直治も重臣らを従えて見送りに出ていた。

「婿どの、何かあれば遠慮なく使いをよこされよ。夜を日についで駆け付け申すでな」

「かたじけない。留守中のこと、お頼み申します」

「任せて下され。庄左衛門、婿どのに無理をさせてはならぬぞ」

直治は心配でたまらないようで、侍大将の庄左衛門に細々と心得を言いふくめていた。

一行はいつものように戸呂町《へろまち》川ぞいをさかのぼり、赤城《あかぎ》峠をこえて円子《まるこ》に出る道をたどった。ここしばらく雪は降っていないが、道は根雪に厚くおおわれている。

これでは峠を越すのはひと苦労だと覚悟していたが、岡堀《おかぼり》に着いた時に物見が意外な知らせをもたらした。

「この先の道には木屑《きくず》がまいてあります。雪に足を取られる心配はありません」

まさかと思って駆けつけると、峠までつづく細い道に真新しい木屑をまき、念を入れて踏み固めてあった。

「いったい誰が、こんなことを」

政則は茫然《ぼうぜん》と峠の尾根を見上げた。

「大殿でござろう。雪道で難渋《なんじゅう》せぬように、手を回されたのでござる」

「しかし、兄者とてこれほどの人手は持っておられまい」

「分りませぬぞ。懐の深いお方ゆえ」

木屑のおかげでその日は円子まで足を伸ばし、地元の領主である円子右馬之助《うまのすけ》の館に泊めてもらった。

翌日、円子家の足軽二十人を加勢として預かり、夕方には九戸城に着いた。

城は一変していた。冬ごもりのための生活の場が、戦のための砦《とりで》に豹変《ひょうへん》している。本丸や二の丸の土塁に土俵を積み上げて守りを強化し、軍旗や幟旗《のぼりばた》を何十本も押し立てていた。

庄左衛門を先頭にした一行は、白鳥《しらとり》川にかかる橋を渡り、断崖《だんがい》を斜めに横切る細い道を通って城内に入った。開け放った搦手門《からめてもん》から二の丸に入ると、将兵たちが土塁にそって陣小屋を作っていた。

二十人ばかりがひと固まりになり、広々とした二の丸のあちらこちらに屯《たむろ》している。ざっと見渡しただけでも千人ちかいが、見たことのない旗をかかげた者たちが多かった。

本丸の追手門には九戸家の兵が警固にあたっている。馬を下りて着到を告げると、

「久慈備前守《びぜんのかみ》さま、ご登城」

門の二階に立った兵が、太鼓を打ち鳴らして四方に告げた。

間もなく老臣の大野《おおの》弥五郎《やごろう》が迎えに出てきた。

「早々のご登城、かたじけなく存じやんす」

「見知らぬ者が多いが、和賀《わが》や稗貫《ひえぬき》の一揆《いっき》衆か」

「んでがんす。殿を頼っておでった方々でござりゃんす」

「なんと！　まだ挙兵と決ったわけではあるまい」

「蒲生《がもう》や伊達《だて》の軍勢が、和賀や稗貫さも攻めて来るっずう噂《うわさ》でがんす。ほんだから、早めに難をさけて来られたのでやんす」

政実は本丸御殿の囲炉裏の間にいた。この前まで作業場にしていた部屋には、評定用の円座がならべてある。そこに一人で座り、何かの書状をながめていた。

「やはり今日着いたか」

政実は木屑のおかげで到着が一日早くなることを見越していた。

「あれは兄者の計らいですか」

「あたりの者に頼んだばかりだ。わしの力ではない」

「あれほどの仕事ができる人数が、あのあたりにおりましょうか」

「いて下さるゆえ、できたことじゃ」

政実は詳しく語ろうとせず、再び書状に目を落とした。

「評定は二十日にするとおおせでしたが、何ゆえ早まったのでございましょうか」

「南部信直どのから、十日に返答の使者をつかわすとの知らせがあった。ところがその一方で、戦仕度を急いでおられることが分ったのだ」

信直は出羽の能代《のしろ》の商人に依頼し、都から火薬や鉛、鉄砲を買いつけようとしている。これは明らかに政実との戦にそなえたものだった。

「そのようなことが、どうして分ったのでしょうか」

「その商人とは、人を通じて懇意《こんい》にしている。これは信直どのの注文の写しじゃ」

政実が腕を伸ばし、見入っていた書状を政則の鼻先にかざした。

「和賀や稗貫の一揆衆も城内に入っておるようですが、あれは兄者が呼び集められたのでございますか」

「戦をするなら身方は一人でも多い方がよい。南部の使者にこちらの構えを見せつけ、覚悟のほどを示さねばなるまい」
そのことについては一門、重臣がそろってから事を分けて話すと、政実は奥の部屋に入って着替えをはじめた。

兵
一月二十六日の御文、大坂にて二月九日に拝受いたしました。厳寒の折、早船を仕立ててのご注進、大儀に存じます。関白殿下にもその旨《むね》お伝え申す所存ですので、ご安心下さい。

挙
さてさて三戸三光寺での顛末《てんまつ》、つぶさに披見し、胸のつかえが下《くだ》りました。機をとらえての敏なるお働き、感服つかまつります。九戸左近を討ちもらしたること、お嘆きの由《よし》うけたまわりましたが、さしたる手抜かりとは思えません。

実
人は幹の太きに寄るものです。左近ほどの侍がおらでは、奥州の地侍、一揆の奴原《やつばら》の気勢《きせい》上がらず、天下の耳目を集めるほどの大乱にはなるまいと存じます。さすれば

政
天下の軍勢を動かすことも、朝鮮御陣の人足を徴用することもかなわぬこととなりましょう。

今は存分に中をかき乱し、地侍どもの怒りと恨みをかき立て、南部と弓箭《きゅうせん》に及ぶように仕向けていただきたい。たとえ九戸左近が一時の勝ちを制するとも、天下の軍勢を相手に何ほどの事が出来ましょうか。

両者の共倒れを待ってしかるべき大名を配し、一国平均を申し付ければ相済むことです。この時いかにして漁夫の利を得るか、ご思案肝要と存じます。

ところで件《くだん》の鉱山については、いかが相成ったでしょうか。所在地の手掛りなりとつかまれたでしょうか。当方からも隠密《おんみつ》七人をつかわしましたが、一月の間音信なきゆえ、いささか案じおります。

この旨御意に含まれるよう、お願い申し上げます。

恐々謹言

二月十日は晴天だった。一気に春が来たかと思わせる強い日射《ひざ》しが朝から照りつけ、雪におおわれた山々を白く輝やかせていた。

馬淵《まべち》川を固くおおっていた氷もとけ始めている。そうと気付かずに川を歩き、氷の割れ目に落ちて溺《おぼ》れる者がいるので、移動には特に注意が必要だった。

氷の割れ目から釣り糸をたらし、ギンブナやタナゴを獲《と》る漁が始まるのもこの頃である。冬の間に不足しがちな滋養をおぎなう貴重な獲物《えもの》だった。

この日は朝から、政実の呼びかけに応じた者たちが続々と九戸城に入城してきた。一門や譜代の家臣ばかりでなく、晴山忠房《はれやまただふさ》や小笠原重清《おがさわらしげきよ》ら地元に根を張る国人衆も、手勢を引きつれて集まってきた。

定められた巳の刻になると、軍勢の数は二千ちかくにのぼり、二の丸を埋めつくしたほどだが、実親や三男の中野康実《やすざね》の姿はなかった。

「兄者、お二人から何か連絡がありましたか」

政則は意外だった。三光寺での襲撃事件を知っているのだから、実親は駆けつけるはずだと思い込んでいた。

「いいや、何もない」

「まさか信直どのに……」

「あれは私欲にまどわされる男ではない。義を説けば分ってくれるはずだ」

政実も実親を心待ちにしていたが、巳の刻を過ぎても何の知らせもない。やむなく本丸御殿の広間に出て、評定にのぞむことにした。

「方々、本日はご参集いただきかたじけない」

車座になった者たちを見回し、これまでのいきさつを語った。

「ご存知のとおり、昨年七月に関白殿下が奥州《おうしゅう》に下向され、検地や刀狩りを強行するように命じられた。南部七郡を安堵《あんど》された信直どののもこれに従い、我らにも城を破却《はきゃく》して三戸城下に移るように求めておられる」

しかしこれは従来の仕来《しきた》りや奥州の慣習《かんしゅう》を無視したもので、南部一門や国人衆から反対の声が上がっていた。政実はこの声に押されて信直と交渉を重ね、結束して事に当たる道をさぐってきた。

そして一月二十四日に三光寺で信直と対面し、自分は引退して家督を実親にゆずるので、南部一門の結束をはかるように求めた。

ところが対面のさなかに、政実と政則は厠で刺客《しかく》に襲われた。政実は信直の責任を追及し、評定を開いて南部家の当主を決め直すように求めていたのだった。

「この評定で信直どのがふさわしいと決まれば、我らも異議なくこれに従い申す。されど別の方が支持されたなら、信直どのにはいさぎよく身を引いていただく。天正十年以来のわだかまりを解くにはそれ以外にはござるまい」

「さようでござる。信直どのが当主になられたのは、跡目を決める評定の席に北信愛が軍勢を引き入れ、力ずくで決めたからじゃ」

政実の妹婿の七戸家国《いえくに》がそう言うと、何人かが口々に信直の不当を訴えた。

「信直どのの返答の使者が、もうすぐここに着き申す。評定に応じるなら良し。されど要求を一顧《いっこ》だにせぬつもりなら、刀にかけても決着をつける所存でござる」

「しかし、左近将監《さこんのしょうげん》どの」

政則は弟ではなく久慈家の当主として政実に向き合った。

「信直どのは関白殿下から七郡の知行を安堵されたのでござる。その下知にそむいて当主の座を下りることができましょうか」

「当主の座にしがみつくつもりなら、そのことを理由に申し出を拒まれるであろう。だが一門の結束を優先されるなら、方法はいくらでもある」

「お教え下さい、その方法を」

「評定で別の方が当主と決ったなら、その方を養子として隠居を申し出ればよい。病気や怪我《けが》など隠居の理由はいくらもあろう」

「んだども、殿が身を引かれるのだば、誰を当主に推《お》されるつもりでがんすか」

大野弥五郎が遠慮がちにたずねた。

「うむ、そのことだが」

そう言いかけた時、近習の若侍が南部家からの使者が来たと告げた。

予定の午の刻より四半刻《しはんとき》ばかり早かった。

「構わぬ。ここへ」

「承知いたしました」

若侍に案内されて入ってきたのは、烏帽子《えぼし》、大紋姿の九戸実親である。

車座になっていた者たちが驚きの声を上げ、中に入れるように通路を開けた。

「南部大膳大夫どののお申し付けにより、ご書状を持参いたしました」

実親は型通りの挨拶《あいさつ》をしてから信直の書状を渡そうとした。

「それには及ばぬ。一同の前で披露《ひろう》してくれ」

政実が言うと、実親は立ち上がって書状を読み上げた。

「ひとつ、五人の賊の身元については鋭意《えいい》取り調べ申し候えども、顔見知りの者がなく分かり申さず候。他国の浪人者かと存じ申し候。ひとつ、南部家当主の儀については、関白殿下の御諚《ごじょう》によるものゆえ、背き申し候わば天下の罪人と相成り候。よって御意受けがたく存じ候」

五人の刺客の身元は分からないし、南部家の当主は秀吉から任じられたものだから変えるわけにはいかない。そんな膠《にべ》もない返答だった。

「大膳大夫どのは、三光寺での不始末の責任をどう取られるおつもりじゃ」

「警備に手落ちがあったことはおわび申し上げる。されど断じて自分が命じたことではないと、おおせでございます」

「あの寺に招かれたのは信直どののじゃ。知らなかったではすむまい」

「むろんすみませぬ。されどこの機に乗じて当主の座を奪おうとするのは、企ててのこととしか思えぬとおおせでございます」

「わしが仕組んだ狂言だと申すか」

政実が語気鋭くたずねた。

「そのようなこともありうると、大膳大夫どのはお疑いでございます」

「ならばそちの存念が聞きたい。しばらく席をはずすゆえ」

客人たちに昼餉《ひるげ》をふるまっておけと若侍に命じ、政実は実親と政則を囲炉裏の間につれて行った。

政則は総毛立つような思いをしながら、二人の兄について行った。

戦ばかりは何としても避けたかったが、この状況をどうすれば打開できるか分らなかった。

「さて、三光寺のことだが」

政実は席につくなり、襲われた時のことは政則もよく知っていると言った。

「のう四郎、我らがどんな目にあったか話してやれ」

「刺客はまず弓で兄者を狙いました」

次に白装束の五人が手槍で襲いかかってきたと、政則は求められるままにあの日のことを語った。

「それがしとて、兄者を疑っているわけではござらん。しかし信直どのの企てではないことは、側にいたそれがしが存じております」

「わしが出会えと叫んだのは聞こえたであろう」

「聞こえました。それゆえ信直どのと共に駆けつけようとしましたが、北信愛どのが止められたのでござる」

信愛の制止をふり切ろうと押し問答をしているうちに、政実は五人を倒して寺から脱出していたのだった。

「それこそお二人の狂言ではないのか」

「殿にかぎって、そのようなことはございません」

「では、誰が我らを襲わせたのじゃ」

「分りません。あるいは南部家の攪乱《かくらん》を狙っている者がいるのかもしれません」

「それでは先代晴継さまの時と同じではないか」

晴継を刺殺した下手人をめぐって、南部家中ではさまざまな噂が飛び交った。

信直を疑う者、政実こそ怪しいと言う者、南部家をかき乱そうとする者の仕業だと言う者が入り乱れて争ったが、ついに真相は分らなかった。

「まあ良い。そのことは措《お》くとして、信直どのは関白秀吉の人狩りにどう対処なされるおつもりじゃ。それを聞かせてもらおう」

「関白殿下も奥州奉行の浅野どのも、そんな話は一度もなされなかった。念のために都に使者を送って確かめてみる。そうおおせでございます」

「それでは遅い。お疑いなら薩天和尚に直にたずねれば良かろう」

「正法寺の貫首さまにたずねましたが、存ぜぬことだとおおせられたそうでございます」

「それは後難を怖《おそ》れてのことだ。すでに奉行の手の者が、人数を改めるために村々を回っておる。現にわしは狼藉《ろうぜき》を働いた者を捕えているのだ」

「それは検地のために村に入った者だと聞いております」

実親はあくまで使者としての態度をくずそうとしなかった。

「中の兄者はいかがですか。もし人狩りの企てがあるとしたら、どうするべきだとお考えですか」

政則は間に入り、二人が角突き合わせるのを防ごうとした。

「そのようなことは断じて許さぬ。それは信直どのも同じお考えじゃ」

「それをどうやって防ぐ。わしがたずねているのはそこじゃ」

政実が声を荒げて実親に迫った。

「では兄者はどうなされる。関白殿下の軍勢と戦って勝てると思われるか」

「勝てるかどうかが問題ではない。大事なことは我らの言い分を貫くことだ」

「関白殿下は南部と九戸が戦い、共倒れになるのを待っておられるのかもしれません。そうなれば人狩りを防ぐこともできなくなりましょう」

「それゆえわしは、南部をひとつにして対処する道をさぐってきた。だが信直どのが応じられぬなら、兵を挙げて討つしかあるまい。そして晴親《はるちか》どのを当主に立て、新たな南部家を作らねばならぬ」

「晴親を当主に……」

思いがけない申し出に実親は当惑したが、すぐに黙り込んでその是非を思いめぐらした。

「晴親どのは晴政さまの孫に当たられるゆえ、婿の信直どのより家督をつぐにふさわしい。一門や重臣の理解も得られよう」

「いや、それはなりますまい」

それでは関白秀吉の許しは得られぬと、実親は迷いをふり切って断を下した。

「関白に口をさしはさむ隙《すき》を与えず信直どのを討つ。そして南部をひとつにまとめ、奥州の旗頭となって秀吉のやり方を変えさせるのじゃ」

「まとまりますか。奥州が」

「南部さえひとつになれば、わしがまとめてみせる。すでにその根回しもしてあるのだ」

津軽《つがる》の津軽為信《ためのぶ》、出羽の秋田《あきた》実季《さねすえ》、米沢の伊達政宗とも連絡を取り合っていると、政実が初めて打ち明けた。

「津軽や出羽とは商いによってつながっておる。伊達どのとて、蒲生どのとの相論に負けて処罰されれば、兵を挙げて抵抗なされよう」

「確かに南部と伊達が組んだなら、他の大名も従うかもしれませんが……」

「我らはその覚悟で事にのぞんでおる。信直どのにそう伝え、評定に応じていただくように説き伏せてくれ」

政実が実親の手を取って同意を求めたが、実親は険しい表情のままふりほどいた。

「左近将監どののお考えはよく分り申した。これから三戸に戻り、殿にご報告申し上げまする」

「それが済んだなら戻って来い。奥州を救うためには、お前の力が必要なのだ」

政実は身を乗り出して迫ったが、実親は席を立ってふり返りもせずに出て行った。

政実は実親が戻ってくると信じていたが、翌日も翌々日も何の音沙汰《おとさた》もなかった。康実も現われず、九戸四兄弟は敵身方に分れて戦うことになりかねなかった。

「中の兄者と下の兄者は、どうなされるのだろう。戦になったなら、信直どのに身方されるのだろうか」

政則は心配のあまり庄左衛門にたずねた。

「分りませぬ。康実どのはともかく、実親さまが大殿に弓を引かれるとは思えませぬが」

「兄者は信直どのを倒して晴親を南部家の当主にするとお考えだが、中の兄者は喜ばれなかった。立腹して席を立たれたほどじゃ」

「実親さまは欲のない方でござる。それゆえ我が子を当主にすると言われたことが、かえってお気に障《さわ》ったのでござろう」

庄左衛門と実親は気心が通じあっている。互いに武士《もののふ》として一目置いた間柄だった。

「兄者も悪い。人狩りを防ぐために津軽や出羽にまで根回しをしておられるのなら、もっと早く打ち明けて下されば良かったのだ。さすれば中の兄者とて」

「お言葉ながら、獅子身中《しししんちゅう》の虫ということがござる。関白どのや浅野弾正《だんじょう》どのと通じて立身をはかろうとする輩《やから》が、この南部におるやも知れません。それゆえ手の内をあかすわけにはいかないのでござろう」

「庄左衛門も知っていたのか。人狩りのことを」

「聞いてはおりませんが、不審の輩が入り込んでいることは知っており申した」

「それが事実なら、我らはどうすれば良い。和を求めようとすれば虐《しいた》げられ、虐げられまいとして武器を取れば滅ぼされる。こんな理不尽なことがあっていいのか」

「それが奥州の定めかもしれませぬ。どちらを選ぶかは、銘々《めいめい》で決めるしかありますまい」

庄左衛門は慈《いつく》しむような目を向け、戦が始まる前に鉄砲の撃ち方を教えておこうと言った。

政実は五日待った。実親の参陣だけではなく、実親から話を聞いた信直が、合戦をさけるために評定に応じるかもしれないと期待していたのである。

だが六日目になっても実親からの連絡はない。しかも三戸につかわした透破《すっぱ》が、信直が戦仕度にかかっていると告げた。

「三戸城に軍勢を集めておられるばかりか、境の城の守りを固めて外からの攻撃にそなえておられます」

「実親はどうしておる」

「屋敷の門を固く閉ざし、謹慎《きんしん》しておられるようでございます」

どちらにも身方せずに中立を保つことで、両者に自制をうながしているにちがいなかった。

「ならば機先を制するしかあるまい。ただちに全軍に陣触れをせよ」

翌朝、政実は全軍を二の丸に集めた。総勢千八百を各方面ごとに分け、信直方の諸城を攻め落とすように命じた。

「皆の者、よう聞け」

黒革《くろかわ》縅の鎧をまとった政実が、土塁に立って野太い声を張り上げた。

目深《まぶか》にかぶった頭成《ずな》りの兜には、黄金の日輪の前立てをつけている。それが朝日に輝き、神々《こうごう》しいほどに勇ましかった。

「関白秀吉による検地、刀狩り、人狩りをやめさせるため、我らは結束して事に当たるように求めてきた。ところが信直どのはこれに応じられぬばかりか、我らを力ずくでねじ伏せようと兵を集めておられる」

このままでは信直は秀吉の忠実な代官になり下がり、命じられるままに領民からの収奪《しゅうだつ》をつづけるだろう。

刀狩りで抵抗力を奪われ、検地の末に過重な年貢《ねんぐ》を課され、朝鮮出兵のために人足を徴用されたなら、奥州は疲弊《ひへい》のどん底に突き落とされる。

「それを防ぐためには……」

どうすればよいと問いかけるように言葉を切り、政実は底光りのする目で皆を見回した。

千八百の顔が呼びかけに応じて紅潮していくのが手に取るように分った。

「信直どのを倒し、晴政さまの血を引く晴親さまを擁立する。そうして南部一丸となって関白秀吉の仕置きをやめさせるしか取るべき道はない。者共、そうは思わぬか」

その言葉を待ちかねたように、集まった将兵が腕を突き上げて賛同の声を上げた。

何とか戦を止めようとしていた政則でさえ、熱気の渦に巻き込まれて腕を突き上げている。政実の呼びかけには、それほどの力があった。

「我らの取るべき道は二つしかない。ひとつは秀吉の言いなりになり、この奥州を踏みつけにして自分だけが肥え太るか。ひとつは故郷と共に生き、家族と領民を守るために秀吉の方針を変えさせるか。二つにひとつ、服従するか戦うかだ。お主らはどちらを取る」

「戦うだ。余所者《よそもの》におらほの故郷を踏みつけにされで、たまるがぁ」

「んだ。葛西《かさい》や大崎《おおさき》では、上方の奴らに女房や娘が手込めにされだってへってらぞ」

「なめた真似《まね》しやがるど、ただじゃおかねえ。おらだじゃ、イカコさまの生まれ変わりだ」

気持を高ぶらせた者たちが、涙ながらに声を張り上げた。

「我が奥州は長い間、中央からの侵略にさらされてきた。阿倍比羅夫《あべのひらふ》、坂上田村麻呂《さかのうえのたむらまろ》、前九年の役、後三年の役、源頼朝。そのたびに我らの先祖と奥州の大地は、屈服を強いられ屈辱に泣いてきたのだ」

来し方の屈辱を訴える政実の言葉に二の丸は水を打ったように静まった。将兵たちの誰もが胸の奥底にその思いを持ち、中央の理不尽に反感を抱いてきたのだった。

「そして今、同じことがくり返されようとしている。それでも黙って従うか」

「いんや、従うものか」

「そんだそんだ。言いなりになってたまるってが」

「ならばわしと共に戦え。わしの命令に従え。必ずお前たちを勝たせてやる」

政実は三の丸の土牢《つちろう》に入れていた奥州奉行の手の者を引き出し、将兵の面前で首を打ち落とさせた。

その首を槍《やり》に突き刺して高々とかかげ、

「もはや後戻りはできぬ。生きんと思うなら、命を賭けて己の道を切り開け」

大音声《だいおんじょう》に号令を下した。

その声にふるい立った千八百の軍勢が、五つの方面軍に別れて白鳥川を渡り、堰《せき》を切った奔流のように出陣していった。

第五章　計略

九戸《くのへ》城を出陣していく軍勢を、久慈四郎政則《くじしろうまさのり》は土塁の上から見送っていた。

五方面軍のうちの二隊は西の浄法寺《じょうぼうじ》、足沢《たるざわ》へ、二隊は北の苫米地《とまべち》や伝法寺《でんぽうじ》へ、そして主力の一隊は金田一《きんたいち》から南部《なんぶ》領に迫ることにしていた。

敵の諸城を一気に攻め落とし、東西南の三方から三戸《さんのへ》城を包囲する作戦である。敵が守りを固める前に主要な城を攻略できるかどうかが勝負の分かれ目だった。

「この雪が溶けるまでには、三戸城を攻め落とさねばなりますまい」

小田庄左衛門《しょうざえもん》が鎧《よろい》の上帯をぐっと締め直した。

雪が溶けたなら、秀吉方の軍勢が南部信直《のぶなお》の救援に駆けつける。その前に南部を統一し、結束して事に当たらなければならないという。

「落とせるか。あと一月ばかりで」

「そうしなければ勝てないことは、大殿も分っておられるはずでござる。仕度も充分にととのえておられましょう」

庄左衛門は政実《まさざね》を信頼しきっているが、政則は不安だった。

信直方の兵力は二千は下らないのだから、戦力的には互角である。それに信直の武将としての器量もあなどり難いものだった。

「いずれにしろ兵を挙げたのでござる。勝ちつづけるしか、生き抜く道はございません」

庄左衛門は留守部隊の指揮をとるために、迷いのない足取りで土塁を下りていった。

城に残っているのは政則の兵百二十と、政実の馬廻り衆三百ばかりである。これだけの人数で城の守備にあたるばかりでなく、苦戦している身方の加勢にも駆けつけなければならなかった。

(兄者はいったい、どんな勝算を持っておられるのか)

これまでたずねることをためらってきたが、かくなる上はすべてを話してもらわなければならぬ。政則はそう決意して本丸御殿に向かった。

政実は茶室にいた。数奇屋《すきや》造りの茶室に一人で座り、床の間の軸と向き合っている。空《くう》の一字を記したものだが、政実の視線はそれを突き抜け、はるか遠くを見据えていた。

政則は思わず立ちすくんだ。政実は頭の中で迫り来る巨大な敵と戦っている。一族ばかりか家臣、領民の命を背負い、戦《いくさ》に勝って生きのびる道を懸命にさぐっている。その気迫と苦悩に初めて触れ、声をかけるのをためらった。

「何だ。四郎か」

気配に気付いて顔を向けた政実は、一瞬のうちにいつもの温和な顔にもどっていた。

「おたずねしたいことがあって参りました」

「入れ入れ。茶は出せぬが遠慮はいらぬ」

炉には釜《かま》がかけてあるが、火は入っていない。茶室の中はしんしんと冷え込んでいた。

「この軸は薩天和尚《さつてんおしよう》の筆《て》でございますね」

「たいしたものだ。上手《うま》くもないのに味がある」

「空とは心に何も留めぬことだとうかがいました。心を空にして、戦のことを考えておられたのでしょうか」

「修行が足りぬのでな。なかなか空にはできぬ」

政実はやれやれと言いたげな顔をして、奥州《おうしゆう》の絵図を取り出した。

真ん中に九戸家と南部家の勢力圏を描いている。九戸方の諸城は九戸郡西部と二戸《にのへ》郡東部を中心に固まっていて、南部方はそれを取り囲むように北、西、北東に広がっていた。

さらに北には津軽為信《つがるためのぶ》が治める三郡があり、西の出羽《でわ》には秋田実季《さねすえ》の所領がある。南には和賀《わが》、稗貫《ひえぬき》、葛西《かさい》、大崎《おおさき》の一揆《いっき》地帯、その南には伊達《だて》政宗と蒲生《がもう》氏郷《うじさと》の所領が広がっていた。

「この御両所の争いじゃが」

政実が政宗と氏郷の所領を指で押さえた。

「関白秀吉は伊達どのの領国をすべて没収し、かわりに葛西、大崎領三十万石を与えることにしたそうだ。闕国《けっこく》になった米沢は、蒲生どのに与えられる」

「葛西、大崎の一揆を裏であやつっていたのは伊達だと聞きましたが」

「それゆえ自分の手で始末をつけよということであろう。一揆扇動《せんどう》の罪をとがめぬかわりにな」

秀吉は来年に予定している朝鮮出兵のための人足を、奥州から狩り集めようとしている。その計略に支障《ししょう》をきたさないように、事を穏便《おんびん》におさめることにしたのだった。

「それでは一揆の衆はどうなるのでしょうか」

「伊達どのに従う者は家臣に取り立てられ、裏切られたと憤《いきどお》る者は和賀、稗貫の一揆衆と協力して抵抗をつづけるであろう。いずれにしても御両所は新しい領国の経営に手を取られ、しばらくは南部信直の救援に兵を割くことができなくなる」

政実が挙兵を急いだのは、その情報を得たからだった。

「一揆衆と手を組まれたのは、伊達や蒲生の北進にそなえてのことでしょうか」

「それればかりではない。御両所が動けぬ間に、一揆衆の力を借りて南部を倒す。もうじき二千ちかい一揆衆がこの城に駆けつけるはずじゃ」

「勝てましょうか。その衆が加われば」

「そのための仕度はととのえてある。ついて来るがよい」

政実が連れていったのは若狭館《わかさだて》だった。

二の丸の搦手門《からめてもん》を出て東に進むと、まわりに高い木々が生い茂る一角がある。遠くからは森のようにしか見えないが、木々の間の小径《こみち》を抜けて中に入ると二の丸と同じくらいの広さがある。城外の者には分らない隠し曲輪《くるわ》だった。

入口には門を構え、人の出入りを厳重に監視している。その奥は馬場になり、精悍《せいかん》な奥州馬をつないだ馬屋が二百棟ちかく並んでいた。

「ここが馬場になっているとは気付きませんでした」

政則は目を見張った。これだけの馬があれば屈強の騎馬隊を作れるはずだった。

「見せたいのはここではない。あの奥じゃ」

馬場の奥に生い茂る林を抜けると、頑丈な石造りの倉が二列になって建ち並んでいた。一棟目は武器庫で、槍《やり》と弓が壁にそって隙間《すきま》なく並べてある。二つとも優に千をこえる数だった。

「いつの間に、これだけの物を……」

「昨年の十月、秀吉が人狩りをすると分った時じゃ。一揆衆の中には、刀狩りにあわれた方も多いのでな」

二棟目には五百ちかい鎧櫃《よろいびつ》が積み上げてある。鎧を持たない者に支給するための胴丸を入れたものだった。

三棟目の壁には、鉄の棒がびっしりと貼《は》りつけてあるように見えた。しかし、目が室内の暗さになれると、棚に並べた鉄砲だということが分った。

その数、およそ一千。銃身も銃床もぴかぴかに磨き上げられていた。

「このうちの半分は近江《おうみ》の国友から仕入れた新品だが、残りは使えなくなった古鉄砲を買い付けて修理したものだ」

「修理できる者が、当家にいるのでしょうか」

「いるとも。冬ごもりの館《やかた》で鍛冶《かじ》たちが働いていたのを、四郎も見たではないか」

確かに見たが、これだけの数の修理をこなすとは信じられない。そんな政則の思いを察したのか、政実は鉄砲倉の向かいにある鍛冶場にともなった。

二十人ばかりの鍛冶たちが三人一組になり、銃身の歪《ゆが》みやつまりを直したり、筒尻《つつじり》の尾栓《びせん》のねじを切り直したり、真鍮《しんちゅう》で作ったカラクリ部分の修理をしている。

カラクリは引き金を引いた時に火挟みの先が火皿に落ちるようにするもので、鉄砲のもっとも重要な部分だが、撃つ時の衝撃をまともに受けるので壊れやすい。

これを修理するには部品を取り替えるしかないが、銅と亜鉛の合金である真鍮は南蛮からの輸入に頼っているので、入手するのはきわめて難しい。そのため修理できないまま放置されている鉄砲が多かった。

政実はこうした鉄砲を畿内《きない》から買い集め、城内で再生させていたのである。

隣には鉛玉を作る作業場もあった。鉄鍋《てつなべ》で溶かした鉛を鋳型《いがた》に流し込み、三匁《もんめ》、五匁、七匁と大きさのちがう鉄砲玉を作っている。

少し離れた所にあるひときわ厳重な建物では、硝石と硫黄《いおう》と木炭を調合して黒色火薬を作っていた。

鉛玉は木箱に、火薬は口の細くなった磁器に入れて別々の倉に保存している。その量がどれくらいなのか、政則には想像もつかなかった。

「玉は二万八千発。火薬はおよそ三十斤《きん》だ」

政実が倉の帳簿を見て確かめた。

一斤はおよそ六百グラムだから、十八キロにものぼる量だった。

「どうして、これだけの弾薬を」

「出羽の能代《のしろ》の商人とは懇意にしているとと申したであろう。その者に頼んで畿内から買い入れたのだ」

「硝石も鉛も南蛮から輸入しなければ手に入らぬと聞きました」

「それゆえ能代の商人は、泉州堺《さかい》まで行って買い付けておる」

「しかし、これだけの品々を買い入れるには、莫大《ばくだい》な費用がかかりましょう。その費用をどうやって調達されたのでしょうか」

一万以上の軍勢を持っていた上杉謙信や武田信玄でさえ、鉄砲は五百挺《ちょう》ばかりしか装備していなかった。鉄砲が高値なことともさることながら、火薬や鉛を潤沢に買い入れることができなかったからだ。

それなのに政実は一千挺ちかくの鉄砲をそろえ、火薬や鉛を自在に手に入れている。

驚くなと言う方が無理だった。

「そなたは知るまいが、わが九戸家には打出の小槌《こづち》がある」

「一寸法師の話に出てくる、あの小槌でございますか」

「そうじゃ。一振りすれば金が出て、もう一振りすれば銀が出る」

「ご冗談を。童《わらべ》ではありませぬぞ」

「童などとは思っておらぬ。そちを見込んで話しておるのだ」

自分の目で確かめよと、政実が帳簿をさし出した。

「そのような宝を、いつの間に手に入れられたのですか」

「戦に勝って我が物とした。晴政《はるまさ》公に命じられて鹿角《かづの》に出兵した時のことじゃ」

「鹿角といえば、尾去沢《おさりざわ》鉱山でしょうか」

「そうじゃ。二十三年前に秋田愛季《ちかすえ》どのの軍勢を撃退して以来、あの鉱山はわしの支配下にある」

政実がそう前置きして語ったのは、尾去沢鉱山をめぐる驚くべき事実だった。

尾去沢鉱山が発見されたのは和銅元年（七〇八）のことである。この時に採掘《さいくつ》されたのは主に銅で、和銅の元号はこれにちなんで定められたという。

鉱山からはやがて金も採掘されるようになり、東大寺の大仏の鍍金《めっき》や中尊寺の金色堂の延板に使われたというが、その後歴史の表舞台から忽然《こつぜん》と姿を消した。

再び世に現われるのは慶長三年（一五九八）、北十左衛門《じゅうざえもん》が金山を発見して鉱山開発を大々的に行なうようになってからである。

ところがその間、鉱山が機能を停止していたわけではない。鹿角地方の白根《しらね》、西道《さいどう》、長牛《なごうし》などを支配する国人衆《こくじんしゅう》によって掘りつづけられ、大きな資金源になった。

しかしそれを公《おおやけ》にすれば敵に奪い取られるおそれがあるので、隠し金山として他所者《よそもの》の立入りを許さなかったのである。

初めにこの地に目をつけたのは三戸南部氏だった。天文二年（一五三三）に鹿角地方を支配下におさめると、その余勢をかって津軽の石川城（弘前市）まで進出した。

これを奪い取ろうと画策《かくさく》を始めたのが、檜山《ひやま》城（能代市）と湊《みなと》城（秋田市）を拠点として出羽に勢力を張る秋田（安東）愛季である。

秋田氏はもともと日本海交易によって財をなしてきた一族だけに、尾去沢鉱山から産出する金銀は垂涎《すいぜん》の的だった。

愛季はまず比内《ひない》の浅利氏を仲介役として鹿角の国人衆を身方につけ、永禄《えいろく》九年（一五六六）九月に六千余の軍勢を進攻させて南部勢を追い払った。

激怒した南部晴政は、二年後の永禄十一年に鹿角奪回《だっかい》の兵を起こした。

鹿角の北の大湯《おおゆ》には娘婿《むすめむこ》の田子《たっこ》（南部）信直の兵三千、南の西道口には九戸政実の兵三千を配し、鹿角に乱入して秋田勢を一掃したのである。

この働きを賞した晴政は、鹿角郡の北半分を信直に、南半分を政実に恩賞として与えた。政実が尾去沢鉱山を支配下におさめたのはこの時である。

それから八年後の天正四年（一五七六）、信直は晴政との対立を深め、謀殺されるのを恐れて三戸から出奔した。そのために鹿角の北半分も政実の所領となり、本格的な鉱山開発に着手することができるようになった。

政実は山師の技術に通じた大湯村の大湯四郎左衛門を招き、尾去沢一円の所領を与えて鉱山の開発を進めさせた。

四郎左衛門は奥州ばかりか日本中の山師との連絡網を持っていて、新しい技術や産出した金銀の販売についての情報を得ていた。

山師はもともと渡りである。鉱脈を求めて諸国を渡り歩き、その山を掘りつくしたなら別の山に移る。金掘りたちも鉱山の需要に応じて転々と働く場所を変える。

それゆえ諸国の情報はいち早く伝わるし、互いに融通《ゆうずう》しあうことも多かった。

四郎左衛門はこうした情報網によって、畿内や西国の金山では灰吹き法という新しい製錬《せいれん》技術が使われていることを知った。

従来は鉱石を細かくくだき、ざるの中で水洗いすることによって砂金状の金を取り出していたが、これでは作業の手間もかかるし、産出できる量も少ない。

この欠点を克服するために採用されたのが灰吹き法である。細かくくだいた鉱石を鉛の湯につけると、金は石から分離して鉛との合金になる。

この合金を灰の上において空気を吹きつけながら熱を加えると、融点《ゆうてん》の低い鉛が先に溶けて金だけが灰の上に残る。灰吹き法の名はこのことに由来している。

この技術は石見《いわみ》銀山を開発した神谷《かみや》寿禎《じゅてい》が朝鮮から導入したもので、その後諸国の鉱山で採用されるようになったが、奥州では奈良時代以来の古い製錬法しか知られていなかった。

そこで四郎左衛門は灰吹き法がおこなわれている越中松倉（魚津市）の金山に出向き、技術を習得するばかりでなく、山師や金掘りたちを尾去沢に連れてきた。

そのために金銀の産出量は飛躍的に上がり、その三割が領主取り分として政実のもとに献上されるようになった。

この金銀は米代《よねしろ》川の水運によって能代へ運ばれ、畿内や西国との商いに用いられる。政実が能代の能登屋という廻船問屋と懇意にし、硝石や鉛、真鍮などをふんだんに手に入れることができたのはこのためだった。

「しかし鹿角はその後秋田勢に攻め取られ、二年前に信直どのが奪い返されたのではありませんか」

「表向きはそのように見えるかもしれぬ。だが尾去沢は、今も大湯四郎左衛門が治めておる。つまりわしが治めているということだ」

政実があごに手を当てて不敵な笑みを浮かべた。

鹿角をめぐる状況が変ったのは、天正十年一月に晴政が他界し、「三日月の丸くなるまで南部領」と称された広大な領国の支配体制がくずれてからである。しかも晴政の嫡男《ちやくなん》晴継が何者かに暗殺され、信直派と政実派が後継者をめぐって激しく争うようになった。

この混乱をついて秋田愛季が動いた。津軽で反南部の兵を挙げた津軽為信と協力し、西と北から呼応して鹿角に攻め入った。

南部家の当主になった信直はこれを防ぎきれず退却を余儀《よぎ》なくされたが、反信直の姿勢を強めていた政実は、水面下で為信や愛季と和を結び、大湯四郎左衛門を彼らの軍門に下らせることで尾去沢鉱山の支配権を確保することに成功した。

そうして表面的には四郎左衛門に鉱山の管理と運営を任せながら、津軽家や秋田家と協力して蝦夷地《えぞち》や奥州、畿内、西国を結ぶ日本海交易をおこなうようになった。

この交易でも尾去沢産の金銀は中心的な役割をはたした。政実は為信や愛季に他国との交易資金を貸し付けるようになり、いつしか盟主のように頼られるようになった。

ところが天正十五年九月、愛季が角館城《かくのだて》の戸沢盛安《とざわもりやす》と合戦中に陣中で病死した。後を継いだのは十二歳になったばかりの実季で、家中をまとめきる力はない。しかも戸沢との戦に手を取られている。

これを好機と見た信直は、天正十七年四月に鹿角に侵攻して秋田、津軽勢を追い払った。この時政実は信直の求めに応じて出兵し、大湯四郎左衛門と協力して鹿角郡の制圧に尽力した。

信直は政実がひそかに秋田や津軽と通じていることを知っていたにちがいない。だが政実の協力がなければ鹿角の奪回ははたせないし、四郎左衛門の力がなければ鉱山の運営も日本海での交易もできなくなる。

そこでやむなく尾去沢は四郎左衛門の知行に任せるという条件で、政実に出兵を承知させたのだった。

「ところが信直どのは、これが悔しくてならぬのであろう。関白秀吉の力を借りて、尾去沢を何とか奪い取ろうとしておられるのだ」

「兄者はそれを承知の上で、人狩りさえ防げるなら信直どのの臣下になるとおおせられたのですか」

「我らの務めは家臣、領民が安心して暮らせるようにすることだ。金銀はそのための道具にすぎぬ」

「それほどの財力が九戸家にあるとは、今日まで思ってもいませんでした」

政実も家臣たちも、領民とかわらぬ質素《しっそ》な暮らしをしている。財力にあかせたおごりなど毛の先ほども見せなかった。

「金銀の多くは領民の暮らしを守るために費してきた。城の普請《ふしん》やこの倉の武器、それに飢饉《ききん》にそなえた食糧じゃ」

「いかほどの貯《たくわ》えがありますか。食糧は」

「松の丸の倉に米、麦、大豆、塩を貯えておる。それを兵糧《ひょうろう》にすれば、たとえ一万の兵であろうと半年ばかりの籠城《ろうじょう》には耐えられる」

「兄者は信直どのを倒して南部をひとつにまとめ、津軽や秋田と力を合わせて関白殿下の人狩りをやめさせるとおおせになりました」

「うむ、確かにそう言った」

「そんなことが、本当にできると……」

「できるかどうかは分らぬ。だが、それをやらねば奥州は滅亡の危機に追い込まれる」

「関白殿下は小田原攻めに二十万の兵を動かしました。これだけの備えがあっても、勝てる相手とは思えませぬが」

「勝とうなどとは端《はな》から考えておらぬ。戦う構えを見せて、関白に譲歩させればよい」

南部に大軍を投入するより、人狩りの方針を撤回したほうが良い。秀吉にそう思わせればいいというのである。

「すでに計略は立ててある。要はそれを成し遂げられるかどうかじゃ」

「その計略がどのようなものか、明かしていただけないでしょうか」

「それは信直どのを倒してからの話だ。時が来たなら説明する」

「ならばもうひとつだけ。中の兄者と下の兄者は、こうした備えがあることを知っておられるのでしょうか」

政則は食い下がった。実親《さねちか》と康実《やすざね》が城に駆け付けないことが、ずっと気にかかっていた。

「康実は知るまい。だが実親には尾去沢鉱山のことは話してある」

「それならどうして参じられないのですか」

「律義《りちぎ》な奴《やつ》ゆえ、信直どのに信義をつくそうとしているのだろう。だが己れ一個の信義と奥州への義はどちらが重いか、やがて分るはずじゃ」

だから必ず身方に参じると、政実は迷いなく言いきった。

先手を取った政実軍は、各地で圧倒的な強さを発揮していた。

七戸家国《いえくに》は伝法寺城（十和田市）を攻め落とし、八戸の西方に勢力を張る櫛引《くしびき》清長は苫米地城を攻略した。

これで信直の居城である三戸城と、八戸政栄《まさよし》が拠《よ》る根城《ねじよう》（八戸市）は完全に分断されたのである。

また西へ向かった一隊は安比《あっぴ》川をさかのぼって浄法寺や五日市の制圧を進めていたし、十文字川ぞいにさかのぼった一隊は足沢を攻略し、信直の生誕地である田子まで進攻しようとしていた。

これに対して信直は敗走してきた兵を三戸城に集め、自ら陣頭に立って東、西、北へと走り回り、攻略された城を奪回しようとした。

その働きはさすがにめざましかったが、領内の国人衆の大半は政実に身方している。このままでは三戸城も落とされかねない窮地におちいった信直は、上杉景勝《かげかつ》の重臣に書状を送り、豊臣秀吉が軍勢を送ってくれるかどうか問い合わせた。

天正十九年二月二十八日付で、文面は次の通りである。

「早々飛脚をもって申せしむべきの所、郡中一揆蜂起《ほうき》せしむについてとかく延引し、本意に非《あら》ず候《そうろう》。当春にいたるも、同心共二、三人逆意せしめ、二十里、三十里の間毎日掛け合う体《てい》に候。なかんずく京都の御人数、差し下さるの由《よし》、必定《ひつじょう》に候や」（上杉家文書）

早く飛脚をもって書状をさし上げるべきだったが、郡中に一揆が起こって遅くなってしまった。この春になっても、同心たち二、三人が反逆し、二十里、三十里を毎日駆け回って戦っている。京都から援軍を差し向けてもらえると聞いたが、間違いないだろうか。

「必定に候や」という一文に、信直の危機感と必死の思いがにじんでいる。政実方の攻勢はそれほど激しく、自力では防ぐ手立てがなくなりつつあったのだった。

政則は本丸御殿で帳簿の整理にあたっていた。勉学にひいで数字に強いことを見込んだ政実が、兵糧や弾薬など兵站《へいたん》の管理を任せたのである。

各方面に出陣中の千八百の軍勢の兵糧をまかなうだけでも、大変な仕事だった。一人一日五合を支給しているので、全軍では一日九石。ひと月の出陣となれば二百七十石が必要になる。弾薬も求めに応じて必要な量をとどけなければならない。そうした品々をどれだけ持ち出したか帳簿に書き込み、残量を把握するのが政則の役目である。また小田庄左衛門に指揮をとらせて、各地への補給にも当たっていた。

兵糧や馬の飼葉《かいば》は荷車で運び、弾薬は騎馬を使う。出陣が長引くにつれて各方面軍は手持ちの物資を使いはたすし、輸送中に敵に襲われるおそれもある。

今は雪溶けの時期だからいいが、冬になればこうした補給をつづけることは不可能だった。

そのことが身をもって分ると、政実が秀吉の大軍とどうやって戦おうとしているのか、おぼろげながら見えてきた。

上方の軍勢を奥州に誘い込み、籠城戦を仕掛けて冬を待つ。

そうすれば何万の大軍が攻めて来ようと雪に封じ込められて身動きが取れなくなるし、兵糧や弾薬の補給もつづかなくなる。凍死や凍傷の危険にもさらされる。

しかも敵は川ぞいの道を長蛇の列をなして行軍しなければならないのだ。

(城攻めに手間取って冬になったなら、退却さえままならなくなるではないか)

奥州を閉ざすぶ厚い雪が、この山河を最強の砦《とりで》に変えてくれる。政則は政実の戦略に気付き、体が震えるほど感動した。

「どうした。何か良い思案でも浮かんだか」

政実が土足のまま入ってきた。

「いえ、伝法寺と苫米地から兵糧の催促《さいそく》がありましたので、どうしたものかと考えておりました」

「それはしばらく無理じゃ。信直は目時《めとき》城に一千の兵を入れ、釜沢館《かまざわだて》に夜襲をかけて占領した」

目時と釜沢は二戸と三戸の境に位置する要害である。信直はここに主力を送って馬淵川伝いの水運と陸路を封じ、櫛引清長や七戸家国と九戸城との連絡を断とうとしたのだった。

「物見の知らせでは、釜沢に三百、目時に七百ばかりの敵が入っておるそうじゃ。そちならどうする」

「目時城を攻めるべきだと思います」

「何ゆえじゃ」

「敵が釜沢に兵を入れたのは、我らをおびき寄せるための囮《おとり》でございましょう」

釜沢館は馬淵川ぞいにあるので、川船を用いて兵を送れば攻めやすい。一方の目時城は川を見下す高台にあり、豪勇をもって知られた目時筑前守《ちくぜんのかみ》が守りについている。

普通なら釜沢館を先に奪回しようと考えるところだが、敵はそれに備えた計略を立てているにちがいなかった。

「それゆえその計略に乗るふりをして、目時に奇襲をかけるべきと存じます。目時城を落とせば、釜沢の敵は戦わずして逃げ去るでしょう」

「ほう。いつの間にか一人前の軍師になっておるではないか」

「冗談《おだづ》を言われては困ります。このあたりは三戸との交渉のために何度も通ったので、想像がつくばかりです」

「いや、そちの見立てた通りだ」

政実は頼もしげにうなずき、それが当たっているかどうか一緒に出陣して確かめよと命じた。

政実はさっそく出陣の仕度にかかったが、城内には五百たらずの兵しかいなかった。一揆衆の来援を当てにして千八百の軍勢を出してしまったが、挙兵が予定より早かったので到着が遅れていた。

「目時城を攻めるには隼隊《はやぶさたい》だけで充分だ」

政実は騎馬銃隊を新たに編成し、隼隊と名付けている。鉄砲を装備した二百の騎馬隊で、動きの速さと鉄砲の破壊力によって敵を圧倒する作戦である。

だが出陣中に城を守る者たちや、敵の計略に乗ったふりをして釜沢館に向かう人数も必要なので、五百だけでは不足だった。

「ならば櫛引河内守どのに背後を衝《つ》かせよう」

苫米地から馬淵川をさかのぼり、目時城の北側から攻めさせる。南北から挟み撃ちすれば、百ばかりの隼隊で城を落とせるので、残りを釜沢館に向かわせられるという。

「しかし目時城のまわりには馬を立てる平地がありません。馬の口取りがいなければ、城を攻めている間に馬が逃げ散ってしまいましょう」

平原での戦いなら騎馬銃隊は威力を発揮するが、山城を攻める時には馬から下りなければ戦えない。その間、馬を御《ぎょ》しておく口取りが必要だった。

「そうだな。やはり四百は必要か」

「上斗米《かみとまい》に出陣中の身方に使者を送り、目時攻めに合流させたらいかがでしょうか」

上斗米から目時までは一日あれば移動できる。政則は兵糧の補給にあたった経験からそれが分っていた。

「よし。明日の明け方目時を攻める。それまでに移動しておくよう申し伝えよ」

その使者を送って間もなく、二の丸の物見から注進があった。

「一戸《いちのへ》方面から二百ばかりの軍勢が迫っております」

「敵か、身方か」

「旗をかかげておりませぬゆえ分りません」

政実と政則は急いで物見櫓《ものみやぐら》に登った。

あるいは南部勢が目時と呼応して攻めてきたのではないかと思ったが、馬淵川ぞいの道を長蛇の列をなしてやって来るのは、南蛮胴の鎧をつけた中野康実だった。

「あやつめ、来おったか」

政実はさすがに嬉《うれ》しそうで、すぐに搦手門まで迎えに行った。

康実が引き連れているのは騎馬五十、足軽百五十である。中野の所領は久慈家とさして変わらないのだから、かなり無理をして人数をそろえてきたのである。

「兄者、お待たせいたした。四郎も息災で何よりじゃ」

「よく来てくれた。そちは信直どのに身方するとばかり思っておった」

「南部には恩義がございますが、それがしは九戸の生まれでござる。やはり肉親の絆《きずな》に勝るものはありません」

康実は誇らしげに胸を叩《たた》き、実親はまだ来ていないかとたずねた。

「三戸の屋敷にとどまっておる。あれは南部の婿ゆえ、義理を重んじているのであろう」

「やがて参られましょう。我ら四兄弟が力を合わせれば、南部など恐るるに足りませぬ」

康実は勇ましいことを言い、そうであろうと政則に同意を求めた。

「たしかに四人そろったなら、身方の気勢《きせい》は大いに上がりましょう」

実のところ政則は、康実をそれほど評価していない。一日も早く参陣してもらいたいのは中の兄の実親だった。

到着したばかりの康実勢に城の留守を任せ、政実はすぐに目時攻めに出陣することにした。隼隊二百、足軽二百をひきい、釜沢館の対岸に布陣して渡河にかかる構えを取った。

だがこれは敵の計略に乗ったふりをするためである。政実は夜になるのを待って隼隊を徒歩《かち》にし、尾根を越え川を渡り、目時城のまわりに伏せて夜が明けるのを待った。

一方、政則は馬淵川の北岸に残って足軽の指揮をとっていた。そのうちの五十人に鉄砲を持たせ、東の空が白々と明け始めた頃、

「いまだ、撃て」

釜沢館に向けて一斉射撃をさせた。

館までは三町（約三百三十メートル）ばかりもあるのだから、弾は中ほどまでしかとどかない。

だが射撃音に驚いた敵は、いっせいに飛び起きて迎え討つ構えを取った。敵襲を知らせる法螺貝《ほら》を吹き鳴らす者もいた。

悲鳴のような法螺貝の高音は、尾根をこえて目時城にも届いた。目時筑前守はかねての打ち合わせ通り、兵を出して九戸勢の背後を衝こうとした。

ところが、城門から打って出た途端、政実が指揮する隼隊に背後から鉄砲を撃ちかけられた。

これでは城にもどることもできず、馬淵川ぞいの道を敗走していった。

城内にいた者たちも防戦しようとせず、三戸城をめざして落ちていく。

政実は百人ばかりを城番として残し、意気揚々と政則の陣まで引き上げた。

政則は釜沢館の動きに目をこらしていた。

目時城が落ちたからには、南部勢がここにとどまりつづけることはできない。背後の寺館山の尾根をこえて三戸へ退却していくはずである。

その見込み通り、十人二十人と固まった者たちが東西に別れた曲輪を出て、尾根への道を登りはじめた。

だが、妙である。南部勢が九戸勢をおびき出すために釜沢館を占領したのなら、馬淵川を下ってくる船団にそなえていたはずだ。

九戸城からこの館を攻めるには、船を使うのがもっとも便利だからである。

（それを迎え討つ仕掛けを、何かしているはずだ）

政則はあたりの地形をつぶさにながめ、自分ならどうするか考えてみた。

館は寺館山の東の丘陵にあり、北を流れる馬淵川と南の海上川《かいしょう》を外堀に当てている。馬淵川はここで大きく蛇行し、舌崎《したざき》という名の舌の形に似た台地を形成していた。

（守りの要は海上川だ）

だがそれにしては水量が少なく、腰までの深さしかない。これでは外堀の働きはできないだろうと思っていると、馬淵川の上流から三百ばかりの兵が駆け下ってきた。

上斗米から呼びもどした者たちが、命令通り夜明けまでに到着しようと急いでいる。先頭は足軽たちで、二十騎ばかりが中ほどを進んでいた。

彼らはいったん海上川のほとりで足を止めたが、川が浅いことを確かめると先を争うように渡河にかかった。

政則が川の水位が下がっていることに気付いたのはその時である。

川岸に生い茂る木の根方より二尺ちかくも水面が下がっている。いつもは根方を洗うように水が流れていることは、生乾《なまがわ》きの土の色で分った。

今は雪溶け水で水量が増える頃である。それなのになぜと考えて、このあたりでは筏《いかだ》流しが行なわれていることに思い当たった。

「この川の上流にも筏場があるか」

庄左衛門を呼んでたずねた。

「ございますが、冬の間は使っておりません」

「あれを見ろ、岸の木の根方だ」

政則が指さす先を見た途端、庄左衛門の顔色が変った。

「方々、もどられよ。その川を渡ってはなりませぬ」

山で鍛えた声を張り上げたが、上斗米から来た兵たちには聞こえない。すでに五十人ばかりが川の中程まで進み、他の者たちも何の疑いもなく後につづいていた。

「鉄砲隊、あの川に向かって撃て」

政則の命令で五十挺の鉄砲が火を噴いた。もちろん弾はとどかない。だが身方から撃たれたことに驚いた兵たちは、あわてて引き返しはじめた。

その時、川の面を埋めつくした材木が濁流に乗って押し寄せてきた。

筏流しのための堰《せき》に材木をため、九戸勢が渡河にかかるところを狙《ねら》って堰を切ったのである。

鉄砲水と材木が、川に残っていた五十人ばかりを襲った。

鎧をつけた将兵たちはなす術《すべ》もなく馬淵川に押し流され、もがきながら溺《おぼ》れていく。

とっさの機転で材木にしがみついた者もいたが、川岸にはまだ氷が残る冷たさである。このままでは凍え死ぬしかなかった。

「川船を出せ。あの者たちを助けよ」

政則がそう命じている間に、材木は流されていく。しがみついていた兵たちも凍えて腕の力を失い、一人二人と沈んでいった。

これが南部勢の二つ目の計略だった。もし釜沢館を奪回しようと性急に船を出していたら、材木の直撃を受けて大きな被害を受けたはずだった。

「殿、お手柄でござる」

庄左衛門が流れ去っていく材木を見送りながらつぶやいた。

「手柄なものか。もっと早く気付いておれば、あの者たちを死なせることはなかった」

「殿が気付かれなかったら、何倍もの兵が命を落としておりました。それにしても、信直どのはさすがに手強《てごわ》い。気を引き締めてかからねばなりませぬな」

ところが信直の策はこればかりではなかった。政実勢と合流して九戸城に引き上げようとしていると、城に残った康実から急使が来た。

「申し上げます。一戸城が南部勢の奇襲を受け、窮地におちいっている由にございます」

「敵は誰じゃ。葛巻か、沼宮内《ぬまくない》か」

政実は岩手郡方面の国人衆が信直に呼応して攻め寄せてきたと思っていた。

「先陣は北秀愛《ひでちか》どの、大将は信直どのでございます」

その数は八百ちかいという。信直は目時城に政実勢を引きつけ、その間に田子から上斗米、安比に抜ける道を通って一戸城に奇襲をかけたのである。

一戸城を押さえ、政実と和賀や稗貫の一揆衆との連絡を断とうとしたのだった。

「そうはさせるか。者共、急げ」

政実は隼隊をひきいて一戸城の救援に向かった。

政則も庄左衛門ら十騎とともにこれに従った。

飛びきりの奥州馬をそろえた隼隊の動きは速い。一戸までおよそ五里の道を、半刻《はんとき》ばかりで走破した。

途中、川が左右に分れている。左に進めば馬淵川の本流。一戸から不来方《こずかた》（盛岡）にいたる陸羽街道である。

右は支流の安比川で、川ぞいの道は浄法寺を抜けて鹿角にいたる鹿角街道だった。

そこを過ぎた時、一戸城から敗走してくる百人ばかりと行き合った。全員徒歩で、城主の一戸図書《ずしょ》とその家族を守りながら、九戸城へ向かっていた。

「城はどうした」

政実は図書の側に馬を乗りつけた。

「申し訳ございませぬ。明け方に奇襲を受け、具足をつける間もなく」

皆がたすき掛けで応戦したが、城兵の半数以上を討ち取られ、やむなく脱出してきたという。

「敵の人数は」

「八百ばかりでござる」

「信直もいるのだな」

「我らが脱出した後、城に入ったと思われます」

「ならば好都合じゃ。四方を封じて討ち取ってくれよう」

後に従って見物せよと図書に命じ、政実は鐙《あぶみ》を蹴《け》って先を急いだ。

一戸城は馬淵川東岸の河岸段丘にきずかれた平山城である。高さ十丈（約三十メートル）ほどの段丘に北館、八幡館《はちまんだて》、神明館《しんめいだて》、常念館《じょうねんだて》を北から南に連郭式につなぎ、それぞれの曲輪の間には空堀を配して守りを固めていた。

一戸家は南部一門で、岩手郡、閉伊《へい》郡に多くの支族を配して勢力を張っていた。その所領は二万石とも三万石ともいわれたが、天正九年に内部抗争《こうそう》が激化し、一戸政連《まさつら》が弟に殺されるという事件が起こった。

そのために勢力が衰え、今の当主である一戸図書には南部信直の奇襲を防ぎきる力はなかったのである。

政実は城の手前で馬をとめて様子をうかがった。

四つの曲輪には南部家の対《むか》い鶴《づる》の紋を染めた旗が立ち並び、北からの風に音をたてはためいている。旗がたなびくたびに竹竿《たけざお》がきしむ音が聞こえるほどの数だった。

「まずは敵の様子をさぐるべきと存じます」

政則は十人ばかりの透破《すっぱ》を城下に送り込んだ。

ある者は曲輪の間近まで行って備えを見て取り、ある者は城の背後の高台に登って城中の様子をうかがった。

またある者は城下の神社や寺に避難している住民の中にまぎれ込み、一戸勢を追い払った後の南部勢の動きを聞き出してきた。

その結果、信直は城中にいないことが分った。政則はこのことをただちに政実に報告した。

「一戸城を攻め落とした後、馬廻り衆をひきいて三戸城にもどられたそうでございます。城内にいるのは、北秀愛どのがひきいる五百人ばかりです」

あれほど旗をかかげているのは、軍勢が少ないことを隠すためだった。

「すると信直の兵は三百だな」

「その大半が騎馬だったそうです」

「信直がここを発《た》ったのは、どれくらい前だ」

「半刻にもならないそうです」

「ならば三戸に着く前に追いつける。逃がしてなるか」

政実は乗馬にたけた百騎を選び出すと、鉄砲を鞍《くら》に固定するように命じた。こうすれば騎乗の邪魔にならず、追撃に専念できるからである。

「四郎、つづけ。信直を討ち取れば、三戸城は落ちたも同じじゃ」

政実は信直を追って馬淵川西岸を下り、安比から間道を抜けて足沢まで行った。

土地の者にたずねると、信直が通ったのは四半刻前だという。

これなら三戸領に入るまでには追いつけると、上斗米から山越えの道に入ろうとした時、突然前方から銃撃をあびせられた。

一発は政実の兜《かぶと》の鉢に当たり、一発は政則の肩口をかすめたほどの至近弾《しきんだん》である。

見ると毛革の袖《そで》なしを着た男二人がブナの木の上で、二発目の弾込めをしている。

政則は鞍から鉄砲をはずして撃とうとしたが、それより早くたてつづけに銃声がとどろいた。

政実と庄左衛門である。狙いは正確で、二人の男は後ろに突き飛ばされたように地上に落ちた。

「信直め。しゃれた真似《まね》を」

政実は二発目を装塡《そうてん》し、真っ先にブナの林に馬を乗り入れた。

なだらかな道を登って尾根に出ると、急に視界が開けた。

眼下に野月平《のつきたえ》という集落があり、海上川が流れている。南部勢が筏場の堰を切って材木を流す奇策を仕掛けた川だった。

川にそって二戸郡と三戸郡を分ける尾根が走っている。尾根の向こうは信直が生まれた田子だった。

「殿、おります。見つけましたぞ」

物見の兵が駆けもどって政実に告げた。

野月平の下流に浅瀬がある。信直らはそこを渡り、馬に水を与えていた。騎馬二百、足軽百ばかりが川ぞいに広がり、思い思いの場所で足を休めている。

田子を目前にして気がゆるんだのか、馬でも放牧しているようなのどかさだった。

「いたな。亀九郎《かめくろう》」

政実は興奮のあまり信直の幼名を口にした。

ここから一気に攻め下れば、全員打ち取ることも可能である。要は直前まで敵に気付かれないことだった。

政実はしばらく馬に息をつかせ、口木《ばい》をふくませるように命じた。いななきを押さえるためのものだった。

「銃撃の後は乱戦になる。鎧通《よろいどお》しのそなえをおこたるな」

移動の速度を上げるために、隼隊は鉄砲と脇差《わきざ》ししか装備していない。これでは白兵戦になった時に戦いようがないので、政実は新しい武器を工夫していた。

鎧通しの茎《なかご》を鉄砲の筒先にさし、手槍《てやり》のように用いるのである。銃剣のさきがけとなるやり方だった。

「四郎、そちは手勢をひきいてここに残れ」

信直がどんな計略をめぐらしているか分らない。それゆえここからあたりを見張り、異変があればすぐに知らせよという。

「しかし、兄者」

ここまで来て置き去りにされるのは不本意だった。

「命令だ。しっかり見張っておけ」

弾薬の装塡を終えた隼隊は、無言のまま急な坂道を下っていく。誰もが修羅場を前にした厳粛《げんしゅく》な顔をしていた。

「大殿の親心でござる。気を悪くなされるな」

政則に殺生《せっしょう》をさせたくないのだと、庄左衛門が政実の気持をおもんぱかった。

隼隊は縦一列になって信直勢に迫っていく。道が狭く、馬の口を取って歩かざるを得ないので、思いのほか時間がかかる。

先にふもとに下りた者は林の中に身を隠し、全員がそろうのを待っていた。一気に銃撃しなければ逃げられるおそれがあるからだが、五十騎ばかりが下りた頃、信直勢の見張りが異変に気付いた。

「敵じゃ。九戸が迫っておりまする」

大声を張り上げて身方に知らせた。

南部勢は川から馬を引き上げ、迎え討つ態勢を取ろうとした。

「構わぬ、かかれ」

政実の号令とともに、五十騎が海上川の南岸まで進んで銃撃をあびせた。

南部勢は大混乱におちいった。馬に乗って川から離れようとする者、鉄砲を取って反撃しようとする者、信直の側に集まって楯になろうとする者……。

だが隼隊の銃撃は正確で、三十人ばかりが鎧ごと撃ち抜かれて命を落とした。

しかも最初の一斉射撃が終わると、後続の者たちが川の中ほどまで馬を乗り入れて銃撃する。その間に弾込めを終えた者たちが、再び前線に出る。

迅速で的確な攻撃に、南部勢は半数ちかくを討ち取られて敗走を始めた。百騎ばかりが馬を楯にして防御の陣形を取り、五十騎ばかりが信直のまわりに丸く固まって駆けて行く。

政実は容赦なく馬を撃たせた。横腹を撃たれて棹立《さおだ》ちになる馬の間を切り割り、鎧通しをつけた一隊が白兵戦をいどむ。

南部勢は刀や槍で防戦しようとするが、馬上から突き下ろす銃剣の餌食《えじき》になってあえなく討ち取られていった。

（これが戦《いくさ》か……）

政則は隼隊の凄《すさ》まじさに戦慄《せんりつ》していた。

まさに人と人が殺し合う修羅場である。慈悲も情も人間味も失って、ひたすら相手を討ち取ろうとする。誰もが戦の鬼と化したようだった。

敵の馬楯を突き破った隼隊は、二手に別れて信直を追撃した。左右から回り込んで中に取り籠《こ》めようとする。

信直らはそれを避けるために林の中に逃げ込もうと、死にもの狂いで馬を走らせていた。

追いつかれそうになると、一人二人が取って返して逃げる時間をかせごうとする。だが隼隊の勢いを止めることはできず、濁流に呑《の》まれたように落馬していく。

何度かそれをくり返すうちに、信直勢は十五騎ばかりになった。

栗毛《くりげ》の馬にまたがり、唐綾縅《からあやおどし》の鎧をまとった信直の姿がはっきりと見えた。金の鍬型《くわがた》を打ち龍頭《たつがしら》の前立てをつけた兜をかぶっている。だが騎馬の速さを競うには、鎌倉以来の大鎧は不向きである。

馬が重みに耐えきれず、走るにつれて次第に足が鈍っている。

「巻け巻け、中に取り籠めよ」

政実は勝利を確信し、自ら信直の前に回り込もうとした。

その時、向かいの尾根で何かが動いた。まだ雪の残る林の中を、猛烈な速さでふもとに向かう者たちがいる。

政則と庄左衛門はほとんど同時にそれに気付いた。

「何だ、あれは」

「南部の援軍かも知れませぬ」

庄左衛門が山を下りる仕度をせよと配下に命じた。

その間に五、六騎が向かいの尾根のふもとに下り、信直に向かって駆け出した。

「見よ。あの鎧は中の兄者だ」

三戸城下で謹慎《きんしん》していた実親が紺糸縅《こんいとおどし》の鎧をまとい、満を持《じ》して出陣したのである。

第六章　硫黄《いおう》紛失

九戸《くのへ》実親《さねちか》の手勢は五十騎ばかりだった。先にふもとに下りた実親のまわりに結集すると、左右に開いて鶴翼《かくよく》の陣形をとった。

鶴《つる》が翼を開いたような形に見えることからこの名がある。大勢で少数の敵を取り籠《こ》める時に用いる陣形だった。

（実親、でかした）

九戸政実《まさざね》は心の中で快哉《かいさい》を叫んだ。

これで南部《なんぶ》信直《のぶなお》を前後から取り囲むことができる。もはや勝利は目前だと確信した。

信直の対応は早かった。刀をふり上げて合図をすると、十五騎ばかりが魚鱗《ぎょりん》の陣形をとって実親勢の真ん中に突撃していく。魚の鱗《うろこ》のように鋭角の三角形になって、敵の包囲網を突き破ろうとした。

これを見た政実は同じく十五騎ばかりで魚鱗の形をとり、信直勢の背後から襲いかかってはさみ討ちにしようとした。

ところが実親の狙《ねら》いは信直ではなかった。鶴翼の陣の真ん中をすっぽりと開けて信直勢を通すと、左右に分れた軍勢を政実勢に向けた。

互いに疾走《しっそう》してきた両軍は、馬の鼻面《はなづら》をぶつけ合うようにして乱戦に及んだ。

「実親、血迷ったか」

政実は喉《のど》の裂けるような叫びを上げ、実親に組みつこうとした。聞き分けの悪い弟を組み伏せ、首根っ子を押さえて従わせようとする挑み方だった。

ところが実親は容赦がない。政実を一撃で仕止めようと、喉元をねらって馬上槍《やり》を突き出した。

長い腕を利した鋭い突きだが、政実は鉄砲の銃身で槍先を横に払った。

「なぜだ、実親。なぜ身方せぬ」

「信直どのには恩義がござる。謀叛《むほん》に与《くみ》するわけには参らぬ」

実親は槍先のねらいを政実の脇腹《わきばら》につけ、次の一撃をくり出そうとした。

「信直は秀吉の人狩りに手を貸そうとしておる。それに従うは奥州《おうしゅう》への不義と思わぬか」

「我らも南部の漢《おとこ》でござる。そのようなことはさせませぬ」

「秀吉傘下《さんか》の大名になって、勝手の申し出ができると思うか。戦う以外に、我らの主張を通す方法はない」

「ご用心なされよ」

実親は脇腹めがけて強烈な突きを放ったが、政実は馬の向きをわずかに変えただけでこれをかわした。

「まだまだだな、実親」

「今のは手加減したのでござる。今度はそうは参りませぬぞ」

距離をとって槍の強みを生かそうと、実親は馬を回して後方に下がった。

その頃久慈四郎政則《くじしろうまさのり》は、小田庄左衛門《おだしょうざえもん》らをひきいて海上川《かいしょう》にさしかかっていた。

実親勢に急襲されて窮地におちいった身方を救おうと、黒兵衛と名付けた漆黒《しっこく》の馬にまたがり、尾根から駆け下りてきたのだった。

武器は鉄砲。しかし撃てるのは一発だけで、後は筒先に鎧通《よろいどお》しをつけて白兵戦を挑むしかない。

政則は両軍乱戦の一町ばかり手前で馬を止め、鉄砲の狙いをつけさせた。

「殿、この距離では、鎧の裏をかくことはできませぬぞ」

庄左衛門がせめてあと半町は近づくべきだと言った。

「敵はこちらに向かって押している。動かずとも向こうから近づいて来よう」

政則は馬を進めながら、冷静に戦《いくさ》の状況を見切っていた。

予想通り、隼隊《はやぶさたい》は新手の実親勢に押しまくられ、じりじりと後退していた。使いなれた槍や刀を持たないことが、白兵戦では大きな不利になっている。

敵身方入り乱れたかたまりが半町まで迫った時、

「今だ。撃て」

政則は敵の馬をねらって銃撃をあびせた。

馬なら目標が大きいので的をはずすおそれがない。あやまって身方を撃つ危険も少なかった。

思惑《おもわく》どおり撃たれた馬がどっと地に倒れ、敵の先陣が崩れた。

勢いを盛り返した隼隊は、鎧通しをつけた鉄砲を槍のように使って再び敵に挑みかかった。

「つづけ。敵は退きはじめたぞ」

政則もまだ熱さの残る筒先に素早く鎧通しをつけ、先頭に立って戦場の真っただ中に駆け込んだ。

その左後ろに庄左衛門がぴたりと馬をつけ、政則の死角の守りについた。

政則にとっては遅い初陣《ういじん》である。

武家の子弟は通常十四、五歳の元服前後に初陣をはたすが、二十九歳まで僧籍にあった政則は、そうした機会を持たないまま久慈家の婿《むこ》養子になった。それゆえ義父の久慈直治《なおはる》は手勢以来今日まで、実戦の場に出たことは一度もない。それゆえ義父の久慈直治は手勢をたくすことを危ぶんだが、政則も武勇をもって鳴る九戸家の生まれである。人に後ろ指をさされるようなことはできないと、覚悟を決めて戦場に馬を乗り入れた。

武芸にはまったく覚えがないが、乗馬の技術は人後におちない自信がある。ともかく両の鐙《あぶみ》をしっかりと踏んばって馬から落ちないようにし、上体を低くして敵の攻撃を防ぐしかない。

（そうして相手の馬に体当たりをくれ、敵が均整《きんせい》をくずした所を仕止めるのだ）

政則は愛馬の黒兵衛の強さを頼み、その戦法に賭《か》けることにした。

（頼むぞ黒兵衛。生きるも死ぬもお前次第だ）

政則は兜《かぶと》の目庇《まびさし》を低くし、黒兵衛のたてがみに身を寄せて乱戦の中に突っ込んだ。

とたんに前から馬ごと体当たりしてくる敵がいた。当たりながらすれ違いざまに槍を突き出してくる。

一歩でも押し込まれたなら上体がそり、喉元か胸板を貫かれるところだが、相手の馬より黒兵衛の力が勝っていた。

当たった瞬間に右によろけた相手を尻目《しりめ》に、真《ま》っ直《す》ぐ突き進んでいく。騎馬武者も均整をくずし、突き出した槍の穂先は空《むな》しく脇に流れた。

（今だ）

政則は隙《すき》だらけになった相手の脾腹《ひばら》めがけて筒先をくり出す。鎧通しは的確に脇の下をとらえた。

思いがけないほどの手応《てごた》えのなさだが、相手は「ぐわっ」と叫び声を上げるなり土煙を上げて落馬した。

「殿、お見事」

庄左衛門が叫んだが、その声は政則の耳には届かなかった。

恐怖のせいか初めて人を殺した衝撃のせいか、気が動転して自分が何をしているのか分からなくなっている。

ただ黒兵衛の首筋にしがみつくようにしながら、前へ前へと無我夢中で進んでいた。

そこに二人目が来た。同じように馬をぶつけ、すれちがった時には落馬していた。

三人目は刀で打ちかかってきた。兜の鉢をしたたかに打たれたが何とかしのいだ。

相手のどこを突いたか分らないが、断末魔の叫びを上げて倒れ伏した。

(やれる、やれるぞ)

政則は上首尾に自信を深め、さらに前へと馬を進めた。

その時、いきなり横から組みつかれた。あまりにも不意のことで、何が起こったか分らないまま馬から組み落とされ、大柄な武士に組み敷かれた。

「久慈備前守《びぜんのかみ》どのと、お見受けいたす」

左頬に深い傷跡のある武士が、勝者の余裕をみせながら又重弥五郎《またしげやごろう》だと名乗った。

南部家中でその名を知られた剛の者だった。

政則は逃れようともがいたが、腹の上に乗られ両肩を押さえつけられて身動きができない。組み落とされた時に鉄砲を手放しているので武器もない。腕力においても雲泥《うんでい》の差があった。

弥五郎は大将首を取る手柄を楽しんでいる。政則の両肩を膝《ひざ》で押さえると、一尺もある脇差を抜き、これで首を切り落とすのだと言わんばかりに目の前にかかげた。

「言い残すことがあれば、うけたまわる」

弥五郎は政則の首に刃を当てて最期《さいご》の一言を待った。

「久慈にいる妻と子に……」

政則の脳裏に明日香《あすか》や子供たちの面影が浮かんだ。

息災《そくさい》でいてくれという言葉が喉元まで出かかったが、今さら何を言っても仕方がない。政則はふっと体の力を抜き、観念の眼《まなこ》を閉じた。

その瞬間、体が急に軽くなった。

主を案じて駆けもどった黒兵衛が、後ろ足で弥五郎の肩を蹴《け》り飛ばしたのである。

思いがけない一撃に、弥五郎は一間ばかりも吹っ飛ばされてあお向けになった。

それを組み伏せる気力は政則にはなかった。助かったという安堵《あんど》と、鳥肌立つような恐怖が背筋を走り、夢中で黒兵衛に飛び乗って戦場から離脱しようとした。

取り落とした鉄砲を拾おうともせず、敵も身方もうっちゃってひたすら駆ける。将たる者にあるまじき不様《ぶざま》さだが、そんなことを気にかける余裕など失っている。

ただこの修羅場から一瞬でも早く遠ざかりたい。他のことはどうなっても構わない。

政則は名状しがたい恐慌《きようこう》にかられ、海上川に向かって一散に馬を駆った。

政則のこの行動が、両軍を分けるきっかけになった。

初陣の手柄に傷をつけまいとした庄左衛門が、

「退け退け。川向こうで馬の足を休めよ」

そう叫びながら、自ら尻《し》っ払《ぱら》いをつとめたからである。

強行軍の末の乱戦に疲れはてていた両軍は、この言葉を待っていたように矛《ほこ》をおさめ、北と南に引き分れた。

「殿、見事なご判断でございましたな」

庄左衛門はいかにも予定の行動のように言いつくろって、政則の体面を守ろうとした。

尻払いをする時に何人か討ち取ったらしい。鎧が鮮血《せんけつ》にぬれて赤く染っていた。

「いや、あれは……」

「初陣とは思えぬお働き。さすがは九戸ご一門の血を受けたお方でござる」

庄左衛門が政則の肩を叩《たた》き、何も言うなと目くばせをした。

政実も隼隊を従えて引き上げてきた。実親勢の急襲を受け、十五人が戦死する痛手を受けていた。

「遺体を野月平《のつきたえ》の寺で荼毘《だび》にふしてもらう。傷を負って動けぬ者は寺で養生せよ」

政実は矢継ぎ早に指示をすると、大股《おおまた》で政則に歩み寄った。

「怪我《けが》はないか。危《あや》うかったな」

政則が組み伏せられたのを見ていたらしい。だが実親との戦いに手一杯で、助けに駆けつけることができなかったのである。

「もはやこれまでと思いましたが、すんでのところで黒兵衛に助けられました。取って返して敵を蹴倒してくれなければ、首を取られたところでした」

「あれは又重弥五郎のようだったが」

「そうです。いきなり横から組みつかれました」

「蟹《かに》の弥五郎と呼ばれた男だ。乱戦になったならわざと馬を下り、徒兵《かち》になって敵の大将首をねらう。これが案外旨《うま》い手なのだ」

騎馬戦になると、誰もが敵の騎馬武者ばかりに気を取られ、左右に目を配る余裕を失っている。

そこを狙って組み落とすやり方が蟹の忍び歩きに似ているので、蟹の弥五郎と呼ばれている。本人もそのことを誇りにしていて、兜の前立てには蟹の金物をつけているのだった。

「中の兄者は、なぜ信直公の身方をなされたのでしょうか」

「実親は南部家に仕えて久しい。信直とは相婿《あいむこ》じゃ。その義を捨てられぬのであろう」

「我らを敵に回してもですか」

「それがあやつの良い所でもある。かくなる上は、身方に参じるように策をめぐらすしかあるまい」

政実は戦死者と重傷者を寺に送ると、改めて隊列をととのえさせた。政則の手勢もふくめて総勢六十騎ばかりだった。

「皆の者、腰兵糧《こしびょうろう》は使《つこ》うたか」

政実は右に左に馬を乗り回しながら声をかけた。

「残念ながら信直は打ち損じたが、敵はまだ一戸城に残っておる。これから取って返し、一気に攻め落として仲間の葬《とむら》い合戦にしようぞ」

信直を追撃してきた道を引き返し、半刻《はんとき》ばかりで一戸城下に着いた。

城の押さえとして残してきた兵たちは、馬淵《まべち》川ぞいに陣を敷いてのんびりと様子をながめていた。

「どうした。すぐに攻めよと命じたではないか」

政実は配下の将を呼んで叱責《しっせき》した。

「確かにうけたまわりましたが、一戸図書《ずしょ》どのが和談を仕かけるゆえしばらく待てとおおせられたのでござる」

「あの痴《し》れ者が」

政実は政則をつれて図書の本陣に乗り込んだ。

図書は鎧を着て床几《しょうぎ》に腰を下ろしていたが、配下の者たちはまともな戦仕度ができていない。明け方に奇襲を受け、鎧を着る間もなく逃げ出してきたので、戦意をまったく失っていた。

「図書どの、何ゆえ下知に従われぬ」

「北秀愛《ひでちか》が使者をつかわし、三戸への退去を認めるなら城を明け渡すと申し入れてきたのでござる」

「それに応じられたか」

「さよう。巳《み》の刻（午前十時）までに城を出ると申すゆえ、待っておりました。ところがその時になると、仕度がととのわぬので申《さる》の刻（午後四時）まで待ってほしいと申し入れてきたのでござる」

「その言葉を信じて、こうして待っておられるか」

「我らは同じ南部一門でござる。戦に及んで遺恨《いこん》を残すより、退去させて城を無事に取りもどすほうが得策でござる」

図書は戦意を失っているばかりではない。戦になったなら居城に火をかけられ、財産の大半を失うのではないかと恐れている。その懸念《けねん》に北秀愛は付け入ったのだった。

「図書どの、申の刻になったなら、秀愛が本当に城を出ると思われるか」

「思うもなにも、そう申しておりますゆえ」

「それは城の守りを固めるための時間かせぎでござる。我らはこれから城を攻め、敵をことごとく討ち取ってみせましょう。ついては」

城にはいくつか隠し道があるはずだ。それを知っている者を、案内に立ててもらいたい。政実は有無を言わせず迫った。

図書はなおしばらくためらったが、三人の近習《きんじゅう》に隠し道を案内するように申し付けた。

政実は三つの隠し道に隼隊を伏せさせ、申の刻になるのを待って一戸図書に退城催《さい》促《そく》の使者を送らせた。

秀愛らは図書らがまだ策にはまっていると思って油断し、のらりくらりと理由をのべて退城を遅らせようとした。

竹竿《たけざお》をかかげた和議の使者が城内に十数人も来ているのだから、秀愛の配下の将兵も敵が攻めて来るとは夢にも思っていない。

そこに隼隊が鉄砲を撃ちかけながら乱入すると、常念館《じょうねんだて》、神明館《しんめいだて》の将兵はさしたる抵抗もできずに降伏した。

秀愛は主郭の八幡館《はちまんだて》に兵を集めて反撃しようとしたが、隼隊はそれより早く城門を突破し、圧倒的な火力に物を言わせて抗戦のいとまを与えなかった。

政実が八幡館の大手道を下りてきたのは、急襲からわずか半刻後のことだった。後ろには負傷した秀愛を戸板に乗せて従えていた。

「四郎、手当てをせよ。死なせてはならぬ」

医術の心得のある政則に秀愛を託した。

「どこを手負われましたか」

「肩口じゃ。櫓《やぐら》に登って矢を射かけてくるゆえ、わしが撃った」

撃たれた秀愛は、衝撃のあまり櫓から転落して気絶した。それを戸板に乗せて、政則の陣所に運んできたのである。

政則は胸紐《むなひも》をはずして鎧を脱がせ、傷口を改めた。

弾は右の肩下に命中し、鎖骨の下にめり込んでいる。鎧の胴をよけた神業のような腕前だった。

「どうじゃ。助かるか」

当の政実が心配そうにのぞき込んだ。

「幸い肺からはずれています。弾さえ取り出せれば大丈夫でしょう」

刀傷や槍傷の治療をする医師を金創医《きんそうい》と呼ぶ。今日の外科のことだ。

政則は禅寺で基礎的なことを聞き学んだだけだが、そんなことを言っている場合ではなかった。

秀愛の上半身を裸にし、鎧通しの刃先を火で焼いて消毒してから手術にかかることにした。

「痛みで暴れるかもしれぬ。手足を押さえつけておけ」

配下にそう命じた時、秀愛が正気にもどって政則を見つめた。涼やかな澄みきった目だった。

「ご懸念にはおよびませぬ。それがしも南部の武士でござる」

うめき声ひとつ上げないので、遠慮なくやってくれと言う。

政則は意を決し、焼けた刃先で筋肉を横に切り裂き、二寸ほど体にめり込んだ鉛玉を取り出した。そうして傷口を馬の毛でぬい合わせ、血止めと消毒のために傷口に血止草の汁をぬった。

その間秀愛は歯をくいしばり、苦悶《くもん》の表情を浮かべながらも、言った通りうめき声ひとつもらさなかった。

城内にいた兵はおよそ五百。そのうち二百人ばかりが城を落ち、残りは武器を捨てて捕虜になった。戦死者がほとんど出なかったのは、政実が射撃は威嚇《いかく》にとどめよと命じていたからだった。

政則は秀愛を川船に乗せ、九戸城まで連れていった。馬より揺れが少ないので、傷口の負担が少ないからである。

秀愛はそのようなご配慮は無用だと笑ったが、夜になって熱を出した。顔が真っ赤になるほどの高熱で、意識を失いながらも何かにうなされている。

政則は枕元《まくらもと》につきそい、額に氷室《ひむろ》の氷で冷やした手拭《てぬぐ》いを当てた。気がついたら飲ませようと熱冷ましの薬草を煎《せん》じていると、久慈に残してきた家族のことが脳裏をよぎった。

則子《のりこ》は風邪をひいていないだろうか。福寿丸《ふくじゅまる》と治子《はるこ》も元気だろうか。男手を戦に取られて、明日香は辛《つら》い仕事に追われているにちがいない。

戦場で首を落とされそうになった時、四人の姿が閃光《せんこう》のように頭をよぎったが、今は深い情愛とともにしみじみと思い出される。この戦がなかったならと、帰心はひたすらつのっていった。

夜半に熱が下がったのを見届けると、政則は精も根も尽きはててその場で横になった。

夜明けに目をさますと、体が夜着におおわれていた。秀愛が政則の身を案じ、自分にかけられていたものをゆずったのである。

「夜明けはまだ冷えまする。気をつけられよ」

あお向けになったままぼそりと言った。

「秀愛どのこそ、冷やしてはならぬ体でござる」

政則は上体を起こし、秀愛に夜着をかけた。

「実親どのの屋敷でお目にかかって以来でござるな」

「南部方の証人として来ていただいた。ずいぶん肚《はら》のすわった方だとお見受けいたしました」

あの時の秀愛の颯爽《さっそう》とした姿を、政則は鮮やかに覚えていた。

「このような仕儀になり、無念というほかござらぬ。こうして恩義をこうむっても、戦場でまみえれば殺し合わねばならぬのでござる」

「戦を止める手立てはないものでしょうか」

「信直公のお考えは変わりません。九戸どのに折れていただく以外、止めることはできますまい」

秀愛はそう言って目をつむった。

互いに兵を動かし犠牲者を出したからには、中途半端《はんぱ》なところで矛をおさめることはできない。それが上に立つ者の宿命だった。


三月半ばになって秀愛の傷もふさがり始めた頃、政実がふらりと訪ねてきた。

戦は膠着《こうちゃく》状態になり、久々におだやかな日がつづいている。政則は文机《ふづくえ》に座り、日《にち》蓮上人《れんしょうにん》の遺文集を読んでいた。

「主馬《しゅめ》の様子はどうだ」

政実は入ってくるなり秀愛の容体をたずねた。

「もう大丈夫です。あと一月ばかりで弓が引けるようになりましょう」

「さすがは都仕込みの腕だ。寺に入れたのも無駄ではなかったわけだな」

「春先だから良かったのです。夏だったら傷口が膿《う》んで駄目だったかもしれません」

「ところで、ひとつ頼みがある」

政実が文机の横にどかりと座った。

後ろめたさを隠そうとするかのような荒々しい態度だった。

「心正しき者は言行静かなりと、日蓮上人も諭《さと》しておられますよ」

「何だ。戦のさなかにそんなものを読んでおるのか」

「正しい教えは、いつ読んでも心洗われるものです」

「まあよい。頼みというのは」

人質交換の交渉に三戸城に行ってもらいたい。政実はそう言った。

受け取るのは実親主従とその家族。引き渡すのは秀愛と、一戸城で捕虜にした三百名ちかくの南部兵だった。

「中の兄者は人質ではございますまい。ご自分の意志で南部に身方されたのでございましょう」

「ところがそうではない。透破《すっぱ》を入れて調べたところ、奥方と晴親《はるちか》を人質に取られたために南部の身方をせざるを得なくなったと噂《うわさ》する者がおる」

「お二方を守るために、やむを得ず敵方に」

「そうじゃ。それゆえ一刻も早く引き取ってやらねばならぬ」

「しかし、信直どのが同意なされましょうか」

「応じなければ日に十人ずつ南部兵の首を打ち、川船に乗せて三戸まで流す。そう申し伝えよ」

信直を取り逃した後、政実が一戸城を攻めて捕虜を確保したのは、こうした思惑があったからだった。

「難しい役目だと分っておるが、実親に会って本心を見極められるのはお前しかおらぬ。お前は目先の欲にとらわれぬゆえ、交渉事には向いておるのだ」

「分りました。しかし合戦中のことゆえ、表にはしかるべき人を立てなければ」

「そう思って薩天和尚《さってんおしよう》を呼んである。もうすぐ着かれる頃じゃ」

薩天がやって来たのは午《うま》の刻を過ぎた頃だった。柿《かき》しぶをぬった笠《かさ》をかぶり、破れた法衣をまとっている。

使い込んで手垢《てあか》にまみれた笠が、春の陽をあびててらてらと輝いていた。

「今日は陣僧として行く。そちもこれを着よ」

薩天が僧衣をひと揃《そろ》えさし出した。

政則は髷《まげ》をとき、久々に墨衣《すみごろも》に腕を通した。

「僧籍にあった頃より似合っておる。娑婆《しやば》での修行が実になったようじゃな」

薩天の希望で、三戸まで船で下ることにした。

川の両側には火山灰が堆積《たいせき》してできた岩肌が切り立っている。雪解け水で増水した川が右に左に曲がるたびに、船はそびえ立つ岩肌にぶつかりそうになるが、熟練《じゆくれん》の船頭はたくみに竿をあやつって切り抜けていった。

山の木々も岩肌の草も新芽をつけている。萌黄色《もえぎ》の若葉をつけて本格的な春のおとずれを告げるのは、もう半月ほど先のことだった。

「戦に出たそうじゃな」

薩天は薄水色のおだやかな空をながめていた。

「はい。遅い初陣でございました」

「武者働きした気分はどうだ」

「無我夢中で飛び込んだばかりでございます。敵を殺《あや》め、こちらも殺されそうになりました」

「武士は人を殺め、医師は人を助け、坊主《ぼうず》は人を葬《とむら》う。それぞれ分に応じた仕事をするのが娑婆というものじゃ」

「本当にそれでいいのでしょうか」

「良いも悪いもない。在りのままの姿を受け容《い》れるところから、本当の禅が始まる」

「この戦も、これでいいとお考えですか」

政則はそうたずねたが、薩天は眼窩《がんか》の落ちくぼんだ顔を空に向けたばかりで何も答えなかった。

三戸城下の船着場で船を下りると、搦手《からめて》御門に向かった。

門前で訪《おとな》いを入れると、左頬に傷のある大柄の男が迎えに出た。政則を組み落として首を取ろうとした又重弥五郎だった。

「ほう、御坊がお二人か」

弥五郎はそう言いながらも政則だと気付き、挑発するようにニヤリと笑った。

左頬が傷跡で引きつっているので、顔中がゆがんだ形相になる。首をかかれそうになった時のことを思い出し、政則の背中にぞくりと寒気が走った。

「長興寺《ちょうこうじ》の薩天じゃ。九戸政実どのの使者として参った」

薩天の態度は堂々たるものである。誰に対しても自然体でいられるのは、この世を在りのままに受け容れる修行ができているからだった。


搦手御門から本丸への道は険しかった。

急な斜面を一直線に登るようにしてあるので勾配《こうばい》がきつい。敵の来襲にそなえたものので、道の途中には石を落としかけたり、行き止まりの道に誘い込んで敵を討ち取る仕掛けがめぐらしてあった。

本丸御殿の対面所でしばらく待つと、南部信直と北左衛門佐信愛《さえもんのすけのぶちか》が連れ立って入ってきた。

「久しいな、信直どの。信愛どのも息災で何よりじゃ」

薩天があぐらをかいたまま迎えた。

「和尚も生きておられたか」

信直は左腕に包帯をしている。この間の合戦で手傷を負ったようだった。

「今日は九戸の使者として参りました。人質交換の話でござる」

「話は書状にてうけたまわったが、実親を引き渡すことはできませぬ」

「信愛どののご子息と三百余名の将兵と引き替えなら、悪い話ではないと思いまするが」

「そもそも実親は、自分の意志で南部に従っており申す。敵方に引き渡すわけには参らぬのでござる」

信直が傲然《ごうぜん》と胸を張った。

「そのことは拙僧も聞いておりますが、妻子を人質に取られたゆえ、やむを得ず身方したと」

「笑止な。誰がそのような空言《そらごと》を」

「壁に耳あり障子に目ありと言いますでな」

「余はこのほど、晴親を猶子《ゆうし》といたした。あれは亡《な》き妻の甥《おい》で、晴政《はるまさ》公の孫にあたる。

それゆえ我子利直《としなお》と同様に扱い、やがて南部を背負ってもらうつもりでござる。そのことを聞いた者が訳も分らず、人質などという虚言をもてあそんでおるのでございましょう」

「ならば交渉の余地はないと」

「いやいや。秀愛と捕虜になった者どもは返してもらわねばならぬ」

この先はお前が話せと、信直は信愛に目でうながした。

「実はな。和尚」

六十九歳になる信愛は、薩天を生臭《なまぐさ》坊主とののしってはばからぬ一人だった。

「このたび関白殿下は、奥州仕置きのために十万の軍勢をさし向けることになされた。これに蒲生どの、伊達どのの軍勢が加われば、総勢十五万は下るまい。まさに小田原城攻めに匹敵する陣容じゃ。これを相手に、九戸ごときの田舎侍が勝てると思うか」

「十五万とは法外な。まことでござろうか」

「奥州取次ぎの上杉家からの知らせゆえ、確かなことじゃ。この五月には出陣令を下されることになっておる」

「それでは九戸には、とても勝ち目はござるまい」

「さよう。たかが三千ばかりの軍勢では、どうあがいても勝ち目はない。それゆえ殿は今のうちに事をおさめ、九戸の家臣や領民の無事をはかりたいとお考えなのじゃ」

「して、その手立ては」

「倅《せがれ》秀愛と三百余人の将兵を引き渡し、南部家に詫《わ》びを入れるなら、九戸政実の罪は問わぬ。いつぞや申しておったように家を実親どのにゆずり、出家などして余生を過ごすがよい」

殿がこうして対面に応じられたのは、そのことを伝えるためだ。急ぎ九戸にもどって政実を説き伏せるがよいと、信愛は口角から泡を飛ばして言いつのった。

「蒼天《そうてん》、このようにおおせじゃが、いかがかな」

薩天が昔の僧名で政則に呼びかけた。

「おそれながら、兄実親に会わせていただけないでしょうか」

「実親どのは殿のお計らいに感激し、お身方をすると固く誓っておられる。会ったところで仕方があるまい」

「それが兄の本心だと分れば、上の兄も考えを改めるかもしれませぬ。何とぞお許しいただきたい」

政則は信直に向かって深々と頭を下げた。

「良かろう。それで気がすむなら会わせてやれ」

ほどなく実親が小手とすね当てをつけた小具足姿で現われた。城内のどこかで軍勢の指揮にあたっていたようだった。

目を合わせると、実親はかすかに笑みを浮かべた。わずかな風に水面が揺れるような、あるかなきかの笑みである。

政則にはそれが自嘲《じちよう》のように見えた。このような立場におかれ、動きのままならぬ自分を笑っている気がした。

「ここでは話しにくいこともございます。二人だけにしていただけないでしょうか」

そう申し出たが、実親は即座に無用だと言った。

「殿や信愛どのをはばかる事は何もない。たずねたいことがあるのならここで聞け」

「でも、それでは……」

「南部の侍《さむらい》に表裏はない。わしの立場は先日の戦で分ったはずだ」

「あれは本心ではないと、上の兄者はおおせでございました」

「左近将監《さこんのしようげん》どのは大きな過《あやま》ちをおかされた。このままでは九戸家が亡《ほろ》びるゆえ、わしは殿に仕えて家名を残す道を選んだのだ」

それが乱世を生き伸びるための知恵だと、実親は無表情で言ってのけた。

「では人狩りのことはどうなされますか。この奥州に十五万もの軍勢をさし向けることが、関白の真の狙いを明らかにしているのではありませんか」

「そのような事実はない。おそらく左近将監どのが、身方をつのるために流言を」

実親はそう言いかけて口をつぐんだ。

薩天が悲しげな目をじっと向けていることに気付いたからだった。

「落書《らくしょ》の一件はどうした。誰の仕業かまだ分らぬか」

「ただ今、京都奉行の手の者が、あの界隈《かいわい》の家をしらみつぶしに取り調べております。間もなく下手人を捕えることができましょう」

「捕えたなら八ツ裂にして見せしめにせよ。近頃の洛中《らくちゅう》の不穏な空気、やはり利休を切腹させたのはまずかったのじゃ」

「あのお方は明《みん》国征伐に強く反対しておられました。あのまま放置すれば他の大名も同調し、容易ならぬ事態になったことでございましょう」

「奥州では九戸政実とやらが騒いでおるそうではないか」

「あれはこちらで仕向けたことでございます。九戸が一揆《いっき》と結んで事を起こせば、軍勢をさし向ける名分が立ちまする。仕置きもずいぶんとはかどりましょう」

「明国出兵前に負担を強いては、諸大名も迷惑するのではないか」

「兵を出すのは東国の大名ゆえ、何のことはございません。それに朝鮮から明国まで兵を進めるには、寒さに強い奥州の人足が絶対に必要でございます」

「十五万もの兵を出して、一人残らずひっ捕えるつもりか」

「それくらいの覚悟をもってのぞまなければ、神功皇后《じんぐうこうごう》以来の大業を成し遂げることはできませぬ。それに奥州には優良な鉱山もございまする」

「金銀などもういらぬ。石見《いわみ》と生野《いくの》で充分じゃ」

「出るのは金銀ばかりではございません。明国征伐には欠かせぬ宝の山がございます」

「宝の山じゃと」

「確かなことはまだ分りませぬが、九戸政実がその鉱山を押さえているのは確実と存じます。ただ今、人を入れて探《さぐ》らせておりますゆえ、今しばらく……」

三月下旬になると互いの力が拮抗《きっこう》し、陣を構えてのにらみ合いになった。

緒戦においては破竹の勢いで三戸城を包囲する構えを見せていた九戸政実方も、戦が長引くにつれて配下の国人衆の足並みの乱れが目立つようになった。

最大の理由は九戸実親が信直方についたことだ。

実親が信直の身方をするのなら、もうしばらく様子を見よう。九戸家の一門衆や恩を受けた国人の中にはそう考え、出陣の催促に応じずに中立的な立場を取る者が増えたのだった。

もうひとつの理由は、信直が各地に使者をつかわし、「夏になれば関白殿下が十五万の軍勢を奥州につかわされる」と触れ回ったことである。

それゆえ政実に勝ち目はない。今のうちに悔い改めて身方に参じるなら所領は安堵する。信直にそう呼びかけられた土豪たちは、少しずつ政実と距離を取り始めていた。

それでも政実は意気軒昂《けんこう》である。一門衆の七戸家国《いえくに》や櫛引清長《くしびききよなが》、久慈直治らとの連《れん》携《けい》を強化し、和賀《わが》、稗貫《ひえぬき》の一揆衆とも連絡を取って、三戸城の攻略に向けて着々と動き出していた。

政則は兵糧や飼葉《かいば》、弾薬などの管理にあたっていた。

四月になれば和賀、稗貫の一揆衆が参陣する。葛西《かさい》、大崎《おおさき》の一揆衆も、新領主となった伊達政宗の迫害から逃れて合流する公算が大きい。

その数は二千を下らないはずだから、彼らをまかなえるだけの兵糧と、支給する武具や弾薬を用意しておかなければならなかった。

政則はその数を確認するために若狭館《わかさだて》の倉庫を見て回った。手元の帳簿と実際に残っている量が合っているかを付き合わせる。まことに地味な仕事だが、兵糧や弾薬がなければ軍勢を維持することは一日たりともできなかった。

火薬はさすがに残量が少なくなっている。開戦前には三十斤《きん》（約十八キロ）あったが、今は十斤に満たないほどだ。調合を急がせ、一刻も早く不足分をおぎなっておかなければならない。

政則はそう思いながら隣の倉庫に足を踏み入れた。

火薬の原料である硝石と硫黄《いおう》と木炭を貯蔵してある。その残量も帳簿にしっかりと書き止めてあるが、硫黄の量が合わなかった。

帳簿では俵詰めのものが十俵あることになっているのに、棚には四俵しか残っていない。

「これはどうしたことだ」

政則は係の者を呼んだ。石黒助左衛門という五十がらみの武士だった。

「ただ今調べてみるへで、ちょっとごま、お待ちくだせえ」

助左衛門は戸口の脇《わき》においた帳簿を改めた。倉庫から工場にどれだけ出したか記したものだった。

「ありゃ、おがしいな。確かに十俵残っているはずでやんすが」

工場の者が勝手に持ち出したのかもしれないと、助左衛門は確かめに行った。

だがほどなく、工場にも置いてなかったと青い顔をしてもどって来た。

「三日前には十二俵ありゃんした。そのうち二俵を工場に出して残りは十俵と、こんただ風に帳簿につけておりゃんすので」

自分の手落ちではないことを証明しようと、助左衛門は記載したところに節くれ立った指を当てた。

「それならどうして四俵しかないのだ。誰かが無断で持ち出したということか」

「分がらねがすなあ。こごの鍵《かぎ》はおらが持ってるへで、勝手に持ち出せねえはずでやんすが」

「すぐに皆を集めよ。火薬の調合係ばかりでなく、若狭館にいる者全員だ」

四十人ばかりが倉庫の間の通路に集まった。その中には馬場で馬の世話をしている者もいて、仕事が中断させられたことがいかにも迷惑そうだった。

「何者かが若狭館に侵入したようだ。三日前から今朝まで、不審な者を見かけた者はいないか」

誰も心当たりはないようで、怪訝《けげん》そうに互いの顔を見合わせていた。

「どんな些細《ささい》なことでもいい。思い当たることがあれば、私に知らせてくれ」

そう言って持ち場に帰らせようとしていると、中野康実《やすざね》が家来を従えてやってきた。

「預けていた馬を受け取りに来たが、これはいったい何の騒ぎだ」

「何者かがこの曲輪《くるわ》に侵入したようでございます」

政則は一瞬口にするのをためらったが、嘘《うそ》をつくわけにはいかなかった。

「侵入しただと。被害でもあったのか」

「いくらか盗まれたものがあります。まだ賊の仕業と決ったわけではありませんが」

「何を盗まれた。鉄砲か、火薬か」

「火薬を作るための硫黄です。十俵あるはずなのに四俵しか残っていないのです」

政則はまわりに人がいないことを確かめてから打ち明けた。

「どれ、どの倉庫じゃ」

康実は強引に案内させ、棚や扉の様子を調べ始めた。

「外からこじ開けた様子はないようだ。ここにいる者が敵に通じたのかもしれぬ」

「忍びの心得のある者なら、鍵を開けることもできましょう。身方を疑うのは早計と存じます」

「そのように甘い考えゆえ、不始末を仕出かすのだ。硫黄が尽きれば火薬を作れなくなる。鉄砲を使えなくなるのだぞ」

一刻も早く兄者に伝えて対策を講じなければと、康実はつんのめるようにして本丸に向かっていった。

政則はその夜から若狭館の職人小屋に泊ることにした。

ここにいた方が皆が気軽に話しに来ることができるし、職人たちと生活を共にしていれば気付くことがあるかもしれないと思ったのである。

ところが政則に向ける職人たちの目はよそよそしい。九戸家の者として共に戦っているとはいえ、領主と領民の間には越え難い壁があった。

「おめえがたのせいで、おらだちぁ、こったに苦労させられるんだ」

職人たちが時折盗み見るように向ける目には、反感とも怒りとも計り難い感情がにじんでいた。

政則は気詰まりになると外に出た。晴天の日がつづき、一面の星月夜である。

奥州《おうしゅう》の広大な大地を、宝石をちりばめたような空がおおっている。曲輪のまわりに植えた木々はすでに芽吹き、春の香りをただよわせている。

政則はひやりとする草の上にあお向けになり、星空をながめた。

近頃は目先のことばかりに追われて空を見る余裕も失っている。久々にこうしていると、この身は天上天下にただひとつだという思いと、何と小さな生き物だろうという感慨が同時に胸に迫ってきた。

「在りのままの姿を受け容れるところから、本当の禅が始まる」

薩天の言葉が脳裏に浮かんだ。

その意味は頭では分っている。だが在りのままの人間を丸ごと受け容れるほどの度量は、今の政則にはないのだった。

数日後、康実から呼び出しがあった。本丸御殿の部屋をたずねると、

「人足どもと寝泊りしたくらいで、何か分るとでも思っているのか」

端《はな》から見下げた物言いをした。

「あの者たちは、我らのことを年貢《ねんぐ》を盗み取る仇《かたき》としか思っておらぬ。いかに近付こうと、心を開いたりするものか」

「そうでしょうか。私はそうは思いません」

「そういう甘さが命取りになることを、そろそろ覚えたほうが良さそうだな」

康実は薄い唇をひん曲げてにやりと笑うと、倉庫を預かる石黒助左衛門と火薬を調

合している伝兵衛が怪しいと言った。

「助左衛門の弟多聞《たもん》は、北信愛に仕えている。近頃助左衛門はこの弟と何度か会っているそうだ。弟に頼まれて敵に硫黄を渡した可能性は充分にある。もう一人の伝兵衛は」

　娘二人を身売りしなければならないほど、多額の借金を抱えている。ここで働くようになったのも日当がもらえるからだが、借金を支払うにはほど遠い額なので、硫黄を盗んで金に代えたのではないかという。

「ずいぶん詳しくご存知ですね」

「当たり前だ。お前が人足どもと寝泊りしている間に、わしは配下に命じて奴《やつ》らの素性をすべて調べさせた」

「全員ですか」

「そうだ。そして怪しいのはこの二人だと突き止めたのだ」

だから早く引っ立てて白状させよ。康実はそう迫った。

「私はちがうと思います。助左衛門は実直な老武者《ろうむしゃ》です。肉親の情にほだされて我らを裏切るとは思えません。伝兵衛は確かに金に困っているようですが、今の仕事に誇りを持っています。それに六俵もの硫黄を、一人で運び出せるはずがありません」

「内から手引きして仲間を呼び寄せたのかもしれぬ。内部の者でなければ、硫黄のありかを知ることも鍵を開けることもできまい」

「先日も申し上げましたが、錠前の作りは簡単なので、忍びの心得のある者なら釘《くぎ》などを使って開けられると思います。内部の者と決めつけるわけにはいきません」

政則はいつになく強い口調で二人を庇《かば》ったが、この配慮が徒《あだ》となった。

翌朝、助左衛門が若狭館のはずれの森で死んでいるのが見つかったのである。

知らせを受けた政則は、すぐに現場に駆けつけた。

助左衛門はひときわ大きなブナの木の下で、うつぶせになって息絶えていた。夜の間にここに来て腹を切ったらしく、右手に脇差を握ったままだった。

「懐《ふところ》にこれが」

同僚の倉庫番が立て文を差し出した。

表にわび状と記され、中には「いわうをぬすみしことおゆるしくたされ」と稚拙な仮名文字だけで記した紙片がはさんであった。

罪を認めて自決したように見える。しかし、すぐさま妙だと気付いた。

助左衛門は帳簿をめくる時も数字を指で押さえる時も左手を使っていた。左利《き》きの者が右手で腹を切るだろうか。

そのことを同僚に確かめると、

「確かに左利きでおりゃんしたが、割腹の時には作法通り右手を使ったのでございやしょう」

声を震わせて答える。

まわりには知らせを聞いて職人たちが集まってきた。起き抜けで髪や衣服を乱した者たちが、不安そうな暗い顔をして遠巻きにしていた。

「だから早く取り調べよと言ったのだ」

康実までがやって来て政則を叱《しか》りつけた。

「調べていたなら、硫黄をどうやって持ち出し、誰に渡したか白状させることができた。それをお前が止めるゆえ」

こんなことになったのだと、相変わらずの無能呼ばわりである。政則は利き腕のことが腑《ふ》に落ちないままだったが、反論しようとはしなかった。

数日後、政則は愛馬の黒兵衛にまたがり、猿越峠をこえて高家《たかいえ》に向かった。

助左衛門の家族に会って、本当に三戸方になった弟と密会していたかどうか確かめるためである。康実にあんな言い方をされたせいか、自分で真相を突き止めなければ気がすまなかった。

(あるいは誰かが、助左衛門に罪をなすりつけるために自決に見せかけたのではないか)

ところが彼が左利きだと知らなかったために、右手で腹を切ったように細工し、右手でわび状を書いた。そんな疑念が頭をはなれず、真相を突き止めずにはいられなかった。

高家は瀬月内《せつきない》川ぞいにある集落で、九戸と八戸を結ぶ水運の要地である。助左衛門の家はここから一里ほど山にわけ入った笹目《ささめ》という所にあった。

掘っ立て柱の貧しい家ばかりである。今は春なので過ごしやすいが、二間ちかくも雪が積もる冬にはどうしているのだろうと案じられるほどだった。

助左衛門の家は集落のはずれの池のほとりにあった。板の間がひとつと土間があるばかりの小さな家に、妻と二人の子が暮らしていた。

妻の弥栄《やえ》は四十ばかり。子供は十二、三歳とおぼしき兄弟である。家の中は片付けられ、いつでも出て行けるように荷造りがしてあった。

「久慈政則と申します。助左衛門どののことを知りたくて九戸城から参りました」

そう告げると、弥栄はおびえたように身をすくめ、二人の子を背中に隠して守ろうとした。

「責めに来たのではありません。助左衛門どのが硫黄を盗んだとは、どうしても思えないのです」

政則はその理由を話し、わび状を見せて助左衛門の筆跡かどうかたずねた。

「分がらねぇなっす。へだって、おっ父《とう》は家で字を書いたこと、ながんすもの」

それでは助左衛門が書いたものは何かないかとたずねても、首を横に振るばかりだった。

「助左衛門どのには、多聞という弟がおられますか」

「んでがんす。こごから山ひとつ越えた鳥舌内《ちょうしたない》っつうどごに住んでおりゃんす」

「その方は三戸方の北信愛どのに仕えておられたとか」

「養子さ行った大野の家が北さまの家来であんしたので、自然とそうなったんでしょう。昨日今日という話ではねえのす」

「近頃助左衛門どのは、何度か多聞に会っておられたそうですが」

「次男の太吉を養子にけろって、へってきたのす。多聞さんには娘っこしかいねえし、戦《いくさ》が激しくなる前に話っこ決めねえと、敵方さ通じたように見られるのでなっす」

家の存続をはかるために、兄弟同士で養子のやり取りをするのはごく普通のことである。だが南部と九戸の戦が始まり、敵対する立場に立たされたために、それもままならなくなっていた。

「その話は、いつ頃から」

「今年の正月からでやんす。そん時は多聞さんがうちさ来て、銭五十貫で話っこをつけてえと」

養子に迎えるための仕度金である。それは助左衛門の一家にとって生活を支える重要な収入になるはずだった。

「荷造りをしているのは、どこかに引っ越すためでしょうか」

「夫が九戸さまを裏切るようなことをしたんで、うちは村八分にされやんした。もうここでは生きていげねえがら、多聞さんの家においてもらうことになりやんした」

生きていけないとは感情的な問題ではない。他の家との付き合いを断たれ、食べ物や薪《まき》を融通《ゆうずう》してもらえなくなったなら、冬には文字通り生きていけなくなる。

そんな時に頼れるのは、今は敵方となった助左衛門の弟しかいない。そうした人々の命を守るつながりが、南部と九戸の戦いが起こったために、いたるところで寸断されている。

その現実を突きつけられ、政則は重い気持で笹目の集落を後にした。あの妻子に救いの手を差し伸べてやりたいが、一人の力ではどうすることもできなかった。

それにしても助左衛門の書状が、家にひとつも残っていないのは不思議である。武士とはいえ日頃は山仕事で生計を立てているので、文字が書けないのだろうか。だとすれば、あのわび状は助左衛門が書いたものではないことになる。

(そうだ。高家の屋敷に行けば)

何か分るかもしれないと思った。

高家は九戸方となった高家将監の所領である。助左衛門も将監に仕えていたのだから、年貢や家督相続などについての書状を、さし出しているかもしれなかった。

瀬月内川ぞいの屋敷に行くと、将監が緊張した様子で出てきた。

九戸政実の弟がふいに訪ねて来ることなど、普通ではありえない。今度は何を命じられるかと戦々恐々《せんせんきょうきょう》としていた。

「急にすみません。石黒助左衛門がこちらに差し出した書状があれば、拝見させていただきたい」

そう申し入れると、将監は手ずから笹目についての書類の束《たば》を持ってきた。領内の集落ごとにまとめたものである。

その中に「伺い状」と記した助左衛門の書状があった。今年の一月末に、次男の太吉を弟の大野多聞の養子にしたいと願い出たものである。

そこに記された状の文字と、わび状の文字は明らかにちがう。しかも息子を養子に出すいきさつを、漢字まじりの流麗な文章でつづっている。

僧籍にあった政則でさえ舌を巻くほどの見事な筆跡だった。

「これは助左衛門どのが自分で書かれたものでしょうか」

「さようでござる。あやつは左利きゆえ、若い頃から人に侮《あなど》られておりました。その弱みを見せまいと、人に隠れて書道を学んでいたのでござる」

やはりあのわび状は助左衛門が書いたものではない。誰かが罪をきせるためにでっち上げたが、助左衛門には学《がく》などあるまいと見くびり、仮名ばかりの稚拙《ちせつ》な文章を記したのである。

おそらく硫黄を盗み取ったのも助左衛門を殺したのも、城内にいる者だろう。しかし、いったい誰が、何のために……。

政則は背中を焼かれるような焦燥を覚え、黒兵衛を駆って九戸城へ引き返した。

第七章　能登屋五兵衛

若狭館《わかさだて》の職人小屋から石黒助左衛門《いしぐろすけざえもん》が殺されていたブナの木までは、一町（約百九メートル）ほど離れている。小屋と作業場が両側に建ち並ぶ道を通り、防風と目隠しのために植えた松林を抜けた所である。

ブナの木の先には人の背丈ほどの土塁がめぐらしてあり、身を乗り出すと九戸《くのへ》城の東を流れる猫淵《ねこぶち》川を見下ろすことができる。

久慈四郎政則《くじしろうまさのり》はその道を歩きながら、硫黄《いおう》を盗み出し、助左衛門を殺した者たちの手口を突き止めようとした。

盗まれたのは六俵。一人一俵持ったとして六人が必要である。そのうちの一人は内部の者で、倉庫の鍵《かぎ》を開け、仲間を引き入れる。そうして硫黄の俵をかつぎ、この土塁まで運んでくる。

土塁から縄で吊《つ》り下ろし、川につないだ船に乗せて白鳥《しらとり》川から馬淵《まべち》川に出れば、三《さんの》戸《へ》城までは川の流れに乗って難なくたどり着ける。

　そしてその罪を助左衛門になすりつけるために、偽《にせ》のわび状を懐《ふところ》に入れて切腹したように見せかけた。あるいは助左衛門に何かを気付かれたために、先手を打って殺したのだろう。

　しかし職人小屋からブナの木まで、どのようにして助左衛門を運んだのだろう。小屋で殺したのなら血の跡が残るはずだが、そんな形跡はまったくなかった。だとすると助左衛門をブナの木の下まで連れ出して殺したとしか考えられない。

　その男が助左衛門の利き腕を知らなかったために、右手で腹を切るという不自然を曝《さら》してしまったのである。

　政則はブナの木の下に立ち、その時の状況をつぶさに思い描こうとした。年老いたとはいえ、助左衛門は屈強の武士である。それを抵抗する間もなく仕止めるとは、よほどの手足《てだ》れにちがいない。

　そんな者が職人の中にいるとは思えないので、外から潜入した刺客《しかく》の仕業と考えるべきだろう。

（しかし、それなら……）

　どうして真夜中に助左衛門をブナの木の下までおびき出すことができたのか。考えに行き詰った政則は、謎《なぞ》を解く手がかりを求めてあたりを歩き回った。

助左衛門が殺されたと分ってからも、政則はこのことを九戸政実《まさざね》以外には話さなかった。殺されたと知れば城内の者たちは疑心暗鬼におちいるし、戦《いくさ》の士気《しき》にも関わってくる。

それを避けるためには、賊の筋書き通り助左衛門が盗みの責任を取って自決したことにしておくほうがいいのだった。

（そうすれば賊も油断し、尻尾《しっぽ》を現わすだろう）

その機会をうかがいながら、政則はひそかに調べを進めていたのだった。

本丸御殿にもどると、政実が至急会いたいと伝えてきた。

（弾薬のことにちがいあるまい）

政則はそう察し、諸々の帳簿を持って楓《かえで》の間をたずねた。

ふすま一面に紅葉を描いた部屋に座り、政実は所在なげに茶を飲んでいた。

「その後、何か分ったか」

「いろいろ考えていることはあるのですが、証拠を見つけることができません」

「賊の狙《ねら》いは何だ」

「金品が目当てなら、硫黄を盗んだりはしないはずです。敵の回し者か、あるいは別の思惑《おもわく》を持って城内に潜入した者がいるのでしょう」

「別の思惑か」

政実は掌《てのひら》の中で何度か茶碗《ちゃわん》をゆらし、底に残った茶をひと息に飲み込んだ。

「その狙い通りかどうか分からぬが、城内の弾薬のたくわえが残り少なくなっている。このままでは三月《みつき》ももつまい」

「今までと同じように配給するとすれば、あと二ヵ月で底をつきます」

政則はこれまでの配給量と弾薬の残量を記した表を見せた。一目で見て取れるように工夫したものだ。

「そちに兵站《へいたん》の管理を任せて良かった。ついでにもうひとつ頼まれてくれぬか」

「お役に立てることなら、何なりと」

「前にも話した通り、硝石や鉛の買い付けは鹿角《かづの》の大湯《おおゆ》四郎左衛門《しろうざえもん》に任せておる。四郎左衛門は能代《のしろ》の能登屋《のとや》から買っているが、近頃品切れで仕入れられなくなったというのだ」

このままの状態がつづけば、南部信直との戦に勝つことは難しくなる。そこで鹿角に行ってどんな状況か確かめてきてほしい。政実はそう言った。

「尾去沢《おさりざわ》の鉱山から、金銀は潤沢《じゅんたく》に掘り出している。資金は充分にあるはずだ。なぜ能登屋が売らなくなったのか、それを確かめてほしい」

「しかし、私は取引きがどうなっているかまったく知りません」

「それなら案ずるには及ばぬ。四郎左衛門がすべて教えてくれるはずだ。打てる手立てがあるのなら、そちが能代に出向いて能登屋と掛け合ってくれ」

「打てる手立てとは？」

「能登屋と会ってそれを見つけ出すのがそちの役目だ。わしが行きたいところだが、城を空けるわけにはいかぬからな」

「もうひとつだけ、おたずねしても」

「うむ」

「硫黄も能登屋から買い付けているのでしょうか」

硫黄の俵と他の品々を入れた俵は作り方がちがう。それを見て前々から不思議に思っていたのだった。

「行けば分る。四郎左衛門や能登屋とは古い付き合いゆえ、粗略《そりやく》にはするまい」

それに奥州《おうしゆう》の山々を歩けば気付くこともあるはずだと、政実は含みのある言い方をして四郎左衛門にあてた書状を渡した。

二戸から鹿角へは安比川《あっぴ》ぞいの道をたどる。そうして五日市《いつかいち》から西へ向かう津軽街道を行けば、およそ十五里の距離である。

途中に貝梨峠《かいなし》があるが、それを過ぎると道はなだらかな下りで、永禄《えいろく》十一年（一五六八）に九戸政実が鹿角に兵を進めた時も、この道を通っている。

それ以後政実は鹿角に勢力を張り、尾去沢鉱山を支配下におさめているのだから、九戸家の財政を支える主要道と言っても過言ではなかった。

天正十九年（一五九一）四月初め、政則は黒兵衛を駆って鹿角に向かった。従うのは栗毛《くりげ》の馬にまたがった小田庄左衛門《おだしょうざえもん》ばかりである。

野山はようやくおとずれた春を言祝《ことほ》ぐように新緑に包まれている。新しく芽吹いた木々の緑があまりにも鮮やかで、空気までがあわく染って見えるほどだった。

黒兵衛は久々の遠出に勇み立っている。城内の馬屋に長々と閉じ込められていたうっぷんを晴らそうと、鐙《あぶみ》も入れないのに嬉々《きき》として走っていく。

その速さに庄左衛門の馬がついていけないので、主従の距離は開くばかりだった。貝梨峠まで着くと、政則は馬を止めて庄左衛門を待った。腰の竹筒の水を黒兵衛にも飲ませ、塩の固まりをなめさせてやる。久々の遠出に、さすがの黒兵衛も大汗をかいていた。

山は静かで、時折鳴き交わす鳥の声や、梢《こずえ》をゆらす風の音しか聞こえない。しばらくすると、そののどかさに苦しげな蹄《ひづめ》の音が混じるようになった。

庄左衛門が懸命に馬を駆っている様子が見えるようである。政則は改めて黒兵衛の強さを見直し、たてがみをなでてやった。

すると突然、黒兵衛がぶるんと体を震わせて耳を立てた。何やら異変を感じ取ったのである。政則も横に並んで耳を澄ました。

庄左衛門の馬の後方から、複数の馬の足音がした。二頭か三頭……。谷から吹き上げる風に混って、懸命に馬を駆る音がかすかに聞こえてくる。誰かが二人の後を尾《つ》けているのだった。

「殿、少しはこちらの身にもなって下され」

ようやく峠にたどり着いた庄左衛門は、素早く鞍《くら》から飛び下りて愛馬をいたわった。

「しっ、聞こえぬか」

「何がでござる?」

「誰かが後を尾けて来る」

庄左衛門は急に抜かりない顔になり、確かにとうなずいた。

二人は馬を雑木林の中に引き入れ、身をひそめて様子をうかがった。かなりの間があって、三頭の馬が峠を駆け抜けていった。茶色の小袖《こそで》に裁付《たっつ》け袴《ばかま》をはき、笠《かさ》を目深《まぶか》にかぶっている。

武士かどうかは分らないが、乗馬の腕は確かだった。

「あれは何者でござろうか」

「南部の手の者かもしれぬな」

政則は三人を長々と見送り、体の特徴を覚え込もうとした。

大湯四郎左衛門の屋敷は松館《まつだて》にあった。

鹿角の南部で、米代《よねしろ》川の西岸に位置している。尾去沢鉱山の入口を扼《やく》する高台に城を構え、敵や不審者の侵入に備えていた。

四郎左衛門は五十がらみの恰幅《かっぷく》のいい男だった。眉《まゆ》が濃く黒々としたひげをたくわえ、鋭い光を放つ大きな目をしている。

一見すると鬼のような面相だが、いたって愛想が良かった。

「よく来て下された。まずはこちらに」

少し甲高い声で言いながら、屋敷の一角にある神社に案内した。

天神様を祭ったもので、大湯家の氏神である。鉱山に関わる者には、必ずここに参拝させるという。

「人は欲に負けやすいものでござるが、神々の前で嘘《うそ》をつくわけには参りませぬでな」

仕来り通りの儀式を終えてから、政則は政実から預かった書状を渡した。

四郎左衛門は一読すると、

「ならばまず、山を御覧いただこうか」

十人ばかりに供を命じ、尾去沢鉱山に案内した。

なだらかな道を一里ほど山に分け入っていくと鉱山があった。金銀銅などが溶け込んだ熱水が岩盤の割れ目に染《し》み入り、地表近くで冷え固まった鉱床である。

初めて鉱山が発見された和銅元年（七〇八）には、地面にあらわれた鉱脈を掘る露天掘りがおこなわれていた。ところがやがて掘り尽くされ、いつの間にか忘れ去られていたが、文明十三年（一四八一）に怪異が起こった。

尾去村の奥の大森山《おおもりやま》から怪鳥《けちょう》があらわれ、夜な夜な牛のほえるような声を上げて村人を恐れさせた。人々がこの鳥を滅ぼしてくれるように天に祈ったところ、ある日怪鳥が叫び苦しむ声が聞こえ、それ以後ぷっつりと現われなくなった。

不思議に思った村人が声のしたあたりを訪ねてみると、赤沢川が鮮血に染まり、大蛇の頭と牛の足をもつ怪鳥が死んでいた。これは何かのお告げにちがいないと察した村人たちがあたりを掘ってみると、金銀の鉱石が見つかったという。

これは地元に残る伝説だが、おそらくその頃から坑道を掘って金銀の採掘《さいくつ》がおこなわれるようになったのだろう。


四郎左衛門はまず坑道につれて行った。

腰をかがめてしか入れない狭い穴が、岩盤をうがってずっと奥へつづいている。坑道を照らすための灯明皿が左右に交互に並んでいる様は、神社の参道のようだった。

「石を掘り出しているのは、ここから二町ばかり先でござる。鉱脈が枝のように分れているので、それを追って掘り進んでおりまする」

「この道を這《は》って、そこまで進むのでしょうか」

政則は初めて入った坑道の狭さに息が詰まりそうだった。

この道を二町も進み、ノミをふるって鉱石を切り出すとは、想像を絶する過酷さだった。

「昔はそうしておりましたが、近頃は台車を使うようになり申した。車をつけた板に腹ばいになり、手でかきながら進むのでござる。掘り出した鉱石も、その台車に乗せて引き出しております」

「こんな所で長く働いたら、病気になるのではありませんか」

「やむを得ないことでござる。切り出し場はほこりが立ちこめていますし、窮屈な姿勢で長い時間働かねばなりません。中には狭さと暗さに耐えきれずに気がふれる者もおりますし、地下の水があふれ出して溺《おぼ》れ死ぬこともあります。武士も死を覚悟して戦場に出ます。金掘りにも似たような覚悟があるのでござる」

坑道から運び出した鉱石は、金鎚《かなづち》で細かくだいて金銀を含んだ石だけを選り分ける。その小石を鉛を溶かした釜《かま》に入れると、金や銀は石から分離して鉛との合金を作る。

この合金を灰の上に乗せ、風を送りながら熱を加えると、融点《ゆうてん》の低い鉛が先に溶けて灰の中に沈み、金や銀だけが上に残る。

これが朝鮮から伝わった灰吹き法という製錬技術で、鉱山のまわりにはこの工程の順に作業小屋が建ち並んでいた。

小屋では三百人ちかくが黙々と働いている。その中には女や子供も混じっていた。

「ここで働く者たちの半分は越中松倉から、残りは石見《いわみ》銀山や但馬《たじま》の生野《いくの》銀山から来た者たちでござる。請け負った持場を掘りつくしたなら次の山に渡るゆえ、あのように一家で働いているのでござる」

四郎左衛門は尾去沢一帯の鉱山を開発した責任者で、山師や金掘りの事情にも通じていた。

「こうして生み出した金銀は、こちらの役所で重さを計り、二百匁《もんめ》（七百五十グラム）ずつ革袋に入れてそれがしの蔵にたくわえておきまする」

そう言って役所に案内した。

門番四人が警固する屋敷には、十人の役人が製錬された金や銀の小粒の重さを計っていた。

京、大坂ではすでに金の大判や小判が鋳造《ちゅうぞう》されているが、奥州ではまだ小粒のままで使っている。それだけに重さを正確に計ることが重要で、役人たちは小粒を入れた革袋を何度も秤《はかり》にかけ、二百匁にぴたりと合わせていた。

「これを持ってみて下され」

四郎左衛門が政則に革袋を押し付けた。

掌に入るほどの大きさだがずしりと重い。坑道から命がけで掘り出す様子を見てきただけに、その重さが余計に身にしみた。

「それで二十両。ひと家族が五、六年は暮らせる値打ちがござる。どうぞ、お持ちになって下され」

「そのように貴重な品を、受け取るわけには参りません」

政則は即座に断わった。

「ここでは山からいくらでも掘り出せまする。ご遠慮なされるな」

「それなら金掘りたちに与えて下され。怪我《けが》や病気で苦しんでいる者もおりましょう」

「さようでござるか。ご奇特《きとく》なお方だ」

四郎左衛門は満足そうにうなずいて革袋を元の位置にもどした。これを受け取るかどうかで、政則の器量を計ろうとしたようだった。

見学を終えると、松館にもどって本題に入った。

「ご覧いただいた金銀を元手にして、能登屋から硝石や鉛などを買い付けていることは、すでにお聞き及びと存じまする」

ところが二月ほど前から急に納品がとどこおるようになった。どうしたことかと使者を送って問い詰めると、畿内《きない》からの仕入れができなくなったので、これ以上取り引きはできないとの返答だった。

「能登屋とは二十年ちかく取り引きしており申す。今は九戸どのの火急の時でござるゆえ、何とかするように強談判《こわだんぱん》に及び申したが、仕入れができないのだからどうしようもないと取りつく島もございません」

だから九戸城に届けることができずに申し訳ないと、四郎左衛門が深々と頭を下げた。

「なぜ仕入れることができなくなったのでしょうか」

「畿内の商人が品切れだと申しているそうでござる。ある者の話では、奥州征伐の計画が下々に漏《も》れたために、諸大名が競って硝石や鉛を買い込んでいるそうでござる。また、来年の朝鮮、明国への出兵を見越して、商人が買い占めているという噂《うわさ》もありまする」

大きな戦争があれば、硝石や鉛は飛ぶように売れ、値も吊り上がる。大名たちはその前に買い入れようと血眼になり、商人たちは買い占めや売り惜しみに走るのだった。

「南部信直どのが、能登屋に手を回しているということはないでしょうか」

硫黄を盗ませたのが信直だとすれば、弾薬の入手を断つ作戦に出たのかもしれない。

政則はそう考えていた。

「そんなことはござるまい。先ほども申しましたが、我らは能登屋と二十年ちかくも取り引きをしており申す。商人とはいえ、このような時に敵方に通じる男ではござらぬ」

「硫黄も能登屋から買い付けているのですか」

「いいえ、我らは扱っておりませぬ。硝石や鉛、軟鋼《なんこう》や真鍮《しんちゅう》ばかりでござる」

「それなら兄者は、硫黄をどこから仕入れているのでしょうか」

「さあ、それは」

そんなことは考えたこともなかったと、四郎左衛門が首をかしげた。

「分りました。これから能代に行って能登屋と話をしてみます」

「そうしていただければ有難い。しばらくお待ち下され」

四郎左衛門が席をはずし、能登屋にあてた書状と金の革袋二つを持ってもどってきた。

「紹介状と挨拶《あいさつ》金でござる。これを渡していただければ、話が早かろうと存ずる」

その夜は松館に泊り、翌朝早く米代川の船着場に行った。ここから船に乗れば、能代まではおよそ二十五里だった。

政則と庄左衛門は馬を松館に預け、山師のような形《なり》をして船に乗った。

この先は秋田実季《さねすえ》の領国である。九戸家の者だと分ったなら、面倒なことになりかねなかった。

「川とは有難いものでござるな」

庄左衛門が川風に吹かれながら心地良さそうにあたりを見回した。

川の両側は広々とした平野がつづき、田植えにそなえて田んぼに水が張ってある。この地方の人々の勤勉さがうかがえる美しい景色だった。

「下りはいいが、上りの船を引き上げるのは大仕事だろう」

「山立《やまだち》や金掘りと同じでござる。それぞれの道には、それで喰ってきた者たちがおりまする」

「大湯どのは、硫黄を扱っていないとおおせられた。どこから買っているのか、兄者から聞いたことがあるか」

「いいや。一度もござらぬ」

「私も聞いておらぬ。能登屋から仕入れているのでなければ、いったいどこから買い付けているのだろうな」

政則は政実に兵站《へいたん》の管理を任されている。それなのに硫黄の仕入れ先だけ隠しているとは妙だった。

川の流れは先に進むにつれてゆるやかになる。比内《ひない》、田代《たしろ》、鷹巣《たかのす》とすぎ、七座《ななくら》神社の先の大曲がりを右に左に蛇行《だこう》して抜けると、広大な平野が広がっていた。

どこまでも平野がつづく光景は、南部や二戸では見られない。土地も肥えて作物も豊かそうである。遠くに見える日本海も、太平洋とちがって海の色が深かった。

能代の港はにぎわっていた。春になって波と風がしずまるのを待って、越後や能登、若狭などから多くの船がやって来る。彼らはそれぞれの土地の産物を積んでやって来て、蝦夷地《えぞち》の昆布《こんぶ》や干魚《ほしざかな》、毛皮などを買い付けて帰って行く。

能代はその交易地となっているので、久慈や八戸などとは比べものにならないほど栄えていた。

船着場で船を下り、能登屋はどこかとたずねた。

「そんだば川ぞいに三町ばかり行ってけれ。でっけぇ店だからすぐ分がるすべ」

旅籠《はたご》の客引きが下流をさして教えてくれた。

すでに夕暮れ時で、旅籠の提灯《ちょうちん》や港の常夜灯に火がともり始めている。船で着いた者や行商人が、今夜の宿を求めて通りを行き交っていた。

川ぞいの道を下っていると、先の方の路地からこちらの様子をうかがっている者がいた。

政則が目を向けるとすぐに物陰に姿を消したが、見張っていたことは気配で分る。

しかも体形が、貝梨峠で追いこしていった男の一人に似ていた。

「すまぬが藁苞《わらづと》の紐《ひも》を解いてくれ」

庄左衛門に声をかけた。

大刀はそれと分らないように藁苞に包んでいた。

「気付きませんでした。どこでござる」

「あの柳の木の向こうだ。誰かがひそんでいた」

「ならば、それがしが」

庄左衛門は大刀をたばさんで先を歩いたが、何事もなく能登屋にたどりついた。

能登屋五兵衛は雲衝《つ》くような大男だった。歳《とし》は六十ちかいはずだが、肩巾《かたはば》が広く胸が厚い体は少しも衰えていない。あごの張ったいかつい顔をして、薄くなった頭に小さな髷《まげ》をゆっていた。

能登の七尾の出身で、先祖は能登の守護である畠山家に仕えて廻船業を営んでいたが、若い頃に七尾を出て能代に移り、事業を成功させたのだった。

「話のあらましは、大湯さまの書状で分りました。今夜はゆっくりと湯につかり、旬《しゅん》の魚でもつまんで、旅の疲れをいやして下され」

五兵衛は二人の侍女に接待《せったい》を命じ、来客中だからとあわただしく去っていった。

二人は侍女に案内されて風呂場《ふろば》へ行った。脱衣場に入ると、

「どんぞ、お召し物を」

侍女が膝《ひざ》立ちになって袴の紐をとき始めた。

政則の世話をするのは、面長で顔立ちのととのった二十歳《はたち》ばかりの娘である。庄左衛門の袴を脱がせているのは、三十歳ばかりの小太りの女だった。

「いや、自分でやるので」

下帯にまで手をかけた娘を、政則はあわてて制した。

娘は鼻筋の通った顔を怪訝《けげん》そうに上げると、

「何《なん》もだす。おおせつかっておりますんで、遠慮《じぎ》さねでけれ」

そう言って仕事をつづけた。

「殿、都のやんごとなきお方は、厠《かわや》で尻までふいてもらわれるそうでござるぞ」

庄左衛門がされるままになりながら、これくらいのことで慌《あわ》てるなと冷やかした。

十人ほども入れそうな広々とした湯舟には、白く濁《にご》った湯が張ってあった。とろりとした湯は肌にやさしく、肩までつかると体から疲れが抜け落ちていった。

「どこかの温泉の湯を移したものと見えまする。何とも豪勢なもてなしでござるな」

「五兵衛どのは一代で能登屋の身代《しんだい》をきずかれたそうだ。千石積みの船を十艘《そう》も持っておられるらしい」

「廻船業はそれほど実入りがあるということでござろう。さりながら遭難《そうなん》の危険と背中合わせゆえ、よほど度胸がなければやりおおせるものではござらん」

「命をかけて海に出るということだな。武士が戦に出るように、金掘りが坑道に入るように」

「獣《けもの》を撃ちに山に入るより、銭をつかみに海に出たほうが良さそうでござるな」

庄左衛門はひげにおおわれた口を開けて笑ったが、入口を見るなりその顔が凍りついたように固まった。

二人の侍女が髪を結い上げ、一糸まとわぬ姿で入ってくる。娘の方はなで肩で幼なさの残る小ぶりの乳房をして、足がすらりと伸びている。年増《としま》の方は乳房が垂れ腰が張った土偶のような体付きをしていた。

二人とも抜けるように色が白く、夕暮れの薄闇《うすやみ》と湯気をへだててながめると、この世のものとも思えない妖《あや》しさに満ちている。

政則も一瞬何が起こったのか分らず、まじまじと二人の裸体をながめた。

「お背中、流させてタエ。どんぞ、お掛けになってたんせ」

娘が腰掛けをさし出した。髪を巻き上げているので、うなじの白さが際立っていた。

庄左衛門がさてどうすると言いたげな顔でながめている。政則は何くそと意地になり、尻までふいてもらう覚悟で腰を下ろした。

娘は白い軽石のようなものを木綿の手ぬぐいにこすりつけ、二、三度手でしごいて背中をふき始めた。

手ぬぐいの表面で何かが泡立ち、肌をなめらかにすべっていく。これまで経験したことのない感触で、背中をこすり下ろされるたびにぞくりと快感が走った。

「そ、それは何だ」

「シャボンというものだス。南蛮人が持ち込んだ物なんだそうスな」

「どれ、貸してみろ」

政則は軽石のようなシャボンを手に取った。ぬるりとした手ざわりで、かすかに獣の脂《あぶら》と香料の匂《にお》いがした。

娘は背中ばかりでなく、胸や腹、股間《こかん》までまんべんなく洗ってくれる。そのたびに互いの肌が触れて、おだやかならざる気持になる。

不肖の一物は、すでに半分立ち上がりかけていた。

(唯悟《ただご》道《どう》有って　道心無し
今日猶愁《なおうれ》う　生死に沈まんことを)

政則は一休禅師の言葉を思い、執着をはなれて無の境地に入ろうとした。だが南蛮渡来のシャボンは、抗しがたい力で肌の奥へと迫ってくるのだった。

風呂から上がると酒肴《しゅこう》の用意がしてあった。膳《ぜん》の上には旬の魚が所狭しとならべてあり、炭を入れた小さな炉も用意してあった。

炉にはホタテの貝が鍋《なべ》がわりにかけてあり、煮立った塩魚汁《しょっつる》が食欲をそそる香りを立てていた。

「これは貝焼《かやき》というもんだス。こんた風にカド（ニシン）を煮るのが春の御馳走《ごっつお》だなんス」

カドは春告魚とも呼ばれていると言いながら、娘が給仕をしてくれた。

萌黄《もえぎ》色にあやめの花を散らした着物に着替え、髪も片はずしに結いかえている。さっきとはうって変ったあでやかさだが、一緒に湯に入ったためか心の帳《とばり》をはずせる親近感があった。

ニシンの貝焼は旨《うま》かった。脂ののったニシンを塩魚汁で煮て、ひろっこ（あさつきの若芽）を入れただけだが、ニシンの甘味と汁の塩気と出汁《だし》の旨みが合わさって絶妙な味である。

男鹿《おが》半島沖でとれる黒鯛《くろだい》の刺身や、米代川を上がってくる桜鱒《さくらます》の塩焼きも、上品ながらも自然の活力にあふれた味がする。

地元で醸《かも》した酒との相性も抜群で、この地方の食文化の高さに驚嘆《きょうたん》するばかりだった。

「旨いものばかりでござるな。我らの里とは大違いじゃ」

庄左衛門が遠慮なく舌鼓《したつづみ》を打った。

「能代の港は昔から都との往来が盛んゆえ、料理法も進んだのであろう」

その夜は二人とも侍女の酌《しゃく》で盃《さかずき》を重ね、役目を忘れるくらい楽しい一時を過ごしたのだった。

翌日、居住いを正して五兵衛との対面にのぞんだ。かなり酒を過ごしたはずだが、少しも酔いが残っていなかった。

「昨夜はくつろいでいただけましたか」

五兵衛がにこやかにたずねた。

「すっかりお世話になりました。お礼を申し上げます」

「九戸政実さまには、昔から大変お世話になっております。お身内の方とあれば、できるだけのことをするのは当たり前でございます」

「兄の窮状はお聞き及びでございましょう。硝石や鉛が買い付けられないままでは、戦《いくさ》をつづけることができなくなります」

政則は直入に用件を切り出した。

「そのことは大湯さまからの書状で承知しております。しかし、手前どもにもどうしようもないのです」

「上方からの仕入れができなくなったと聞きましたが」

「さよう。いろいろありまして」

「しかし南部信直どのは、この能代から潤沢に買い付けておられると聞いております」

「うちが売っているわけではありません。若狭屋さんから買い付けておられるのでございます」

「若狭屋が仕入れられるのなら、能登屋さんも仕入れができるということでございましょう」

「なるほど。これは一本取られましたな」

五兵衛は政則の力量を見直したらしく、四郎左衛門との取り引きができなくなったのは仕入れがとどこおっているからではないと打ち明けた。

「ここだけの話ですが、実はご領主さまが鹿角との取り引きを禁じられたのでございます。米代川に役人を配し、うちの船をきびしく取り締っておられます」

「秋田実季どのとは昵懇《じっこん》の間柄だと、兄が申しておりましたが」

「これまでは持ちつ持たれつの間柄でございました。ところが二ヵ月前から急に態度を変えられたのでございます」

「南部どのから働きかけがあったのでしょうか」

「ご領主さまはそれくらいで長年の好《よしみ》を断つ方ではありません。上方から直接指示があったのでございましょう」

関白秀吉からの命令だということだ。秀吉はやがて奥州に十数万の大軍を送って奥州仕置きをすると噂されているので、実季も従わざるを得なかったのである。

「それでは我らが硝石や鉛を買い付ける方法はないのでしょうか」

「ないことも、ないのですが……」

五兵衛は話したものかどうか迷いながら政則を見やった。

「教えて下さい。そのためにこうして出向いて参ったのですから」

「硫黄のことは、お聞き及びではありませんか」

「四郎左衛門どのから、こちらから買い付けているのではないと聞きました。しかし、それ以上のことは」

「そうですか。実は手前どもの方が政実さまから買い付けているのです。いや、政実さまの仲介によってと言うべきでしょうか」

「兄が、どうして」

政則は訳が分らず、庄左衛門に目でたずねた。

「聞いたことはござらぬが、大殿は山の民とつながりを持っておられるゆえ、そのあたりが関わっているのかもしれませぬ」

山の民は山師も兼ねている。だが奥州で硫黄が採れるとは、庄左衛門も聞いたことがないという。

「ところが、どこかで採れるのでございます。平泉寺《へいせんじ》の藤七《とうしち》という修験者《しゅげんじゃ》がそれを山伝いに運び、手前どもに売りに参ります。それを上方に送れば、こちらの言い値で飛ぶように売れまする」

「どこかとは、どこでしょうか」

「それを知っているのは、藤七と政実さまだけでございます。おそらく山の民が見つけた隠し鉱山があるのでしょう」

硫黄は火薬を作るには欠かせないものだが、産出するのは主に九州方面である。そのために畿内に運べば高値で売れる。

五兵衛が一代で能登屋の身代をきずき上げることができたのは、政実の口ききで硫黄の売買をさせてもらったからだった。

「ところが鹿角との取り引きをやめたとたん、藤七も硫黄を売ってくれなくなりました。困っているのは手前どもも同じでございます」

「つまり兄が、藤七という方に取り引きするなと命じているということでしょうか」

「手前どもはそう考えております」

「硫黄を売るなら、これまで通り取り引きをしていただけますか」

「米代川を使っての交易は、ご領主さまの監視があるので無理でございます。しかし藤七がやって来る山の道を使えば、隠れて運ぶことができましょう」

「分りました。二戸にもどって兄にそう伝えます」

政則は一筋の光明を見出《みいだ》した気持になり、山の道はどこからどこへ通じているのかとたずねた。

「残念ながら、それは手前どもにも分りません。藤七は誰にも知られないようにやって参りますので」

どこを通るのか、見当さえつかないという。硫黄の秘密はそれほど厳重に守られているのだった。

「天王寺屋が死んだだと？」

「はい。昨日の午後、堺の屋敷でみまかりました」

「あれほど元気にしておったのに……。死因は何じゃ。まさか殺されたのではあるまいな」

「卒中《そっちゅう》とのことでございます。代官からの知らせでは、死因に疑わしきところはないとのことでございます」

「利休に切腹を申し付けたのは、天王寺屋宗及《そうきゅう》を引き立てて博多商人のまとめ役にするためじゃ。今死なれては明国征伐にも支障をきたすではないか」

「宗及どのには津田宗凡《そうぼん》という跡継ぎがおります。宗凡を表に立て、小西隆佐《りゅうさ》どのに後見をお命じになれば、問題はないものと存じます」

「ふん。そちは隆佐の息子の行長《ゆきなが》と親しいようじゃが、あれはキリシタンではないか」

「殿下はこの正月にヴァリニャーノ師をご引見なされ、イスパニアとの関係を強化するとおおせになりました。キリシタン禁令を無効にするとも、おおせられたではありませぬか」

「あれは言葉の綾《あや》じゃ。遣欧使節の少年たちを連れ帰ったゆえ、褒美《ほうび》をやらねばならぬと思ったのよ」

「おそれながら、イスパニアとの同盟なくして明国征伐は成し遂げられませぬ。ご深慮が肝要と存じます」

「奥州仕置きの陣立てはどうした。進めているのであろうな」

「ご意向を踏まえ、次のような案を作ってみました。ご覧下されませ」

「秀次が大将で浅野長政と徳川家康が脇《わき》を固めるか」

「蒲生、伊達に先陣をお命じになれば、総勢十五万は下りませぬ」

「仕置きがすめば、白河以北を家康に与える。関東には秀次をすえるがよい」

「鶴松さまのためにも、それがよきご思案と存じまする。徳川どのに明国征伐のための人足狩りをお命じになれば、一石二鳥でございましょう」

「ところでそちは、奥州から硫黄《いおう》を買いつけておるそうだな」

「だ、誰がそのようなことを……」

「利休が申しておった。わしが何も知らぬとでも思っておったか」

「それは……、明国征伐にそなえてのことでございます。硫黄がなければ火薬も作れませぬゆえ」

「そちが人足狩りを口実にして大軍を送ることにしたのは、九戸政実から硫黄の鉱山を奪い取るためであろう。それを商人を通じて売りさばけば、濡《ぬ》れ手に粟《あわ》のぼろ儲《もう》けができようからな」

「決して、決して私利私欲をはかるためではございません。奥州には巨大な硫黄の鉱山があると聞きましたゆえ、手に入れて殿下のお役に立ちたいと願っているのでございます」

「誰と組んでおる」

「誰と、と申されますと」

「このようなことが、そち一人でできるとは思えぬ。そちの手足となって事を進めている者が、奥州にいるはずじゃ」

「そのような者はおりませぬ。それがし一人の才覚で進めていることでございます」

「佐吉よ、何年わしに仕えておる」

「お陰さまで、もうじき二十年になりまする」

「その間、面を突き合わせてきたのじゃ。そちの嘘が見抜けぬと思うか」

「……」

平泉寺の藤七がたどってくる山の道はどこなのか？

政則と庄左衛門は数日の間、能代周辺の者たちにたずねて回ったが、詳しいことは分らなかった。

修験者の姿をした者たちが連れ立って歩いているのを見ても、寺回りをしているのだろうと誰も気にかけなかったのである。

ただひとつの手がかりは、藤七の言葉に比立内《ひたちない》あたりの訛《なま》りがあったという能登屋五兵衛の証言だった。比立内は米代川の支流の阿仁《あに》川をさかのぼっていった山間の村である。

近くには後に阿仁鉱山として開発される鉱脈があり、山師や金掘りたちが山に入り込んでいた。

「硫黄の採れる山が阿仁川ぞいにあるのなら、地元の者たちにも知られているはずでござる」

だが能登屋も秋田実季も知らないのだから、鉱山はもっと奥の山にあるのだろう。

庄左衛門は手書きの絵図を示しながらそう言った。

「おそらく比立内から大覚野峠《だいがくの》に行き、尾根の道に上がるのでござろう。木地師《きじし》や山立衆《やまだち》などが渡る道がござるゆえ」

大覚野峠から西方に向かえば、白子森《しらこもり》、太平山《たいへいざん》をへて日本海に出ることができる。東へ向かえば高柴森《たかしばもり》、椈森《ぶなもり》、三ツ又森《みまたもり》をへて、八幡平《はちまんたい》まで行くことができる。三ツ又森から谷川ぞいの道を下れば鹿角に着くのだった。

「そうか。鹿角に出られるなら、二戸へも行けるということだな」

「さよう。津軽街道を用いることもできますし、八幡平を東に下りれば沼宮内《ぬまくない》に着きまする」

沼宮内から陸羽街道を北に向かえば、二戸まで十里ばかりだった。

「兄者はそのどちらかを通って、平泉寺の藤七と連絡をとっておられるのだ。硫黄の出る山も、その間にあるのかもしれぬ」

「藤七が山から来るのであれば、大覚野峠から太平山まで出て、小阿仁川ぞいの尾根を北へ向かうのでござろう。この尾根からなら、どこでも麓《ふもと》に下りることができまする」

二人はそんな見込みを立て、七座神社の対岸にある七座山から尾根に上がることにした。

七座神社はその昔、蝦夷征伐で名を馳《は》せた阿倍比羅夫《あべのひらふ》が創建したと伝えられている。能代まで船団を組んで乗りつけた比羅夫は、米代川をさかのぼって奥地に進もうとしたが、険しい山にはばまれて先に進むことができなかった。そこで七座山を御神体とする神社を建て、蝦夷との境の神としたという。

この伝説が事実だとすれば、七座山から太平山までつづく山脈は、奥州に侵入しようとした大和朝廷軍を喰い止める城壁の役割をはたしたということだ。木地師や山立衆など、蝦夷の血を引くといわれる山の民にとってはなじみ深いはずだった。

尾根の道は小阿仁川にそって南につづいている。道はほぼ平坦《へいたん》で、足で踏み固められているので歩きやすい。鳥森《からすもり》、与佐森《よさもり》をへて太平山に上がると、あたりを一望に見渡すことができた。

能代から秋田までつづく平野の向こうに、日本海が広がっている。男鹿半島が海にぐいと足をさし出したように突き出し、かかとのあたりから八郎潟《はちろうがた》と呼ばれる内海が深く湾入している。

目を東に転じれば、御衣森《みそもり》、白子森、番鳥森《ばんどりもり》とつづく山々が、鎮《しず》もりを保って連なっている。空は晴れわたり、八幡平や岩手山も遠くにのぞむことができた。

「凄《すご》いな。奥州は」

政則は初めて見る雄大な景色に鳥肌立つほど感動し、自分の中には蝦夷の血が流れていると強く感じた。

この奥州の大地と民を、中央の者たちに踏みにじらせてはならぬ。そんな思いがふつふつと沸き上がってきた。

「それがしは三度目でござるが、今日が一番美《うつく》しゅうござる」

庄左衛門が竹筒の水をいかにも旨そうに飲みほした。

「このあたりまで何を捕りに来た」

「雉子《きじ》でも熊《くま》でも猪《いのしし》でも、何でも捕れまする。抱えきれずに往生《おうじょう》するくらいでござる」

「山の民とは行き合うか」

「気配を感じて向こうが避けるゆえ、出会《でくわ》すことはござらぬ。熊や猪とは出会したことがござるが」

「あの海を朝廷の船団が攻め寄せて来たなら、まず八郎潟に船を着けたであろうな」

政則はそれを迎え討つ蝦夷の大将のような気持であたりを見回した。

八郎潟から上陸した敵は、能代を拠点にして米代川をさかのぼろうとしたにちがいない。だが七座神社のあたりに山脈がせり出し、川が右に左に蛇行しているので、先へ進もうとすれば山の上から矢をあびせられたり石を落としかけられる。

そこで敵は他の谷川をさかのぼって尾根の道に出ようとする。ところが蝦夷たちは尾根の要地に砦《とりで》をきずき、敵の侵入を防いだ。山に森の字を当てるのは、守に由来するのかもしれなかった。

(太古のことではない。これから十数万の大軍が攻めて来るのだ)

政則はふいに胴震《どうぶる》いした。

恐れのためではない。先祖と同じ戦いを、今戦おうとしていると感じたからだった。

太平山の頂《いただき》には、三吉神社がある。三吉霊神《おおかみ》をまつる修験道の霊場である。役小角《えんのおづぬ》が創建したとも、征夷《せいい》大将軍坂上田村麻呂《さかのうえのたむらまろ》が社殿をきずいたともいわれている。

二人は神社の軒下で一夜を明かし、夜明けとともに尾根の道を東へ向かった。

御衣森から白子森にさしかかった時、庄左衛門が急に足を止めた。

「吹き上げてくる風に、人の匂いが混じっており申す」

山に狩りに入るせいか、獣なみの嗅覚《きゅうかく》をそなえていた。

「貝梨峠で追いこした者たちが、後を尾《つ》けているのかもしれません」

庄左衛門は白子森の頂ちかくまで走り、腰に巻いた綱を使ってブナの木に登った。

かなりの高さまで登ると、林の切れ目から道が見渡せる。その道を五人の武士が一列になってこちらに向かっていると告げた。

「山の民ではござらぬ。おそらく二戸から後を尾けてきたのでござろう」

「ならば待ち伏せして、正体を突き止めてやろうではないか」

政則は山の斜面にせり出している岩に陣取ることにした。

道は狭く急な坂になっているので、一人ずつ這うようにして登ってくるしかない。岩の上から迎え撃てば、相手が五人でも遅れをとることはないはずだった。

「それがしは少し下に伏せて、敵の背後をつくことにいたしまする」

庄左衛門が斜めに背負った藁苞から半弓の弓幹《ゆがら》と矢の束を取り出した。

弓幹をたわめて麻糸を張れば、立派な弓ができ上がる。普通の半分ほどの長さだが、間近からなら熊でも仕止められる代物《しろもの》だった。

「長く山にこもる時は、これで鳥やうさぎを仕止めまする。兵糧《ひょうろう》を持ち歩くわけには参らぬゆえ」

庄左衛門は弓を引き絞ってみせると、道を下って新緑の雑木林に姿を消した。

政則はひと握りほどの細木を二間ばかりの長さに切って先端を二つに割り、脇差の柄《つか》をはずして茎《なかご》をさし込んだ。そして外側を縄でぐるぐる巻きにして、手製の槍《やり》を作った。

見かけも使い勝手も悪いが、細い道を登ってくる敵を岩の上から撃退するには何よりの武器だった。

山の天気は変わりやすい。さっきまで透き通るような青空が広がっていたが、いつの間にかかき曇り、鉛色の雲が低くたれ込めている。

それにつれて森の中は夕暮れのような暗さになっていく。政則は岩の陰に身をひそめ、後を尾けてくるのは何者だろうと考えていた。

貝梨峠で賊に気付いた時は、鹿角の大湯四郎左衛門との関係をさぐろうとしているのかと思った。能代で様子をうかがっている者がいた時は、能登屋まで尾けてきたのだと考えた。

ところが賊は目立った動きは一切せず、こうして山の道まで尾けてきている。ということは狙いは鹿角でも能登屋でもなく、政則らが在処《ありか》を突き止めようとしている硫黄の鉱山だということである。

(城から硫黄を盗み出したのは、そのためだったのだ)

硫黄が足りなくなれば、政実は新たに仕入れざるを得なくなる。その後を尾けて鉱山の場所をさぐり出そうとしていたのだ。

（だとすれば相手は初めから、兄者が硫黄鉱山とつながっていることを知っていたことになる）

　やがて小雨が降り出し、立ちこめた霧があたりをおおい始めた。それにつれて急に肌寒くなっていった。

（そろそろ五人がやって来る頃だ）

　政則が岩陰から下の道をながめやった時、霧の中で叫び声が上がった。

　後を尾けていた五人だろう。断末魔の絶叫や身方に敵の居場所を告げようとする声、恐怖に駆られて逃げ出す者の叫びが入り混じって聞こえ、ふた呼吸もしないうちにしんと静まり返った。

（もしや、庄左衛門が……）

　勇み足で敵を襲ったのではないかと思って駆け下りたが、霧の向こうに五人の姿はなかった。

　庄左衛門だけが、声がしたあたりに茫然《ぼうぜん》と立ち尽くしていた。

「庄左衛門、どうした。何があったのだ」

「分かり申さぬ。五人が目の前を通りすぎたゆえ」

　背後から攻めかかろうと矢を番《つが》えていると、突然叫び声がした。すぐに林の中から走り出てみたが、五人は影も形もなく消え失《う》せていたという。

「まるで神隠しにあったようでござる。こんなことが本当にあろうとは」

「爾薩体《にさつたい》でもこんなことがあった。誰にも話したことはなかったが」

政則はあの時の雪山の情景を思い出し、思わず身震いした。

その時、木の上で物音がした。見上げると森にとけ込むようなまだら色の服を着た男たちに、まわりをぐるりと取り囲まれていた。

「平泉寺の藤七どのがお招きでござる。おとなしくついて参られよ」

頭上から声がふり、五、六人が地上に降り立って前後を取り囲んだ。

政則と庄左衛門は目隠しをされ、前後を囲まれて山の道を歩いた。

しばらく急な坂を下り、やがて平坦な道に出て、なだらかな登り坂を行く。どうやら尾根の道から横にそれたようだが、どこをどう行っているのか見当もつかなかった。

四半刻《しはんとき》ばかり歩くと、ようやく目隠しを解かれた。

岩肌の切り立った斜面に、寺が建てられている。斜面に水平な土台を作るために、何本もの大木で支えている。京都の清水寺でも使われた舞台作りと呼ばれる工法だった。

岩肌には鎖が張ってあり、それを伝って寺まで進むと、無常山平泉寺と大書した山門があった。中は案に相違して広く、本堂のまわりには白い石を敷きつめた庭まであった。

本堂に修験者の装束をまとった藤七が待ちうけていた。赤銅色《しゃくどういろ》の顔をしたやせた男で、肌が骨に張りついている。まるで即身仏《そくしんぶつ》のようだった。

「久慈備前守《びぜんのかみ》どの、ご足労をいただきかたじけない」

明瞭《めいりょう》な声が本堂の中で低く響いた。

「なぜ、私のことを」

「長年お山にこもって修行を積めば、遠くのことも先のことも見えるようになります る」

そんな馬鹿《ばか》なと政則は思ったが、その心の動きまで藤七は読んでいた。

「我らは天台宗修験派に属しております。無動寺の阿闍梨《あじゃり》と同じと心得て下され」

阿闍梨は千日回峰行《せんにちかいほうぎょう》をなし遂げた者に与えられる称号である。難行苦行の末に人知をこえた力を身につけるので、内裏にも土足で参内することが許されていた。

「そのお方が何ゆえ、硫黄の売買に関わっておられるのでしょうか」

「大地の恵みを民にほどこすためでござる」

「民とは、どこの民ですか」

「この奥州《おうしゅう》、日高見《ひたかみ》の国の者たちでござる」

「その売買には、私の兄も関わっているとうかがいましたが」

「さよう。拙僧と九戸政実どのは、同じ志に生きております」

「その志とは、奥州の民を守るということでしょうか」

藤七は問いには答えず、政則の目をじっとのぞき込んだ。心の底まで見透すような耐え難い視線だった。

「ご無礼ながら、備前守どのの心は理に濁っておる。都で修行をなされる間に、朱に染まられたようじゃ」

「それはどういう意味でしょうか」

「大和の者どもはこの国を支配して以来、偽りの物語を作り上げて己を正当化してきた。そのために唐の学問や仏教の教理など、ありとあらゆる手段を用いて、偽りの物語を理あるもののように装《よそお》ってきた。都で学ぶということは、その嘘を真実だと思い込まされることでござる」

「ならば理に頼らずに真実を知る方法があるのでしょうか」

政則は都で禅問答の修行をつんでいる。こうした対話は嫌いではなかった。

「それは備前守どのもご存知でしょう」

直感、でしょうか。ややあって政則はそう答えた。

「さよう。人には五感のほかに第六感がそなわっております。それを研ぎすませば、すべての真実をおのずから知ることができまする」

「先ほど、兄と同じ志に生きておられるとおおせられましたが」

その志と今度の挙兵は、どんな関係があるのか。政則はそうたずねた。

「何も聞いてはおられませんか、兄上から」

「ええ。残念ながら」

「ならば拙僧から聞くより、おしら様に伝えていただく方がいいでしょう。しばらくお待ち下され」

藤七はあぐらの姿勢から、音もたてずにふわりと立って外に出ていった。

「おしら様とは、何だ」

政則は庄左衛門にたずねた。

「家の神でござる。普通は桑の木で作った棒の先に、人や馬の顔を描いて着物を着せまする」

これを蚕《かいこ》の神、馬の神、農業の神としてまつり、豊作や安全を祈願するという。

「人ではないのに、何かを伝えることができるのか」

「祭りの日には、巫女《みこ》やイタコがおしら様を持ち、祭文《さいもん》をとなえながら踊らせるのでござる。するとおしら様の霊が乗り移り、さまざまのことを伝えまする」

これを御託宣《ごたくせん》といい、先祖のことから未来のことまで、何もかもぴたりと言い当てるのだと、庄左衛門が神妙な顔になった。

「聞いたことがあるのか。その託宣を」

「一年ほど前、祖母の霊を下ろしてもらいました。すると子供の頃に聞いた声そのままに、庄左や、虫歯が抜けて良かったの、と言うのでござる。三日前に抜けたばかりで、誰も知らないはずのことでござった」

やがて藤七がもどり、仕度ができたので持仏堂にお移りいただきたいと告げた。

「庄左衛門どのはこちらでお待ち下され。長引くかもしれませぬゆえ、酒肴の仕度を申し付けましょう」

政則は一人で庭石を踏んで持仏堂へ行った。観音開きの扉を開けると、薄暗いお堂の中に灯明がいくつも灯されている。

須弥壇《しゅみだん》には朱塗りの愛染明王《あいぜんみょうおう》が安置され、その前に緋色《ひいろ》の貫頭衣をまとった若い娘が座っていた。

第八章　山の王国

愛染明王は憤怒《ふんぬ》の形相をして六本の腕を持つ。人の愛欲や情欲を断ち切り、真の愛と悟りにみちびく仏である。

　その尊像の前に座った娘は、愛の化身のような美しさだった。ほっそりとした瓜実《うりざね》顔《がお》で、肌の色がすき通るように白い。なつめ形の大きな目をして、影をおとすほどまつ毛が長い。

　しかも額の真ん中には、金色のふち取りをした白い蓮《はす》のつぼみを描いていた。上代の女性が好んだ花鈿《かでん》という化粧である。

「備前守《びぜんのかみ》さま、お待ち申しておりました」

　娘は可奈《かな》と名乗り、おしら様を降ろす役を務めさせていただき申すと挨拶《あいさつ》をした。

「奥州の志を教えていただけると、藤七《とうしち》どのから聞いた。見ればずいぶんお若いようだが」

こんな小娘にそんなことができるのかと、久慈四郎政則《くじしろうまさのり》は疑いを隠そうとしなかった。

「わたくしが教えるのではありません。おしら様にこの身に降りていただき、お知りになりたいことを伝えていただくのです」

「口寄せ、ですか」

「普通はそうしていますが、このように難しいお問いかけには、それだけで済むかどうか分りません」

可奈が不安そうに身をすくめた。

「それはどういう意味でしょうか」

「すべてはおしら様の御心《みこころ》のままです。わたくしは懸樋《かけい》のようなもので、おしら様の御心を備前守さまにお伝えするばかりでございます。その役目を無事にはたすためにも、ひとつだけお聞きとどけいただきたいことがござい申す」

「何でしょう」

「心をひとつに合わせることです。わたくしを信じて身も心もゆだねていただかなければ、おしら様の御心に添うことはできません」

「さようか。それなら」

政則は何が始まるかも分らずに可奈の申し出を了承した。

「ありがとう存じます。それではよろしくお願い申す」

可奈は両手をついて一礼し、脇《わき》においた二体のおしら様に手を伸ばした。一尺ばかりの桑の枝の先に男女の合わせ面と馬頭をつけ、首から下に色鮮やかな着物をまとわせたものである。

右手に合わせ面、左手に馬頭を持ち、胸の前で両者をしばらく対面させてから、おごそかに祭文をとなえ始めた。

奥州の歴史や養蚕《ようさん》の技法を伝えるものだというが、政則にはまったく分らない言葉だった。

奥州の方言でも上方の言葉でもない。朝鮮語や中国語ともちがう。政則は都にいた頃、両国からの留学僧と会ったことがあるので、ちがうことだけははっきりと分かった。

(それなら契丹《きったん》だろうか、アイヌだろうか。それとも蝦夷《えみし》に古語があったのだろうか)

そう考えている間にも、可奈は政則をひたと見すえて祭文をとなえている。奥行きの深い黒い瞳《ひとみ》と目を合わせているうちに、政則は不思議なことに気付いた。

可奈の額に描かれた白い蓮のつぼみが、少しずつふくらみを増し、今にも開かんとうごめいている。

初めは三つ目の権現像《ごんげん》にでも見つめられているようで落ち着かなかったが、つぼみがふくらむにつれて心地良くなり、可奈の瞳の中に吸い込まれていった。

（ああ、これは傀儡《くぐつ》の幻術《げんじゅつ》だ）

政則はもうろうとなりながら理知を働かそうとしたが、蓮の花がポンと音をたてて開いた瞬間、自制の糸を断ち切っておしら様の世界へ旅立っていた。

緑におおわれた広大な大地が広がっていた。

煙を吐きつづける火の山もいくつかあったが、大地は落ち着きを取りもどし、豊かな実りをもたらしている。気候は温暖で、海も湖も魚介で満たされていた。

各地に集落もでき始め、毛皮や麻布をまとった男や女が、狩りや漁撈《ぎょろう》、野山での菜《な》摘《つ》みにいそしんでいる。子供や年寄りにもそれぞれの仕事があり、茅《かや》ぶき屋根をつらねた集落はにぎわっていた。

（これは太古の奥州、日《ひ》高見《たかみ》の国の様子です）

可奈の声がどこからか聞こえた。

太古とは百年が五十回、五千年も前だ。その頃には気温が今よりずっと暖かく、日本の中では奥州が一番住みやすかった。人口も多く、文明も進んでいた。

畿内や西国に先立ち、二千年ちかく繁栄をつづけた日高見の国だが、思いがけない苦難にみまわれることになった。

年ごとに気温が下がりつづけ、豊かな山野は凍土《とうど》に閉ざされ、魚介も次第にとれなくなった。

これでは多くの人口を養うことはできない。山に住む者は尾根を伝い、海の者は舟をあやつり、新天地を求めて南へ移動していった。

しかし、奥州に踏みとどまる者たちもいた。山野からの収穫の減少をおぎなうために、彼らが新たな糧《かて》としたのは稲だった。

まだ水田を用いる技術は普及していない。だが種を直に蒔《ま》く陸稲《りくとう》でも、肥沃《ひよく》な大地の恵みによって充分な収穫を得ることができた。

稲の最大の強みは長期保存ができることと、栄養価が高いことである。このお陰で長く厳しい冬を乗り切ることができたし、余った分を他国に売ることも可能になった。

交易は主に舟である。丸木舟を横に並べて材木でつなぎ合わせた双胴船をあやつり、越後や越前、若狭方面まで往復するようになった。

命がけの航海は思わぬ副産物を生んだ。

山陰から若狭、山城にかけて勢力を伸ばしつつあった加茂《かも》（鴨）氏や、朝鮮半島から渡来し、丹波や山城方面に進出した秦《はた》氏との交流が始まったのである。

加茂氏は馬の扱いや鞍《くら》の技術に長《た》けていて、先祖は騎馬民族だったのではないかと言われている。秦氏は養蚕と機織《はたお》りの技術を日本に伝えた民族で、起源は遥《はる》か西方にあるという。

この両氏の指導によって、奥州で野馬の家畜化と養蚕による絹織物の生産が始まり、生活は飛躍的に豊かになった。

（養蚕の技法についての祭文は秦氏が伝えたもので、〈ヘブライ王国の言葉なのです〉

政則の脳裏に可奈の声がふってきた。

秦氏の故地《こち》はヘブライ王国、ユダヤ民族がきずいた国である。彼らは故国を追われ、東へ東へと移動をつづけて中国、朝鮮、そして日本へたどり着き、養蚕や機織り、その他の優れた技術や学問を駆使《くし》して勢力を伸ばしていった。

中でも養蚕の技法を保持することは死活的に重要で、日本に移住してからもヘブライ語でしか伝えなかった。その言葉がおしら様の祭文として残ったのである。

（南部の戸来《へらい》岳をご存知でしょう。あの山の東のふもとが、彼らが養蚕の地として選

んだ場所でした)

それは政則が生きている時代から二千年ほど前のことだ。奥州はすでに寒冷の時代を迎えている。人々の多くが温暖な畿内や西日本に移っていたが、日高見の国は新たな生活様式を得て、豊かで平穏な暮らしをつづけていた。

その平和がおびやかされるようになったのは、九州から畿内へ進出した民族が勢力を拡大し、まわりの国々を次々と征服し始めたからである。

彼らがどこから来たのか、確かなことは分からない。一説には中国の雲南省に居住していた秦氏の一族が、漢王朝の迫害をのがれて九州に移住し、勢力をたくわえて畿内進出をはかったという。

彼らは海を渡って来たので、始めは海人《あまと》と呼ばれていた。それが畿内に国を打ち立ててからは大和《やまと》と名乗るようになった。その強みは製鉄に通じ、鉄の武器を量産できたことと、水稲《すいとう》の技術を持っていたことだ。

水稲の生産高は陸稲の数倍におよび、気候変動の影響を受けることが少ない。それゆえ大和は周辺の国々を次々に征服して稲作に従事させ、富を収奪して独占していった。

その富が新たな征服戦争を起こす原資《げんし》となり、大和の将軍たちは新たに獲得《かくとく》した国と領民の数を競い合うようになった。

(そのやり方は狡知《こうち》に長け、裏切りもだまし討ちもいとわぬ非情なものでした。大和の軍勢も疲れはて、休息と平穏を望んでいましたが、大和の王はそれを許しませんでした。その象徴が日本武尊《やまとたけるのみこと》です)

熊襲建《くまそたける》を討って九州を従え、東国十二ヵ国を従属させた大和朝廷の最後の敵が、奥州に勢力を張る日高見の国だった。

日本武尊は上総《かずさ》、下野《しもつけ》を従えた後、奥州への進攻をこころみたが、兵は強く道は険しいので断念せざるを得なかった。

彼らにとって意外だったのは、奥州軍がすでに鉄製の剣や矛、薄い鉄板を張った弩《いしゆみ》を持っていたことである。しかも鞍《くら》をつけた奥州馬を何千頭も持ち、自在に馬をあやつって雪崩《なだれ》のように襲いかかってくる。

これでは馬を持たない日本武尊の軍には立ち向かう術《すべ》がなく、敗残の痛手を負ったまま大和に向かい、伊勢で力尽きたのだった。

その後も大和朝廷は奥州征服の野望を持ちつづけ、関東地方の諸氏に出兵を命じたり、柵《さく》(城)と呼ばれる前線基地や入植地をきずいて徐々に圧迫を強めていった。

そして斉明天皇四年(六五八)には、阿倍比羅夫《あべのひらふ》が五万の大軍をひきいて奥州に攻め込んできた。

（大和が執拗《しつよう》に日高見の国を征服しようとしたのは、服《まつろ》わぬ者がいては服従した者たちに示しがつかず、王朝の正統性が疑われるからです。それに奥州を攻めつづけることで、逆らう者はこうなるのだという見せしめにもなりますし、外に敵を作ることで自国の結束をはかることもできたのです）

それはまさに、奥州に十五万もの軍勢を送ろうとしている秀吉のやり方と同じだ。政則は無意識ながらそう感じていた。

ところが可奈は、朝廷の目的はそればかりではなかったと言った。

（大和は自ら引き起こした征服戦争のために、深刻な人手不足におちいり、稲作を継《けい》続《ぞく》できなくなっていました。その不足をおぎなうために、奥州の蝦夷を捕えて連行したのです）

これもまた秀吉の人狩りと同じやり方だった。

これは夢か現《うつつ》か。それともおしら様の幻術なのか。気がつくと、政則は一糸まとわぬ姿で可奈と向き合っていた。

可奈の白くてなめらかな肌が、灯明に照らされて金銅色に染っている。豊かな乳房は形よくととのい、腰が柔らかな曲線を描いている。

額の白い蓮の花は大きく開き、黒い瞳が妖《あや》しげに輝やいていた。

「この先のことは、わたくしの体からお伝え申す。お座り下されませ」

可奈に肩をおされ、政則はあぐらをかいた。股間《こかん》の一物はいつの間にか隆々と突き立っていた。

「血に刻まれた原初の記憶を思い起こしていただくには、こうするしかありませぬ。ご無礼いたし申す」

可奈があぐらをかいた膝《ひざ》の上にまたがり、突き立つ物に手をそえて自分の中に導き入れた。

熱くぬめりをおびた柔らかい秘所に包まれ、政則の脳天を快感が突き抜けた。これまで感じたことがない、強くやすらぎに満ちた歓《よろこ》びだった。

「二人して歓喜天《かんぎてん》になるのでございます。さすれば理知をはなれて物事の本質が見えて参ります」

可奈が耳許《みみもと》でささやきながらゆっくりと腰を回した。それにつれて政則の歓喜は高まり、天に飛昇するように意識が途切れた――。

激しい肩の痛みを覚え、はっと我に返った。政則は蝦夷の将軍として阿倍比羅夫の軍勢と戦っていた。

三百艘《そう》をこえる大船団の接近に気付いた政則は、八郎潟《はちろうがた》の口を封じて入港を阻止しようとしたが、次々と矢の雨を降らせる敵に圧倒され、ついに肩を射抜かれたのだった。

「敵は由利《ゆり》の柵からも海伝いに迫っております。ひとまず松倉守《まつくらもり》までお退《ひ》き下され」

部下が告げたが政則は聞かなかった。大和はこのような理不尽な侵略をいつまでつづけるつもりなのか。腹の底から怒りが突き上げ、一兵たりとも上陸させまいと踏みとどまった。

「陸路の敵は雄物川《おものがわ》で喰い止めよ。海からの敵は逆茂木《さかもぎ》に火を放って上陸を阻止するのだ」

八郎潟の海岸線には、領民が総出で逆茂木をつらねている。それに火を放てば、敵は上陸の足がかりを失うはずだった。

ところが敵は大船から下ろした小舟に兵を乗せ、海岸のいたる所から上陸してきた。その数だけでも二千を越える。一千たらずの手勢を二手に分けていた政則軍は、北と南から挟撃《きょうげき》されて降伏せざるを得なくなった。

比羅夫軍は政則らを殺そうとはしなかった。村々から手当たり次第に捕えてきた数千の住民たちと共に、大船に乗せて大和に連行していった。

大和朝廷はこれを俘囚《ふしゅう》と呼び、奴隷民《どれいみん》として使役していた。水稲のさかんな大和では、平野のあちこちに俘囚の収容所を作り、農作業に従事させていた。

収容所は一見柵のようだった。縦横一町ばかりの土地を柵で囲み、まわりに水堀をめぐらしている。これは外敵から身を守るためではなく、俘囚の逃亡を防ぐためのものだ。水堀は水田にそそぐ水を温める役割もはたしていた。

政則が入れられた柵内には、三百人ばかりの俘囚が暮らしていた。掘っ立て柱の粗末な小屋だが、柵内の管理は俘囚の頭に任されている。

次代の労働力を生み出す必要から、俘囚同士が夫婦《めおと》になって家庭を持つことも許されていた。

「もしや朝日将軍ではございませぬか」

そう声をかけてきたのは三十ばかりの屈強な男だった。

政則の迷いのない戦《いくさ》ぶりは、朝日の清々《すがすが》しさにたとえられていた。

「私は以前、将軍の指揮下におりました赤人《あかひと》と申します。下級の者ゆえ覚えてはおられないと思いますが」

「三年前に由利の柵を攻めた時、そのような名の組頭がいたが」

「そうです。その赤人です。あの時大和勢に捕えられ、今ではこの柵内の頭をしております」

　赤人は政則との再会を喜び、柵内や大和の事情をつぶさに語った。

　大和朝廷は労働力の不足と耕作地の拡大に対処するために、奥州人ばかりでなく山の民や道々の輩《ともがら》を捕え、俘囚として諸国に分配している。

　その者たちを賄《まかな》うために、初めは俘囚料という名目で稲を支給していたが、近頃はその手当がとどこおり、各地の有力な豪族が俘囚を私物化している。
　二、三十年前までは俘囚は奴隷のように働かされるばかりだったが、近頃は勇敢《ゆうかん》さや体の大きさ、馬術のたくみさが買われ、豪族の私兵として採用される者が増えている。
「そうした者たちの中には、朝廷の武人となって出世する者もいるそうです。阿倍比羅夫もそうした者の一人だという噂《うわさ》があります」

「生まれはどこだ」

「河内《かわち》の阿倍野《あべの》に俘囚を集めた巨大な柵があります。そこの生まれだと聞きました」

「そうか。ならば我らも大和の傭兵《ようへい》となり、朝廷の支配を内側から突きくずすか」

　政則は新たな目標を見出《みいだ》し、俘囚の有力者と連絡を取り合って来たるべき日に備えた。

時代は流れ、藤原摂関家が政《まつりごと》をつかさどる平安時代になった。諸国で水田の開発が進み、藤原一門や有力寺社の荘園となった。

そのために荘園を警固する私兵が大量に必要になり、俘囚がその役に任じられた。

彼らは持ち前の武勇にみがきをかけ、武士団となって荘園の管理にあたるようになった。

地位が上昇するにつれて、彼らが収容されていた柵内は一族郎党を守るための城となり、館《やかた》と呼ばれた。

政則は大和平野の荘園の大半を支配し、お館さまと呼ばれるようになっていた。

初めは荘園を管理する荘司だったが、やがて自立して領主への転換を成しとげた。

荘園制は朝廷の支配を内側から突きくずしつつあったが、その荘園の内側に政則ら武士団がいて、新たな時代の扉を開こうとしていた。

そんな時、嘉《よみ》すべき知らせがもたらされた。

「安倍頼時《あべのよりとき》さまが衣川《ころもがわ》の柵を封じ、源 頼義《みなもとのよりよし》と合戦におよばれたそうでございます」

前九年の役と呼ばれる合戦が始まったのである。これは朝廷からは反乱と見なされているが、俘囚の側から見れば自由と独立を勝ち取るための戦いだった。

政則らの心は今でも奥州、日高見の国につながっている。俘囚の長と呼ばれる安倍頼時ともひそかに連絡を取り合い、陰ながら支援をつづけていた。

その甲斐《かい》あって、頼時の子貞任《さだとう》と宗任《むねとう》が黄海《きのみ》の柵で源頼義軍を打ち破り、蝦夷の国を打ち立てることに成功したのである。

貞任、宗任らの事業は出羽の俘囚である清原武則《きよはらのたけのり》の裏切りによって挫折《ざせつ》するが、安倍頼時の外孫《そとまご》にあたる藤原清衡《きよひら》によって成し遂げられる。

清衡は後三年の役に乗じて清原氏を亡《ほろ》ぼし、源義家《よしいえ》を追い落として奥州の支配権を朝廷に認めさせた。

そして諸国の俘囚にひそかに使者を走らせ、奥州への帰国を求めた。政則らはこれに応じ、海を渡り陸路をたどって続々と故国にもどった。

「北へ帰ろう」

その呼びかけに応じた者は十万にもおよび、畿内の荘園が空《から》になった所もあったほどである。

日高見の国の再興とも言うべき奥州平泉の政権は、清衡、基衡《もとひら》、秀衡《ひでひら》の三代にわたって繁栄をつづけた。

北上川ぞいには政庁である柳之御所、藤原氏の居館伽羅《きゃら》の御所、持仏堂である無量光院などが建ち並び、中尊寺や毛越寺《もうつうじ》の巨大な伽藍《がらん》がそびえていた。毛越寺の堂塔は四十余、僧坊五百余にのぼり、中心には広大な大泉池を配している。その規模の壮大さと美しさは都をしのぎ、国内無双と評されたほどだった。

（ところがこの繁栄も、終りを迎える日が来ました。関東に幕府を開いた源頼朝《よりとも》が、二十八万といわれる大軍をひきいて奥州に攻め込んで来たのです）

可奈の声がどこからか聞こえ、政則の胸が絞り上げられるように痛んだ。

と同時に、視界が真っ赤な炎におおわれた。源氏の侵攻に怖《おそ》れをなした藤原泰衡《やすひら》が、平泉に火を放って北方へ逃げたのである。

これを見た源氏の先陣は、燃え尽きる前に財宝を奪い取ろうと先を争って平泉に攻め入ってきた。

「金色堂を守れ。父祖の霊を敵に踏みにじられてはならぬ」

政則は百人ばかりの兵をひきい、中尊寺金色堂の守りについた。

清衡以来三代の即身仏をまつった黄金の社《やしろ》である。たとえ全滅しても、ここだけは守り抜かなければならなかった。

敵の先陣は下野、越後の俘囚たちだった。清衡の呼びかけに応じず、現地に土着して武士団を形成した者たちである。彼らは頼朝に臣従し家人《けにん》となることで、自領の保全をはかろうとしていた。

「おのれ、裏切り者が」

政則は金色堂のまわりに楯を並べ、坂を攻め上がって来る敵に矢を射かけさせた。強弓《つよゆみ》をもって鳴る配下たちは、一本も徒矢《あだや》を射ることなく敵を討ち取っていく。

それでも敵は次々と新手をくり出し、包囲の輪をちぢめて反撃に出た。先陣の雑《ぞう》兵《ひょう》が楯に取りつき、引き倒して突破口を開こうとする。

政則らは太刀を抜いて応戦したが、次第に押し込まれて金色堂の背後の尾根まで退かざるを得なくなった。残った兵はわずか三十人ほどだ。

「申し上げます。物見岡の柵が破られ、国衡《くにひら》さまが敗走なされました」

「泰衡さまはすでに厨川《くりやがわ》の柵まで逃れ、頼朝に降伏の使者を送られた由《よし》」

物見に出した者たちが、次々と悲劇的な状況を伝えてくる。蝦夷の王国はついに滅亡の時を迎えたのだった。

「ならば敵に討ち入って、我が祖国と運命を共にするまでだ」

政則は手を太刀の柄にしばり付け、山の斜面を駆け下りようとした。

「お待ち下さい」

後ろから抱き止める者がいた。平泉寺《へいせんじ》の藤七と同じ顔をした部下だった。

「無駄に命を捨ててはなりません。お館さままで果てられたなら、残された蝦夷は、奥州の民は何を頼りに生きていくのですか」

「平泉は亡びたのだ。この先永らえても、何もしてやることができぬ」

「いいえ。我らにはまだ山があります。掘り尽くせぬ金銀が眠っている山が」

藤七に押し切られ、政則は配下をひきいて厨川の柵に向かった。ここで泰衡の降伏に反対する者たちをまとめ、八幡平の山に分け入った。

藤原三代の栄華《えいが》は、奥州の山々から産出する金銀によって支えられていた。配下の中には大勢の山師がいて、鉱山のありかを熟知していたし、採掘の方法にも通じていた。

政則は彼らの力を借りて鉱山の開発を進め、里の者にはうかがい知ることのできない山の王国をきずき上げた。そして日高見の国の再興をめざしたが、鎌倉幕府の強大化によってその機会はついに巡って来なかった。

そこで金銀の商いによって得た利益を、奥州の民を扶助《ふじょ》するために用いることにした。そのために山の王国と平地を結ぶ連絡網を作り上げたが、その組織は何代にもわたって秘密裡《り》に継承され、今に至っている。

（そして南部でその任に当たって来られたのが、備前守さまのご実家、九戸《くのへ》家なのでございます）

可奈の声が胸にしみ入ってくる。政則はそれが真実ということを全身で感じ取り、誇りと喜びに鳥肌立つ思いをしていた。

気がついた時には夜が明けていた。観音開きの戸の隙間《すきま》から白い光がさし込み、持仏堂の壁と床にくっきりと線を描いていた。

可奈は両手におしら様を持ち、貫頭衣をまとったまま端然《たんぜん》と座っている。額に描かれた白い蓮の花もつぼみのままだった。

政則も服を着たまま正座していた。すると可奈と交わったのはおしら様が見せた幻影だったかと思ったが、体には肌を触れ合った感触が生々しく残っている。

恍惚《こうこつ》の中で交わり、歓びを分ち合った記憶が脳裏にしみついていた。

「かたじけない。お陰で藤七どのが言われた意味がよく分りました」

「未熟な技で、恥ずかしいかぎりでございます」

可奈はそう言いながらも満ち足りた笑みを浮かべている。肌の色艶《いろつや》と目の輝きが増し、驚くほど美しくなっていた。

「わずか一夜で、数千年を生きた心地がいたします。なぜここに生き、どこへ向かうべきかを知って、覚悟が定まりました」

「わたくしの方こそお礼を申します。久々にまことの殿方に触れることができました」

本堂にもどると、庄左衛門《しょうざえもん》がいびきをかいて眠っていた。枕元《まくらもと》の大徳利が空になっている。政則がもどるのを待っているうちに酒を過ごし、寝入ったようだった。

政則はもう一度衣服に乱れがないことを確かめてから庄左衛門を起こした。

「おや、ようやく戻られたか」

庄左衛門はあわててあたりを見回し、今何時《なんどき》だろうかとたずねた。

「寅《とら》の下刻ばかりだろう。九戸城へ向かう。すぐに仕度をしてくれ」

「ずいぶん長いおしら様でござったが、何を告げていただいたのでござろうか」

「そうだな。何と言うべきか……」

政則はしばらく言葉をさがした。

「太古から今までつづく、記憶の旅をさせてもらった。おそらく私の血の中に眠っていたものであろう」

「それで、当たっておりましたか」

「ああ、世の中にこんな技があるとは思わなかった」

「さようでござろう。それがしも祖母の霊から、庄左や、虫歯が抜けて良かったのと言われた時には、びっくり仰天して」

庄左衛門は途中で急に口を閉ざし、まじまじと政則を見つめた。

「どうした。私の顔に何かついているか」

「いいえ。何やら急に肚《はら》の座った面構《つらがま》えになられた。男ぶりが上がったようでござる」

二人は出発前に藤七に挨拶に行ったが、すでに回峰行に出た後だった。

「これをお渡しするようにと」

配下の者が九戸政実《まさざね》にあてた藤七の書状を差し出した。

寺を出る前に目かくしをされ、昨日捕えられた所で解放された。白子森《しらこもり》の登り口の岩が多い場所だった。

「昨日ここで後を尾《つ》けてきた五人が消え申した。まるで狐狸《こり》にばかされたようでござったな」

庄左衛門が何かの痕跡《こんせき》をさぐろうとしたが、森はいつものように薄闇《うすやみ》につつまれて静まりかえっていた。

「確かにばかされたのかもしれぬ」

あれは消えたのではなく、こちらがしばらく意識を失っていたのではないか。藤七の配下の中にすぐれた術者がいて、五人を襲うと同時に政則と庄左衛門を眠らせたとすれば……。

突飛《とっぴ》な思いつきだが、可奈におしら様を降ろしてもらった今では、何が起こっても不思議ではない気がした。

その日は鹿角《かづの》まで戻って大湯四郎左衛門《おおゆしろうざえもん》の屋敷に泊り、翌朝早く黒兵衛を駆って九戸城に向かった。
四、五日とはいえ、置き去りにされて心細かったのだろう。黒兵衛は妙に反抗的で、勝手に水場で立ち止ったり、道端で長々と脱糞《だっぷん》してうさを晴らしたりした。
九戸城は静かだった。

戦は小康《しょうこう》状態になり、集まった国人たちは領地に帰って農作業にいそしんでいる。城の中はがらんとして、雲雀《ひばり》がのどかな鳴き声をあげていた。

政実は本丸御殿にいた。楓《かえで》の間に座り、床に広げた奥州の絵図に見入っている。その姿が政則にはこれまでとまったくちがって見えた。

「どうやら藤七に会えたようだな」

政実がにこやかな顔を向けた。

「知らせがありましたか」

「そちの顔を見れば分る。目の深みがちがっておる」

「藤七どのから、これを」

預かった書状をさし出すと、政実はゆっくりと目を通した。

「これで良い。硝石も鉛も、以前のように手に入るようになる」

「山の道を使わせてもらえるのですか」

「お前のお陰だ。おしら様も降ろしてもらったそうだな」

「長い長い奥州の歴史を見せていただきました。平泉が亡びた後も山の王国がつづいていたとは驚きでした」

「都には帝《みかど》が住まわれ、朝廷の命脈を保っておられる。日高見の国の王家がつづいていても不思議ではあるまい」

「我が九戸家がその王国を支える役目を荷《にな》っていたとは知りませんでした。関白秀吉の奥州仕置きに反対される兄者のお気持が、ようやく分りました」

「お前たちを欺《あざむ》くつもりはなかった。だがこれは一子相伝の秘密で、たとえ兄弟にも明かすことはできぬ。それゆえ自ら気付くよう、能代《のしろ》への使いを申し付けたのだ」

政実は藤七の書状を水につけて溶かし、膝をつめて語り出した。

「平泉が源頼朝に亡ぼされた後、王家の血を引く方々は山中に逃れ、百年も二百年もかけて山の王国をきずき上げられた。長年つちかってきた鉱山開発の技術を生かし、採掘した金銀を資金にして困窮した者たちを助けてこられたのだ」

山の王国には藤原三代の頃に作られた『俘囚帳』が保存され、四百年以上たった今も記録が書き継がれている。その家は七万戸。人数は三十万人におよぶという。

「そのように多くの人々と、どうやって連絡を取るのでしょうか」

「王国の家臣たちがこまやかに目を光らせ、つぶれそうになった家には扶助の手をさし伸べる。銭を与えて急場をしのぐこともあるが、銭を貸して再起の手助けにすることの方が多い」

貸した銭は貸目《かしめ》と呼び、再起が成った時に月割で返済する。借りた側はこの銭に敬意を込めて御貸目《みかしめ》と呼び、月々に返す銭のことは御貸目料と称していた。

これを平地の権力者たちはみかじめ料と呼び、不法の者が強制的に収奪していると里の領民に思わせて、山の王国をおとしめようとしたのだった。

「兄者は王家の方々とは会われたことがあるのですか」

「一度もない。藤七を通じて連絡を取っているだけだ」

「では、どこにおられるかも分からない、と？」

「百年ほど前までは、鹿角や阿仁《あに》の鉱山は王家のものだった。ところが里の者たちが山に入ってくるようになったために、争いをさけてさらに奥へと引きこもられたのだ」

そうして山頂付近で鉱山開発を進めたが、金銀の鉱脈を発見することはできなかった。その代わりに見つけたのが、優良な硫黄《いおう》の鉱山である。

地表に露出した硫黄は掘り出しやすい。しかも何百年掘っても掘りつくせないほど埋蔵《まいぞう》量が豊かだった。

「ところが金銀とちがって、硫黄はそのままでは銭にならぬ。そこで平泉ゆかりの安《あん》東《どう》水軍にわたりをつけ、唐《から》の国に輸出することにした。あの国では早くから硫黄を使って火薬を作っているし、朱《しゅ》の原料としても珍重しているので、高価で売りさばくことができたそうだ」

「安東水軍といえば、秋田氏の祖ではありませんか」

「そうだ。秋田氏もその頃は山の王国を支える家のひとつだった。ところが先々代の頃に内紛が起こり、勝利した舜季《きよすえ》どのは王国との関係を断たれたのだ」

敗北した安東水軍の主立った者たちは、津軽や出羽を離れて諸国の港に散っていった。能登屋五兵衛《のとやごへえ》の先祖もその一人で、能登の七尾で畠山氏に仕え、廻船業をいとなむようになった。

五兵衛は若い頃に能代に移り住んできたが、その出自を知っている王家の家臣たちが接触をはかり、政実と協力して硫黄の交易に従事するようになった。

「その頃はまだ明国の船が若狭や敦賀、直江津の港に入り、盛んに交易していた。それゆえ硫黄をそこまで運べば売りさばくことができた。しばらくすると日本でも鉄砲を使うようになり、質のいい硫黄は飛ぶように売れた。そのために能登屋も我らもうるおったが、思わぬ落とし穴があった」

能登屋の硫黄の質の良さが注目されるようになると、これがどこで産出したものかを突き止めようとする輩《やから》が現われたのである。

五兵衛はそれを避けるために、船をいったん西国に向かわせ、薩摩《さつま》方面から運んだものだと偽装したが、南国産とは明らかに質がちがう。

鉱山の場所は特定されなかったものの、硫黄を入れた木箱によって、奥州から運んでいることが察知されたのだった。

それからしばらくして秀吉の奥州征伐が起こった。小田原城の北条氏を下した秀吉は、余勢をかって会津黒川まで進み、新たな国分けを行なった。

その結果、奥州の名家だった葛西《かさい》家と大崎《おおさき》家は所領を没収され、合わせて三十万石にのぼる領国は西国出身の木村吉清《よしきよ》に与えられた。

吉清は西国から引き連れてきた家臣ばかりを重用し、葛西、大崎の旧臣を冷遇したばかりか、検地と刀狩りを強要して領民の統制を強化していった。

これに耐えかねた旧臣たちは、一揆《いっき》を起こして木村吉清らの居城をおそった。

「一揆勢の中には蝦夷の末裔《まつえい》も数多くいた。そこでわしは伊達政宗どのと結んで一揆勢を支援することにしたのだ」

冬の間に一揆勢の力で木村吉清らを領国から追放する。そうすれば秀吉は周辺の大名に一揆鎮圧を命じるだろうが、実質的に動けるのは葛西、大崎と所領を接している伊達政宗と南部信直だけである。

そこで政宗がいち早く敵地に乗り込み、一揆勢を追討したことにする。そうすれば葛西、大崎領は恩賞として政宗に与えられるだろう。

それを待って一揆に加わっていた旧臣たちを伊達家に召し抱え、木村吉清が入封《にゅうほう》する前の秩序に復そうとしたのだった。

「冬の間は他所者《よそもの》は奥州に入れぬのだから、誰が一揆に加わっていたか知られることはない。それゆえこの計略が見破られることはあるまいと思ったのだが、伊達どのが欲を出されたばかりに、思わぬ破綻《はたん》をきたすことになった」

政実は無念そうに絵図の一点をさした。

猪苗代湖《いなわしろこ》の西、蒲生氏郷《がもううじさと》が居城とする会津若松城だった。

「蒲生どのは秀吉から、木村吉清を後見するように申しつかっておられた。それゆえ葛西、大崎にも出兵する義務がある。そこで伊達どのは蒲生どのの出陣を待ち、一揆勢の仕業《しわざ》に見せかけて討ち取ってしまおうとなされたのだ」

政宗としては旧領会津を氏郷に奪われた無念がある。ここで氏郷が一揆勢に討ち取られ、その一揆を政宗が鎮圧したとなれば、氏郷の所領をそっくり与えられる可能性が出てくる。

そう考えた政宗は、九戸政実の了解も得ずに氏郷の出陣を待つ作戦に出た。

近江《おうみ》出身の氏郷が、奥州の雪の中でまともに戦えるはずがないと踏んでのことだが、氏郷は思いがけない強さを発揮し、一揆勢を蹴散《けち》らして木村吉清が立てこもる佐沼城へ救援に向かった。

これでは秀吉に企てを知られることになりかねない。それを恐れた政宗があわてて一揆鎮圧に乗り出したために、計略はあえなく終《つい》えたのだった。

「その後のことはお前も知っている通りだ。蒲生どのと伊達どのは秀吉の前で相論におよばれ、伊達どのは葛西、大崎領への国替えを命じられた。明国出兵前に余計な波風を立てまいとしてのことで、一揆勢への処罰という問題は残ったままだ。そこで秀吉は今年になって再び奥州征伐に乗り出したわけだが、ついでに二つのことを成しとげようとした」

ひとつが朝鮮出兵の際に人足とする者たちの徴用《ちょうよう》。いわゆる人狩りである。もうひとつは奥州の山々をしらみつぶしに調べて、硫黄の鉱山を探し当てること。十五万もの軍勢を奥州に送り込むのはそのためだった。

「これを許せば、日高見の国以来の伝統も山の王国も失われる。そこでわしは九戸家の命運を賭《か》けて一揆の側に立つことにした」

「それをうかがって何もかも腑《ふ》に落ちました。連綿《れんめん》と受け継がれた大義があったのですね」

政則は初めて政実と思いを同じくすることができたと感じていた。

「そうだ。我らには命を捨てても守り抜かねばならぬものがある」

「どのように戦われますか」

「秀吉勢が来たなら、この城に引きつけて冬を待つ。それまでに三戸城を落とせるかどうかが、勝負の分かれ目になろう」

政実はしばらく何事かを思いめぐらし、広げた絵図を手早くたたみ始めた。

「殿下、何か気がかりなことでもおありでしょうか」

「いや、別に」

「お顔の色がすぐれませぬが」

「おふくろさまに人足狩りのことを吹き込んだ奴《やつ》がいるようでな。弱い者苛《いじ》めはやめてくれと泣きつかれたのじゃ」

「狩り立てるのではございません。触れを出して徴用するのでございます」

「狩られる者にとっては同じことじゃ。働き手を失い、一家が路頭に迷うことになる。そちは御貸目というものを知っておるか」

「いいえ、存じませぬ」

「おふくろさまは下賤《げせん》と呼ばれる身分に生まれ、粥《かゆ》さえすすれぬ貧しい暮らしをしておられた。養父の竹阿弥《ちくあみ》の体が不自由になってからは、御貸目のお陰で……」

「それは日銭《ひぜに》貸しのようなものでございましょうか」

「そうではない。強きをくじき弱きを助ける方々が……。いや、言うまい。そちなどにいくら言っても、不当に差別された者の気持は分らぬ」

「ならば用件を申し上げてもよろしゅうございますか」

「申せ」

「そろそろ奥州《おうしゅう》攻めの陣触れをしていただかねばなりません。先日お許しを得た陣立てで、六月初めまでには出陣をお命じになるべきと存じます」

「ああ、そのことか」

「南部大膳大夫《だいぜんのだいぶ》どのからも、一日も早く援軍をよこしてほしいと矢の催促でございます。これ以上延引《えんいん》しては諸大名の不審を招きますし、冬が来るまでに一揆勢を討伐できなくなるおそれがあります」

「それならかえって好都合ではないか」

「と、おおせられますと」

「そちはこの間、厳寒の朝鮮では冬に慣れた奥州の人足しか使いものにならぬと申した。それは将兵も同じであろう。奥州でひと冬越してみれば、今の装備と陣容で戦えるかどうか見定められるではないか」

「おそれながら、そのようなことをすれば諸大名から怨嗟《えんさ》の声が上がりましょう。殿下のご威信にもかかわると存じます」

「津軽為信《つがるためのぶ》と好《よしみ》を通じておったな」

「小田原攻めの時に参陣しましたので、殿下にお引き合わせしたばかりでございます」

「そればかりではない。津軽三郡を安堵《あんど》して、大名として取り立てるように計らったではないか」

「それは奥州や蝦夷地《えぞち》との交易の拠点とするためでございます。信頼できる者がいなければ、船を出すこともできませぬ」

「為信だな。そちの企ての相方は」

「……」

「硫黄が出る鉱山を発見したなら、その地を為信に与えるつもりであろう。そうすれば金の生《な》る木をつかんだも同じだからな」

「ご無礼ながら、やはりお疲れなのではございませんか」

「いいや。疲れてなどおらぬ」

「ならば奥へお渡り下されませ。淀《よど》の方がお目にかかりたいとおおせでございます」

「淀が……、会《お》うてくれるのか」

「今日はことのほかご機嫌がよろしいようでございます」

「でかした。すぐに参るゆえ、先触れしてお茶々にそう伝えよ」

弾薬の補給に成功した九戸政実は、さっそく攻勢に出た。和賀《わが》、稗貫《ひえぬき》の一揆衆二千を加え、三戸城に総攻撃をかけることにしたのである。

ところが南部信直は固く城を閉ざして立てこもり、秀吉が十五万の軍勢をさし向けるのを待っている。これを突きくずすには、城外におびき出す計略が必要だった。

天正十九年（一五九一）五月二日未明。二十艘ばかりの双胴船が音もなく馬淵《まべち》川を下った。

二艘の小舟を横にならべて作った台の上に、枯木や藁《わら》を山のように積んでいる。それを縦につなぎ合わせているので筏《いかだ》流しのようだった。

西に傾きはじめた月の光が、ぼんやりと地上を照らしている。川面《かわも》に反射する明りを頼りに、船頭たちは双胴船をあやつって川を下った。

やがて前方に三戸城の山が見えてきた。高さ五十間（約九十メートル）東西八百三十間（約一・五キロ）の巨大な独立段丘が、影となってそびえている。この要害にきずいた山城に、信直は二千五百の兵を集めて立てこもっていた。

船が城下に近付くと、船頭たちは枯木の山に火をつけ、川に飛び込んで泳ぎ去った。

二十艘の双胴船は火勢を増し、炎の帯となって城の搦手口《からめて》に近付いていく。そのまわりには、信直股肱《ここう》の直臣たちが屋敷を並べていた。

炎の帯は城下を焼き払うかのようにまっ直《す》ぐに進んでくる。異変に気付いた物見櫓《ものみやぐら》の見張り番は、早鐘を打って急を知らせた。

搦手口の守りについていた者たちが五十人ばかり、即座に河原に出て炎の帯の正体を突きとめようとした。城下の屋敷からも次々に人が飛び出し、様子を確かめようとした。

燃えさかる炎は昼のような明るさであたりを照らし、河原に出た者たちの姿を浮き上がらせた。

それを狙《ねら》って、上流の河原にひそんでいた九戸勢がいっせいに矢を射かけた。

いずれも強弓の者で腕は確かである。満月のように引きしぼった弓から放った矢は、残酷なばかりの正確さで南部勢を射抜いていった。

「敵襲、敵襲でござる」

見張り番はそう叫びながら早鐘を打ち鳴らした。

城内の兵が鍛冶屋御門《かじやごもん》を開いて救援に駆け下りてくる。その数五百。さすがに南部家重代の家臣だけあって、ふいの夜襲にも即座に対応したのだった。

九戸勢は河原の敵を壊滅《かいめつ》させると騎馬隊をくり出した。燃えさかる松明《たいまつ》を持った三十騎ほどが、二列になって城下に駆け込み、沿道の屋敷に次々と炎のかたまりを投げ入れた。

それを討とうと、城から出た精兵《せいびょう》五百が襲いかかる。騎馬隊は敵をぎりぎりまで引きつけ、馬首を転じて走り去った。

入れ替りに弓隊が現われ、追撃してくる南部勢を阻止しようと矢を射かけたが、楯を持った敵には効果がない。やむなく刀を抜いて白兵戦におよんだが、城下を蹂躙《じゅうりん》された南部勢の怒りは激しく、徐々に押し込まれた。

それを見た騎馬隊が前線に出て鉄砲を撃ちかけ、かろうじて敵を押し返した。

「退《ひ》け退《ひ》け。退却じゃ」

弓隊の頭が声をはり上げ、九戸勢は南に向かっていっせいに走り出した。

ひと固まりになっていては敵に後ろから狙い撃ちにされる。蜘蛛《くも》の子を散らしたようにばらばらになった、恥も外聞もない逃げっぷりだった。

南部勢は鶴翼《かくよく》に開いて九戸勢を追い、一網打尽にしようとした。この先には萱野《かやの》と呼ばれる小高い山が東西につらなっている。その下まで追い詰めれば逃げ道はないと分っていた。

「巻け巻け、一人も逃がさず討ち取るのじゃ」

一団の大将が馬で駆け回りながら、左右に開いた槍隊《やりたい》に命じた。

九戸の弓隊は網をちぢめられた魚のように逃げ道を失い、山の下まで追い詰められた。

その時、山上で法螺《ほら》貝の音が鳴り響いた。十人ばかりが吹き鳴らす音が地を巻くようにわき起こり、九戸政実の本隊二千が姿を現わした。

つづいて南部勢の西側からも法螺貝の音が上がり、五百の兵が旗を起こした。そのうち二百は鉄砲隊で、筒先の照準《しょうじゅん》をぴたり敵に合わせていた。

南部勢は動けなくなった。

退却しようとすれば正面の二千に追撃され、西側から横腹を銃撃される。かといって突撃すれば死地におちいるも同然である。進むことも引くこともできず、蛇ににらまれた蛙《かえる》のようにすくみ上がった。

その様子を政則と政実は山上の本陣からながめていた。

「そちの計略がまんまと図に当たったな」

「ちょうど夜が明けて参りました。三戸城の本丸からも、この様子ははっきりと見えましょう」

「信直のことじゃ。かならず討って出て、身方を助けようとするであろう。それをじっくりと待てば良い」

政実の言葉が終らないうちに、三戸城の西側の下馬御門《げばごもん》から軍勢が出てきた。

二百人ばかりの鉄砲足軽が先駆けをし、騎馬武者たちが次々と押し出してくる。その中ほどに栗毛《くりげ》の馬にまたがり、唐綾縅《からあやおどし》の鎧《よろい》をまとった信直がいた。

身方の窮地を救うために、馬廻衆だけを連れて討って出たのである。それを知った他の家臣たちは、押っ取り刀で後を追っていた。

信直が在府小路に馬を立てて勢揃《せいぞろ》えをした時には、軍勢は千五百余になっていた。

「さすがだな、信直」

政実は好敵手の出現に目を輝やかせた。

「信直どのは左翼の鉄砲隊を蹴散らして、身方の窮地を救おうとなされるでしょう。その時が勝機でございます」

夜襲をかけた後に敗走させたのは、敵を城からおびき出すためである。二百の鉄砲隊を敵の西側に配したのも、計略あってのことだった。

「采配《さいはい》は任せておけ。今度こそ信直の息の根を止めてくれるわ」

政実が軍配《ぐんばい》をふり上げた。

突撃用意の合図が、本陣から左右の両陣、そして山の背後に伏せた一揆衆に伝わっていった。

第九章　籠城《ろうじょう》

在府小路《ざいふこうじ》で勢揃えをした南部信直《なんぶのぶなお》は、千五百余の兵をひきいて迷いなく押し出してきた。

城から萱野《かやの》まではなだらかな登り坂になり、牧草地がつづいている。夏を前に青々と生い茂る草を踏み、猛然と走りながら陣形をととのえていた。

竹束を持った足軽たちを前に出し、後ろに弓隊と長槍《ながやり》隊を配している。その後ろが鉄砲隊で、騎馬隊五百ばかりは魚鱗《ぎょりん》の陣形をとって殿軍《しんがり》をつとめていた。

普通は隊列を組んでから押し出すものだが、こうして走りながら陣形をととのえるところに、一刻も早く身方を救おうという信直の苛烈《かれつ》さが現われていた。

「竹束で銃撃をふせぎながら、矢を射かけるつもりのようです」

萱野の山の頂《いただき》に立った久慈四郎政則《くじしろうまさのり》は、敵の陣形からそう読み取っていた。

この一戦に勝たなければ、三戸《さんのへ》城を攻略する機会は失われ、南部をひとつにまとめて秀吉勢十五万を迎え討つ計略も崩れ去る。

九戸《くのへ》家の命運をかけた計略を任されているので身がすくむほど緊張し、戦況を伺ひとつ見落とすまいと目をこらしていた。

「矢を射かけた後に、槍隊を突っ込ませるつもりらしいな」

九戸政実《まさざね》は落ち着き払っていた。

南部勢が迫ってくるのが分っても、西側に配した鉄砲隊は萱野の下の敵に筒先を向けたままだった。信直らに備えて筒先を北に向けたなら、敵はいっせいに動き出す。それを許すのは、信直らをぎりぎりまで引きつけてからでなければならなかった。

「敵があの小川まで来たなら、足が鈍るはずです。その間に鉄砲隊を退却させて下さい」

「案ずるな。物頭《ものがしら》に申し付けてある」

「鉄砲隊が退《ひ》いたなら、正面の敵は信直どのの軍勢に合流しようとするでしょう。それを東側から追い込むように本隊を出さねばなりません」

「案ずるなと申しておる。実親《さねちか》は出陣しておらぬようだな」

政実は南部勢の旗を確かめたが、九戸実親のものはなかった。

「どうやら留守役に回されたようじゃ」

「信直どののご配慮でしょうか」

兄弟同士を戦わせるのは不憫《ふびん》だと思ったのか、合戦中に寝返られるおそれがあると案じたのか、それは分らない。

「おそらく両方だろうな。非情の大将なら、先陣を命じて心底を見極めようとするところだ」

三戸城と萱野の間に、幅一間ほどの小川が流れている。深さは人の膝《ひざ》までくらいで、放牧の時には馬の水呑《の》み場になっていた。

政則が見込んだ通り、南部勢の速さはこの小川にさえぎられてかなり落ちた。

その時法螺《ほら》貝が再び鳴り響き、西側に配した鉄砲隊が退却をはじめた。かわりに後方にいた弓隊が北向きに楯をつらね、南部勢と矢戦《やいくさ》をする構えを取った。

萱野の下におびき出された敵の大将は、九戸勢が信直本隊との合戦にそなえて鉄砲隊を温存したと判断したのだろう。この隙《すき》に虎口《ここう》を脱しようと、後方に下がって信直の指揮下に入ろうとした。

政実の本陣で三度目の法螺貝が鳴り響き、櫛引河内守《くしびきかわちのかみ》、七戸彦三郎《しちのへひこさぶろう》らがひきいる千五百余の本隊が、東側から巻くようにして退却する敵に襲いかかった。

敵は槍衾《やりぶすま》を作った九戸勢の追撃に恐慌《きょうこう》をきたし、一刻も早く本隊に合流しようと算を乱して駆けていく。これでは本隊と合流しても、混乱をまねくばかりだった。

政則の狙《ねら》いはそこにあった。

その混乱をついて九戸本隊が攻めかかり、両軍入り乱れての戦いとなった時に、萱野の背後に伏せた一揆《いっき》勢二千を西側から突撃させる。

鉄砲隊を後ろに下げたのは、わざと隙を作って敵兵五百を退却させるためだった。

「かかったな。お前の計略通りだ」

政実が四度目の貝を吹かせて一揆勢を突撃させようとした時、信直が思いがけない動きに出た。

逃げ帰ってくる身方と合流することをさけて西側に回り込み、矢戦の構えを取った九戸勢に攻めかかったのである。

数に勝る自軍の弓隊に遠矢を射かけさせ、相手がひるむ隙に五騎、十騎とひと固まりになって楯の備えを駆け割らせる。

濁流《だくりゅう》のような勢いを支えきれず、身方は敗走し始めた。

「貝を吹け。あの者たちを助けねばならぬ」

政実はそう命じたが、政則はしばらく待たせた。ある程度の犠牲はやむを得ない。

ここはもう少し引きつけ、勝利を確実にしたかった。

西に回り込んだ信直勢は、勝ちに乗じて三百の九戸勢に次々と襲いかかっていく。その数が五百、六百と徐々に増え、敵勢の半数近くなった時、

「兄者、今です」

貝を吹かせ一揆勢を突撃させた。

槍隊を先頭にした二千余が、長く伸びた信直勢を両断しようと突っ込んでいく。

ところが信直勢の対応は早かった。列の後方の部隊が先陣の後ろに回り込み、二段構えの強固な陣形にして迎え討った。

「見事なものじゃ。ならば」

政実は萱野の下まで退いていた鉄砲隊を敵の正面に出し、間近から銃撃させた。

爆発力を強くした銃弾が、信直勢の胴丸や兜《かぶと》を貫通する。前線の兵が四、五十人ばかり倒れ伏した所に、一揆勢の槍隊が突入した。

しかも目前の敵を追い散らした櫛引、七戸らの本隊が、東側から信直勢に襲いかかった。

信直は鉄砲隊を回り込ませて防戦したが、二発目の弾を込める余裕がない。すべてが後手後手になり、はさみ討ちにされた軍勢は浮き足立っていた。

「信直め、さあどうする」

勝ちを確信した政実は、余裕の笑みを浮かべて宿敵の本陣を見やった。

龍頭《たつがしら》の前立ての兜《かぶと》をかぶった信直は、馬を立てたまま戦況をうかがっている。背後では南部家の対い鶴《むかづる》の旗がなびき、左右に百騎ずつの馬廻衆《うままわりしゅう》を従えていた。

「もはや城へ逃げ帰ることもできぬ。捨て身の突撃で活路を開くしかあるまい」

「油断は禁物です。何が起こるか分りませんので、隼隊《はやぶさたい》をいつでも出せるようにしておいて下さい」

「おう。わしが真っ先に駆けて、信直に引導を渡してやる」

従者に馬を引けと命じた時、三戸城の背後から黒ずくめの鎧《よろい》をまとった騎馬隊が現われた。

城の東側の鍛冶屋《かじや》御門の脇《わき》を通り、馬淵《まべち》川ぞいの道をまっしぐらに進んでくる。

その数はおよそ四百。それを追って朱色の胴丸をつけた足軽たちが、四列縦隊になって整然と走っていた。

(南部の伏兵か)

政則はそう思ったが、旗をかかげていない。伏兵にしては数が多すぎるし、南部勢とは様子がちがう。誰もが好き放題にひげを伸ばし、野性味にみちた不敵な面構《つらがま》えをしていた。

「あれは津軽《つがる》の兵じゃ。津軽為信《ためのぶ》どのが駆けつけたのだ」

政実の言葉に応じるように、黒ずくめの騎馬隊がいっせいにうこん色の撓《しな》い（撓う指物）を背負った。黒く描いた津軽牡丹《ぼたん》の家紋は、まさに北の梟雄《きようゆう》為信のものだった。

しかし、為信がなぜ二千もの軍勢をひきいてこの戦場に現われたのか。どうしてこの時刻に合戦がおこなわれると知ったのか……。

政則と政実が固唾《かたず》を呑んで成り行きを見守っていると、騎馬隊の中ほどにいる毛むくじゃらの男が突然奇声を上げた。

「ホーハイ、ホーハイ、ホー」

甲高い天に突き抜けるような声を上げながら、けら首に赤い布を結んだ馬上槍を何度も突き上げた。

すると他の騎馬武者もそれに応じ、

「ホーハイ、ホーハイ、ホーハイ、ホー」

楽しげに槍を突き上げ、川ぞいの道から一直線に櫛引、七戸らの本隊に突っ込んでいった。

「馬鹿《ばか》な。津軽は身方ではないのですか」

政則は政実に詰め寄った。

これでは形勢は一転する。信直を討ち取るどころか、身方が全滅しかねなかった。

「分らぬ。奴は蝦夷《えみし》の裔《すえ》だと名乗り、津軽に王道楽土《おうどうらくど》をきずくと言った。それゆえ南部から独立する時もひそかに支援したのだが」

政実も臍《ほぞ》をかんだ。これまで硫黄《いおう》や硝石の取り引きに参加させ、収入が上がるように計らってきた。それは山の王国の分国をきずくという為信の言葉を信じたからである。

ところがいかにも蝦夷風に装《よそお》った毛むくじゃらの男は、土壇場《どたんば》になって政実を裏切ったのだった。

「あるいは秀吉の差し金かもしれぬ。ならば目にもの見せてくれよう」

政実が隼隊をひきいて津軽勢に向かおうとした。

その時、後方で戦況を見つめていた信直が馬廻衆に突撃を命じた。勝機はここと見て、櫛引、七戸の本隊をはさみ討ちにしようとしたのである。

そのために信直のまわりには三十騎ばかりを残すだけとなった。

「兄者、左翼の一揆勢に、信直どのの本陣を突かせて下され」

政則は黒兵衛に飛び乗り、小田庄左衛門《おだしょうざえもん》ら二十騎をひきいて一揆勢を追った。

先頭に出て軍勢を引っ張り、一気に信直を襲う以外に窮地を切り抜ける手立てはなかった。

「者共、遅れるな」

政実も隼隊の先頭に立ち、黒ずくめの津軽勢に向かっていった。

それより早く、百騎ばかりの新手が鍛冶屋御門の脇から現われ、声も上げずに信直の背後に迫った。津軽勢の横から現われたのだから、為信の配下にちがいない。だが鎧の色もちがうし、牡丹の紋の撓いも背負っていなかった。

信直はこの一団の接近にまったく気付いていなかった。

前方の戦況だけに気を取られている上に、あたりは軍勢の喚声《かんせい》や銃声につつまれている。後ろは三戸城だと安心しきっているせいか、物見も出していなかった。

その隙を謎《なぞ》の騎馬隊が衝《つ》いていく。一町ばかりに迫ると、先頭の十人が馬上筒を構え、信直に狙いを定めた。仕損じた場合に備えて、後ろの十人も鞍《くら》につけた馬上筒を取り出している。

次の瞬間、けたたましい銃声が上がった。

撃たれたのは信直ではない。何と馬上筒を構えた十人が、なぎ払われるように馬から転げ落ちた。

つづいて第二射。この銃撃も正確無比で、後ろの十人が撃ち落とされた。

「な、何事だ」

ふり返った信直の目に、紺糸縅《こんいとおどし》の鎧をまとった九戸実親の姿が飛び込んできた。

地に伏せた鉄砲隊で謎の騎馬隊の襲撃を防いだ実親は、二十騎ばかりをひきいて猛然と攻めかかっていった。

長さ二間ばかりの馬上槍を大車輪にふり回し、敵の武者を蠅《はえ》でも叩《たた》き落とすように仕止めていく。あまりの強さに相手が棒立ちになるほどだった。

（実親が、なぜ……）

信直は事態が呑み込めずに恐慌にかられた。

あれは応援に来た津軽勢の一手である。それを討ち取るとは、九戸方に寝返ったのではないか。そんな疑念を見すかしたように、

「九戸実親が寝返ったぞ。応援に駆けつけた我が軍を討つとは、九戸党の血は争えぬ。者共、油断すな」

為信が甲高い声を上げて実親に馬を向けた。

その声が信直を突き動かした。実親の心中を思いやって城に残してきただけに、怒りはいっそう激しかった。

「おのれ実親、この期《ご》に及んで」

そう叫ぶなり、ただ一騎で実親に突きかかった。

「殿、ちがいまする。この者たちは……」

「問答無用。生かしてはおかぬ」

信直は一撃で仕止めようと鋭い突きをくり出した。

実親は右に左に払うだけで、反撃しようとしなかった。

「この者たちは殿のお命を狙っておりました。それゆえ討ち果たしたのでござる」

そう叫んだが、怒りにかられた信直は聞く耳を持たなかった。

腕は実親のほうが上である。だが信直を討つわけにはいかないので防戦一方になる。

その間に信直の馬廻衆が駆け付け、実親の家臣たちを一騎ずつ討ち取っていった。

このままでは支えきれぬと見えた刹那《せつな》、一揆勢の先頭に立った政則がかけつけた。

「兄者、中の兄者。四郎でござる」

政則は大声を上げて馬廻衆の注意を引きつけ、実親の横に馬をつけた。

他よりひと回りも大きい黒兵衛が、天を切り裂くようないななきを上げて胴震いした。信直勢の馬が一瞬身をすくめて棒立ちになった。

「このままでは生きる道がありません。我らと共に退いて下され」

政則の呼びかけに実親は応じようとしなかった。

「わしは殿に従うと決めたのだ。九戸には戻らぬ」

「戻れとは申しませぬ、ひとまず落ちねば、津軽為信の計略に引っかかることになりまする」

「四郎、おぬしは」

「一部始終を見ておりました。さあ」

政則は実親の馬のたてがみを叩いて付いて来いとうながし、信直の馬廻衆の中に黒兵衛を乗り入れた。

実親も槍の石突きで胴丸を突き、群がる信直勢を追い払った。

「敵ではない。わしは寝返ってはおらぬ」

釈明《しゃくめい》せずにはいられないのが実親らしいところだが、殺気立った信直には通じなかった。

「逃がすな。身を捨てて組み落とせ」

信直が声を上げるやいなや、二人の馬廻衆が左右から馬を寄せて組み付こうとした。

「馬鹿者、まだ分らぬか」

追い込まれた実親は右の敵を槍の石突きで、左を穂先で突いた。

鍛え抜いた南部鉄の鋭い穂先は、鎧の胴をやすやすと貫き、相手の命を一瞬に奪った。

「馬鹿な、わしは……」

こんなつもりではないと、実親は茫然《ぼうぜん》と血まみれの穂先を見つめた。

「中の兄者。御免」

政則は実親の馬の尻《しり》を痛打した。

驚いた馬が竿立《さおだ》ちになって駆け出そうとした時、

「ホーハイ、ホーハイ、ホー」

奇声を上げながら黒ずくめの騎馬隊が行く手をさえぎった。

津軽為信がひきいる二百騎ばかり。いずれも鋭い目をした剽悍《ひょうかん》な武者たちだった。

「おのれ、為信」

実親の様子が一変した。怒りに顔を赤らめ、獰猛《どうもう》な獣の目をすると、血染めの槍をふるって津軽勢に挑みかかった。

政則はその間に自分と実親の手勢三十騎ばかりを集め、魚鱗の陣形を組んで突撃にそなえた。

二人の窮地を見た政実も、五十騎ばかりをひきいてようやく到着した。

「四郎、実親、大事ないか」

政実は二間の朱槍を軽々とふり回し、黒い壁のようになった津軽勢を切り割ってくる。不気味なほど落ち着き払い、槍先で確実に敵を仕止めていく。

まるでこの世に舞い下りた戦神《いくさがみ》のようだった。


にわかに雨が降り出した。

誰も空を見る余裕など失っていたが、いつの間にか鉛色のぶ厚い雲がたれこめ、大粒の雨を降らせ始めた。

初めはパラパラとまばらだったが、やがて地を叩くほどのどしゃ降りになった。

この雨で火薬がぬれ、鉄砲が使えなくなった。弓弦《ゆづる》がのびて弓も使えない。

「どけどけ、どけーっ」

政実の動きがいっそう軽やかになった。兜の目庇《まびさし》を下げて雨をよけ、津軽勢を面白いように馬から叩き落としていく。

実親も元気をとり戻し、再び槍を大車輪にふり回し始めた。

政則はもっぱら黒兵衛の馬力に頼っている。相手の槍や刀をよけさえすれば、黒兵衛が相手の馬に体当たりして横倒しにするのだった。

「退け退け、ホーハイ」

為信はいったん騎馬隊を川ぞいの道まで下げて態勢をととのえようとした。

「実親、四郎、よい戦ぶりじゃ」

敵陣の真ん中で兄弟三人が顔を合わせた。憎いばかりの落ち着きぶりだった。

「お前たちは本隊をひきいて津軽に当たれ。わしは一揆衆をひきいて南部勢を追い払ってくれる」

「今からでは三戸城を落とすことはできません」

政則は悲痛な声を上げた。

「まだ負けたわけではない。実親」

「はい」

「もはや南部にはもどれぬ。わしと共に戦え」

「承知」

実親は間髪入れずに応じた。

「ならば行け。今日からお前が本隊の大将じゃ」

政実は実親の背中を叩いて送り出した。

「兄者、しばらくご猶予《ゆうよ》を」

政則は馬を返して三戸城に向かおうとした。

城下の在府小路に住む実親の家族にこのことを伝え、早く脱出させなければならなかった。

「殿、待たれよ」

庄左衛門が立ちはだかり、自分が行くと申し出た。

「まだ戦は終っておりませぬ。この場に残って軍師の役をまっとうして下され」

奪い取ってきた南部家の旗を背中につけ、急使をよそおって在府小路に向かっていった。

大雨は九戸勢に身方した。

長行軍で疲れていた津軽勢は、ぬかるみに足を取られて動きが鈍っている。一方、古強者《ふるつわもの》が多い一揆勢は白兵戦で圧倒的な強さをみせて南部勢を押しまくった。

先に為信が兵を退いた。

次に信直が退却を命じ、三戸城のふもとで陣を立て直して九戸勢の出方をうかがった。

政実は萱野の下に軍勢を集め、山の上から津軽、南部勢の様子をながめた。

「為信は南部に身方するふりをしながら、伏兵を仕込んで信直どのを討とうとしたのです」

脇に控えた実親がぼそりと言った。

「それではやはり、我らの身方を」

「さにあらず。為信は信直どのを討ったのは九戸だと言い立て、自分が合戦の指揮をとろうとしていました。そうして一気に南部家を乗っ取るつもりだったのです」

実親はいち早くそれに気付き、わずかな手勢をひきいて伏兵の前に立ちはだかった。するとすると狡猾《こうかつ》な為信は実親が寝返ったと叫び、まんまと信直をあざむいたのだった。

「しかし信直は、秀吉から南部領を安堵《あんど》された大名じゃ。討ち果たしたことが明らかになったなら、ただではすむまい」

「それゆえ無頼の武者を銭で雇い、伏兵に仕立てたのでございましょう。信直どのを討ち、この戦に勝ちさえすれば、後は何とでも言い抜けられると考えたにちがいありません」

「あやつは蝦夷の大義を奉じていると、今の今まで信じておったが」

所詮《しょせん》その程度の器であったかと、政実が川ぞいに陣をしいた津軽勢に目を向けた。

「豊臣側に通じたほうが得だと踏んだのでしょう。小田原参陣の折に執《と》りなしたのは石田治部《じぶ》だそうですから、その後も密接なつながりを持っているはずです」

政則はそうした情報を長興寺の薩天和尚《さつてんおしよう》から仕入れている。かつての師は、今では頼り甲斐《がい》のある参謀になっていた。

「そうか。それで為信は、どんなあくどいことをしても治部に庇《かば》ってもらえると思ったわけだな」

実親が憎々しげに吐きすてた。

雨は相変わらず激しく、すだれとなって視界をとざしている。すべてが薄ぼんやりと見える景色の中を、津軽の騎馬隊五十騎ばかりが南部の本陣に近付いていった。毛むくじゃらの為信が、信直のもとに参陣の挨拶《あいさつ》に出向いている。南部勢の窮地を救うために参陣したと言い立て、今後は共に戦おうと申し入れるつもりだろう。

信直はこれを信じ、実親は寝返ったとより深く思い込むにちがいなかった。

津軽、南部勢が陣を引き払うのを見届け、九戸勢は退却にかかった。

負傷者は応急手当てをほどこして馬に乗せ、死者は槍の柄の間に布を張ったにわか作りの担架《たんか》に乗せて、降りしきる雨の中を九戸城下に向かった。

死者は二百五十四人。負傷した者は五百人ちかい。そのうち八十二人が重傷者だった。

もっとも死者が多かったのは、戦場の西側に配した三百の徒兵《かち》だった。鉄砲隊二百を下げた後、信直勢の標的にされたからで、三分の一をこえる百十二人が討死している。

政則はそうした犠牲が出ることを覚悟の上で、敵を内懐《うちぶところ》に引きつけようとしたが、こうして死者の列を見ていると申し訳なさに身がすくんだ。

政則の無事を明日香《あすか》や子供たちが祈っているように、この者たちにも無事の帰りを待ちわびる妻子や親がいるのだった。

やがて虚空蔵菩薩《こくうぞうぼさつ》をまつる社《やしろ》の前を通り、九戸城下に入った。

まだ正午を過ぎたばかりだが、雨に降り込められて野も山も異様に暗い。城下の大通りには将兵の家族が出て、身寄りの無事を祈りながら出迎えていた。

戦に負けた訳ではない。だが三戸城を取れなかった将兵の落胆《らくたん》は大きく、険しい表情で押し黙っている。それを見た出迎えの者たちは、身寄りの者を見つけても声をかけようとしなかった。

やがて死者を運ぶ者たちが、通りを西に折れて裏小路に入っていった。その先にある龍岩寺《りゅうがんじ》で法要をおこない、荼毘《だび》にふすのだった。

白鳥川《しらとり》ぞいの岩谷から城に入ろうとしていた時、赤ん坊を背負った若い母親が追いすがってきた。

「お館《やかた》さま、お待ち下りゃんせ。お館さま」

夫は穴牛《あなうし》村の若松十兵衛さまの組に属していたが、まだ誰ももどらない。どうしたのか教えてほしいと、政実にすがりつこうとした。

「ええい、ならぬ。おとなしく沙汰《さた》を待て」

徒歩の兵が両手を広げて接近をはばんだ。

「お願いでおりゃんす。夫の万作はどこさいるか、お教え下りゃんせ。あれのおっ母《かあ》が今際《いまわ》のきわに会いたがっているんでがんす」

だから一目会わせてやりたくて、沿道を駆け回って捜しているのだった。

(穴牛村の若松組……)

彼らは西側の弓隊に属し、楯《たて》を構えて踏みとどまろうとした。そのために十五人全員が討死し、遺体を龍岩寺に運び込んだばかりである。

政則はそれを知っていたが、若い母親に何と伝えていいか分らず、馬から下りる決心をつけかねていた。

「手荒くするでない。通してやれ」

政実が馬を止め、身軽に地上に下り立った。

「どこさ、万作はどこさいるんでおりゃんすか」

若い母親が必死の面持ちで駆け寄った。

背中の赤ん坊はぬれそぼり、泣き声も上げることができずにぐったりとしていた。

政実は背負い紐《ひも》をといて赤ん坊を抱き取り、

「この子は預かる。早く母親のもとに帰ってやれ」

「んだば、万作は……」

「我らの楯になってくれた。それゆえわしがこうして生きておる」

政実に真《ま》っ直《す》ぐに見つめられ、若い母親はすべてを悟ったらしい。急に肚《はら》のすわった顔をしてこくりとうなずいた。

大手門では留守役をつとめた中野康実《やすざね》が、三百余の兵とともに出迎えた。

「左近将監《さこんのしょうげん》どの、三戸城は」

落とせたかどうか真っ先にたずねた。

「落とせぬ。思わぬ邪魔が入った」

「実親どのがおられるのは、身方に参じられたからでしょうか」

「そうじゃ。早く傷を負った者の手当てをしてくれ」

戦に死傷者はつきものである。留守を預かる康実は、こうした場合に備えて陣小屋で手当てができるように仕度をととのえている。医療の心得のある僧も二十人ほど集めていた。

「見込みのない者には極楽草を使え。なるべく苦しまないように送ってくれ」

爾薩体《にさったい》の薬草園では大麻や朝鮮朝顔などを栽培し、鎮痛や麻酔の薬として用いている。そうした技術は蝦夷から受け継いだものだった。

本丸御門では政実の正室である北の方や嫡男亀千代《ちゃくなんかめちよ》が、侍女とともに迎えに出ていた。

北の方は先妻が他界した後に娶《めと》った後添いで、肝《きも》っ玉《たま》が太く陽気な性格である。二人の間に生まれた亀千代はまだ十一歳だった。

「おや、戦場《いくさば》でやや児《こ》をひろわれたのですか」

北の方は政実が抱いた赤ん坊に目を止めた。

「領民からの預かりものだ。弱っているようだから、大切に世話をしてくれ」

「まあ、こんなに濡《ぬ》れて。おなかも空《す》いているでしょうに」

北の方は着物が濡れるのも構わず、赤ん坊をしっかりと抱き止めた。

「義姉上《あねうえ》、今日からお世話になりまする」

実親が律義《りちぎ》に馬を下りて挨拶した。

「待っていたのですよ。この人もわたくしも」

そうですねと念を押すように、北の方は政実を見やった。

取り立てて言うほどの美貌《びぼう》ではない。だが彼女がいるだけでまわりの者がほっとひと息つけるのだった。


城にもどってからも、政則は休むことができなかった。

合戦に参加した将兵は、それぞれの組ごとに手柄や死傷の状況を記した軍忠状を提出する。

それが後に恩賞を査定する時の重要な資料になるので、内容を確認して正しいかどうか判断しなければならなかった。

そのために戦目付という役目がある。彼らは合戦には参加せずに自軍の働きぶりに目をこらし、後の査定に備えている。

しかし今日のような乱戦になると、戦目付の目も届かないことが多くなる。

政則は提出された軍忠状と戦目付の添え書きを突き合わせ、正、中、否の三つに分けていた。

正は間違いなく正しいもので、すぐに控えを作らせ、提出されたものには証判をして組頭に返す。中は判断がつかず、後日の調査が必要なもの。否は正しからずと却下するものである。

ところが一通の軍忠状にも、正と否の部分が混じっている。死傷のところは事実だが、手柄は割り増しして申告する例が多い。それゆえ正確な判断を下すには、大変な時間と労力がかかるのだった。

軍忠状と添え書きを読んでいると、今朝からの合戦の様子をつぶさになぞることができる。あの時この組はこんな風に戦っていたのかと、合戦の細部までがまざまざと頭に浮かぶ。

すると作戦や戦術の是非までが、くっきりと見えてくるのだった。

（やはり西側には、隼隊を配するべきだったかもしれぬ）

政則は自分の決断力の甘さを悔やんだ。

おびき出した敵を釘付《くぎづ》けにするために鉄砲隊二百を配し、白兵戦にそなえて弓隊、槍隊を後ろにつけたが、信直の本隊にここを衝かれて多くの犠牲を出してしまった。こんなことがないように、初めは隼隊二百騎を西側に置こうと考えていた。隼隊なら全員馬上筒を持っているし、敵の出方に応じて、迅速に動けるからである。

ところが政実が隼隊はここぞという時まで温存すると言ったので、鉄砲足軽を配したのだった。

「備前守《びぜんのかみ》さま、殿がお呼びでございます」

夕暮れが近付いた頃、政実の近習がそう告げた。

楓《かえで》の間には政実、実親、康実がそろっていた。

「忙しいのにすまぬな。証判は進んでいるか」

政実が気の毒そうにねぎらった。

「あれだけの乱戦ですから、黒白《こくびゃく》をつけるのは容易ではありません。中でも一揆衆の軍忠状には、疑わしいものが多いようです」

「当家に忠誠を誓っているわけではないので、少しでも多く食い扶持《ぶち》を得たいのであろう。今後のこともあるゆえ、なるべく証判をしてやってくれ」

「南部を倒さなければ、恩賞の地を与えることもできませんが」

「金銀を与えればよい。他国でも使えるゆえ、かえって調法《ちょうほう》するはずだ。ところで」

こうして集まってもらったのは、これからのことを話し合うためだ。政実はそう言って三人の弟を見回した。

「明日には重臣たちを集めて評定を開かねばならぬ。その前に我ら四人で、おおかたの方針を決めておきたい」

「信直どのは去る三月、宮永左月《みやながさげつ》を都につかわし、関白殿下に救援を乞《こ》われました。殿下はこれに応じ、十五万の兵を送ると返答されたそうです。これは宮永が告げたことゆえ、間違いございません」

実親は南部家の評定に加わっていたので、内情に通じていた。

「その大軍は、いつ頃来るのじゃ」

「六月の中旬には軍令が下されるようです。奥州《おうしゅう》に到着するのは八月初めになると思われます」

「それだけではありませぬぞ」

康実が見通しが甘いと言いたげに口をはさんだ。

「紫波《しわ》の館に残した郎従からの知らせでは、すでに伊達政宗《だてまさむね》が大崎《おおさき》領に兵を進め、一揆勢が立てこもる城を次々に落としておるそうでござる。その数およそ一万五千。後詰の蒲生氏郷《がもううじさと》勢は三万にのぼります」

「合わせて四万五千か。豪勢なことじゃな」

政実が戦の成り行きを楽しむような言い方をした。

「左近将監どの、何か秘策でもお有りのようでございますな」

「別にないが、この城を五万もの大軍が包囲したなら、どんな祭りより派手な見物《みもの》になるだろうと思ったのじゃ」

「籠城《ろうじよう》策を取られるということですか」

実親はどことなく落ち着かない。三戸城下の屋敷に残した妻子のことが気がかりなのだった。

「三戸城を落としそこねたからには致し方あるまい。四郎、そちはどう思う」

「籠城して城を守りつつ、奇襲や夜襲を仕掛けて敵の行軍をおくらせ、冬の戦に持ち込むべきと存じます」

「そうじゃ。冬になれば十五万もの大軍をとどめておける場所はどこにもない。兵糧《ひようろう》や薪《まき》は尽きるし、厳寒にさらされて凍傷になり、身を守ることもできなくなる。要はそこまで耐え抜くことができるかどうかじゃ」

「しかし敵は我らの十数倍。そこに南部、秋田、津軽勢などが加わるのでござる。優に二十倍にはなりましょう」

その敵をどうやってあしらうのだと、康実がうめくようにつぶやいた。

「ならばそちは降伏せよと申すか」

「いえ、そうは申しておりません」

「降伏せぬなら戦うしかあるまい。勝てなくとも良い。冬が来るのを待って和議の交渉に持ち込み、人狩りをやめさせれば我らの大義ははたせるのだ」

「しかしそれで、身方の国人衆や一揆衆が納得しましょうか」

「納得できぬ者は城から退去しても構わぬ。明日の評定で皆にそう告げるつもりだが、異存はないな」

政実は康実、実親、政則の順に同意を求めた。

「ならばその方たちの命はわしが預かる。籠城戦にそなえて、一族郎党をすべてこの城に集めてくれ。兵糧、弾薬も残らず運び込むのじゃ」

政実の言葉が終らないうちに、本丸御門から九戸晴親《はるちか》の着到を告げる声が上がった。

実親が真っ先に席を立ち、残りの三人も後を追った。

玄関先には晴親と庄左衛門、それに家臣や侍女ら二十人ばかりがいたが、実親の妻政子《まさこ》の姿はなかった。

「政子は……、母上はどうした」

「お連れしようとしたのですが、南部晴政《はるまさ》の娘ゆえ謀叛《むほん》に加わることはできぬとおおせでございました」

晴親が頬を赤くしてわびを言った。

「是非もない。お前も引き止められたであろうに、よう来てくれた」

「事のいきさつは庄左衛門どのから聞きました。戦に勝って津軽為信の悪事をあばいたなら、殿と和解する道も開けるはずでございます」

それが実現するまで父上とともに戦うと、晴親は年若い澄みきった目に決意をみなぎらせていた。

翌日の評定で、政実はありのままを告げた。

「一族郎党すべてをこの城に集めて籠城するが、勝てる見込みはない」

それを聞いた一門や国人衆の反応は複雑だった。

奥州の大義はよく分る。だが人狩りをやめさせることができたとしても、その後の処遇はどうなるのか。城にこもった者は皆殺しにされるのではないか。そんな懸念《けねん》をぬぐい去ることができなかったのである。

動揺する者たちに、政実は次のように言い放った。

「そうしたことをさせないように策を尽くすが、確実とは言いきれぬ。勝ち目のない戦に家臣や領民を巻き込むことはできぬと思う者は、兵をつれて退去してもらって構わぬ」

城を出る口実を与えたばかりか、今度の出兵に対する慰労金まで支払うことにした。

これに応じる国人衆は多かった。彼らは先祖伝来の領地と領民を守る義務がある。先祖から受け継いだものを子孫に伝えることが、唯一《ゆいいつ》最大の務めだと信じている。それゆえ勝てる見込みのない戦に加わり、すべてを失うことはできないのである。

しかも南部信直から、ひそかに投降するように誘われていた。

信直は彼らの親類縁者を使者に立て、

「関白殿下は伊達、蒲生の軍勢ばかりか、徳川家康、羽柴秀次《はしばひでつぐ》、上杉景勝《うえすぎかげかつ》を大将とする軍勢を三方から南部にさし向けられる。もはや九戸に勝ち目はない。今のうちに南部に帰参するなら、処罰はしないし所領も前々のごとく安堵する」

そう申し入れていた。

しばらく模様をながめていた国人衆も、三日、四日とたつうちに城を後にするようになった。

ある者は明け方にこっそりと、ある者は政実に別れの挨拶をして、大手門や二の丸御門から出ていった。

その人数は千五百。城に残った一千よりもはるかに多かった。

一揆衆は二千のうち五百が欠けたばかりだった。彼らはすでに領国を捨て、九戸政実を頼って城に入っている。今さら守るものは何もないと、腹をすえている者が多かった。

将兵の半数ちかくが退去したために、証判に追われていた政則の仕事はずっと楽になった。彼らは九戸家から恩賞を得る権利を放棄したのだから、提出された軍忠状を破棄することができたのである。

そのかわり兵糧、弾薬を確保する仕事に追われるようになった。秀吉勢が攻めてきたなら、能登屋からの購入の道は断たれるおそれがある。その前に少しでも多くの硝石や鉛を購入しておく必要があった。

六月二十日、豊臣秀吉が奥州再仕置きのための軍令を発した。

一番　羽柴伊達侍従（伊達政宗）
二番　羽柴会津少将（蒲生氏郷）
三番　羽柴常陸《ひたち》侍従（佐竹義重《よししげ》）
四番　宇都宮弥三郎（宇都宮国綱《くにつな》）
五番　羽柴越後宰相中将（上杉景勝）
六番　江戸大納言（徳川家康）
七番　羽柴尾張中納言（羽柴秀次）

総勢十五万の軍勢を、二本松筋、相馬筋、最上《もがみ》筋の三方から攻め込ませる。異常なばかりの掃討《そうとう》作戦である。また南部周辺の諸大名にも、それぞれ兵をひきいて九戸城攻めに加わるようにという達しがなされた。

その詳細が伝わった六月下旬、久慈修理助直治《しゅりのすけなおはる》が一族郎党をひきいて九戸城にやってきた。

将兵百二十人。女子供五十二人。その中には政則の妻明日香、福寿丸《ふくじゅまる》、治子《はるこ》の姿もあった。

「婿《むこ》どの、我らも参りましたぞ」

直治はようやくこの日が来たと闘志満々である。領内からかき集めてきたと、千俵ちかい米俵を十数台の荷車で運ばせていた。

「これは有難い。しかし領内の米蔵が空になっては、残された者たちが難渋するのではありませんか」

「案ずるには及ばぬ。もうすぐ米の収穫が始まりまする。ほれ、お前も」

直治に押し出されるようにして、明日香が政則の前に立った。

「主《ぬし》さま、ご無事で良うございました」

別れた時よりひと回りやせて、頰のこけた青白い顔をしている。

福寿丸と治子は城内の雰囲気に気圧《けお》されたのか、明日香にひしと寄り添っていた。

「長旅でさぞ疲れたろう。よく頑張ったな」

政則は二人を両腕に高々と抱きかかえた。

「父上……」

二人は政則の首にしがみついてべそをかき始めた。

「泣かずともよい。則子《のりこ》は連れて来れなかったか」

病弱なのでどこかに預けてきたのだろうと思った。

「……申し訳ありません。命をつなぎ止めてやることができませんでした」

「し、死んだと……」

「主さまがご出陣なされて、半月後に」

風邪をこじらせ、乳を飲む力も失って息絶えた。だが出陣中なので知らせるなと、直治にきつく止められたという。

「薬の調合が悪かったのかもしれません。わたくしがもっと気をつけてやれば」

傍目にも分るほどやつれているのは、心労が重なってのことだった。

ご文、女草《おんなぐさ》より一昨日落掌いたしました。まさか一門衆の下女の中に草を仕込んでおられるとは思いもよらず、さすがに周到なご計略と感服いたしました。ただならざる計略のこと、残念に思《おぼ》し召しとのこと、ご心中お察し申し上げます。ただ遠目に見るところでは、いささか功を焦《あせ》り、詰め手に甘さがあったのではないかと見受けられます。事はまだ始まったばかりゆえ、じっくりと機会をうかがい、間違いなく仕止めることが肝要と存じます。

さて当方の儀、いよいよ籠城ときわまり、その仕度にかかっております。伊達、蒲生を先手とする天下の軍勢十五万をこの城に引き受け、一族一門すべて滅びても奥州の大義を貫くと一決いたしました。

まったく笑止千万、夢の中のたわごとのような話ですが、大将政実がひとえにそう思い込み、一族郎党を巻き込んで勝ち目のない戦へと突き進んでおります。

半月ほど前、評定を開いてこの儀を一門や土豪どもに伝えました。しかも、この方針に反対の者は城を出て行って構わないと口走ったものですから、二千五百いた手勢のうち千五百が退去いたしました。

勝てるはずのない戦ゆえ当然のことと存じますが、驚いたことにこの半月ばかりの間に、政実の下知に従って一門や親族の者たちが続々と入城しております。その手勢は一千余、女子供は五百にのぼっております。

自ら好んで死地に飛び込むとは、狂気の沙汰としか言いようがありませんが、奥州には蝦夷《えみし》の強情の血と迫害されてきた長い歴史があるので、政実のように煽動《せんどう》する者がいるとついつい我を忘れてしまうのでしょう。

城内の備えは次第に堅固になりつつあります。ご存知の通り三方に川が流れ、残りの一方は高さ十丈ちかい断崖《だんがい》ですので、柵《さく》を結い回し、弾よけの竹束を並べただけで強固な陣地ができ上がります。

しかも政実は、こうした場合にそなえて千挺《ちょう》ちかい鉄砲をそなえております。上方で使い捨てた鉄砲を買い集め、領内の鍛冶《かじ》に冬仕事として修理させたのです。それが立派に使えるようになっている上に、弾薬も三ヵ月分くらいは貯《たくわ》えてありますので、十五万の軍勢とはいえいささか手こずるかもしれません。

兵糧も五千人ちかくがひと冬を越せるほど貯えてあります。しかも入城する者たちが屋敷に貯えていた兵糧や弾薬を持参しておりますので、貯えはいっそう豊かになっております。

それがどれくらいなのか正確にお伝えしたいのですが、城内の硫黄《いおう》に手をつけて以来、警戒が厳重になって容易には近付けません。九戸の末弟政則が兵站《へいたん》の管理を担当するようになってから、なかなか付け入る隙《すき》がない状況です。

例の絵図を政実が持っているはずとのご伝言、確かに女草から受け取りました。そのありかを突き止め、中身を頭に叩《たた》き込んで、ここから脱出するつもりです。

その暁《あかつき》には、約束の件、何とぞよろしくお願い申し上げます。南部四郡の大名に取り立てていただいたなら、かならず貴殿のお役に立つ働きをいたします。十年のご厚《こう》誼《ぎ》を決して無駄にはいたしませぬゆえ、何とぞ何とぞ。

頓首再拝《とんしゅさいはい》

政則は本丸御殿の御用部屋の隣で、明日香や子供たちと過ごすようになった。ふすまに萩《はぎ》の花を描いた八畳間で、四人で暮らすには窮屈だが、粗末な陣小屋で寝泊りする者たちと比べれば何倍もめぐまれていた。

五ヵ月ぶりに家族と夜具をならべて寝られるようになったが、明日香は子供たちが寝入っても政則の側に寄ろうとしなかった。

以前は枕《まくら》を抱えて横にすべり込んできたものだが、二日たっても三日たっても打ちとけた姿勢を見せようとしない。政則に背中を向けたまま、身を硬くしていた。

則子を死なせた哀《かな》しさや申し訳なさから立ち直れず、顔向けができないと思い込んでいる。その気持はよく分るが、このままでは子供たちもどうしていいか分らずに萎《い》縮《しゅく》するばかりだった。

「ここに来て、少し話をしないか」

ある夜、政則は小声で誘ってみた。

明日香は背中を向けて黙ったままである。眠っているのではないことは気配で分った。

「頼む。こちらに来てくれ」

政則は自分の方を向かせようとした。明日香は凍えたように体をちぢめて抵抗する。強引に向きを変えると、目を赤く泣き腫《は》らしていた。

「長い間つらかったろう。ずっと一人にさせてすまなかった。私もこの五ヵ月の間、いろんなことがありすぎてな」

政則は二人の心のへだたりを埋めようと、これまでのことを語り始めた。

九戸城では兵站《へいたん》を任され、兵糧や弾薬の管理をするようになった。城内の若狭館《わかさだて》には、想像していたよりはるかに多くの鉄砲や弾薬があった。それは政実が鹿角《かづの》の尾去《おさり》沢《ざわ》鉱山を支配し、産出した金銀を元手に能代から買い付けたものだということが分った。

　初めて戦場にも出た。

　南部信直が釜沢館《かまざわだて》を占領したので、即座に奪い返すことにした。この作戦は成功したものの、信直は九戸勢を釜沢館に引きつけ、その隙に一戸城を攻め落とした。

　そうと知った政則は政実とともに一戸城へ向かい、三戸城へ引き上げていく信直を追撃した。そうして野月平《のつきたえ》で追いつき、互いに死力をつくした戦いとなった。ところが中の兄
「我らはもう一歩で信直どのを討ち取るところまで追い詰めていた。ところが中の兄者が、信直どのを助けに駆けつけたのだ」

　実親が信直の楯となり、政実と一騎討ちにおよんだ時の様子を語ったが、明日香はうつむいたまま押し黙っていた。

　それでもいい。それでも聞いていてくれれば、二人の間に通い合うものがあるはずだった。

「私の初陣《ういじん》はまずまずだった。久慈を出る時にお義父上《ちちうえ》はひどく案じておられたが、三人か四人は討ち取ったよ。思いがけない手柄に酔い、自分にも九戸家の武人の血が流れていると有頂天になった。その隙を狙《ねら》いすましたように、敵に組み落とされてね」

政則はその時のぞっとした感触を思い出し、首筋に手を当てた。

「相手は又重弥五郎《またしげやごろう》という剛の者だ。わざと徒兵《かち》になって兜首《かぶとくび》をねらうので、蟹《かに》の弥五郎と呼ばれている。その蟹が私に馬乗りになり、喉元《のどもと》に刃《やいば》を当てて何か言い残すことはないかとたずねた。その時頭に浮かんだのは、お前と子供たちのことだったよ」

そう言われて、明日香が初めて顔を上げた。

「しかし、今さら何を言っても仕方がない。そう思って観念した時、黒兵衛が助けに来てくれた。組み落とされたと知ってすぐに引き返し、蟹の弥五郎を蹴《け》っ飛ばして私を戦場から連れ出してくれたのだ」

政則は明日香が心を開いてくれた嬉《うれ》しさに、子供を相手にするような話し方をした。

「すみません。そんな大変な思いをなさっているのに」

「いいんだ。私に気を使うことはないんだよ」

「お教えいただいた薬を飲ませましたが、熱が二日も三日も下がらなくて。ずっと冷やしていたのですが……」

看病の疲れが出てついうたた寝をした。はっと我に返った時には、則子は冷たくなっていたのだった。

「わたくしのせいで、則子を一人で逝《ゆ》かせてしまいました。どれほど淋《さび》しかっただろ

う と思うと、胸が張り裂けるようで」

政則の小袖《こそで》の襟にしがみつき、明日香は声を押し殺して泣き出した。

政則は背中に腕を回し、しっかりと抱きしめた。そうして温《ぬく》もりを伝えるしか、傷ついた妻にしてやれることはなかった。

数日後、一揆《いっき》衆の早馬が情勢の急を告げた。

大崎領に攻め入っていた伊達政宗が、七月三日に佐沼城を攻め落とし、城内に立てこもっていた五千人ばかりをなで斬りにしたのである。

南部信直は重臣の野田掃部助《かもんのすけ》に送った書状の中で、その状況を次のように記している。

〈伊達殿、大崎佐沼攻めおとされ候《そうろう》て、一揆五、六千切られ候。それ以前に宮崎の城おち候。両所にて一万ばかりなで切り候。伊達衆も千ばかり死に候由《よし》申し候〉（七月十二日付）

大軍の脅威は、刻々と九戸城に迫っていた。

第十章　和平工作

九戸《くのへ》城では慌《あわただ》しく籠城《ろうじょう》の仕度が進められていた。

六月二十日に秀吉に出陣を命じられた十五万の大軍は、早ければ八月初め、遅くとも八月中旬には攻め寄せてくる。

残された時間はあと一月。それまでに防御の機能を最大限に高めると同時に、五千人ちかくがひと冬を過ごせるようにしておかなければならなかった。

防御の強化は、本丸と二の丸のまわりに土塁をきずき、塀を建てることから始まった。

本丸の広さは東西三十八間（約六十八メートル）、南北四十八間（約八十六メートル）。それに付属する二の丸は、もっとも広いところで東西百三十八間（約二百四十八メートル）、南北八十六間（約百五十五メートル）もある。

これだけ広大で平坦《へいたん》な主郭を持つ城は日本でも数少ないが、政実《まさざね》はその回りに高さ一間半の土塁と、壁と壁の間に石をつめた太鼓塀をめぐらすことにした。太鼓塀だと秀吉軍の優秀な鉄砲や大砲にも耐えられる。しかも二間おきに鉄砲狭間《はざま》をあけ、敵を狙《ねら》い撃てるようにした。

本丸の南に位置する松の丸にも同様の設備をほどこし、東側の若狭館《わかさだて》や外館《とだて》には柵《さく》を植え逆茂木《さかもぎ》を置くことにした。

九戸城は馬淵《まべち》川や白鳥《しらとり》川より十二間（約二十二メートル）ほど高くなった河岸段丘の上に位置している。本丸や二の丸はそれよりさらに十二間、若狭館や外館でも五間も高くなっていて、まわりに土塁や塀をめぐらしただけで防御能力は飛躍的に高まった。

将兵や家族が寝泊りするための陣小屋も二の丸に五十棟ちかく建てなければならない。それもひと冬こせるだけの防寒性をそなえていなければならないので、板壁を二重にして間に土を詰めることにした。

こうした工事に必要な材木は白鳥川の上流の森から切り出し、筏《いかだ》にして九戸城まで流した。それを城にこもった者たちや近くの村々から集まってきた者たちが、板や柱に加工して現場まで運んでいった。

久慈《くじ》備前守政則《びぜんのかみまさのり》はこうした工事の指揮をとる一方で、若狭館にあった弾薬の貯蔵庫と作業場を二の丸の北側に移すことにした。火薬や弾を主郭においていなければ補給が不便だし、若狭館では敵の攻撃にさらされやすい。

しかし火薬庫が爆発したならまわりに危険がおよぶので、広々と火除地《ひよけ》を取り、柵をめぐらして部外者の立ち入りを禁じた。城内に忍び込んでいる敵の間者《かんじゃ》を近付けないためにも、こうした措置が必要だった。

男ばかりではない。女も働き子供たちも加勢した。

二の丸に建てた陣小屋に皆が集まり、綿を入れた防寒着を作った。鎧《よろい》の下に着込むものばかりでなく、籠手《こて》やすね当ての下につける筒状のもの、足にはく足袋も用意しておかなければならない。

特に雪の中での戦《いくさ》では、ぬれたままの足袋をはいていては凍傷《とうしょう》になる。一人三足として、一万五千足も必要なのだった。

大崎《おおさき》の佐沼城を伊達政宗《だてまさむね》が攻め落とし、五千人ばかりをなで斬《ぎ》りにしたという報がとどいた翌日、政実は弟三人を書院に呼んで対応を協議した。

「伊達の軍勢は佐沼城を攻め落とし、葛西《かさい》の一揆《いっき》衆が立てこもる寺池城をうかがっているようだ」

総勢は一万八千。先陣は留守政景《るすまさかげ》がつとめ、政宗は佐沼城にとどまって指揮をとっていると、政実は伊達の動きを手に取るように説明してみせた。

「一万八千とは途方もない数でござるな。そのまま南部に攻め入ってくるつもりでしょうか」

彦九郎実親《さねちか》は九戸城に入って以来、政実にかわって陣頭で指揮をとっていた。

「備前守、お前はどう思う」

政実は政則を軍師に任じて以来、備前守と呼んで敬意をはらうようになっていた。

「関白は十五万の軍勢で三方から攻めかかるように命じております。それを破って抜け駆けをすれば、軍令違反の罪に問われましょう」

「はたして、それはどうかな」

中野《なかの》修理亮康実《しゅりのすけやすざね》がここぞとばかりに口をはさんだ。

「紫波《しわ》の館からの知らせでは、政宗は南部の国人衆に使者をつかわし、近々攻め入るので身方をせよと誘っているそうでござる」

「そちの知らせは当てにならぬ。先日も伊達勢は一万五千と申しておったが、三千も読みちがえておるではないか」

実親が一言で切り捨てた。

「三千の間違いなどよくあることでござる。大崎領に攻め入ったことに間違いはなかったではありませんか」

「確かに修理亮の言う通りじゃ。政宗は何とか米沢の没収をまぬかれようと、軍令違反をおかしても手柄を立てようとするかもしれぬ」

政実が康実の肩を持った。

「さようでござる。宮崎と佐沼で一万ちかくもなで斬りにしたのは、その焦《あせ》りがあるゆえでございましょう」

「それにな。政宗はこのわしの口を封じねば、枕《まくら》を高くして眠れぬのじゃ」

「それは、いかような意味でしょうか」

康実が意外そうにたずねた。

「政宗が昨年一揆衆と通じたのは、わしと示し合わせてのことじゃ。その動かぬ証拠をわしは握っておる。それゆえ秀吉の軍令に背いてでも、九戸城に一番乗りしてこの首を取りたいと思っておろう。のう、備前守」

「確かに。抜け駆けはなさらずとも、一番乗りをはたせば兄者の口を封じることができまする」

「それを止めるには、どうしたら良い」

政実は三人の弟を順に見回した。

「実親、お前ならどうする」

「三百ばかりの兵を野伏《のぶし》に仕立て、伊達領を荒し回ります。さすればその鎮圧に手間取り、北へ向かうことができなくなりましょう」

「康実、お前は」

「左近将監《さこんのしょうげん》どのがお持ちだという動かぬ証拠を、秀吉公のもとに送ります。政宗は再び都に召還され、南部攻めどころではなくなりましょう」

「ふむ……。政則、お前は」

「政宗どのに、和議の仲介を頼みます」

「ほう。いかなる訳じゃ」

「政宗どのが奥州《おうしゅう》仕置きに反対しておられるのなら、上方の大軍が攻め寄せて来ることに内心不満を持っておられましょう」

だから挙兵の真の理由を話したなら、政宗も和議の仲介に応じてくれる。政則はそう考えていた。

「なるほど。それで和議の条件はどうする」

「奥州からの人足の徴集《ちょうしゅう》、つまり人狩りをやめさせることです。それと籠城した将兵の助命を約束させます」

「その代償に何をさし出す」

「この城と九戸領です。それで足りなければ、我ら四兄弟の首もお付けいたしましょう」

「馬鹿《ばか》な。お前は戦をする前から白旗を上げるつもりか」

だから坊主《ぼうず》上がりは駄目なのだと、康実が嘲笑《あざわら》った。

「お言葉を返すようですが、上の兄者の目的は初めから人狩りをやめさせることでした。戦わずにそれがはたせるなら、これ以上の策はありますまい」

「なるほど。その交渉の切り札として、動かぬ証拠とやらを突き付けるつもりだな」

実親は政則の意図をいち早く察した。

「そうです。上方の大軍が迫っているのですから、政宗どのも心中おだやかではいられないでしょう」

「面白い。四人そろって首をさし出すと言えば、政宗はさぞ驚くことであろう」

政実は愉快そうに手を打ち鳴らし、政則に交渉の使者をつとめよと申し付けた。

出発の日の朝、政則は明日香《あすか》と子供たちを呼んでしばらく城を留守にすると告げた。

「詳しいことは話せないが、このままでは九戸城は敵の大軍に攻め落とされてしまう。それを避ける道をさがしに行くのだ」

「いつ頃、お戻りですか」

明日香が心細げにたずねた。初めての籠城戦に、神経をすりへらしているようだった。

「十五日のお盆までには帰って来られるだろう」

「お供えの団子を、一緒に食べられる？」

福寿丸《ふくじゅまる》は治子《はるこ》の手をしっかりと握っていた。城に来てからは妹を守ってやろうと気を張りつめていた。

「ああ、食べられるとも」

「お精霊《しようろう》流しも見られるかな」

治子は淋《さび》しくて今にもべそをかきそうだった。

「ここでは白鳥川に精霊船を流すそうだ。お城から見たらきっと美しいだろう」

政宗との交渉が決裂したなら、その場で血祭りに上げられるだろう。その時には、霊となっても戻るつもりだった。

「上方の軍勢は十五万と聞きましたが、まことでしょうか」

「間違いあるまい。秀吉公は二十万の軍勢で小田原城を攻められたが、それに匹敵する大軍を奥州に送り込もうとなされておる」

「どうしてそんな必要があるのでしょうか。この城にはたった三千五百ばかりの軍勢しかいないのに」

「我らの力を、それほど怖《おそ》れておられるのだ」

「父上、本当？」

福寿丸が目を輝やかせた。幼くても武士の子である。たった三千五百人で天下の軍勢を迎え討つという想像に血が騒いだらしい。

「本当だとも。我らの名は京の都にまで鳴りひびいている」

「すごいなあ。父上も伯父上たちも」

その時、板戸の外で人の気配がした。政則は自ら立って戸を開けた。

明日香の侍女のお千世《ちよ》がお茶を乗せた盆を持って立ちつくしていた。

「お茶をお持ちいたしました。ただ今、お声をかけようとしていたのですが」

お千世があわてて膝《ひざ》をついた。

久慈直治《なおはる》に仕えていたが、九戸城に入ってからは明日香たちの世話をするようになっていた。

「ありがとう。後はこちらでするから」

政則はにこやかに盆を受け取った。

お茶は冷めている。妙だと思ったが、出発前のあわただしさに追われてそのまま飲み干した。

供は小田庄左衛門《しようざえもん》と薩天和尚《さつてんおしよう》だけで、諸国行脚《あんぎや》の僧に姿を変えている。薩天の名は伊達家にも知られているので、取り次ぎ役をはたすように政実が申し付けたのだった。

九戸城から佐沼城までは、奥州街道をひたすら南へ下る。沼宮内《ぬまくない》、不来方《こずかた》、花巻、水沢、一関を通るおよそ五十里（約二百キロ）の行程である。

沼宮内までの十里の道は、途中に十三本木峠があって険しいが、不来方から北上川の川舟に乗って上沼まで下ることができる。そこから佐沼城までは一里半の近さだった。

「三戸城に使いに行く時も、馬淵川を舟で下ったな」

薩天が北上川を下りながらあたりの景色を見やった。

川の両側には広大な平野が広がり、稲穂が黄金色《こがねいろ》に実っている。空は青くすみわたり、夏の盛りの太陽が中天にかかっていた。

「あの時は人質を交換するために参りました。師匠にご尽力いただきましたが、甲斐《かい》ない結果に終りました」

「人は三界《さんがい》の流れを渡る舟人じゃ。この世にとどまるのは束《つか》の間《ま》にすぎぬ。その理《ことわり》をわきまえぬ輩《やから》が、欲にかられて戦と略奪に明け暮れておる」

「欲を離れるには、どうしたらいいのでしょうか」

「知れたことじゃ。すべての執着は幻だと悟れば良い」

「仏道の修行者にはそれができましょう。ですが庶民は、家や所領の維持に日々追われております。それゆえ少しでも多くの銭や豊かな土地を手に入れたいという欲から離れることができません」

それが還俗《げんぞく》して九年になる政則の実感である。そうした欲が肥大化して、戦争や略奪につながっていく。秀吉の今度の派兵と人狩りは、その最大のものだった。

「自力で悟れぬなら、神仏の教えに謙虚に耳を傾けるしかあるまい。それさえできぬ者は、欲の限りをつくしてみることじゃ。やがて来世に渡る時、この世のことは夢のまた夢と思い知らされるであろう」

舟は順調に北上川を流れ下ったが、一関で行く手をさえぎられた。

伊達勢が下流の登米《とよま》にある寺池城攻めにかかっている。和賀《わが》や稗貫《ひえぬき》の一揆衆が川を下ってこれを阻止するおそれがあるので、すべての舟の通過を禁じていた。

やむなく舟を下り、奥州街道を行くことにした。金成《かんなり》から迫川《はさま》ぞいに下って佐沼城に向かっていると、竹に雀《すずめ》の紋をつけた伊達家の兵が、二百人ばかりの領民を連行していた。

両手を縛り腰に縄を打ち、数珠《じゅず》つなぎにして引っ立てていく。いずれも十四、五歳から五十ばかりの壮年で、女も三分の一ほどまじっていた。

「あれは一揆衆の村から捕えてきた者たちじゃ。男は上方に送られ、朝鮮出兵のための人足にされる。女は遊女か奴婢《ぬひ》として売り飛ばされるであろう」

薩天はこうした光景を各地で見てきたという。

「伊達どのは人狩りに協力なされるのですか」

「これが戦というものじゃ。宮崎や佐沼で一万人ばかりもなで斬りにしたと触れておるが、殺したと称して上方に送り、秀吉の機嫌を取ろうとしておる」

「伊達どのは昨年、上の兄者と協力して一揆衆を支援なされたはずです。今度は見捨てるつもりですか」

「政宗ばかりではない。奥州で権力を維持しようとすれば、中央の方針に従わざるを得まい。ところがこの地は大和朝廷の頃から夷狄《いてき》とみなされ、理不尽な犠牲ばかりを強《し》いられてきた。それを承知で中央に従うとは、誇りを捨てて奴隷《どれい》になるということじゃ」

真っ先に奴隷になった者は、己の地位を守るために同胞を平気で犠牲にする。それゆえ奥州は屈辱の歴史をくり返してきたのだと、薩天は険しい目で天をあおいだ。


佐沼城下は焼け野原になっていた。

迫川ぞいにきずかれた宿場町だが、旅籠《はたご》も商家も民家も一軒残らず焼き払われている。焼け残り燃え残りの板や柱さえなく、見渡す限り一面の更地と化していた。

火をつけたのは城にこもった一揆衆である。攻めて来る伊達勢に利用されないように、城下を焼き払って迎え討とうとしたのだ。

焼け木杭《ぼっくい》さえ残っていないのは、伊達勢が煮炊《にた》きに使うために拾い集めたからだった。

城は意外なほど損傷《そんしょう》を受けていなかった。大手門にも多聞櫓《たもんやぐら》にも、銃撃の跡《あと》は残っているものの、焼き払われてはいない。伊達勢は一揆勢に城を自焼する間を与えずに攻め落としたのである。

大手門には十数人の兵が警固にあたっていた。政宗のもとで数々の戦を勝ち抜いてきた剽悍《ひょうかん》な男たちである。その自信が他を圧する迫力となって体からただよっていた。

「長興寺の薩天じゃ。片倉景綱《かたくらかげつな》どのにお目にかかりたい」

早く呼びに行けと言わんばかりの態度だが、兵の一人が文句も言わずに取り次ぎに走った。

「伊達どのとも、面識があるのですか」

政則も庄左衛門もあっけに取られて薩天を見やった。

「ああ、時々米沢に遊びに行っておった。餅肌《もちはだ》の女子《おなご》がたくさんおってな」

やがて小具足姿の片倉小十郎景綱が小走りにやってきた。

歳《とし》は政則の三つ下だが、百戦練磨の強兵《つわもの》である。政宗の戦功のほとんどは景綱のお陰だと言っても過言ではなかった。

「これは和尚さま。書状をいただき、そろそろお出《い》でになる頃だと首を長くして待っておりました」

何と景綱が片膝をついて挨拶《あいさつ》をした。

「さようか。今度はちと難しい話があってな」

「こちらが久慈備前守どのでございますな」

「さよう。和議のご使者じゃ。側に控える小達磨《こだるま》のような男は小田庄左衛門という」

「殿は本丸におられます。どうぞ」

景綱が先に立って案内した。

城内は美しく掃き清められ、激戦の痕跡《こんせき》は何ひとつ残っていない。五千人をなで斬りにしたとは、政宗の意図的な宣伝だとしても、少なくとも数百人は討ち取られ、城地を血に染めたはずである。ところがその跡が少しも残っていなかった。

「供養《くよう》のために土を入れかえたのでござる。地面を一尺ばかり削り取り、城下の焼け跡にまき申した。この土は下の河原から運んだものでござる」

政宗は新しく移築した本丸御殿にいた。歳はまだ二十五。政則よりひと回りも下である。

身の丈は五尺三寸（約百六十一センチ）。肩幅の広いがっしりとした体付きで、南蛮胴の鎧をまとい、不自由な右眼に眼帯を当てていた。

「政宗どの、久しゅうござるな。今年は正月から、ご苦労なことでござった」

薩天は人の心にひょいと入ってゆく不思議な人徳を備えている。

「あのときは和尚の話に乗せられたばかりに、あやうくこの首が飛ぶところであった。くわばらくわばらじゃ」

政宗も首筋に手を当てておどけてみせた。

「会津の御仁のお力を少々見くびっておったのよ。わしも政宗どのも」

「お陰で高いものにつきましたぞ。本領を没収され、一揆の国をあてがわれたのじゃからな」

「しかし、立派に牙《きば》をむかれた。秀吉が十五万もの大軍を送るのは、独眼竜どのを怖れてのことだともっぱらの噂《うわさ》でござる」

薩天は本気か冗談か分らない軽口を叩き、政則を紹介した。

「九戸の末弟どのじゃな。用件は景綱から聞いておる」

「有難きおおせ、かたじけのうございます」

政則はひとまず相手の出方をさぐった。

「昨年、政実と政宗どのの間を取り次いだのはわしじゃ。こちらの景綱どののご尽力を得てな」

だから政実の用件ばかりを言えばよいと、薩天は言外にそう伝えた。

「兄政実は関白殿下の威《い》に服し、今のうちに和議を結びたいと望んでおります。その仲介を伊達どのにつとめていただきたいのでござる」

「ほう、近頃奇異《きい》なる申し様よな」

政宗の表情が急に険しくなった。

「ご不審《ふしん》、ご不快はもっともと存じますが、十五万もの軍勢がこの奥州に踏み込んできたなら、兵糧《ひょうろう》や薪《まき》、馬草《まぐさ》にいたるまで多大な負担を押し付けられましょう。しかも朝鮮出兵のための人足を徴用されては、田畑を耕やす人手にもこと欠き、国の荒廃は深刻なものとなりまする」

「それゆえ先手を打って降伏すると申すか」

「さよう。元々我らの望みは、関白殿下に人狩りをやめていただくことだけでございます。それさえ叶《かな》えていただけるなら、城を明け渡し所領を没収されても構いませぬ」

「殿下はすでに軍令を発しておられる。それだけでは納得していただけまい」

「ならば我ら四兄弟の首も差し出しまする」

それに仲介の労をとってもらえるなら、九戸城内に貯《たくわ》えている金銀、鉄砲、弾薬をすべて伊達家に引き渡す。これでどうだろうかと、政則は用意してきた書き付けを差し出した。

金二万五千両、銀二千貫、鉄砲千挺《ちょう》、弾薬十万発分である。これは五十万石の大名家の貯えに匹敵する量だった。

「小十郎、どう思う」

政宗の心が動いたことは、隻眼《せきがん》が妖《あや》しく輝いたことで分かった。

「すべてを差し出して、奥州の民を救おうとなされるお志《こころざし》は健気《けなげ》でござる。それにこれだけの貯えをそっくりいただけるなら、殿がやがて天下に打って出られる時に、何よりの力となりましょう」

「そうじゃ。余もそう考えておった」

「ただし、殿だけが動かれてはあらぬ疑いをかけられましょう。南部信直どのにこの旨《むね》を伝え、九戸家の降伏を認めていただくように連名で願い出るべきと存じます」

南部への使者は支倉《はせくら》六右衛門が良かろうと、景綱は手回し良く進言した。

六右衛門は額の広い目端《めはし》のききそうな顔立ちをしていた。まだ二十一歳だが、鉄砲頭として六百石を与えられている。

後に常長《つねなが》と改名し、政宗の使者として遥《はる》かローマまで出向いたことで知られる男だった。

「まず九戸城を拝見し、それから南部どののもとに参ります」

六右衛門はそう言って案内を頼んだ。

政則が記した品々が九戸城内にあるかどうか確かめてから、三戸城に和議の仲介に行くつもりなのである。

政宗が喉《のど》から手が出るほど欲しがっているのは金銀よりも鉄砲、弾薬である。鉄砲頭の六右衛門を使者にしたのは、品質の良《よ》し悪《あ》しを見分ける目をそなえているからだった。

「わしはしばらく松島あたりをぶらぶらしてくる。山国にばかりいては息がつまるのでな」

薩天和尚は風のように姿を消し、政則らは三人で九戸城にもどることになった。

六右衛門はずっと黙ったままだった。政則が話しかけても、猜疑《さいぎ》心の強そうな目を向けるばかりである。

ただ一度口を開いたのは、庄左衛門が岩手山を見上げながら熊《くま》を撃った話をした時だった。人の背丈ほどもある大熊を、十間の距離まで引き付けて仕止めたと言う庄左衛門に、

「わしは五間でござった」

勝ったとばかりに眉《まゆ》をうごめかす。それほど腕に自信を持っているのだった。

九戸城にもどったのは七月二十日である。政則は六右衛門を政実らに引き合わせようとしたが、

「お目にかかるのは、南部どのだけでござる」

そう命じられているからと梃子《てこ》でも動かない。政則はやむなく二の丸に移した武器庫と、本丸の御金蔵に案内した。

六右衛門は鉄砲の数と性能、火薬と鉛の質を一刻《にじかん》ちかくかけて確かめた。火薬は舌先でなめ、鉛玉は歯でかんでみるほどの執拗《しつよう》さだった。

「確かに」

見届け申したと言うと、庄左衛門に案内されて三戸城に向かっていった。

政則は本丸御殿で政実に事の次第を報告した。

「南部信直が同意するなら和議の仲介をすると、政宗どのはおおせられました。その使者として支倉という者を三戸城へつかわされました」

「信直の同意を取れとは、片倉小十郎の進言であろう」

政実は伊達家の内情を見通していた。

「そうです。単独で仲介をしては、あらぬ疑いを招くと」

「それで良い。だが城中の将兵には、しばらくこのことを伏せておいてくれ」

「承知いたしました。ついては、ひとつだけお伺いしたいことがございます」

「うむ」

「昨年葛西、大崎で一揆が起こった時、兄者は政宗どのと協力して支援したとおおせられました」

その献策をしたのは薩天だったのかとたずねた。

「和尚が何かおおせられたか」

「政宗どのが言われました。和尚の話に乗せられて、あやうく首が飛ぶところであったと」

「その通りじゃ。薩天和尚に政宗どのを説得していただいた」

「そのつながりがあったから、今度も和尚に同行を頼んだのですね」

「その方が話が早かろう。余計な腹のさぐり合いをせずにすむ」

「それならなぜ、事前に話してくださらなかったのです。それが分っていれば、ちがった心づもりをすることができました」

「余計な思慮をめぐらしていては、独眼竜の心を動かすことはできぬ。奥州の民を守りたいというお前の真心をぶつける以外に、交渉の仕方はなかったのじゃ」

だからあえて話さなかったと政実は平然としていた。

「しかし、それでは」

本当の使者と言えるだろうか。政則がそう言いかけた時、年若い近習が駆け込んできた。

「大変です。奥御殿で侍女が乱心し、刃傷《にんじょう》におよんでおります」

本丸北側の奥御殿に駆けつけると、お千世が小柄で丸く太った若い侍女を後ろから抱きすくめ、喉元に懐剣を当てていた。その横では一人が喉をえぐられてうつぶせに倒れ、その回りを北の方や亀千代ら十人ばかりが取り巻いていた。

お千世は髪をふり乱し血走った目を吊《つ》り上げ、甲高い訳の分らない言葉を口走っている。北の方らは取り押さえようとしているが、侍女を人質に取られて手出しができずにいた。

「憑《つ》き物がついたようでございます。目が細く吊り上がっておりますので、管狐《くだぎつね》かイタチではないかと思われます」

そうした霊が人に取りついて異常な行動をさせると、奥州では広く信じられていた。

「飯綱権現《いづなごんげん》の守り札があったであろう。あれを突き付ければ憑き物が逃げ出すはずじゃ」

政実が命じたが、すでにそのやり方は試みていた。ところが乱行《らんぎょう》はいっそう激しくなるばかりだという。

「何ゆえこうなった。物が憑くところを見た者はおらぬか」

「おりません。殿の書院で叫び声がしたゆえ駆けつけたところ、お千世が飛び出してきて刃傷におよんだのです」

北の方は隙《すき》あらば若い侍女を助けようと身構えていた。

「キョキョキョ、キョー」

お千世は恫喝《どうかつ》の叫びを上げ、囲みを解いて道を開けよという仕草をした。

そうして懐剣を侍女の喉元に当てたまま、耳たぶを喰いちぎった。侍女の叫び声とともに血が噴き出し、お千世の顔を凄惨《せいさん》な色に染めた。

「久慈直治どのを呼べ。身近に仕えていた者ゆえ、鎮《しず》める手立てをご存知かも知れぬ」

政則が近習に命じた時、お千世がちらりとこちらをうかがった。

その目にはまわりの状況を油断なく見て取ろうという意志が宿っている。気は確かなのである。

(何かに憑《つ》かれたふりをしているだけだ)

政則はそう察し、佐沼城に発《た》つ前にお千世が茶を運んできたことを思い出した。

真夏なのに茶が生ぬるくなっていたのは、部屋の外で立ち聞きをしていたからだ。

あるいは敵に通じ、何かをさぐり出そうとしていたのかもしれなかった。

「兄者、思い出しました。お千世は憑き物筋ゆえ、イタコの祈禱《きとう》によってしか正気にもどらぬと義父上《ちちうえ》がおおせでございました。手出しはなりませぬぞ」

政則はお千世の前に平伏して、どうぞお通り下さいという仕種《しぐさ》をした。

憑き物を敬《うやま》えば危害は加えぬと信じられている。北の方や亀千代らも、それに倣《なら》っていっせいに平伏した。

お千世は用心深くあたりを見回し、若い侍女を人質にしたまま廻り縁に出た。そうして庭に飛び下り、裏の戸口から外に出ようとした。

庭に下りて体勢をくずした瞬間、政則は後ろから飛びかかり、懐剣をつかんだ手を握って人質から引き放した。

そうしてもう一方の手を背中にねじり上げ、身動きできないように取り押さえた。

「誰の手の者だ。白状してもらおう」

表御殿へ連行しようとしていると、お千世がうっとうめき声を上げて胴震いした。

がっくりと頭《こうべ》をたれた彼女の胸に、矢が深々と突き立っていた。

耳を喰いちぎられた若い侍女の手当てをさせ、二人の遺体を裏門から運び出させると、

「このことは他にもらすな」

政実はその場にいた者たちに命じた。

「兄者、よろしいか」

政則は政実を表御殿まで連れ出し、

「お千世は何者かが送り込んだ間者にちがいありません。書院に入ったのは、何かを盗み出すように命じられたからだと思います」

その品が何なのか心当たりはないか。政則はそうたずねた。

「むろん、心当たりはある」

「明かしてはいただけませんか」

「そうだな。ひと言で言えば、我らの命綱だ」

政実は政則の肩を抱き寄せ、耳もとに口を寄せてささやいた。

「命綱？」

「絵図だ。硫黄《いおう》を産する鉱山の」

「この間たずねた時には、兄者は鉱山がどこにあるか知らないとおおせでした」

「あの時は知らなかった。しかし、この城に立てこもって戦うと決めた時、山の王国のお方さまが平泉寺の藤七に託してとどけて下されたのだ」

秀吉の人狩りをやめさせられるなら、和議の条件として硫黄鉱山を引き渡していいというのである。

「関白は朝鮮出兵のために、喉から手が出るほど良質の硫黄を欲しがっている。それを引き渡すと言えば心を動かそう。お方さまはそうご叡慮《えいりょ》なされ、絵図をとどけて下された。そのことをいち早く突き止めた者が、千世に盗み取らせようとしたのだ」

「それは何者でしょうか」

「分らぬ。だが、その者の手先がまだ城内にいて、千世の口を封じたことだけは確かだ」

やがて実親と康実が連れ立ってたずねて来た。

「兄者、お呼びでございますか」

実親は隼隊《はやぶさたい》の訓練をしていた最中で、全身汗まみれだった。

「奥御殿で侍女が乱行した」

政実はお千世が敵の間者だったと告げた。

「ならば久慈直治どのに、事情を問い質《ただ》さなければなりませぬな」

実親がそう求めた。

「さよう。あの女子は久慈家の侍女でござる。生半可な申し開きは許されませぬぞ」

康実がしたり顔で口をはさんだ。

「生半可とは、どういう意味でしょうか」

政則は聞き捨てならなかった。

「知れたことよ。南部に通じている疑いもあるということじゃ」

「義父上はそのような方ではありません。うかつなことを口にしないでいただきたい」

「このような時ゆえ、用心するに越したことはないと申しておるのだ」

「そうだな。千世の身許《みもと》が分れば、誰に操られていたか分るかもしれぬ」

政実の決断で久慈直治を呼ぶことにした。

事前に用件を知らされた直治は、娘の明日香をともなっていた。

「このたびの千世の不始末、まことに申し訳ございませぬ」

直治はどんな責めも一身に負う覚悟を定めている。明日香は相次ぐ不幸に放心したような顔をして父親の側に控えていた。

「何か心当たりはございますか」

政則が訊問役《じんもん》をつとめた。

「いいや。お知らせをいただき、驚いているばかりでござる」

「どのような素姓の者か、お教えいただきたい」

「あれは一門の者から勧められて雇い入れた者でござる」

「いつ頃ですか」

「そうさな。あれは……」

「一昨年の春でございます」

明日香は正確に時期を覚えていた。

「一門と申されますと」

「下久慈《しもくじ》の久慈右京亮《うきょうのすけ》でござる」

「下久慈といえば、津軽為信《ためのぶ》どののご実家ではありませんか」

「あれは先代右京亮がどこぞの女子に生ませた子で、子供の頃に大浦に養子に出されております。実家というほどのつながりはございません」

為信は大浦城（青森県弘前《ひろさき》市）の城主である大浦為則の養子となり、やがて家督を相続し、津軽から南部家の勢力を追い払って独立した。

一時は南部の一門だと称し、南部右京亮と名乗っていたが、今では津軽と姓を改めている。いち早く秀吉と通じ、津軽三郡の知行を認めさせた才覚の持ち主でもあった。

「お千世が為信どのに命じられて、久慈家に入ったとは考えられませんか」

「思いも寄らぬことでござる。為信が南部に反逆して以来、下久慈の家とは縁が切れており申す」

「そなたは何か心当たりはないか」

政則は明日香にたずねたが、心細げに首をふるばかりだった。

その日の夕方、政則の元に支倉六右衛門から使者が来た。ちょうど兄弟四人そろって、今後の対応を話し合っていた時だった。

「支倉どのから、これを」

使者が差し出した書状には、

「三戸城を訪ねて殿の意を伝えたが、南部信直どのの了解は得られなかった」

との旨が手短かに記されていた。

和議を仲介しようという政宗の申し出は、拒否されたのである。

「何か口上は？」

「ございません」

この書状を渡すように頼まれただけだと、使者は早々に立ち去った。

「ご覧の通り、和議の件は破談になりました」

政則は政実らに書状を披露した。

三人の兄が押し黙ったまま書状をのぞき込んだ。

「さようか。いたし方あるまい」

政実が真っ先に口を開いた。

「力及ばず、申し訳ございません」

「そちのせいではない。政宗どのが三戸城に使者を送って下されただけでも、役目は充分にはたしておる」

政実は満足げだったが、政則にはその意味が分らなかった。

「考えてもみよ。支倉という使者が三戸城に着くまでに五日、佐沼に帰るまで四日はかかる。その間、政宗どのはどうなされると思う」

「和議の交渉をしていると、会津の蒲生や二本松の浅野に伝えておられましょうな」

実親が即座に応じた。

「そうじゃ。その間、蒲生や浅野は進軍を見合わせておろう。支倉が三戸城まで往復する間と、政宗どのの使者が二本松や会津若松に破談を知らせるまで、合わせて十四、五日は敵の足を止めることができたわけじゃ」

「それでは左近将監どのは初めから……」

それを見越して政宗に和議を申し入れたのかと、康実が唖然《あぜん》としてたずねた。

「芝居よ。奥州くんだりまで足を運んでくれた上方の大名たちに、我らの田舎芝居を披露してやったのじゃ」

「すると、伊達どのも」

「そうじゃ。信直が拒むことなど疾《と》うに見越しておられる。だが我らとは年来の好《よしみ》があるゆえ、時間かせぎと承知しながら芝居に乗って下されたのじゃ」

政実はすべてが図に当たったと、いつになく口が軽かった。


取り急ぎお知らせ申し上げます。数日前、一門衆に仕込まれた女草が摘《つ》み取られました。例の絵図を盗み出そうとしていたところを見つかったために、とっさに物狂いの真似《まね》をして逃れようとしましたが、正体を見破られて捕えられそうになりました。そこでやむなく男草が矢を射かけて口を封じたのでございます。

貴殿が長年目をかけてこられた女草を失ったのは痛手ですが、その働きは最期《さいご》まで見事なものでした。他の侍女に見咎《みとが》められたために盗み出すことはできませんでしたが、とっさに絵図に匂《にお》い薬をぬりつけ、見られた侍女を刺し殺したのです。

その匂いは仲間の男草だけが嗅《か》ぎ分けられるものですから、今後どこに絵図を移そうと、かならず見つけ出すことができると存じます。

今後は男草に密書をたくしてご連絡申し上げますが、上方の軍勢が迫るにつれて城内の警戒も厳しくなっておりますので、城外に出ることが難しくなります。この城の命運が尽きる日も遠くはないのですから、あまりぐずぐずしている訳にもいきません。それにこちらの動きに不審を持たれるおそれもあり、なるべく早いうちに目的を遂げて脱出しようと考えております。

ところで、もうひとつお伝えしなければならないことがあります。先日伊達政宗の使者が、和議の仲介のために三戸城を訪ねたことはお聞き及びでしょうか。これは左近将監政実が政宗に働きかけたもので、南部信直はこれを拒絶いたしました。

そうなることは火を見るよりも明らかだと拙子《せつし》は思っておりましたが、政実の本当の狙《ねら》いは和議を成しとげることではなく、政宗を仲介役に仕立てて時間をかせぐことにあったのです。

しかも政宗はこのことを知りながら、政実の計略を助けるために時間かせぎの役を買って出たとのこと。昨年盟約を結んで葛西、大崎一揆《いっき》を支援した両者のつながりは、今も生きていたのです。

このことを一刻も早く石田治部さまにお伝えいただきとう存じます。もし政宗の忠節を信じて先陣を命じようとしておられるなら、思わぬ不覚を取ることになるかもしれません。

進言したのが拙子であることも、合わせてご報告いただければ幸いです。このような辛《つら》い役目を引き受けたのも、貴殿と治部さまのお役に立ちたい一心からでございます。胸中なにとぞお察し下さいますように。

頓首再拝《とんしゅさいはい》

お千世の事件から五日後、政則は明日香と子供たちを奥御殿に住まわせることにした。事件の噂は家臣たちの間に広がり、久慈直治や明日香に疑いの目を向ける輩《やから》がいたからである。

それに戦《いくさ》が近付くにつれて政則の用事も増えるので、北の方の側に置いてもらった方が安心だった。

「なるべく度々会いに行くようにする。淋しいだろうが辛抱してくれ」

政則は三人を連れて奥御殿に向かった。

「久慈の父上は大丈夫でしょうか」

「事実無根だ。悪い噂はすぐにしずまる」

「短気なところがありますから、他の方々と衝突しないかと案じております」

「その時は私が間に入る。任せてくれ」

「ずいぶんお強くなられましたね」

その言葉には遠い存在になったという意味もあるようで、政則は複雑な気持だった。

奥御殿では北の方と亀千代が待っていた。

「わたくしの隣の部屋を空けておきました。困ったことがあったら何でも言って下さいね」

北の方は明日香たちのために侍女を二人も用意していた。

「私も弟と妹ができたようで嬉《うれ》しいです。福寿丸と剣術の稽古《けいこ》や兵法の勉強をします」

亀千代と福寿丸は四歳しかちがわない。顔立ちもよく似ていた。

「よろしくお願いします。これから城外に出かけることも多くなりますので」

「時間がある時には、わが殿も連れて来て下さいね。近頃は忙しいとばかり言って」

とんとこちらに足を向けてくれないと、北の方は大げさに頬をふくらませた。

御用部屋にもどると平泉寺の藤七が待っていた。山伏姿をして蓮華笠《れんげがさ》を手にしている。城に来るのは初めてだった。

「藤七どの、いつぞやはありがとうございました」

政則は山奥の平泉寺で、可奈《かな》という娘におしら様をおろしてもらい、奥州の長い歴史を視《み》せてもらった。山の道を使って能登屋から硝石や鉛を買いつけることができたのも、藤七の尽力のおかげだった。

「ところがあの道は、もはや使えません。一昨日の深夜、何者かが平泉寺に火を放ちました」

「なんと。誰の仕業かお分りですか」

「深夜のことで、敵の姿を見た者はおりません。しかし、十日ほど前から不審な者が山に入り込んでいたのは分っていました」

言葉に上方の訛《なま》りがあったので、秀吉の手の者だろうという。

「九戸城への補給路を断とうとしたのでしょうか」

「それなら軍勢を送り込むはずです。おそらく硫黄鉱山のありかを捜していたのでしょう」

「皆様、お怪我《けが》はありませんでしたか」

「皆が出払っていて、寺には三人の小僧しかおりませんでした。幸い無事に逃げ出しましたが、寺は跡形もなく燃えてしまいました」

これ以上、能代との交易をつづけることはできない。そう伝えるために、藤七は山から下りてきたのである。

「承知しました。お陰さまで城には充分な貯《たくわ》えがありますので、心配はしておりません」

「それなら安心しました。我々はこれから、政実どののお役に立つようにおおせつかっております」

「山の王国のお方さまからですか」

「さよう。人狩りだけは何としてでも防がなければなりません」

「あの……、可奈《かな》どのもご無事ですか」

政則は幻の中で肌を合わせた娘のことが気になった。

「元気に務めをはたしております。これから先も、備前守さまのお役に立つことがありましょう」

八月になると、上方の軍勢についての情報が次々ともたらされた。

「申し上げます。七月末日、蒲生氏郷どのは三万の大軍をひきいて会津を出陣、二本松に向かわれました」

「羽柴秀次公、徳川家康公の軍勢六万、下野《しもつけ》の宇都宮を発ち、白河に入りました。二本松到着は八月五日か六日になる模様です」

「ご注進いたします。伊達政宗どのは上方勢の出迎えに、片倉景綱どのを宇都宮までつかわされております」

粗末《そまつ》な野良着《のらぎ》を着た者たちが、毎日のようにやってきて伝えていく。それも上方勢の内部に入り込んでいなければつかめない貴重な情報ばかりだった。

政実からそれを聞かされるたびに、政則はいつの間にそれほど多くの間者を送り込んだのだろうと思っていたが、ある時、楓《かえで》の間から出て来た使者と偶然行き合った。

「待たれよ。貴殿は確か」

以前にこの城に参集していた者ではないかと思ったが、相手は会釈《えしやく》だけして逃げるように立ち去った。

間違いない。政実の挙兵の呼びかけに応じて入城しながら、十五万の大軍が迫っていると知って退去していった国人である。名前は確か川口与次郎《かわぐちよじろう》といった。

しかし、敵方となった与次郎が、どうしてひそかに城に出入りしているのか……。

政則は楓の間に入って政実にそのことを問い質した。

「与次郎は今も身方じゃ。敵情の探索《たんさく》に当たっておる」

「ですが、勝ち目はないと見て城を退去したはずです」

「あれは計略じゃ。大人数が城にこもっていても、物の役には立つまい」

だから退去するふりをして散ったのだと、政実はこともなげに言った。

「もちろん退去した者の半数ちかくは、機を見て逃げ出した者たちじゃ。だが残りは、城外に出て敵の動きをさぐったり進軍を妨害するために出ていった。むろんわしが命じたことじゃ」

「兄者はそこまで考えて……」

城を出る者に慰労金まで支払ったのである。それが伏兵を城外に出すための策だとは、上方勢には思いもよらないはずだった。

「狐が熊に勝つ方法はひとつしかない。手の内をさとらせずに相手を攪乱《かくらん》し、とどめを刺せる場所までおびき出すことだ」

「上方勢をかき乱し、この城に引きつけるということでしょうか」

「奴《やつ》らはやがて二本松に集結し、この城に攻めてくる。狭い道を縦長の列になって九十里ちかくも進軍するのじゃ。少人数でも付け入る隙は充分にある」

その作戦の指揮をお前と実親にとってもらうと、政実は絵図を広げて身方が散っている場所を示した。

「奥州街道ぞいの国人衆ばかりでなく、人足として上方勢の中にもぐり込んでいる者たちが三十人ちかくいる。その者たちと連絡を取り、敵を攪乱して進軍を遅らせるのだ」

さすれば勝利は我が手中にあると、政実は自信に満ちた口調で命じた。

第十一章　滝名川の戦い

八月初め、久慈《くじ》備前守《びぜんのかみ》政則《まさのり》と九戸《くのへ》実親《さねちか》は五十騎をひきいて九戸城を出た。各地に潜伏している身方と連絡をとり、奥州《おうしゅう》街道を北上してくる敵を攪乱《かくらん》して進軍を遅らせるためである。

道中の大半は敵方の領地である。隼隊《はやぶさたい》の中から精鋭を選び、人目につかないようにいくつかの隊に分けて目的地に向かわせることにした。

政則は庄左衛門《しょうざえもん》とともに馬を売りに行く博労《ばくろう》をよそおっていた。愛馬の黒兵衛に筵《むしろ》をかけて鞍《くら》をかくし、手綱を取って歩いている。

黒兵衛は主人になったように上機嫌で、時折政則の背中を鼻先で押して早く行けとせっついた。

「うるさい。そのように嬉《うれ》しそうに売られていく馬があるか」

頰かむりをした政則は、横面《よこつら》を軽く叩《たた》いてたしなめた。少人数での出陣は初めてなので、いつになく気を張り詰めていた。

奥州の短い夏が終り、実りの秋を迎えている。柿《かき》も栗《くり》も重たげに枝をたわませ、馬《ま》淵《べち》川ぞいに広がる平野では村人が総出で稲刈りにはげんでいた。

もうじき蝗《いなご》の群れのような大軍が押し寄せてくる。それまでに収穫を終え、敵の手には一粒たりとも渡すまいと、黄金色の海に体をうずめて黙々と働いていた。

十三本木峠をこえて岩手郡に入ると、南部《なんぶ》信直《のぶなお》方についた沼宮内《ぬまくない》治部少輔《じぶのしょうゆう》の所領である。だが街道には見張りもおかず、関所も立てていなかった。

伊達《だて》政宗《まさむね》が葛西《かさい》、大崎《おおさき》領に攻め入って以来、一揆《いっき》衆がこの道を通って次々と九戸城に逃れていく。その者たちを押し留めようとして戦《いくさ》になれば、兵を損じ領内を荒されるので、見て見ぬふりを決め込んでいた。

その夜は北上《きたかみ》川ぞいの川口《かわぐち》に泊った。

領主は数日前に九戸城で会った川口与次郎で、手回し良く宿所の用意をととのえていた。

「新しい知らせは入っておりません。敵の本隊はもうすぐ二本松に着く頃だと思われます」

与次郎は北上川の川舟輸送にたずさわっている。各地に潜伏した身方と九戸政実《まさざね》との連絡役をつとめていた。

「兄者からこの絵図を預かりました」

政則は身方の拠点を記した絵図を広げた。

川口から不来方《こずかた》までおよそ六里。そこから四里ほど南に、中野康実《やすざね》の所領である紫《し》波《わ》がある。ここまでが南部家の勢力範囲だが、政実に身方する国人はさらに南の稗貫《ひえぬき》郡、和賀《わが》郡、磐井《いわい》郡にも潜伏していた。

しかも北上川の水運と奥州街道の交通を扼《やく》する要地ばかりで、あらかじめ布石を打っていたような周到さだった。

「与次郎どの、この方々は今も頼りにすることができるのでしょうか」

「ご安心くだされ。その絵図を作ったのはそれがしでござる」

「今もつながりを持っておられると」

「さよう。十日に一度は音信しております」

「失礼ですが、他領の方々がどうして九戸に身方してくださるのでしょうか」

「お忘れか。平泉より北は蝦夷《えみし》の土地でござる」

「すると、山の王国の」

支援を受けてきた者たちなのである。だからこそ勝敗をかえりみず、政実のために立ち上がったのだった。

政則は実親と小田庄左衛門を呼び、今後の手立てを打ち合わせた。

「さようか。これだけの方々が身方をしてくださるとはな」

実親は絵図を見てうなった。

山の王国のことは一子相伝なので、実親は聞かされていない。驚くのは無理もなかった。

「十日か半月、敵の進軍を遅らせなければなりません。その策がありましょうか」

「これだけの身方がおられるなら容易《たやす》いことじゃ。のう庄左」

「さよう。ここは我らの庭でござる。仕掛けに手間はいりますまい」

庄左衛門は熊《くま》でも撃ちに出かけるように嬉々《きき》としていた。

「たとえば、どうする」

政則がたずねた。

「敵の大軍が森の道に入った時、四方から火を放ちます。もうじき枯れ葉の時期ゆえ、よう燃えましょう」

「山道を行く時、大石を落としかける手もあるぞ」

実親が横から口をはさんだ。

「川を渡る軍勢に上流から丸太を流しかけるのも効果がござる。我らも釜沢館《かまざわだて》攻めの時、この手でやられ申した」

「夜営中の敵の馬屋に、鉄砲や火矢を撃ち込んでも面白かろう。馬が逃げ散って、集めるのに往生するだろうよ」

「それならもう少しいい手がございます」

「読めたぞ。飼い葉に毒を仕込むつもりじゃな」

実親と庄左衛門はよく気が合う。まるで悪童が悪さの相談でもしているようだった。

「ただし、先陣が伊達政宗どのなら少々厄介《やっかい》なことになりますぞ」

「うむ。あの御仁はこのあたりの地形と戦い方に通じておられる。よほどうまく仕掛けねばなるまい」

「庄左衛門は束稲山《たばしね》のあたりまで狩りに行ったことがあると言っていたな」

猪《いのしし》を撃ちに行ったという話を、政則は聞いたことがあった。

「さよう。あのあたりはよく太った猪が群をなしておりまする」

「ならば地形にも通じておろう。平泉から不来方まで敵の大軍をどう攪乱するか、兄者とともに策をねってくれ」

重要なのは攻撃に適した地形を選ぶことばかりではない。相手の心理を読み、隙《すき》や油断を巧みについた作戦を立てなければならなかった。

その夜、政則はなかなか寝付けなかった。長行軍に体は疲れきっているのに、神経が高ぶっている。十五万の大軍が九戸城に攻め寄せて来ると思うと、腹に力が入らないような無力感にとらわれた。

（上の兄者は本当に……）

勝てると思っているのだろうか。ふり上げた拳《こぶし》を下ろしかね、威勢のいいことを言っているばかりではないのか。

政則は夜半まで悶々《もんもん》とし、明け方になってようやく眠りに落ちた。

気が張りつめたままの浅いまどろみの中で、可奈《かな》と出会った夢を見た。

額に花鈿《かでん》をした可奈は、両手に男女の合わせ面と馬頭を持ち、政則の目をひたと見すえている。

その目に吸い込まれ、闇《やみ》の中をはてしなく落ちていく感覚に翻弄《ほんろう》された後で、急に明るい場所に出た。

どこかの御殿である。どうした訳か、政則は敵方の大将である蒲生《がもう》氏郷《うじさと》になりきっていた――。

氏郷は二本松城の二の丸御殿でくつろいでいた。

三万の軍勢をひきいて会津若松を発《た》ち、八月二日の昼過ぎに到着したばかりだった。

「ご出陣、大儀にございます」

蒲生郷成《さとなり》が挨拶《あいさつ》に来た。

昨年八月に会津四十二万石を与えられて以後、二本松城に配している譜代の重臣だった。

「出陣の仕度はととのったか」

「お申し付けの通り五千の兵をそろえております。明日にも発てまする」

「浅野どのはどうしておられる」

「三の丸の御殿で、殿のご到着を待っておられます」

浅野長政は昨年から奥州奉行として二本松にとどまり、葛西、大崎一揆の鎮圧の指揮をとった。

今年の春には上方にもどる予定だったが、九戸政実が乱を起こしたために、引き続き指揮を取ることになったのだった。

「九戸城は遠い。行軍に支障がないよう、万全の手配をしてくれ」

「承知しました。お任せ下され」

「十月には雪がふる。それまでには何としてでもけりをつけねばならぬ」

氏郷は昨年十一月、真冬の雪道を突っ切って会津から大崎まで行軍した。あの時の骨が凍るような寒さを、今も体が覚えていた。

「今朝、石田治部どのが使者をつかわされました。待たせておりますが、お目にかかられますか」

「会おう。通すがよい」

石田三成は佐竹、宇都宮の諸勢をひきい、岩城《いわき》から浜通りを北に向かっているはずである。

その方面の情報を知らせてきたのかと思ったが、使者が差し出した書状には思いもよらないことが記されていた。

その内容はおおよそ次の通りである。

〈伊達政宗が支倉《はせくら》六右衛門を南部信直のもとにつかわし、九戸政実との和議を仲介しようとした。信直はこれを断わったが、政宗の目的は政実のために時間をかせぐことだった。

政宗は昨年、政実と組んで葛西、大崎一揆を裏であやつっていたが、その関係は今もつづいている。これは津軽為信《つがるためのぶ》が知らせてきたことで、その書状も添えておく。

ご出陣の際にはご用心が肝要である〉

読むなり氏郷は、胃の腑《ふ》のあたりに鈍い痛みを覚えた。

政宗の名を聞いただけで虫酸《むしず》が走るのは、葛西、大崎一揆を鎮圧するために出陣した時、筆舌に尽くしがたい苦労をさせられたからだ。

約束を何度も反古《ほご》にされたり、行軍の邪魔をされた上に、十一月十七日に下草城で対面した時には毒殺されそうになった。茶席に招き、お茶に毒を仕込んでいたのである。

こうした事態にそなえて西大寺という解毒剤《げどくざい》を飲んでいたので大事には到《いた》らなかったが、半月ちかくも寝込むほどの痛手を受けた。氏郷はさすがに堪《たま》りかね、一揆鎮圧が一段落した後に一部始終を秀吉に訴えた。

ところが政宗は浅野長政と口裏を合わせて巧妙に立ち回り、米沢領から葛西、大崎領への転封という処分でまぬがれた。

(それを、またぞろ)

九戸攻めにかこつけて謀略をめぐらし、米沢領を取り返そうとしているにちがいない。氏郷にはそうとしか考えられなかった。

「そちはどうじゃ。そうは思わぬか」

郷成に書状を見せてたずねた。

「いかにも。夜叉《やしゃ》と呼ばれた御仁らしいやり方でござる」

「あのような者と共に出陣するわけにはいかぬ。この旨《むね》、浅野どのに申し入れてくる」

氏郷は三の丸の浅野長政をたずね、三成の書状を突きつけた。

ずっと政宗を擁護《ようご》しつづけた長政に対する、名状しがたい不信感があった。

「確かに。これが真実《まこと》なら由々しき大事にござる」

長政は四十五歳になる温厚な武将である。秀吉の正室おねの義兄にあたることから、豊臣家五奉行の筆頭に任じられていた。

「真実ではないとおおせられるか」

「由々しき大事ゆえ、軽々《けいけい》に判断するわけにはいかぬと申しておる」

「津軽為信の書状には、九戸城内に入れた間者からの知らせだと記されております。これ以上確かなことはござるまい」

「もし事実なら、どうするべきだとお考えかな」

「政宗を先陣からはずしていただきたい」

「伊達どのからは、先の汚名をそそぐ機会ゆえ、是非とも先陣をうけたまわりたいとの申し入れがあるが」

「それがあやつの策なのでござる」

氏郷はせり上がる怒りをおさえきれず、声を荒らげて決めつけた。

「浅野どのが何ゆえそれほど伊達の肩を持たれるのか分りませぬが、昨年政宗が一揆を扇動《せんどう》して木村吉清《よしきよ》どのを討ち果たそうとしたのはまぎれもない事実でござる」

「それは存じておる。それゆえ関白殿下は伊達どのから米沢の本領を没収し、貴殿に与えられたのじゃ」

「それを奪い返そうとして、再び策をめぐらしておるのでござる」

「蒲生どの、貴殿はそれほど関白殿下のご眼力を信用しておられぬか」

急に話の矛先《ほこさき》を変えられ、氏郷はとっさに返答ができなかった。

「殿下は伊達どのと対面し、もはや謀叛《むほん》のおそれはないと見切られた。それゆえ穏便な処分を下され、九戸攻めの一番手に任じられたのだ。わしはその判断に従って事に当たらねばならぬ」

「しかし石田治部どのが、為信の書状まで添えて訴えておられるのでござる。政宗に表裏《ひょうり》はないか、もう一度ご吟味《ぎんみ》いただく必要があると存じます」

「もはや秋も深まっておる。そのように悠長に構えておられまい」

「ならば、それがしを先陣からはずしていただきたい」

氏郷は肚《はら》をすえて申し出た。

「関白殿下のお申し付けに背くと申すか」

「そのようなつもりは毛頭ござらぬ。されどこのような訴えがあったからには、状況は別でござる。みすみす罠《わな》にはまるようなことをして、殿下の御名を汚《けが》すわけには参りません」

氏郷の強硬な態度に圧倒され、長政はしばらく黙り込んだ。

昨年一揆を鎮圧した氏郷の手腕は、秀吉も絶賛している。ここで先陣を辞退されたなら、奉行としての責任を問われかねなかった。

「もし伊達どのをはずしたなら、先陣が手薄になる。それでも構わぬと申すか」

「それがしの手勢は三万。南部、津軽、秋田の諸勢を合わせれば五万にはなりましょう。四、五千ばかりの小城を落とすのに、手間はかからぬと存じます」

「そのお言葉、関白殿下にお伝えしてもいいのだな」

長政がさぐるような目をして念を押した。

「構いませぬ」

「ならば秀次公や家康どのと相談の上、貴殿の意に添うようにはからおう。出陣の仕度を急がれるがよい」

「承知いたしました。政宗が到着したなら、この書状の真偽《しんぎ》も究明していただきたい」

氏郷は追及の手をゆるめなかった。

今でも時折、胃の腑から吐き気が突き上げてくる。そのたびに毒をもった政宗の太々《ふてぶて》しい面付きを思い出し、腹が裂けるような怒りにとらわれるのだった。

目覚めると、すでに夜が明けていた。

屋敷の者たちが立ち働く物音がする。戸の隙間から朝の光がさし込み、部屋の中を薄明るく照らしていた。

（夢か……）

それにしても不思議である。氏郷の考えや体験をそのままなぞったような生々しさだった。

政則は上体を起こしたまま、しばらく茫然《ぼうぜん》としていた。夢から受けた印象があまりに強く、我が身に何が起こったのか分らない。まるで平泉寺でおしら様のお告げを受けた時のようだった。

（そうか。兄者はこれを狙《ねら》って）

政宗に和議の仲介を頼んだのではないか。これまで交渉を長引かせて時間を稼ぐためだとばかり思っていたが、真の狙いは政宗を先陣から外すことにあったのかもしれない。ぼんやりとそう思った。

奥州の地理と気候に通じた政宗が先陣として攻め寄せて来れば、冬を待って敵を窮地におとしいれる計略を見破られる。そこで氏郷と政宗の不仲を衝《つ》いて離間させ、政宗を先陣からはずすように仕向けたのではないか……。

そんな疑いがわき上がり、事の真偽を確かめずにはいられなくなった。

「身方衆から、何か知らせはありませんか」

川口与次郎をたずねてそう切り出した。

「いいえ。何も」

与次郎はいつでも出陣できるように仕度をととのえていた。

「ここから二本松までは八十里ばかりでしょうか」

「さよう。早馬でも二日はかかります」

「それでは使者が出たとしても、まだ着いていないのかもしれませんね」

「何か気がかりなことでもございますか」

「気がかりと言いますか、腑に落ちぬと申しますか」

政則は平静をよそおい、政宗が氏郷に毒をもったという話を聞いたことがあるかとたずねた。

「その話、備前守《びぜんのかみ》どのもご存知でしたか」

「小耳にはさんだだけで、知っているというわけではありません」

「お二人が黒川郡の下草城で対面なされた時のことだそうです」

与次郎はあたりをはばかって声をひそめた。

「政宗どのは一揆衆の身方をしておられたゆえ、ただちに木村吉清の救援に向かうべきだと迫る氏郷をうとましく思っておられました。また氏郷に計略があばかれるのを怖《おそ》れてもおられたのでしょう」

「それゆえ茶室に招いて毒を」

「毒をもられたとは聞いていますが、茶室だったかどうかは知りません」

どうしてそれを知っているのかと、与次郎はいぶかしげに聞き返した。

「いや、そんな気がしただけです」

「氏郷は政宗どのに恨みを抱いておりますが、関白は九戸攻めでも二人に先陣を命じ、競争心をあおって手柄を立てさせるつもりだと聞きました」

政宗は秀吉から九戸攻めの一番手を命じられている。いかに生々しい夢といえども、その命令がくつがえることはなさそうだった。


朝餉《あさげ》の後、実親と庄左衛門が意気揚々とやって来た。

「攻撃地点は、この二ヵ所に決めた」

実親が太い指で絵図の一点をさした。

不来方の北方、滝沢から渋民《しぶたみ》にいたる山中の道である。ここは岩手山の山裾《やますそ》が北上川までせり出していて、半里ばかりの間急な斜面を横切って道がつづいている。

敵がここを通る時、崖《がけ》の上から岩や材木を落としかける。中でも兵糧《ひょうろう》や弾薬をはこぶ荷駄隊は荷車を引いて長い列を作っているので、狙いやすい標的だった。

「もう一ヵ所は、ここじゃ」

紫波の南の石鳥谷《いしどりや》である。滝名川《たきな》と葛丸川《くずまる》にはさまれた丘陵《きゅうりょう》で、街道の両側には雑木林が広がっている。敵がここを通りかかった時、前後から火を放つのである。

「馬は火に弱いので、騎馬隊には効果がある。混乱に乗じて矢を射かければ、労せずして敵を討ち取ることもできる」

実親はどうだとばかりに胸を張った。

「このあたりの道幅は、一間もなかったと思いますが」

「さようか。庄左」

「確かに道が狭く、軍勢は一列になってしか進むことができ申さぬ」

「それでは火を放っても、敵を封じ込めることはできないのではないか」

政則はそのことが気になった。

「森の中に追い込む手立てもござる。これから現地に行って、考えてみることにいたしましょう」

滝沢方面の仕掛けは川口与次郎ら地元の者たちに任せ、政則らは石鳥谷まで南下していった。

滝名川は幅が狭いが流れが速い。上流の山々の水を集め、ほとばしる勢いで本流の北上川に流れ込んでいた。

「どうやら奥では雨が降ったようでござるな」

庄左衛門が西の彼方《かなた》にそびえる黒森山を見やった。

「このあたりの土地は濡《ぬ》れておらぬ。火を放つには充分じゃ」

実親がクヌギの細枝を手折《たお》った。すでに紅葉が始まり、枝先には小さなどんぐりの実をつけていた。

葛丸川は水量が多く、広々とした平野をゆったりと蛇行しながら流れている。石鳥谷の村は、この川が北上川と合流する所に開けていた。

「狙うとすれば、敵があの村を出て雑木林にさしかかった時でござるな」

庄左衛門が入念に地形を読んだ。

「充分に林の中に入ったのを見届け、後方から火を放つ。さすれば敵は前に逃げ、滝名川の淵《ふち》にはまることになる」

「難しいのは火を放つ時機でござる。誘うか追うかして林の中に入れなければ、大きな痛手を与えることはできますまい」

「林の手前で攻撃を仕掛け、頃合いを見て敗走したように見せかければ、敵は躍起になって追って来よう」

釣り野伏せと呼ばれる計略だと実親は自信を持って言い切ったが、数万の軍勢に対するには身方があまりに少なかった。

「敵に弁当を使わせ、足を止めたらどうでしょうか」

政則はふと明《みん》の書物に記されていた故事を思い出した。

「敵は石鳥谷に泊り、朝発ちして来よう。弁当を使う時刻ではあるまい」

「ですから村人に、酒やにぎり飯などを差し入れさせるのです。出陣の祝いと言えば、敵も無下《むげ》にはしないのではないでしょうか」

「なるほど。それは旨《うま》い手かもしれぬ」

「撒餌《まきえ》の策でござるな。長蛇の行軍ゆえ、先頭が止まれば全軍が止まりまする」

いつの間にそんな知恵を身につけたかと、庄左衛門が政則を見やった。

「寺にいた頃、書物で学んだばかりだ。戦国策だったか三国志だったか」

昔のことで覚えてもいなかったが、記憶の底からふっと浮き上がってきたのだった。

供応《きようおう》の仕度と火攻めの手配は一揆衆に任せ、政則らはさらに南にくだった。

敵と出会い、行軍の様子や陣立てを確かめるためである。隙があれば攪乱工作もできるし、敵の鉄砲の性能もさぐっておきたかった。

金ヶ崎《かねさき》を過ぎて胆沢《いさわ》に着いた。街道ぞいの胆沢城は、前九年の役の時に安倍貞任《さだとう》らが南の守りの拠点とした所である。

胆沢川を渡って馬の足を休ませていると、南から早馬を駆ってきた武士が声をかけた。

「ご無礼ですが、久慈備前守さまではございませんか」

「あなたは」

「九戸城でお世話になった和賀一揆の者です。二本松の身方から知らせがありましたので、川口与次郎どののもとへ知らせに行く所です」

「我々も敵情をさぐりに向かうところです。さしつかえなければ、何があったか教えて下さい」

与次郎とは不来方の手前で分れてきたところだと言った。

「八月六日に羽柴秀次勢三万、徳川家康勢三万が二本松に着きました。九戸攻めの先陣は蒲生氏郷勢三万、浅野長政、井伊直政、堀尾吉晴の一万五千。総勢四万五千でございます」

「伊達は……、伊達政宗どのは先陣に加わっておられないのですか」

「八月七日に二本松まで上方勢を迎えに出ましたが、先陣からはずされました。葛西、大崎領にとどまったまま後詰めをなさるそうです」

「出陣を許さないということでしょうか」

「伊達に謀叛の疑いがあると言って氏郷が同陣を拒んだために、かようなことになったそうでございます」

（氏郷が、同陣を拒んだ……）

やはりあれは正夢だったのだと、政則は狐《きつね》につままれたような気がした。

しかしあの夢の通りだとすれば、誰かが政実の言葉を津軽為信に伝え、それが石田三成を通じて氏郷にもたらされたことになる。

あの時評定の場にいた者か、近くで盗み聞きした者の中に、為信の密偵がいるということだった。


和賀川は和賀郡を二分して西から東に流れ、北上川と合流する。

この川より北は秀吉の奥州仕置きに反対する一揆衆の勢力の強いところで、九戸政実に心を寄せる国人衆が多い。

川の北側の高台に浄土宗の寺があり、境内から奥州街道を一望できる。政則らはここから氏郷勢の行軍と渡河の様子をながめることにした。

「なるほど。ここなら相手の備えが手に取るように分るわい」

実親が満足気にあたりを見回した。

「薩天和尚《さつてんおしよう》と諸国を行脚《あんぎや》していた頃、何度か泊めていただきました」

「あの和尚も顔が広い。あんな生き方もさぞ面白かろうな」

「そうでもありません。時には、いかん、いかんとつぶやきながら、涙を流して歩いておられたこともありました」

「何をそれほど気に病んでおられたのであろうな」

「心の中に鬼が棲《す》んでいるとおおせられたことがあります。昔の過《あやま》ちを悔いておられたのかもしれません」

「来ましたぞ。敵の先陣が」

見張りに出ていた庄左衛門が告げた。

北上川ぞいの街道を蒲生氏郷の軍勢が二列になって進んできた。

三万の軍勢を九隊に分け、一番隊から五番隊までは重臣たちを大将として独自の部隊を編成させている。それぞれ弓、鉄砲、長槍《ながやり》、騎馬、荷駄をそろえた三千ばかりの軍勢で、一隊だけで九戸家や南部家の総勢に匹敵する人数である。

六番は弓、鉄砲隊、七番は手廻《てまわ》り小姓組、八番は馬廻り衆を従えた氏郷、そして後ろ備えを氏郷の姉婿《あねむこ》の関一政《せきかずまさ》がつとめていた。

総勢三万。先頭から最後尾まで一里にもおよぶ大軍である。その後ろから浅野長政、井伊直政、堀尾吉晴の一万五千がつづき、目もくらむばかりに華やかである。

その様子を一目見ようと、沿道には三々五々と人が集まっている。野良着《のらぎ》を着た者や荷物を背負った行商人、洟《はな》をたらした子供たちで、田んぼの土くれのように見すぼらしかった。

「なんとまあ、見事なものではないか」

実親は見物人になりきっている。あの軍勢と戦うという実感は少しもわかないようだった。

「一番隊だけで三百挺《ちょう》ちかい鉄砲を備えております る」

庄左衛門が油断なく見て取った。

「一糸乱れぬとはこのことだ。よほど厳しく軍律を定めているのだろう」

政則は敵ながらあっぱれと感じ入った。何度か合戦の指揮を取り、それがどれほど難しいか身をもって分っていた。

「これでは四郎の計略も通じぬかもしれぬ。のう庄左」

実親が供応策を危ぶんだ。

「かわされた時にそなえて、手を打っておく必要があるようでござるな」

「足軽や荷駄の隊列に乱れがある。あれは会津で徴用した者たちであろう」

「行軍だけでこれほど差が出るとは情ない。身勝手とおおらかさは、我ら田舎者の性《さが》なのかもしれませぬな」

「同じ奥州育ちだと思えば忍びないが、攻めるならあの規律の乱れを衝くしかあるまい」

「分っておりまする。そのように手配いたしましょう」

蒲生勢の先頭は和賀川の渡河にかかっていた。幅二町（約二百十八メートル）ほどもある大河だが、あらかじめ浅瀬の場所を調べていたらしい。足を止めることなく川に踏み込み、腰まで水につかりながら整然と渡っていく。私語はおろか馬のいななきさえ許さない見事な行軍だった。

政則らは先回りして滝名川まで引き返した。氏郷勢が着く前に、火攻めの手配を終えておかなければならなかった。

「狙いは敵の行軍を遅らせることだ。血気にはやって深追いしてはならぬ」

実親は集まった三百人ばかりの一揆衆に作戦の手順を説明した。

「敵は一里ばかりの縦隊となって行軍してくる。先頭が滝名川にさしかかった時、後方はまだ葛丸川を渡り終えておるまい」

そこで村人になりすました者たちが出陣祝いの品々を届けて行軍の足を止め、敵が森の中で小休止した時にまわりから火を放つ。もし差し入れを受け取らなかった場合には、滝名川の対岸から鉄砲を撃ちかけて足を止めるというものだった。

「この場合、差し入れに行った者たちの身が危うくなる。小田庄左衛門が指揮をとるゆえ、放火も退却も合図に従ってもらいたい」

すでに一揆衆が差し入れの手配を終え、森の中に乾草《ほしくさ》や粗朶《そだ》を積み上げていつでも放火できるようにしている。後のことは庄左衛門に任せ、政則と実親は隼隊をひきいて滝名川の北岸に渡った。

川幅は一町ばかり。流れは速いが浅瀬があるので歩いて渡ることができる。浅瀬の下流に渡し場があり、船頭が休息するための小屋があった。

実親は浅瀬の正面に二本の塹壕《ざんごう》を掘らせ、川を渡って来る敵を銃撃することにした。

「塹壕には二十人ずつ入る。残りの十人はあの小屋に詰め、敵の側面を狙え」

小屋には板壁が張ってあるので楯の役目をはたす。小さな窓を開けて鉄砲狭間《はざま》を作ることもできた。

塹壕の長さは十間（約十八メートル）。十人が横一列にならべるようにし、後ろで十人が弾込めをする。腰までの深さに地面を掘り、その土を土塁のように積み上げて身を隠せるようにした。

土の上には枯れ草や石を置き、向こう岸からはそれと分らないようにしている。敵が川の半ばまで近付いたら、確実に仕止められる構えだった。

日が沈み空が朱色《あかね》に染まった頃、庄左衛門がやって来た。

「蒲生勢が石鳥谷の村に入り申した。今夜はあそこに泊り、明日の夜明けとともに出発いたしましょう」

後続の浅野、井伊、堀尾勢は、葛丸川の南岸にとどまって夜営するという。

「奴《やつ》らは朝の腹ごしらえをどこでする」

実親は差し入れで行軍を止められるか気にかけていた。

「歩きながら乾飯《ほしいい》を食べるそうでござる。握り飯の匂《にお》いを嗅《か》いだなら涎《よだれ》を垂らすことでしょう」

「差し入れの場所は」

ここでござると、庄左衛門が絵図の一点を示した。

森の中ほどに小さな薬師堂がある。そこに酒や握り飯などを用意して待ち受けるのである。

「ここから四半里（約一キロ）ほどの所ゆえ、敵が罠にかからなかった時には合図を送って知らせまする。その時はここで止めて下され」

「仕度はととのえた。任せておけ」

「火は森の入口から北に向かって放ち申す。南からうまく風が吹いてくれれば、敵は先へ逃れるしかなくなりまする」

「荷駄は狙うか」

「火事のさなかに遠矢を射かけまする。慌《あわ》てた雑兵《ぞうひょう》どもは、荷をほうり出して逃げ散りましょう」

「早朝であれば木も草も朝露にぬれておろう。うまく火をつけられようか」

「ご安心下され。積み上げた乾草に火薬をまぶしますゆえ、十《とお》ほど数える間に燃え上がるはずでござる」

雨さえ降らなければ大丈夫だと、庄左衛門はゆるぎのない狩人の目になっていた。

翌日は晴天だった。満天の星明かりが夜明けとともに少しずつ薄れていき、日の出前の青い闇に包まれる。

滝名川がかすかな光を集めていぶし銀の色になり、岸を洗う音をたてて流れていた。

森の中で夜を明かした政則らは、その場に馬をつないで配置につくことにした。敵の進軍をしばらく止めたら、馬に飛び乗って退却するつもりだった。

「半刻《はんとき》もかかるまい。おとなしく待っていてくれ」

政則がたてがみをなでると、黒兵衛は気をつけろよと言いたげに首をふった。

皆が腰に早合《はやごう》（玉と火薬を入れた紙筒）を入れた胴乱をつけ、火縄銃を持って塹壕に入った。

川に向かって左側に政則がひきいる二十人、右側に実親の二十人。そして下流の渡し場の小屋に十人が入った。

政則は塹壕の真ん中に陣取り、仕度に落ち度がないかもう一度確かめさせた。

隼隊《はやぶさたい》とは何度も一緒に戦ってきたので、実力のほどは分っている。だが、相手は天下に勇名をはせる蒲生勢なので、いつもよりいっそう慎重になっていた。

その強敵が石鳥谷の村を出たのは寅《とら》の下刻（午前五時）だった。

八月七日に二本松を出て五日目。そろそろ疲れと油断に規律が乱れる頃だが、将兵はいつもの通り整然と隊列を保っていた。

村から四半里ほど北へ向かうと、紅葉が始まった雑木林がある。木々におおわれた道をさらに四半里進んだ所に、茅《かや》ぶき屋根の薬師堂があった。

堂のまわりには土地の百姓になりすました一揆衆が二十人ばかり、出陣祝いの品々を渡そうと待ち受けていた。樽酒《たるざけ》や炊《た》きたての握り飯、大鍋《おおなべ》に入れた煮物がうまそうな匂いを放っている。

それを折敷《おしき》に乗せて差し出したが、蒲生勢の一番隊は足を止めようとしなかった。

「さような品は受け取らぬ。早々に立ち去れ」

先頭の目付が鋭い声で怒鳴りつけ、将兵たちは脇目《わきめ》もふらずに歩いていく。

二番隊も三番隊も、判で押したように同じだった。

一揆衆はすぐに山鳥の声を上げ、失敗の合図を送った。それを林に伏せた者たちが次々と先につなぎ、滝名川の北岸の陣地にもたらした。

「来るぞ。弾を込めよ」

政則は筒先から早合を落とし込み、火挟《ひばさ》みを起こして射撃の構えを取った。

前の十人がそれにならい、後ろの十人は次の射撃にそなえた。

一番隊の先頭は案内の村人五人と、二人の旗持ちだった。対《むか》い鶴《づる》の家紋をそめた旗を高々とかかげている。その後ろに鉄砲隊、弓隊、槍隊がつづいていた。いずれも三十人ばかりの偵察部隊で、本隊とは三町ちかくも離れていた。

案内の五人が滝名川の浅瀬に踏み込み、旗持ち以下が二列になってつづいてくる。

偵察隊だと分っているが、渡河を許すわけにはいかなかった。

「鉄砲隊を岸近くまで引きつける。わしが撃ったら後につづけ」

実親が隣の塹壕から声をかけた。

政則は土塁を支えにして筒先の照準を合わせ、火ぶたを開けた。すでに案内の者たちは川の中程を越えて射程に入っているが、村人や人足には危害を加えないのが戦《いくさ》の仕来りだった。

（そこにいては邪魔になる。早く川を渡ってくれ）

気持は焦《あせ》るが、村人たちは流れに足を取られないように用心しながら歩くので、なかなか先に進まなかった。

先頭がようやく川岸に着いた時、実親の筒先が轟音《ごうおん》とともに火を噴いた。

政則と四十人の隼隊がそれにつづいた。左右の塹壕からのつるべ撃ちに、二十人ばかりの鉄砲足軽が身をよじって倒れた。

即死した者も多く、うつ伏したりあお向けになって流されていった。

後からつづいていた者たちは、弾込めの間に向こう岸まで逃げ去っていく。

川岸に取り残された村人と旗持ちはどうしたものかと前後をうかがったが、すごすごと川を渡って引き返していった。

やがて敵の本隊が出てきた。弾よけの竹束を押し立てた足軽を先にして、百人ばかりの鉄砲隊がつづいている。

敵が正面の塹壕ばかりを警戒しながら川岸まで近付いた時、下流の小屋に配した隼隊の十人が側面から狙い撃った。

たちまち五人がなぎ倒され、手離した竹束が川に流されていく。そこを目がけて塹壕から銃撃をあびせ、再び向こう岸まで追い返した。

敵はすでに五十人ちかくを失っている。それでもひるむことなく竹束を押し立て、再び川を渡ってきた。

しかも先頭の十人は、銃身の長さが五尺ちかくもある大型の鉄砲を持っていた。普通の火縄銃の二倍ほどもある、見たこともない代物《しろもの》である。

あんな物をどうやって使うのかといぶかっていると、川の中ほどで足を止め、竹束を正面と小屋の方に向けて砲撃陣地を作り始めた。

大型銃は一人では支えきれないので、別の一人が二股《ふたまた》になった棒で筒先を支えている。川の流れは早く浅瀬は狭いので、十挺の銃を並べるのに滑稽《こっけい》なほど手間取っていた。

「させるな。撃て撃て」

実親の命令で塹壕からも小屋からも鉄砲を撃ちかけたが、竹束にはね返されるばかりである。

たとえ敵に当たったとしても、この距離では鎧《よろい》を貫くことはできなかった。

やがて陣地を作り上げた蒲生勢は、小屋に向かって一斉射撃を加えた。耳をつんざくような轟音がして、銃弾が小屋の板壁を突き破った。

もの凄《すご》い爆発力と貫通力である。小屋から反撃の銃声が何発か上がったが、二度目の一斉射撃を受けると諦《あきら》めたように沈黙した。

やがて筒先が塹壕に向けられた。五挺ずつ二段にして撃ってくる。土塁に当たった弾は土をはね上げ、頭上を飛び過ぎる弾は空気を圧する鋭い音を立てていく。

（化け物か、これは……）

政則は驚きに身をすくめた。見たことも聞いたこともない、凄《すさ》まじい威力だった。

政則らは知らないが、氏郷の本拠地だった近江《おうみ》国蒲生郡日野は堺《さかい》や国友とならぶ鉄砲の産地である。

その性能と生産力をさらに高めるために、氏郷は堺にいたロルテス（日本名山科羅《やましなら》久呂左衛門《くろざえもん》）というイタリア人技師を家臣にして、ヨーロッパの鉄砲製造技術を指導させた。

その甲斐《かい》あって、最新式のマスケット銃に劣らぬ大型銃を造れるようになっていたのである。

勝ちに乗じた蒲生勢が砲撃陣地をさらに前に進めようとした時、雑木林の南のはずれから火の手が上がった。滝名川で敵の行軍を止めている間に、庄左衛門らが手はず通り火を放ったのである。

あいにく南からの風は吹いていないが、火は敵を背後から包み込むように燃え広がっていた。

これに気付いた蒲生勢の一番隊は、大型銃隊を後ろに下げ、通常の鉄砲隊を先頭に立てて川を押し渡ろうとした。

後続の軍勢のために道を開けようとしたのである。

「今だ。ありったけの弾を撃ちつくせ」

実親の号令に従って、銃身が熱くなるまで撃ちつづけたが、敵は竹束に守られてじわじわと間合いを詰めてくる。

しかも時折撃ちかけてくる鉄砲の威力は、政則らのものよりはるかに勝っていた。

「兄者、このままでは全滅します」

政則が隣の塹壕に向かって叫んだ。

「そうだな。全員退却じゃ。森まで走るぞ」

実親が火縄を火挟みからはずした。

「小屋の者たちにも告げなければ、孤立させることになります」

政則はそれまで退却を待つように告げ、一人を伝令に走らせた。

ところが一町ばかり走ったところで狙撃《そげき》され、前につんのめるように倒れた。

政則は反射的に塹壕から飛び出し、身を低くして男の側まで駆け寄った。

「彦兵衛、大丈夫か」

抱き起こして小屋まで連れて行こうとしたが、彦兵衛は頭を撃ち抜かれて息絶えていた。

政則はしばらくその場に身を伏せ、敵の銃撃の隙をついて小屋に走り込んだ。

「全員退却だ、急げ」

そう言おうとして息を呑《の》んだ。

小屋の中にいた十人は折り重なって死んでいた。大型銃の銃弾は厚板をやすやすと貫通し、十人を撃ち抜いたのである。

（まさか、こんな）

政則は茫然と遺体をながめた。

床に弾が落ちている。貫通力を高めるために先端をとがらせた円筒形の弾だった。

実親らは塹壕を出て森へ向かって走っていた。それに気付いた敵は、竹束の足軽を押しのけて追撃しようとしている。

（おのれ、貴様ら）

政則は怒りに駆られ、先頭の一人に向けて引鉄《ひきがね》をしぼった。

弾は正確に相手の横腹を撃ち抜き、敵の足が一瞬止った。

その隙《すき》に政則は森に向かって駆け出した。背後でつるべ撃ちの銃声が上がり、頭や肩をかすめて弾が飛んでいった。

空気の気配でそれが分る。首をすくめ身をちぢめ、恐怖に鷲《わし》づかみされながら走りつづけ、森の入口にさしかかった。

奥から黒兵衛が駆け寄ってくる。政則の窮地を救おうとしているのだった。

「危ない、来るな」

そう叫んだ時、数発の銃声がした。

丸太棒で殴られたような衝撃を、政則は左の太股《ふともも》に受けた。そのまま踏ん張る力を失い、前のめりに突っ伏した。

（撃たれたのだ）

そう気付くまで一瞬の間があった。

痛みは不思議と感じない。ただ焼け火箸《ひばし》を突き刺されたようで、鉄砲の弾は熱いのだと初めて分った。

政則は地面をかき、這《は》いずって森の中に逃げ込もうとした。だが体は重く、意識が次第に遠ざかっていく。

川を渡って追撃してくる敵の気配が背後から迫り、黒兵衛のいななきが遠くで聞こえた。

第十二章　裏切り

頭が割れるように痛い。寒気がして体の節々が引きちぎられるようである。枕元《まくらもと》では明日香《あすか》が手拭《てぬぐ》いをこまめに絞り、熱を冷まそうと額に当てている。

久慈備前守政則《くじびぜんのかみまさのり》は苦しみにうなりながらもやすらいでいた。たとえこのまま命を落としたとしても、妻に看取《みと》られて死ねるのなら悔いはない。

（なあ、明日香）

感謝と労《いたわ》りの言葉をかけようとした時、突然板戸を蹴《け》り倒して大男が乱入してきた。頭には兜《かぶと》のようなものをかぶっているが、あたりが暗くて顔が見えない。黒い影となってそびえ立つ男の腕に、幼い則子《のりこ》が裸のまま抱きかかえられていた。

「こちらへ来い。さもなくばこの子を殺す」

男は則子の首を大きな手でつかんで明日香に迫った。

しかし則子は死んだはずである。するとこいつは死神なのか。政則は体を起こして相手の正体を確かめようとした。

明日香はしばらくためらってから、則子を助けようと男の方に向かっていく。すると相手は地の底にとどろくような笑い声を上げ、腐肉のこびりついた骸骨《がいこつ》の顔をあらわにした。

「行くな。そいつは死神だ」

政則は引き止めようとしたが、明日香はすい寄せられるように近づいていく。

「行くな、明日香」

そう絶叫し、政則は悪夢から解き放たれた。

とたんに左の太股が燃えるように痛んだ。熱も高く、小田庄左衛門《おだしょうざえもん》が枕元で額を冷やしてくれていた。

(夢か……)

ほっと息をついたと同時に、自分がおかれた現実がのしかかってきた。

退却しようとして蒲生《がもう》勢に太股を撃ち抜かれたのである。あのまま気を失ったので、ここがどこかも分らなかった。

「もう大丈夫。峠はこしたようでござる」

庄左衛門が政則の額に手を当て、九戸《くのへ》実親《さねちか》を呼んだ。

「気がついたか。傷口の消毒をこまめにしてやらぬとな」

膿《うみ》を持つのが一番恐《こわ》いと、実親が枕元に寄ってきた。

「兄者、傷はどんな具合ですか」

「痛むか」

「はい。左足を失ったのでしょうか」

「幸い骨をそれていた。庄左衛門が馬の毛でぬい合わせたゆえ、二ヵ月もすれば元のように歩けるだろう」

「ここは？」

「川口与次郎《かわぐちよじろう》の屋敷だ。あれから丸二日、お前は意識を失っていた」

「兄者が助けて下されたのですか」

「黒兵衛が襟首《えりくび》をくわえて、森の中まで引きずり込んでくれた。敵に撃たれなかったのが不思議なくらいだ」

「そうですか」

政則は気を失う寸前に聞いたいななきを思い出した。黒兵衛は政則の窮地を救おうと、撃たれるのを覚悟で駆け出したのだ。愛馬に命を救われたのは、これが二度目だった。

た」

「策は見事に当たった。蒲生勢は火に取り巻かれ、多くの荷駄《にだ》を失った。逃げ散った替え馬を集めるだけでも数日はかかるだろう。ところが滝沢での待ち伏せは見破られた」

「敵はもうそこまで迫っているのですか」

「いや、偵察隊を出して進路の状況をさぐりに来たのだ。崖《がけ》の上で襲撃の仕度をしていた一揆《いっき》衆が、百人ばかり討ち取られた」

偵察隊といっても千人をこえる大部隊で、最新式の鉄砲を装備していた。地元の者を案内に立てているので地理にも通じていたという。

「かくなる上は九戸城に引き上げるしかない。その仕度をして、そなたが正気付くのを待っていたのだ」

「それでは遅らせることができないのではないですか。敵の進軍を」

「それがしが何とかいたします。ご懸念《けねん》にはおよびませぬ」

庄左衛門が力任せに手拭いを絞り、政則の首筋の汗をふいた。

「何か手立てがあるか」

「熊《くま》を狩《か》るのと同じでござる。相手を見定めて弱点をつきまする」

一揆衆はあたりの地形に通じているし、狩りを生業《なりわい》とする山立衆《やまだち》もいる。敵は長々と隊列を組んで進軍してくるのだから、正体を知られずに混乱におとしいれる方法はいくらもあるという。

「たとえば沿道の井戸や水呑《の》み場に、トリカブトの毒を仕込みます。これだけでも四、五日は進軍を止めることができましょう」

相手が大きいほど付け入る隙《すき》も大きくなると、庄左衛門がひげだらけの顔に不敵な笑みを浮かべた。

翌朝、政則は黒兵衛に乗り、十人ばかりの家臣に守られて九戸城へ向かった。傷口が開かないように布できつく縛《しば》り、左足の負担を軽くするために鞍《くら》との間に綿入れをはさんでいる。

黒兵衛もなるべく鞍をゆらさないように気をくばりながら歩いていた。

「世話をかけるな」

政則は万感の思いを込めてたてがみをなでた。

黒兵衛は嬉《うれ》しそうに二、三度うなずき、いっそう慎重に足を進めた。

普通なら一日で駆け抜けられる距離である。だが並足でしか進めないので途中で一泊し、翌日の夕方に九戸城に着いた。

負傷のことは一部の者にしか知らせていない。城兵の動揺をまねかないように搦手《からめて》門《もん》から本丸御殿に入った。

「薩天和尚《さつてんおしよう》が来ておられる。奥御殿の明日香どのの部屋だ」

知らせを受けた政実《まさざね》は、医術の心得のある薩天を呼んでいたのだった。

両肩を支えられて奥御殿に入ると、明日香や福寿丸《ふくじゆまる》、治子《はるこ》が不安そうに待ち受けていた。北の方や亀千代《かめちよ》も三人に付きそい、手助けをしようと身構えていた。

「そこに横にして、傷口の布をほどいてくだされ」

薩天が薬研《やげん》を使いながら命じた。

政則は体を右下にして横たわり、されるに任せている。庄左衛門の処置《しよち》が当を得ていたのか黒兵衛の歩き方が良かったのか、幸い傷口は閉じたままで出血も止まっていた。

「良かったのう。鉄砲玉があと一尺上に当たっていたなら命はなかった」

薩天はこれを飲めと茶碗《ちやわん》に入れた煎《せん》じ薬を差し出した。

苦みと舌のしびれを我慢して茶色の液体を飲み干すと、しつこくつづいていた頭痛がやわらいでいく。しばらくすると傷の痛みもそれほど感じなくなった。

「朝鮮朝顔を煎じたものじゃ。鎮痛作用があるが、使いすぎると幻覚《げんかく》を見るようになる」

薩天は小刀で馬の毛を切って傷口を開いた。そうして乾燥させて粉末《ふんまつ》にした化膿《かのう》止めの薬草をふりかけ、銀の針で手際《てぎわ》良くぬい合わせた。

「これで良し。杖《つえ》を使えば十日ばかりで歩けるようになる」

「ありがとうございます。師匠に手当してもらうのは、小僧の頃以来でございます」

「そうそう。木から落ちて腕を折ったことがあった。確か柿《かき》の木だったな」

「柿を取ろうとして足を滑らせたのです」

「寺に来たばかりで、よほど腹が減っていたのであろう。粗食も修行のうちゆえな」

今度は奥方にしっかり食べさせてもらえと言うと、薩天は政実と連れ立って表御殿へ去っていった。

「父上、痛みますか」

福寿丸が身を乗り出して顔をのぞき込んだ。治子もぴたりと寄りそっていた。

「薬のおかげで楽になった。すまなかったな。心配をかけて」

「父上なら大丈夫だって信じていたから」

「そうだよ。母上と三人でお祈りしていたんだよ」

治子が負けじと口を出した。

「ありがとう。きっとお祈りが通じたんだろう」

さっきの薬には催眠《さいみん》作用もあるらしい。政則は急に眠気におそわれ、引きずられるように眠りに落ちた。

目を覚ましたのは夜ふけだった。あたりは静まり返り、部屋は灯明に薄明るく照らされている。

明日香が寝ずに看病をつづけ、起きているついでにぬい物をしていた。

「何をぬっている」

その声に明日香が顔を上げた。

「綿入りの足袋です。皆さまが雪の中でも凍えないように、女房衆はみんなぬっています」

「そうか。女たちも戦っているのだな」

「傷は痛みませんか。冷めてしまいましたが、お粥《かゆ》をお持ちしましょうか」

「頼む。そういえば腹が減った」

薬のおかげで痛みはほとんど感じなくなっていた。

福寿丸と治子は同じ夜具に体を寄せて眠っている。二人ともこの半年ばかりで体がひと回り大きくなっていた。

「子供たちにまで不自由な思いをさせる。久慈にもどりたいだろうな」

「お城に入ってから、ずいぶん聞き分けが良くなりました。みんなに迷惑をかけまいと、頑張っているんでしょうね」

「戦《いくさ》が近いと感じているんだろう。子供ながらに役に立とうとしているのだ」

「敵は十五万もの大軍だと聞きました。たった四、五千人で、太刀打ちできるのでしょうか」

明日香が案じ顔で粥を運んできた。

「上の兄者は秘策があると言っておられる。勝てなくとも負けぬ戦をなされるそうだ」

政則は体を起こして粥をすすった。冷えているが米の甘みが舌にしみ込んでいく。こんなに粥がおいしいと感じたのは初めてだった。

どれほど時がたったのだろう。

一瞬のようでもあるし長い間眠っていた気もする。政則は外から聞こえるかすかな音で目を覚ました。パチパチと火がはぜるような音である。

頭が重くもうろうとしているのは薬のせいだろうか。これが現実なのか、夢のつづきなのかさえ定かではない。あるいは蒲生勢を火攻めにした時の記憶が、こんな夢を見せているのかもしれない。

政則は頬をつねり耳を引っ張ってみた。痛みがあるのは起きている証拠である。明日香と子供たちも同じ部屋で眠っている。

（するとあの音は……）

火事だ。しかも誰かが火を放ったにちがいない。ようやくそう気付いた時、板戸の隙間から赤い炎が見えた。

「起きろ。火事だ」

政則は大声を上げて立ち上がった。

左の太股に鋭い痛みが走ったが、そんなことに構ってはいられない。疲れて熟睡《じゅくすい》している明日香を引き起こし、板戸を開けて外の様子を確かめた。

炎はすでに廻り縁と板戸に燃え移り、庇《ひさし》にまで達している。しかも東と西側に同時に火を放つ周到《しゅうとう》さだった。

政則は長押《なげし》にかかっている非常用の槍《やり》をつかみ、石突きで板戸を突き倒した。外は真っ暗だが敵がいる気配はない。

「主《ぬし》さま、何事ですか」

明日香は福寿丸と治子を両脇《りょうわき》に抱きかかえて身をすくめていた。

「分らぬ。誰かが火をつけたのだ」

まず外の安全を確かめる必要がある。政則は槍を支えにして燃える廻り縁を飛びこし、右足一本で中庭に着地した。

左太股に激痛が走る。それをこらえ、あたりを見回した。人が伏せているおそれはなさそうだ。

「廻り縁に夜具を敷け。それを踏んで中庭に下りるのだ」

明日香より先に福寿丸が動いた。夜具をたたんで縁側まで押しやり、上の端をつかんで炎の上にかぶせた。それを踏んで三人とも無事に中庭に下り立った。

「怪我《けが》はないか。火傷《やけど》はしなかったか」

政則は福寿丸と治子を抱き寄せた。

その時、隣の部屋から北の方が飛び出してきた。侍女二人を従え、中庭に下りてやってくる。

「義姉上《あねうえ》、何者かが火を放ったのです」

「分っています。ご用心なさい」

北の方は侍女たちに注意をうながし、縁側の夜具を渡って政則たちが寝ていた部屋に走り込んだ。

何事だろうといぶかっていると、押し入れの戸を開け、中から細長い木の箱をつかみ出した。そうして両手に抱き抱えて外に出ようとした時、反対側の廻り縁から黒装束の忍びが襲いかかった。

闇《やみ》の中に身をひそめ、この瞬間をじっと待っていたのである。侍女の一人がいち早く気付いて立ちはだかったが、忍びは手にした脇差しでひと突きし、北の方の手から箱を奪い取った。

そのまま外に飛び出し、塀に向かって走っていく。

「早く、早く曲者《くせもの》を」

北の方の叫びで我に返った政則は、傷の痛みも忘れて部屋に駆け上がった。忍びの後ろ姿が、炎に照らされて影のように見える。それを確かめるなり槍を投げた。

走れない身の窮余《きゅうよ》の策だが、槍は二十間（約三十六メートル）ばかりを真《ま》っ直《す》ぐに飛び、塀を乗り越えようとしていた忍びの背中に突き立った。

「あれは鉱山の、鉱山の絵図です」

北の方が訴えた。

政則の太股を激痛が間断なく襲う。撃たれた時と同じ焼かれるような痛みである。

それでも縁側に夜具を敷き、忍びを追って取り押さえようとした。

忍びは死力をふりしぼって塀を乗り越えようとする。だがすでにその力はなく、地面にくずおれて闇の中に溶け込んでいった。

その時、塀を身軽に乗り越えて忍びの側に下り立った者がいた。暗くて姿を確かめることはできないが、忍びの側にかがみ込んで絵図を奪い取ろうとしている。

政則は左足を引きずりながら男に近付いていった。庇に燃え移った火がひときわ大きな炎を噴き上げ、塀ぎわまで赤々と照らした。

頬かむりをした男は、忍びの懐《ふところ》から絵図を取り出して、ちらりと政則を見やった。

（し、下の兄者……）

まさかと目をこらしたが、噴き上げた炎は一瞬で下火になり、塀ぎわはふたたび闇に閉ざされた。

康実《やすざね》とおぼしき男は落ち着き払い、鉤縄《かぎなわ》を使って塀をのぼろうとした。

「四郎、無事か」

救援に駆けつけた実親が、燃えさかる縁側を踏みこえて男を追撃した。

もの凄《すご》い速さで政則の横を駆け抜け、塀をのぼろうとする曲者を一刀のもとに斬《き》り捨てようとした。

「兄者、待って下さい。それは下の兄者です」

「何だと」

実親が手を止めて確かめようとした隙に、康実は本丸御門の方に逃げ去ろうとした。

「馬鹿者《ばかもの》が」

実親は傾《なな》め上段から神速の一撃を放った。

康実は背中を斬られて前のめりに倒れた。即死かと思われたが、実親はとっさに刀を返して峰で打ちすえている。それでも骨がくだけんばかりの痛打で、あえなく気を失ったのだった。

実親は康実をかつぎ上げ、表御殿の納戸《なんど》にほうり込んだ。

「こいつが敵の間者《かんじゃ》だったとはな」

気絶したまま横たわる弟を腹立たしげに見やった。

「この巻物は何だ。後生大事に懐に入れていたが」

「鉱山のありかを記した絵図だそうです」

政則はどこまで話していいか判断をつけかねていた。

「何の鉱山だ。金か、銀か」

「硫黄《いおう》だそうですが、詳しいことは分りません」

「ほう。奥州《おうしゅう》で硫黄がとれるとは初耳だな」

実親は巻物を開いてみたが、暗くてほとんど見えなかった。

「こやつをどうする。このまま斬り捨てても構わぬが」

「上の兄者を待ちましょう。一戸《いちのへ》城に行っておられるので、夜が明けたら使いを出します」

「傷は大丈夫か」

「痛みますが、傷口は開いていないようです」

やがて火事も下火になっていった。幸い焼けたのは明日香たちが住んでいた部屋ばかりで、類焼はまぬがれていた。

翌朝、康実を後ろ手に縛り上げて訊問《じんもん》した。このことが公《おおやけ》になれば将兵が動揺する。調べは実親と政則だけでおこなわざるを得なかった。

「気分はどうだ。康実」

実親が扇子を開いて康実の顔をあおいだ。

「まだ生きているとは思わなかったようだな」

康実は唇をかんでそっぽを向いていた。

「誰に頼まれた。城に入り込んだのは、この絵図を盗み出すためか」

「斬られるがよい」

「何だと」

「何も話すつもりはござらん。裏切り者とでも卑怯者《ひきょうもの》とでも、せいぜいさげすまれよ」

「馬鹿者が。それがさんざん迷惑をかけたわしへの挨拶《あいさつ》か」

実親は扇子を投げ捨て、顔がゆがむほど激しい平手打ちをくらわせた。

「世話をしてくれと頼んだ覚えはござらん。おめでたい人だ」

康実は横を向き、血の混ったつばを吐いた。

「ほざくな。お前が南部家に帰参した時、信直どのに取りなすためにわしがどれほど骨を折ったか知らぬわけではあるまい」

実親は怒りに目を吊《つ》り上げて康実の胸倉をしぼり上げた。

「兄者、いけません」

政則は実親の手首をつかんで引き放そうとした。

「放せ。信直どのだけではないぞ。こいつはこのようなひねくれ者ゆえ、ご重職の方々の反感を買っておった。そのたびにわしは痛くもない腹をさぐられながら庇《かば》い抜いたのだ。その返礼がこれかと思うと……」

「お気持は分りますが、殴って心が晴れるわけではありますまい。上の兄者の帰りを待ちましょう」

政実は巳《み》の刻（午前十時）過ぎにもどってきた。ひどく疲れて頬が削《そ》げ落ちているが、目には闘志が燃えさかっている。狩りのための山籠《やまごも》りからもどった庄左衛門のようだった。

よく見ると袴《はかま》の裾《すそ》や袖口《そでぐち》に、草の青汁がしみついている。何か用があって山中に分け入ってきたにちがいなかった。

「事の顚末《てんまつ》は使いの者から聞いた。三人とも無事で何よりじゃ」

政実は康実の正面に座り、いましめを解くように実親に命じた。

「しかし、兄者」

「構わぬ。今さら逃げる康実ではあるまい」

実親がしぶしぶ縄をほどくと、康実は二、三度大きく肩を回した。

「さて聞こうか。誰に命じられてこのようなことをした」

康実は反感のこもった鋭い目で政実を見やった。

「康実、そちはいくつになった」

「……」

「確かわしより九つ下だったな」

「さようでござる」

康実が嫌々ながら応じた。

「すると四十八。津軽為信《つがるためのぶ》より六つも上ではないか。何ゆえあのような者の言いなりになるのだ」

「津軽為信ですと」

実親が驚きに腰を浮かした。

「そうだ。我らが三戸城に奇襲をかけた時、津軽勢が割り込んできた。あれは康実が奇襲のことを為信に知らせたからとしか考えられぬ」

「あの時為信は、伏兵を仕立てて南部信直どのを討ちはたそうとしました。すると、あれは……」

「信直を討てば南部勢はくずれる。その時為信が指揮を取って持ちこたえれば、南部家に対する発言力は大きくなり、やがて家を乗っ取ることもできる。そう考えたのであろう」

「確かにそうかもしれませぬ。しかし、まさか康実が為信と通じていようとは」

「そればかりではない。三光寺で信直と対面した時、我らを襲ったのも為信の差し金であろう」

「何ゆえ、兄者を」

「信直の仕業と見せかけ、両者の和解をはばむためじゃ」

「確かにあの時、刺客《しかく》たちは手加減していたようでした」

政則は三光寺で襲われた時のことを鮮やかに思い出した。

裏山の木の上から政実に矢を射かけた者は、わざと狙《ねら》いをはずしていたのである。

「会見をあの寺でおこなうことは、内々の者しか知らなかった。それをあのように周到に刺客を配することができたのは、事前に為信に知らせた者がいるからじゃ。のう康実」

「そこまでご存知なら」

康実がふっと鼻で笑って政実をにらんだ。

「私がこの城に入ることを、何ゆえ許したのですか」

「そちが我らの兄弟だからだ」

「馬鹿な。そんなものが」

「当てになるかと思っておるかもしれぬ。しかしこの体には父母から受けた我らと同じ血が流れている」

　政実は大きな手で康実の両肩をつかんだ。

「それゆえやがて奥州の大義に目覚める時が来るはずだ。その時には、我らを支える大きな力になってくれると信じていた」

「奥州の大義ですと」

　康実がすっ頓狂《とんきょう》な声を上げ、腹をかかえて笑い出した。

　いかにも芝居じみたわざとらしい笑い方である。だがそうしているうちに本当におかしくなったらしく、肩を震わせ体をゆすって笑いつづけた。

「それほどおかしいか。わしの言うことが」

「おかしいの何の。近頃こんなに笑《わろ》うたことはござらぬ。いやはや馬鹿馬鹿しいやら情ないやら」

「何が情ないのじゃ」

「愚にもつかぬことを、大真面目《おおまじめ》に信じておられるからでござる。世は下剋上《げこくじょう》、親子兄弟が殺し合う時代でござる。奥州の大義や血のつながりなどと甘っちょろいことを言っておられると、寝首をかかれますぞ」

「変わらぬのう、康実」

「な、何がでござる」

「お前は子供の頃からひねくれ者で、人の親切さえ素直に受け取ることができなかった。それがお前の心をますます狭くし、人の隙をうかがうような生き方ばかりをするようになったのだ」

「余計なお世話とはこのことじゃ。若くして他家に養子に出された者の辛《つら》さや苦しみなど、嫡男《ちゃくなん》としてぬくぬくと育ったお方には分るはずがありますまい」

「そちは大きな頭を持ったと勘違いしている蟻《あり》だ。康実」

そう思い込んだばかりに、重さに耐えかねて無用の苦しみを抱え込んでおる。しかし外から見れば他の蟻と何も変わらず、むしろ見劣りするくらいだと、政実は容赦なく決めつけた。

「蟻でもノミでも結構。奥州の大義などと寝呆《ねぼ》けたことを言うお方に、分ってもらおうとは思っておりませぬ」

「またそうやって逃げるか」

「な、何ですと」

「お前はいつもそうやって心の殻《から》に閉じ込もってきた。しかしもはや逃げられぬのだ。一度くらい我らの前で、心の内を洗いざらいぶちまけたらどうだ。それともそれさえ出来ぬ臆病者《おくびょうもの》か」

「ふざけるな、政実」

康実は細長い顔を蒼白《そうはく》にし、握りしめた拳《こぶし》をぶるぶると震わせた。

「そこまで言うなら何もかも話してやる。お前らがいかに愚かで、我らの意のままにあやつられてきたかをな」

こうして康実の長広舌が始まったのだった。


さて、何から話そうか。

お前たちはわしがなぜこんなことを仕出かしたか聞きたがっているようだが、まあ待て。わしにとってそんなことはどうでもいいのだ。大事なのはわしが長年とり付かれてきた疑いにある。人はなぜ生きねばならぬのか、といううそ寒い疑いだ。

この世は生きるに値しない地獄だ。

政則のような坊主《ぼうず》くずれなら穢土《えど》と呼ぶだろう。どんなに努力しようと救いを求めて祈ろうと、絶対に抜け出せない修羅の巷《ちまた》だ。そんな所でなぜ生きなければならぬ。生きることにどんな意味がある。苦しいだけの空《むな》しい悪あがきにすぎぬではないか。

それならひと思いに死ねばいい。首を吊っても崖《がけ》から飛び下りても、わずか数瞬のうちにこの世とおさらばできる。自分の意志と関わりなくこの世に生み落とされた人間にとって、自殺こそ不条理な運命に抗する唯一《ゆいいつ》の誇り高き行ないなのだ。

わしは若い頃からそのことが分っていた。人間らしく生きんとすれば死なねばならぬ。そんな矛盾に満ちた真理にいち早く気付いたのだ。

そのことに比べれば、奥州の大義だの武士の信義だのは屁《へ》のようなものだ。ぷっと出て臭いだけの屁だよ。それを大真面目に信じてやがるから、さっきは涙が出るほど大笑いしたのだ。

しかし、それが分っていながらわしは死ねなかった。たった数瞬の忍耐によって憎むべきこの世からおさらばできるのに、どうしても自分を殺すことができなかった。それなら生きるしかあるまい。それは絶望でしかないが、それ以外に道はないのだ。

この世はすべて嘘《うそ》で成り立っている。すべては執着が見せる幻想《げんそう》だと仏陀《ぶつだ》も説いているではないか。彼のような偉大な男にはそれを乗りこえられようが、我ら凡人には無理だ。我欲と執着と敵意と自尊心があまりに強く、道にはずれた醜い生き方しかできないのだ。

わしはそんな人間が憎くてたまらぬ。しかもぞっとするほど恐ろしい。そんな思いを持った者はどう生きればいいのだ。道化か追従《ついしょう》か運命の奴婢《ぬひ》か。わしは嫌だ。誇りと自尊心を手放したくはない。

ではどうすればいい。幾夜も幾夜も思い悩んだ末に、もうひとつの真理にたどりついた。この世が不条理に満ちた地獄だとしても、それを憎んでいる自分は全《まった》き存在なのだ。溝泥《どぶどろ》のような世の中を憎みつくすことによって、わしは清らかに咲く蓮《はす》の花になることができる。何もかも踏みこえて思うままに生きる権利がある。

善も悪もこの世の道理も何もかも踏みこえて憎しみのままに生きることこそ、もっとも崇高《すうこう》な生き方なのだ。

その真理に目ざめたわしは、そんな生き方ができるかどうか試してみたくなった。標的にしたのは親父《おやじ》だ。

あの大酒飲みで女好きの愚か者。わしをこの世に生み出した強欲《ごうよく》な肉棒を殺せば、何者も恐れず憎悪《ぞうお》の道を行く者として生まれ変わることができる。それを実行するために毒薬を手に入れ、親父の酒に落とし込む機会をうかがった。

そのうちに何の痛痒《つうよう》も感じずにそうすることができると分った。親父の命はわしの手の内にある。恐れもためらいも良心の呵責《かしやく》もなくその命を断つことができるほど、わしは強くなっていたのだ。

滑稽《こつけい》だったよ。わしの指先ひとつで死ぬ運命にある親父が、威張り散らしたり説教したり女を口説いたりしているのを見るのが。それを見ているうちに、この世のあらゆるものが自分に隷属《れいぞく》していると実感した。

そしていつでも喰える魚を池に飼っておくように、もうしばらく親父を生かしておいてやろうと決めた。そんな時だ。わしが斯波《しば》御所に養子に出されたのは。

その先のことはお前らも知っての通りだ。斯波御所の主は斯波詮真《あきざね》という頭の悪い老人だった。清和源氏の血を引くことだけを鼻にかけた、強欲で間抜けな爺《じじ》いだ。

わしはそやつの行き遅れの娘の婿《むこ》に当てがわれたわけだが、夫婦《めおと》らしい親しみは一度も感じなかった。同衾《どうきん》して子を生《な》したこともあったが、獣のように脇《わき》が臭くて辟易《へきえき》させられたものだ。しかも名門意識だけは人一倍強く、わしを下男のように見下していた。

それは詮真の阿呆も同じだったが、わしは少しも気にならなかったよ。殺そうと思えばいつでも殺せる相手だ。何を言われようがどんな仕打ちを受けようが痛くも痒《かゆ》くもあるまい。馬鹿な奴《やつ》だと哀れみさえ感じたほどだ。

やがて南部信直が紫波《しわ》郡への侵攻を開始し、わしは斯波御所の攪乱《かくらん》を頼まれた。そこで斯波家の重臣である簗田《やなだ》や石清水らを身方につけて高水寺《こうすいじ》城を乗っ取り、詮真の後を継いだ詮直《あきなお》と脇の臭い娘を地の果てまで追放してやった。

詮直は蝦夷《えみし》の奴《やつこ》に裏切られたと地団駄《じだんだ》踏んだが、源氏も蝦夷も関係あるか。人は皆現世の地獄をさまよう亡者《もうじゃ》に過ぎぬ。二人ともなぶり殺しにしてやっても良かったが、それほど憎む価値もない奴らだ。どこぞの浦に流れついて、物乞《ものご》いでもして生き延びるのがお似合いなのだ。

その後、わしは不来方《こずかた》に館《やかた》を与えられ、中野修理と名乗って信直に仕えるようになった。実親はさっき、信直や重臣たちとの間を取り持ってやったと恩着せがましく言ったが、いらぬお世話だ。斯波御所を亡《ほろ》ぼした時の功績を思えば、信直はわしに足を向けて寝られぬはずだ。

御所への謀叛《むほん》と見られるのをはばかって知らぬふりを決め込んでいたが、心の中ではわしに手を合わせていた。それが分っていたので、どんな扱いをされようと気にもならなかったし、重臣どもなどいざとなれば殺せばいいと好きに泳がせていた。

実親などに骨を折ってもらわずとも、わしは憎しみの力だけで充分満足に生きることができたのだ。

そうそう、もうひとつ話さなければならぬことがある。先々代の晴政のことだ。

天正十年、晴政が死んだ。その葬儀の席で、わしは運命の権化《ごんげ》のような男に出会った。津軽為信だ。驚いたよ。わしとまったく同じことを考え、平然と行動に移している男がいる。その激しさや構えの大きさは、わしの比ではない。悪の輝きに底知れぬものがある。

こいつは面白いと直感した。こいつと組んで憎しみの極みの愉楽《ゆらく》にひたりたい。そう決めた。歳《とし》が上か下かなどは取るに足らぬことだ。

為信は南部家を亡ぼして所領を奪い、やがて伊達《だて》も蘆名《あしな》も飲み込んで関東に侵攻すると豪語した。そうして小田原の北条を身方につけ、都に攻め上るというのだ。

たとえ話半分だとしても、南部でちまちまと生きている奴らよりずっと面白いではないか。わしは協力を誓い、事が成ったあかつきには南部四郡をもらう約束をした。

そして葬儀の夜に晴継を待ち伏せ、暗殺する手引きをした。晴政が死に晴継が殺されれば、誰が犯人かをめぐって南部家に争いが起こる。後継ぎの座をめぐって真っぷたつに割れる。

その争いをあおって両者を戦わせ、漁夫の利を得る策だったが、うまくいかなかった。南部を継いだ信直も、一方の旗頭だった政実も、家運を賭《か》けて戦をするほどの気概も度胸も持ち合わせていなかったからだ。

やがて都では猿関白が信長にかわって天下を取り、小田原を下して奥州に攻め寄せてきた。そうして新たな国割りをしたが、これに反対して葛西《かさい》や大崎《おおさき》で一揆が起こった。

政実が伊達と結んでこれを支援していることを知った我々は、もう一度南部家の対立をあおって両者を共倒れさせる策にいどんだ。三光寺での和議の交渉を妨害したのはそのためだ。

狙い通り事は運び、両者の戦《いくさ》が始まった。そんな時、為信のもとに都の石田治部どのから知らせがあった。奥州には良質の硫黄が取れる鉱山があり、ひそかに都で売りさばいている。それが誰か、鉱山はどこにあるかを突き止めよと言うのだ。

為信は治部どのとは無二の仲だ。どうした訳か妙に気が合うらしい。津軽三郡の独立が認められたのも治部どののおかげだし、やがて南部領を併合する時も治部どのの口ぞえがいる。そこで手の者を使って硫黄の販路を調べ、能代の能登屋と平泉寺の藤七、そして政実が関わっていることを突きとめた。

わしは九戸城内に入り、鉱山のありかを知る機会をうかがった。城内から硫黄を盗み出したのは仕入れ先を確かめるためだし、助左衛門を殺したのはそれに気付かれたからだ。やがて鉱山の絵図が政実の手に渡ったという知らせがあり、女草を使って盗み取らせようとした。

あの事件の後、北の方は絵図を政則の妻子が住む部屋に隠した。その方が安全だと思ったのだろうが、絵図の巻物には忍びだけに分る臭《にお》いを発する薬がぬりつけてあった。それでどこに移したかは分ったが、隠し場所までは分らない。そこで火を放ち、北の方に絵図を持ち出させようとした。

それを奪って城からおさらばするつもりだったが、思いがけない邪魔が入ったという訳だ。

さあ、これで気がすんだか。後は煮るなり焼くなり好きにしろ。一寸斬りでものこぎり引きでも望むところだ。わしはお前らの愚かさを憎み、やがてこの城が十五万の大軍に攻め滅ぼされる日が来ることを楽しみにしながら、ひと足先にあの世とやらへ行ってやる――。

康実はまるで挑戦状でも叩《たた》きつけるような啖呵《たんか》を切って長い話を終えた。

話している間、お前らがどう思おうと知ったことかと言いたげに兄弟三人をにらみ付け、すべてをあざ笑うような毒々しい笑みを浮かべていたが、話を終えた途端に気が抜けたように消沈した。

まるで憑《つ》き物が落ちたような変わり様である。馬面《うまづら》と呼ばれた長い顔を伏せて黙り込み、目尻《めじり》にはうっすらと涙を浮かべていた。

「晴継公を殺したのは為信ではないかと疑ってはいたが、まさかお前が手引きしていたとはな」

実親は芯《しん》から失望して、がっくりと肩を落とした。

「体が弱く病気がちだったせいだろうな。武芸も馬術も下手《へた》で、遊び相手も作れずに家に引きこもっていた。だからそんな風に、汚ない手ばかりを使うことを覚えたのだ」

実親は康実より二つ上である。いつも辛辣《しんらつ》なことばかり言うが、何とか一人前にしようと陰ながら支えてきたのだった。

「言ったろう。あんたには分らないと」

康実がぼそりとつぶやいた。

「お前こそ分っているのか。お前が言ったことは、ひねくれた頭に浮かんだ、我が身かわいさゆえの妄想《もうそう》なのだ。何をやってもうまくいかない奴が、卑怯な手を使って何とかのし上がろうとした。それをごまかそうと、勝手な理屈をひねり出しているにすぎぬ。たとえば斯波御所攻めがいい例だ」

御所を攻め落として信直公に恩を売ったと言ったが、お前がやったことは御所攻めの当日、高水寺城の裏門を開けて身方を引き入れたことだけではないか。重臣たちを懐柔《かいじゅう》したのはお前ではなく、北信愛《のぶちか》どのだ。

「どうだ康実、ちがうか」

実親が問い詰めたが、康実は顔をゆがめただけで反論しようとはしなかった。

「兄者。こやつの言うことを、何と聞かれましたか」

「わしは惣領《そうりよう》失格かもしれぬ。康実がこんな風に考えているとは、今の今まで知らなかった」

政実は哀れむような目を弟に向けた。

「こやつがしたことを許すわけにはいかぬが、ここまで追い詰めた責任は我らにもある」

「責任と申しますと」

「斯波御所に養子に出されて以来、兄弟らしい語らいをしたことは一度もなかった。ここまで追い詰められていると知ったなら、手をさし伸べることができたかもしれぬ」

「政則、お前はどうだ」

実親が話を向けた。

「下の兄者が言ったことはみんな嘘です。道化ておられるだけですよ」

政則は長広舌を聞きながら、子供の頃と同じだと感じていた。

「兄者はいつも私を見下し、説教ばかりしておられました。しかし自分が失敗して恥をかきそうになると、私に責任を押しつけるか、道化たことを言ってごまかそうとされた。今も逃げ道がなくなったものだから、口から出まかせを言って我々を煙《けむ》に巻こうとしておられるのです」

「言われましたぞ。康実公」

実親がからかったが、康実は口元に薄笑いを浮かべただけだった。

「しかし私は、そんな兄者をさげすんでいるわけではありません。兄者にはどこかやさしいところがありました。私を責めたり罪をなすり付けようとする時も、こんな兄ですまぬと言いたげにしておられたのです。それは自分の欠点を恥じ、より良く生きようとあがいておられたからではないでしょうか」

「たとえそうだとしても、康実は己に負けて我らを裏切ったのだ。晴継公の暗殺に手を貸し、南部と九戸の対立に油をそそぎ、絵図を盗み出すために何人かを殺した。その責任を取ってもらわねばならぬ」

　ここは武士らしく切腹させるべきだと思うがと、実親が二人の意見を求めた。

「不憫《ふびん》だが致し方あるまい。死ぬべきだと思って死ねなかったのなら、最後に自分に打ち克《か》つ強さを見せてもらおうではないか」

　そうしなければ他の将兵への示しもつかぬと、政実も冷たく突き放した。

「私は反対です。下の兄者は道化によって本当の気持を隠しておられます。まだ他に目論《もくろ》みがあったのかもしれません。それを聞かなければ、津軽為信に勝つことはできますまい。それにあと十日もすれば秀吉軍が攻め寄せてきます。そうなれば我らも生きてはおれないのですから、何も今すぐ切腹させることはないではありませんか」

「いいや結構」

　康実が大声を出して政則をにらみつけた。

「左近将監《さこんのしょうげん》どのの申される通りじゃ。わしはこの場で腹を切って、今言ったことがたわごとではないことを証明しなければならぬ。坊主くずれに甘っちょろい情をかけられては迷惑だ」

「よう言うた。それでこそ九戸の男じゃ」

　介錯《かいしゃく》してやるので庭に出ろと実親が言った。

「それも無用。ここで腹を切り首を切って果てまする。一人にしていただきたい」

切腹の作法くらい知っている。さっさと脇差しと三方《さんぽう》を持って来いと言い放ち、康実は三人を納戸から追い出して戸を閉めた。

「兄者、すぐに用意して下され」

実親が進言した。

「そうだな。いたし方あるまい」

政実は近習に三方を運ばせ、自分の脇差しを上に乗せた。

「待って下さい。そんなことをしなくても、戸を打ちつけて閉じ込めておけばいいではないですか」

政則は同意できなかった。納戸はぬり込めなので、戸を閉ざしておきさえすれば逃げられないのである。

「四郎、情をかけるばかりが慈悲ではない。立派な生き方をつらぬかせることも武士の情なのだ」

実親は戸の前で正座し、慎んで脇差しと三方を差し入れた。康実はそれを受け取り、音もたてずに戸を閉めた。

ぶ厚い板戸には明かり取りの小窓が開けてある。康実が三方を尻に敷き、双肌《もろはだ》脱ぎになった様子がそこから見て取れた。

「お書き留めを」

康実は脇差しを逆手に持ち、辞世の歌を詠《えい》じた。

この世をば　甲斐《かい》なしと見て　この方は
寒夜《かんや》の心　澄みわたるなり
朗々《ろうろう》と二度くり返し、静かに呼吸をととのえた。

政則は矢立てと紙を取り出し、急いで筆を走らせた。康実にこんな心得があるとは意外だった。

「閉めてやれ」

政実が小窓をのぞいている実親をたしなめた。

やがて腹に刃を突き立てる康実のうめき声が上がる。誰もがそう思って神妙な顔で待ち受けたが、納戸は静まり返ったままだった。

(どうしたのだろう)

(まさか怖気《おじけ》づいたのではあるまいな)

そんな思いを込めた目線を交わしながらしばらく待ったが、物音ひとつ聞こえない。

実親が焦《じ》れて小窓から中をのぞいた。

納戸の暗がりには三方があるばかりで、康実の姿はどこにもない。

「やや っ、逃げおったぞ」

驚きのあまり分別もなく戸を開けた。

秘密の出入り口でもあるのかと中に踏み込んだ時、康実が脱兎《だっと》のごとく脇をすり抜けようとした。戸の横にぴたりと身を寄せて姿を隠し、この瞬間を待ち構えていたのである。

だが実親はそれを許さなかった。反射的に長い腕を伸ばし、襟首をつかんで引き止めた。

「放せ。死にとうない。死ぬのは嫌じゃ」

康実が恐怖に顔をひきつらせ、口から泡《あわ》をふきながら叫んだ。

「ええぃ、やかましい」

実親は力任せに引き倒し、あお向けになった康実の胸を片足で踏みつけた。

「あれほど偉そうなことを言っておきながら、このざまは何だ」

「やりたくても……、やりたくてもできないのでござる。お許し下され」

康実が泣き叫びながらもがいた。

「ならばわしが引導《いんどう》を渡してやる。立て」

実親が引き起こして庭へ連れて行こうとした。

「もういい。よせ」

政実が実親の腕をつかんだ。

「康実、それほど死ぬのが嫌か。晴継公に助左衛門、北の方の侍女たちを殺《あや》めてきたのに、自分は生きたいと申すか」

康実はうずくまったまま、あごだけを忙《せわ》しなく動かした。

「ならば四郎が言った通り、この戦が終るまで生きておるがよい」

「戦には、か、勝てるのでございますか」

「勝てはせぬ。だがこの城に立てこもり、人狩りの中止を条件に和議を結ぶ。それが成った後に、我ら四人の首をさし出すことになろう」

「しかし、上方勢は十五万でござる」

「そうじゃ。雲霞《うんか》のごとき大軍だそうな」

「そんな大軍に」

太刀打ちできるはずがない。康実はそう思い込んでいた。

「弟よ。それができるのじゃ」

政実は三人を納戸に入れ、九戸城の絵図を広げて計略を明かした。

「敵は十五万とはいえ、全軍をここに向けることはできぬ。攻めて来るのは蒲生、浅野、井伊ら四万五千と、南部、津軽ら奥州勢二万ばかりじゃ。それを城のまわりに引きつけて冬を待つ」

八月七日に二本松を出た蒲生勢は、七、八日で九戸に着くことができると考えていた。だが石鳥谷《いしどりや》で実親らに襲撃《しゅうげき》され、大幅に行軍が遅れている。

今も小田庄左衛門や沿道の一揆《いっき》衆が攪乱工作をつづけているので、ここに着くのは八月末になるだろう。

「そうなれば冬は目の前だ。十日もすれば水が凍り、半月もすれば野山が雪に閉ざされる。まともな装備もしていない上方勢が、狭い山間の谷でこの季節に耐えられると思うか」

「しかし上方勢は、陣城をきずいて城を包囲いたしましょう。兵糧《ひょうろう》も薪《まき》も弾薬も、後方から補給する態勢をととのえているはずでござる」

実親が口をはさんだ。

「その補給路を断てば良い」

「断つとは、どうやって」

「地の利と人の和を生かすのじゃ。馬淵《まべち》川ぞいの道にはいくつもの難所があるし、奥州の山々には我らの身方となる心強い方々がおられる」

「山の王国ですね」

政則はぴんときた。政実が着物を草汁に汚して山々を歩き回っていたのは、山の王国を訊《たず》ねて協力を求めるためだったのである。

「そうじゃ。その兵力をもって、九戸城を包囲した六万余の軍勢を封じ込める。さすれば敵は、薪も兵糧も断たれて凍え死にするしかあるまい。それゆえ和議に応じざるを得なくなる」

「それほど力があるのですか。山の王国は」

実親は半信半疑だった。

「奥州藤原氏の頃にきずかれた蝦夷の王国の伝統は、今も受け継がれている。山師や山立衆《やまだち》、マタギや山窩《さんか》はすべて身方だ。一揆衆の中にも山の王国につながっている者が数多くいる。いずれも奥州の山々と冬の厳しさを知り尽くした者たちじゃ。どうだ康実」

これでも勝てぬと思うかとたずねた。

「い、いや。しかし……」

「しかし、何じゃ」

「たとえ六万の兵を全滅させても、敵は来年の春に再び攻め寄せて参りましょう」

「それゆえ勝ちはせぬ。敵に不利な状況を思い知らせ、人狩りの中止を条件に和議を結ぶ。その時の引出物に、我ら四人の首が必要となろう」

「それでは兄者は、初めから」

康実が久々に兄者という言葉を口にした。

「そうよ。お前が甲斐なき世を憎み通すことに命を賭けたように、我らも蝦夷の誇りと奥州の大義を守り抜くことに命を賭ける。よう似た兄弟ではないか」

そのためにはお前の力が必要だと、政実は思いがけないことを言った。

「何かできるのでしょうか。それがしのような者に」

「安心しろ。お前にしかできぬことがある」

今まで通り津軽為信と密書を交わし、向こうの様子をさぐれ。こちらから嘘の情報を流し、相手を意のままに操ることもできる、というのである。

「これは我らのためだけではない。お前が生きて城を出たいのなら、この計略に賭けるしかあるまい」

「しかし、連絡役をつとめていた男草が死にましたゆえ」

「それなら平泉寺の藤七の配下を使え。山をよく知る者たちゆえ、役に立ってくれよう」

「それなら、何とか」

やってみようと康実はためらいがちに請け負《お》った。

政実は初めからこれを狙っていたのかもしれない。そう疑いたくなるほどの手際《てぎわ》の良さだった。

取り急ぎお知らせ申し上げます。使いの者が変わり、ご不審を持たれたことと存じます。

実は数日前、例の男草が討ち取られました。奥御殿にある絵図を盗み出そうと火を放ち、北の方が絵図を持ち出そうとするのを待ち構えて奪い取ろうとしたのですが、運悪く九戸の者に気付かれ、ひとしきり奮戦《ふんせん》した後に討ち取られたのでございます。

拙子が駆けつけた時にはもはや骸《むくろ》と化し、絵図も取り返されておりました。それゆえ手のほどこし様がなかったのですが、絵図を仕舞い込んだ場所だけはしっかりと見届けました。しかも北の方の侍女の中に旧知の者がおりましたので、何とか身方に引き入れて絵図を盗み出させようと手を尽くしているところです。

新たな使いの者は、拙子が高水寺城にいた頃に召し使っていた者でございます。信用のおける者ですので、今後はこの者を草として連絡を取り合っていただきたく存じます。

さて城中の様子ですが、皆の心がそろわず、見るも浅ましき有様です。嫡男政実は十五万もの大軍に恐れをなして和を乞うべきだと言っておりますが、次男実親は全員討死するまで抗戦するべきだと言ってゆずりません。

将兵たちも両派に分かれていがみ合っておりますし、国人衆と一揆衆の間にも根強い不信と対立があり、とても戦ができるような状態ではありません。これで六万余の敵に攻められたなら、ひとたまりもなく攻め落とされることは目に見えております。

それは自業自得《じごうじとく》で情をかける余地などありませんが、あまりに早く城が攻め落とされたなら、絵図を盗み出すことができなくなるのではと案じております。隠し場所を突きとめたとはいえ、警戒は厳重で近寄ることは容易ではないからです。

それゆえあと十日、ご猶予《ゆうよ》いただけないでしょうか。それだけの日にちがあれば、旧知の侍女を籠絡《ろうらく》して必ず絵図を盗み出すことができます。この旨《むね》、石田治部さまにお取り成しいただき、蒲生勢の進軍をゆるやかにしていただけるようお願い申し上げます。

十年来の我々の計略も、ようやく成就《じようじゆ》の時を迎えました。南部を手に入れ祝いの盃《さかずき》をあげる日を心待ちにしております。

頓首再拝《とんしゆさいはい》

第十三章　大軍襲来

八月も終わりが近付くと、南部《なんぶ》の山々は燃え立つような紅葉に包まれる。折爪岳《おりつめだけ》や小倉山《こぐらやま》の山頂では落葉が始まり、中腹から山裾《やますそ》へと紅、朱、黄の色に染って錦繡《きんしゅう》をなす。

それは実りの秋の終りと冬の始まりを告げる、大自然の装《よそお》いだった。

久慈備前守政則《くじびぜんのかみまさのり》は城内の見回りに出てみることにした。奥御殿の火事騒ぎから十日が過ぎ、開いた傷口もようやくふさがっている。杖《つえ》があればそれほど痛みを感じることなく歩けるようになっていた。

「父上、お供いたします」

福寿丸《ふくじゅまる》が目ざとく駆け寄ってきた。

「そんならわたしも」

治子《はるこ》も行きたがったが、福寿丸が許さなかった。

「お前は母上の手伝いがあるだろう」

「兄上ばかり、ずるい」

「すぐに戻ってくるから、ここで待っていなさい」

べそをかきそうな治子をなだめて、政則は表に出た。

福寿丸が負傷した左足の側に立って、何かあれば助けになろうと気を張り詰めてついて来た。

本丸は人が出払ってガランとしている。門を出て二の丸に出ると、若狭館《わかさだて》から移した作業小屋で、職人たちが鉛玉の製造や火薬の調合に大童《おおわらわ》だった。

玉も火薬も五万発分は用意してある。だが敵は六万という大軍なので、攻め寄せてくるまでにできるだけ蓄えておく必要があった。

搦手門《からめてもん》の近くには十個のかまどがきずかれ、炊《た》き出しのための大鍋《おおなべ》がすえてあった。籠城《ろうじょう》の間、ここで女たちが粥《かゆ》を炊いて三千五百の将兵に配るのである。仕事がしやすいように、かまどの側に小屋を建てて水と薪《まき》をたくわえていた。

広大な二の丸のまわりには高さ一間の土塁をめぐらし、その上に頑丈な土塀を立てている。土塀には狭間《はざま》をあけて鉄砲や弓で防戦できるようにしていた。

変ったのは大手門のまわりの土塀である。政則が寝込んでいた間に、土塀の外側を黒く塗った下見板でおおっている。

大手門をはさんで左右に五十間（約九十メートル）ばかり、黒い塀がつづくのでいかにも精悍《せいかん》な感じがするが、役目はそればかりではなかった。

「敵の主力は在府《ざいふ》小路《こうじ》に布陣し、大手口から攻めかかってくるはずでがんす」

その時にこの下見板が威力を発揮するのだと、大手口の守備についている組頭が胸を張った。

「敵が塀に取りついたら、切り落とすつもりか」

「秘策でがんす。備前守どのとて明かすわけにはいがねがす」

本丸の南西にある松の丸にも、黒い下見板がめぐらしてある。在府小路の敵を、北と西から攻撃する構えだった。

政則は三の丸側の見張り櫓《やぐら》に上がってみた。眼下を奥州《おうしゅう》街道が通り、城下町が広がっている。道ぞいに板屋根の平屋が建ち並び、南は一戸《いちのへ》、北は三戸《さんのへ》につづいていた。

三の丸の先には馬淵《まべち》川が流れ、河岸は崖《がけ》のように切り立っている。いかに蒲生《がもう》勢が大型の新式銃をそなえているとはいえ、川向こうから攻撃するのは不可能である。

そこで九戸《くのへ》家の家臣たちの屋敷がある在府小路を取り囲むように在陣するにちがいない。

南部信直《のぶなお》や津軽為信《つがるためのぶ》ら奥州勢は、城の北側の白鳥《しらとり》川対岸か、東側の猫淵《ねこぶち》川対岸に布陣するはずだった。

「父上、あれ」

福寿丸が空を指さした。

首筋に虹《にじ》色の光沢《こうたく》を持つ灰色の鳥が、一戸方面から飛来し、吸い込まれるように九戸城本丸へ入っていった。九戸政実《まさざね》が連絡用に飼い慣らしている堂鳩《どうばと》（カワラバト）である。足に連絡用の文書を結び付けるので、伝書鳩とも呼ばれていた。

「あの鳩はどうしてあんなことができるの」

「生まれ育った小屋に帰る習性がある。だから遠くに連れていかれても、自分の小屋がどこにあるのか分るそうだ」

「どこへ行っても？」

「百里や二百里くらいなら、間違いなく帰ってくる」

「でも誰がそんなことに気付いたの。連絡用に使えるって」

「千年も二千年も前から使っていたそうだ。木の上の巣にかならず戻って来るのを見て、それなら家で飼ってみようと考えた人がいたのだろう」

「凄《すご》いね。鳩もその人も」

戦《いくさ》を目前にして、福寿丸も五感をとぎすましている。久慈にいた頃より数段頭の回りが早くなっていた。

やがて小田庄左衛門《おだしょうざえもん》が後を追ってきた。

「殿、紫波《しわ》の身方衆から連絡がありました。蒲生勢が不来方《こずかた》（盛岡）を通過、明日にも南部に乱入するそうでござる」

堂鳩はそれを知らせてきたのである。本丸御殿で評定が始まるので、すぐに戻るようにとのことだった。

御殿の大広間には櫛引河内守《くしびきかわちのかみ》、七戸彦三郎《しちのへひこさぶろう》、伊保内美濃《いぼないみの》、軽米兵右衛門《かるまいひょうえもん》ら一門や重臣、与力として入城した国人衆や一揆《いっき》衆の棟梁《とうりょう》など、四十人ちかくが集まっていた。

その中には鹿角《かづの》から駆けつけた大湯四郎左衛門《おおゆしろうざえもん》や平泉寺《へいせんじ》の藤七《とうしち》、城下の顔役たちの姿もあった。

九戸政実、実親《さねちか》、中野康実《なかのやすざね》が床の間を背にして座り、他の者は四列になって居並んでいる。遅れて入った政則は、康実の横に座った。

康実は政実の説得によって改心し、殊勝《しゅしょう》なほど骨身を惜しまず働いている。やっと落ち着ける場所を見つけたような変わりようだった。

「敵は不来方を過ぎ、明日にも我らの領国に足を踏み入れるとの連絡があった」

政実は堂嶋がもたらした知らせを披露した。

蒲生勢三万、浅野《あさの》長政《ながまさ》、井伊《いい》直政《なおまさ》、堀尾《ほりお》吉晴《よしはる》の軍勢を合わせると四万五千と聞いて、さすがに皆の顔が強張《こわば》った。

すでに南部信直、津軽為信、秋田《あきた》実季《さねすえ》らが手勢をひきいて九戸城に向かっているという知らせが届いている。これら奥州勢だけでも一万五千をこえていた。

「皆々、案じるには及ばぬ。敵の数が多いほど、我らにとっては好都合なのじゃ。いかなる計略かは、康実が説明する」

康実が待ちかねたとばかりに大絵図を床の間の壁に張りつけた。九戸城周辺の地形を描いたものだった。

「敵方に入れた忍びからの知らせによると、敵の陣立てはこのように定まったそうでござる」

康実は武将の名を記した紙を、絵図の上に張りつけていった。

上方勢は在府小路を中心に城の南東一帯に、奥州勢の中では南部信直だけが白鳥川の対岸の金録山《こんろくざん》に在陣する。津軽為信や秋田実季らは、馬淵川の対岸から様子をうかがうことになっていた。

「方々もご存知の通り、城の回りには六万もの兵が陣小屋を作れる平地はござらぬ。しかも馬淵川ぞいの道は狭く、後方から兵糧《ひょうろう》、弾薬、薪を運ぶのにも難渋いたしましょう。我が兄左近将監《さこんのしょうげん》はそれを見越し、城の回りに敵をおびき寄せる策を立て申した。敵はそうとも知らず、まんまと罠《わな》にはまったのでござる」

「して、その敵をどうなされる」

間合い良く声を上げる者がいた。

「よくぞたずねて下された。我らがこの城に籠《こも》って敵を防いでいる間に、平泉寺の藤七どのが指揮をとられる山の民の方々が、敵の補給路を断ちまする」

尾根伝いに展開している藤七配下の陣所を、康実は手早く絵図に書き込んでいった。九戸城を包囲した敵を、外側から包囲する構えである。人数は二千ばかりだが、あたりの地形を知りつくした者たちなので、補給路を断つには充分だった。

「方々、これで冬が来たなら、敵はどうなると思われる。陣小屋もなく薪もなく、身を温めることもできずに凍え死ぬしかありますまい」

康実の言葉には不思議な説得力がある。自身が猜疑《さいぎ》心の固まりだっただけに、相手がどんな不安と疑いを持っているかよく分っていた。

「この計略を成功させるには」

皆が得心するのを待って、政実が戦術面に話を移した。

「この地に攻め入った敵に、米粒ひとつ木端《こっぱ》一枚与えぬようにしなければならぬ」

そこですべての領民に、家財や食糧を持って城に入るか山に上がるように申し付ける。城下の民家も在府小路の屋敷もすべて焼き払い、燃えかすひとつ残してはならない。

かまどはすべて壊し、組んでいた石は井戸に投げ込んで、敵が使えないようにする。

「このことを家臣、領民に徹底させていただきたい。さすればこの戦は五日、いや三日で終る」

その言葉に一同がどよめいた。驚きと疑いの入り混った声だった。

「領民にはその間だけ山に上がり、不自由を忍んでもらう。戦が終ったなら家屋敷を再建できるように、充分な銭を事前に支給する」

政実が手を打ち鳴らすと、近習たちが四つの木箱を運んできた。二つには金、残る二つには銀の小粒がびっしりと詰まっていた。

「必要に応じてこれを持ち帰り、家臣、領民に分け与えよ。敵が引き上げたならすぐに再建にかかるゆえ、心おきなく町を焼き払ってくれ」

町ばかりか野山まで焼き払う、徹底した焦土作戦である。これで敵は陣小屋を作る材料ひとつ入手できなくなるのだった。

評定が終ると政則は藤七に声をかけた。

「いよいよこの日が来ましたね」

「さよう。殺生《せっしょう》は好みませんが、敵が理不尽な戦を仕掛けてくるとあれば致し方ありません」

「奥州の民を守れましょうか」

「ご安心下され。政実どののお言葉通り、敵は五日もしないうちに逃げ帰ることになりましょう」

さもなければ雪の中に孤立して全滅するばかりだと、藤七は自信を持って言い切った。

「ひとつ教えていただきたいのですが」

「何でしょうか」

「以前に可奈《かな》という娘におしら様を降ろしてもらいました。それと同じことが、この間我が身に起こったのですが」

「ほう。同じことというと、どのような」

「敵の武将になりきり、内情を見通せたのです。かようなことが本当にあるものでしようか」

「そのようなお力が、備前守どのに備わっているのでしょう。可奈も尋常なお方ではないと、いたく感じ入っておりました」

藤七は謎《なぞ》をかけるような笑みを浮かべ、政実と連れ立って大広間を出て行った。

天正十九年九月一日は、西暦一五九一年十月十八日にあたる。奥州の早い冬が目前に迫る頃である。

この日の明け方、実親が隼隊《はやぶさたい》二百、足軽五百をひきいて出陣していった。九戸城から一里半ほど南に一戸城がある。そこから一里ほど下がった所に根反《ねそり》城、さらに半里ほど南に姉帯《あねたい》城がある。

九戸城の南方を守る支城で、馬淵川ぞいに北上してくる上方勢に真っ先に標的にされる。

政実はここに実親を大将とする七百の遊撃部隊を入れ、敵が攻めてきたなら程良くあしらって退却し、九戸城下までおびき寄せるように命じたのだった。

蒲生勢は三万もの大軍で、射程の長い最新式の鉄砲を装備している。程良くあしらうと言っても、退却の潮時を間違えたなら全滅するおそれがあったが、実親は自信満々だった。

「任せておけ。このあたりは子供の頃から遊び回った庭じゃ。岩や木の根の位置まで知っておるわい」

大手門まで見送りに出た政則にそう言った。

「敵の鉄砲隊はよく訓練されております。油断は禁物です」

「油断と余裕はちがう。それに奴《やつ》らの戦ぶりは、わしもこの目で見て知っておる。活《い》きのいい囮《おとり》となって、ここまで引きつけてくれるわ」

いわゆる釣り野伏せである。小人数を囮として敵と戦わせ、敗走するふりをしておびき寄せる。馬上筒を使う隼隊と動きの速い足軽を選んだのはそのためだった。

実親隊が大手門を出て浪打峠《なみうちとうげ》に向かうのを見送ってから、二の丸の隅櫓《すみやぐら》にすえた鐘が打ち鳴らされた。その合図は街道ぞいの見張り番所で受け継がれ、周辺いったいの集落に伝わっていった。

すると家財や鍋釜《なべかま》、夜具や着替えを背負った領民が、家を出て続々と山に上がり始めた。

目ざすのは折爪岳から小倉山へとつづく山脈である。ここは九戸家の本領だった長興寺や伊保内にも近く、広葉樹林も豊かなので、合戦の間領民が山上がりするには最適だった。

領民の中には、城に入って共に戦おうとする者も三百人ばかりいた。その中には南部信直との戦で夫を亡くした穴牛《あなうし》村の若い母親もいた。

「あの時政実さまにこの子を預かってもらったお陰で、おっ母の死に水を取ってやることができりゃんした。ご恩返しに、おらにも何か手伝わせて下せえ」

元気になった幼な児を背負い、両手に炭俵を下げていた。

「五日町《いつかまち》、山上がりを終えました」

「長嶺《ながみね》村も、全員退去いたしました」

「落久保《おちくぼ》も同じでございます」

各地域の指揮を任された者が、次々に報告にきた。

その間に在府小路の屋敷に住む家臣の家族たちも、次々に城内に移っている。その数は一千をこえるので、本丸と二の丸の間の空堀に雨除《よ》けの材木を渡し、その下で寝泊りするようにした。

やがて夕方になり、ひときわ激しく鐘が打ち鳴らされた。すると城下の各所に散った者たちが、家々に火を放った。

風は北東から吹く山背《やませ》である。それを見こして放った火は、南西の風下へと燃え広がっていった。

三の丸の街道ぞいの家並みも、馬淵川の向かいの集落も在府小路の屋敷も、煙と炎に包まれて灼熱《しゃくねつ》の巷《ちまた》と化していく。

家臣や領民は全員曲輪《くるわ》に出て、住まいが失なわれていく様子をながめていた。

「ああ、家《うち》さ火がついたど」

「あん大きな炎は、龍岩寺《りゅうがんじ》の大屋根だ」

方々から切迫した声が上がり、すすり泣きも聞こえてくる。敵を呪《のろ》いながら地面を叩《たた》く者もいれば、正気を失ったように叫びながら走り回る者もいる。

ところが時がたち、下界がすべて炎に包まれると、別の世界にでも連れ込まれたような不思議な興奮が一同を包んでいった。

「皆々、この様子を目に焼きつけておけ」

政実が本丸の隅櫓から語りかけた。

「我らは戦に勝つために、自らの手で家を焼いた。領民すべての命を預かり、山に上がってもらった。今さら後には引けぬのだ」

その呼びかけに応じて、城内から喚声《かんせい》が上がった。狂おしい獣じみた叫びはやがてひとつになり、勝利を誓う鯨波《とき》の声になった。

「よいか。戦は三日で終る。我が故郷《ふるさと》に踏み込んだことを関白の軍勢に後悔させ、詫《わ》び証文を取った上でここから叩き出してやる。その計略が成るかどうかは、敵の最初の攻撃を持ちこたえられるかどうかにかかっておる」

「んだ。おれたちぁ、負げね」

「人狩りなど許してたまるがぁ」

「おらの鉄砲で脳天を撃ちくだいてやるど」

皆が酔ったように口々に叫び、互いに肩を叩き合い、感極まって号泣していた。

政則は櫓台に立ってそれを見ていた。負傷しているせいか、皆の熱狂とは別の場所に立っている。城のまわりが火の海になっていく様子を、遠い来世からながめるような冷めた心で受け止めていた。

明日香《あすか》も福寿丸と治子の手を引き、言葉もなく見つめている。北の方も亀千代《かめちよ》も侍女たちと身を寄せあい、せり上げてくる感情に耐えていた。

「父上、こわいけどきれいだね」

福寿丸が身をすくめてつぶやいた。

確かに夕暮れ時に燃えさかる炎は妖《あや》しい美しさに満ちていた。

「この景色を目に焼きつけておきなさい。そしてどうしたら戦のない世にできるか、生涯を賭《か》けて考えなさい」

政則は福寿丸を抱き上げて城下がよく見えるようにした。

和議の引出物として兄弟四人の首をさし出すと決めている。戦が三日で終るのなら、妻子と一緒にいられる時間も残りわずかである。

それは初めから覚悟の上だが、この子たちの行く末を見届けてやれないことが心残りだった。


火は夜になっても燃え盛っていた。

馬淵川の支流の白鳥川や安比《あっぴ》川、十文字《じゅうもんじ》川ぞいにつらなる集落から上がる炎が、火の川となってつながっている。炎は山の裾にも燃え広がり、紅葉とは逆に山頂に向かって進んでいた。

それでもふもとから一町ばかり焼けると、火の勢いが衰え自然と鎮火している。そのあたりで燃えにくい木に植生《しょくせい》が変わるのか、それとも藤七配下の山の民が類焼を防ぐ仕掛けをしているのか、計ったような立ち消えぶりだった。

その夜、政則はなかなか寝付けなかった。

あたりを焦土と化した熱が城にも伝わってくるようで、体が火照《ほて》るのである。眠れないま考えるのは、明日からの戦のことだった。

政実は三日で終らせると言ったが、本当にそんなにうまくゆくのだろうか。敵は上方勢だけでも四万五千。しかも天下に名を知られた蒲生氏郷《うじさと》、井伊直政、浅野長政らの精鋭部隊である。

蒲生勢の最新式の鉄砲の威力は凄《すさ》まじい。単に射程が長いばかりでなく、渡し場の小屋の板壁を撃ち抜いて中にいた者を皆殺しにしたほどの威力がある。

（あの鉄砲を間近から撃ち込まれたなら、九戸城の城門や城壁はひとたまりもないのではないか）

小屋で折り重なって死んでいた者たちを見たせいか、そんな懸念《けねん》が頭を去らなかった。

最初の攻撃を防ぎきれずに城門を破られたなら、敵は一気に城内になだれ込み、殺《さつ》戮《りく》の限りをつくすだろう。将兵ばかりか家族や領民もなで斬《ぎ》りにされることになる。

政則は眠れないまま不安と恐怖に押しつぶされそうになった。

「観自在菩薩《かんじざいぼさつ》、行深般若波羅蜜多時《ぎょうじんはんにゃはらみったじ》……」

政則は心の中で『般若心経《はんにゃしんぎょう》』の文言をとなえて冷静さを取りもどそうとした。

大乗仏教の最高の教えといわれるこの経典では、この世の事物や現象は空《くう》（因縁果報の関係性）であり、確固として存在するものではないと説いている。しかも色《しき》（事物や現象）は空に異ならず、空は色に異ならず、両者は一体のものだという。

それゆえ人の五感にも実在性はなく、「不生不滅、不垢《ふく》不浄、不増不滅」。生も死もなく、汚れも浄《きよら》かもなく、増えることも減ることもないという。

政則は僧籍にあった頃、何万回となく『般若心経』をとなえてきたが、その真髄《しんずい》はいまだに分らない。ただ人の執着が空の自然な発露をさまたげ、生、老、病、死の四苦となるとぼんやり理解しているだけである。

しかし仏教最高の経典が生も死もないと説いていると思うと、不安に波立った心はしだいに鎮《しず》まり、いつしか浅い眠りに落ちていた。

と、誰かが夜具にもぐり込んで添い寝していた。明日香が温《ぬく》もりを分けてもらいに来たのだろうと思って手を伸ばすと、すでに服を脱ぎ捨てて背中を向けている。きめ細かい肌は磁器のようになめらかで、熱いほどに火照っていた。

（ああ、夢か）

政則は頭で分っていながら夢の中に引き込まれていった。

肩に手をかけて引き寄せると、女が顔にかかった髪をかき分けてふり向いた。額に赤い花鈿《かでん》をした可奈《かな》だった。

「お慕い申しておりました」

吐息まじりにつぶやいて唇を重ねてきた。熱い舌をさし入れて政則の舌をまさぐり、股間《こかん》の物をなでさすった。

政則は喉《のど》の奥がひりひりと渇《かわ》くような情欲に突き動かされ、可奈の求めに応じて舌をからめ、乳房を荒々しくもみしだいた。

肉付きのいい太股《ふともも》をなでさすり、指の腹で秘所をまさぐるとしっとりと濡《ぬ》れている。うるおいに誘われて指を沈め、ゆっくりとかき回した。

「ああ、主《ぬし》さま」

可奈が歓《よろこ》びの声を上げ、大きく足を広げた。そうしてさらに奥に導こうとするように腰を突き出した。

政則は女の芯《しん》の敏感なところにしばらく指を遊ばせ、刻々と変わる可奈の顔をながめていた。

眉根《まゆね》を寄せ小鼻をふくらませてあえぐ姿は、苦痛に耐えているようにも見えて愛《いと》おしさが胸をかき乱す。

粘り気のある歓喜の液は、芯からあふれて夜具を濡らすほどだった。

政則は性の力がみなぎるのを感じながら、固くそそり立つもので可奈を貫いた。柔らかく温かい肉が政則を包み込み、快感が脳天まで突き抜けた。可奈は小刻みに歓喜の声を上げながら、歓びを高めようと腰を突き出して上下させた。

そのたびに互いの命が混じり合いこすれ合い、歓喜がつのっていく。その絶頂がおとずれるかと思えた時、政則は蒲生氏郷の世界に誘《いざな》われていた。

氏郷は姉帯より一里ほど南の小繋《こつなぎ》に本陣をおいていた。

不来方を過ぎて南部に入ると道は急に狭く険しくなる。切り立った山の間を走る谷の道で、馬一頭進むのがやっとである。

そのため三万の大軍は延々と縦長になって行軍せざるを得ず、先陣の一番隊や二番隊が姉帯、根反の城を包囲していると聞いても、一里も後方で指揮を取ることしかできないのだった。

小繋にも本隊や馬廻衆一万二千が滞陣できるほどの平地はない。山に四方を囲まれた盆地に馬廻衆だけは陣を構えているものの、他の者たちは思い思いの場所に屯《たむろ》するしかなかった。

案内者の話によれば、姉帯城も根反城も奥州街道から半里ほど東に入った山の中腹にあるらしい。本丸の曲輪と一重《ひとえ》の空堀しかない小城で、落とすのにさして手間はかからない。

手強いのは根反から一里ほど北にある一戸城で、四、五千人が立て籠れるほどの規模だという。

氏郷は説明を受けたものの土地勘がまったくないので、地形や状況を思い描くことができない。一番隊の蒲生源左衛門《げんざえもん》には、

「敵の城を包囲したなら、できるだけ詳しい絵図を作って報告せよ。指示をするまで攻めかかってはならぬ」

そう申し付けていた。

氏郷は疲れていた。会津若松城を七月二十四日に出陣して、丸一月以上も行軍してきたのである。

二本松から半月もかからないだろうと見ていたが、途中でさまざまな攻撃や妨害に遭い、予定より十日以上も遅れていた。

その遅れが疲れを増幅させている。鎧《よろい》をつけて馬に乗っているだけでも体の負担は大きいし、野営なので柔らかい夜具で手足を伸ばして寝ることなど望むべくもない。

その上先へ進むほど難路になり、嫌がらせのような妨害を受ける。

山の上から岩を落としかけたり、矢を射かけたり石を投げたりする程度のことで被害はさして大きくないが、一部の者が混乱するだけでも行軍を止めざるを得なくなる。

しかも敵は姿を見せないまま逃げ去るので、怒りや苛立《いらだ》ちはいっそう大きくなるのだった。

そのせいだろう。氏郷は一昨日から胃の痛みを覚えるようになっていた。時折錐《きり》でも刺し込まれたような痛みが走り、喉元まで吐き気がせり上がってくる。

昨年の十一月。氏郷は下草《しもくさ》城で伊達政宗と対面し、茶に毒を盛られた。幸い西大寺という解毒剤《げどくざい》を服用していたので一命を取り止めたが、今も後遺症《こういしょう》に苦しんでいる。

疲れが重なるとこうした症状が出るのは、取り除きれなかった毒が暴れ出すからにちがいなかった。

「申し上げます」

蒲生源左衛門の使い番が馬を飛ばして報告に来た。

「姉帯、根反の状況はかくの如《ごと》くでございます」

差し出した絵図を見てようやく状況が分った。確かに二つの城とも大軍を相手に戦える構えではない。百人ばかりの鉄砲隊で攻めかかれば、半刻《はんとき》ばかりで落とせるはずだった。

「ただ今一番隊は姉帯城に、二番隊は根反城に攻めかかっております」

「城を包囲して指示を待てと申し付けたはずだ」

「ところが姉帯城の近くで敵の待ち伏せを受け、合戦となりました。そのまま退去する敵を追って、城まで押し詰めたのでございます」

「敵の数はいかほどじゃ」

「両城合わせても五、六百と存じます」

「一戸城は」

「物見を出しましたが、旗も立てずに静まり返っております。遠方からの見立てゆえ、確かなことは分りません」

「姉帯、根反を落としたとて、深追いしてはならぬ。一戸城まで押し詰め、後続を待つように伝えよ」

これに背《そむ》けば軍令違反として処罰する。氏郷は厳しく申し付けた。

行軍がこれほど伸びきっていては、先陣が奇襲を受けた場合に対応できなくなる。それに弾薬や兵糧を運ぶ荷駄隊は、まだ三里も後方を進んでいる。

いったん一戸城下で陣容をととのえ、足並みをそろえて敵に当たらなければ、思わぬ不覚を取りかねなかった。

　使い番が去ってしばらくしてから、石田三成からの使者が来た。

　三成は佐竹《さたけ》、宇都宮、相馬の軍勢三万をひきいて岩城《いわき》から浜通りの道を北上している。明日にも黒沢尻《くろさわじり》（北上市）に着き、伊達政宗の軍勢と合流する予定だという。

「主《あるじ》よりの書状でございます。ご披見のほどを」

　使者が渡した書状には、およそ次のようなことが記されていた。

「貴殿らが不来方を発《た》って北に向かったと聞いた。今頃は九戸城を目前にしている頃だろうと拝察している。九戸城に立て籠っているのは将兵三千五百、女子供や領民を加えても五千ばかりと聞いている。

　しかも城内では和議を結ぶべきだと言う政実と、城を枕《まくら》に討死にするべきだと主張する実親が対立している上に、九戸家の将兵と和賀《わが》、稗貫《ひえぬき》から入城した一揆衆がいがみ合い、結束して戦える状態ではないようである。

　それゆえ貴殿を大将とする六万の軍勢が城に攻めかかったなら、すぐにも城は落ちるだろうが、十日か半月ばかりはゆるゆると様子をうかがってもらいたい。

　というのは、今度の奥州への出陣は来年の朝鮮出兵を想定したものなので、先陣の六万ばかりではなく、後詰めの九万にも各地を征圧する訓練をさせなければならない。

それぞれの大名たちが、預かった城を中心にして領民をどう支配するか、前線への物資の補給や身方の城との連絡をどうするか、さながら異国にいるような緊張感を持って作戦の実行にあたらせなければならない。そのためには一月や二月は戦がつづき、奥州の冬を経験させるくらいの方が好都合だと考えている。

また大名たちが各地の城に入ったなら、さっそく人足の調達にかからせる予定である。これはご存知の通り領民支配の訓練の一環であり、朝鮮の寒さに耐えられる人材を確保するための作戦でもある。

何しろ彼《か》の地の冬の冷え込みは厳しく、漢城《ソウル》の中央を流れる漢江《ハンガン》という大河が凍結して荷馬車で渡れるほどだという。

これでは九州、西国、畿内で育った者にはとても耐えきれないので、寒さに慣れた奥州の者たちを五万も六万も徴用して戦場人足としなければ、戦を継続することはできないだろう。

しかし奥州では昨年来一揆の嵐《あらし》が吹き荒れ、村々から人足を徴用することは不可能である。そこで壮年男子や浪人者を一揆に加担した罪で一網打尽にし、そのまま九州に送って朝鮮出兵に備えさせるしかない。

そのためにも九戸城での戦がつづき、一揆鎮圧を名分として人足の徴発を行なった方が世間への聞こえも良く、関白殿下のご威信《いしん》をそこなうこともないはずである。

　昨年以来の貴殿と伊達どのの争いは承知しているし、他に抜きんでる働きをしようと勇み立たれる気持はよく分るが、これは関白殿下のご指示があってのことなので、くれぐれもご配慮いただきたい。

　奥州平定の後には、伊達どのの本領と合わせて百万石の大名に取り立てる。殿下はそうお考えだということを、最後に申し添えておく」

　読み終えた氏郷は、顔に汚ない物でも押し付けられた気がした。

　もともと三成が好きではない。まだ三十をすぎたばかりで、戦場での手柄を立てたこともないくせに、他の武将を見下したような横柄《おうへい》な態度を取る。

　背後に秀吉がいるから武将たちはやむなく従っているが、それを自分の力によるものだと勘違いしているのだから、どうしようもない小才子である。

　来年に予定している朝鮮出兵も、三成ら近江《おうみ》官僚派が主導して押し進めていることだ。

　氏郷や家康ら転封を命じられたばかりの大名は、領国の統治や経営を軌道に乗せるための仕事に追われ、とても海外に出兵している余裕はない。

　それが分っていながら三成らが出兵を強行するのは、上意下達の軍事体制をきずくことで、豊臣政権による中央集権化をはかろうとしているからである。

三成が得意気に記しているように、九戸政実の乱の平定に十五万もの軍勢を動員したのも、朝鮮出兵を見すえてのことだ。

そのために敵国にいるような想定のもとで訓練をし、寒さに強い奥州の領民を徴発するというのだが、そんな手前勝手なやり方は、氏郷にはとうてい認めることができなかった。

(一月も二月も伸ばしてたまるか)

氏郷の任務は、先陣の大将として九戸城を攻め落とすことである。三成の思惑に歩調を合わせる必要はない。なるべく早く戦を終らせ、将兵や奥羽の領民に負担をかけないうちに会津に引き上げるつもりだった。

「申し上げます」

夕方になって蒲生源左衛門の使い番が再び駆けつけた。

「一番隊、二番隊は一戸城を攻め落とし、敵を追撃しております」

「どういうことだ」

「姉帯、根反から敗走する敵を追ったところ、一戸城に逃げ込むことなく九戸城に向かったのでございます」

「一戸城はどうした」

「もぬけの殻でございました。しかし……」

何者かが野にひそんでいて、先陣部隊が通過した後に一戸城下に火を放ったという。

「馬鹿《ばか》な。それでは釣り込まれたも同じではないか」

だから一戸城に留まって後続を待てと言ったではないかと叱《しか》りつけたが、今となってはいたし方がない。一番隊二番隊を孤立させないために、氏郷は馬廻衆二千だけをひきいて後を追うことにした。

愛馬の真鹿毛《まかげ》を駆って岩館《いわだて》まで進むと、一戸城下が燃えさかっているのが見えた。

城下は馬淵川と東西から流れ込む支流にそって広がっている。そこにことごとく火を放たれ、炎の帯となって行く手をはばんでいた。

城下の北には尾根が横たわり、浪打峠をこえる道が九戸城へとつづいている。尾根のふもとにも火が放たれ、頂きに向かって燃え広がっていた。

(もしや、これは……)

城下に誘い込むための策略ではないか。氏郷はそんな懸念を覚えたが、先陣部隊はすでに引き返せないところまで進んでいるのだった。

城外からつるべ撃ちの銃声が聞こえた。在府小路の方向である。政則は飛び起きて板戸を開けた。

外はまだ漆黒《しっこく》の闇《やみ》に包まれている。本丸御門のあたりにかがり火が焚《た》かれ、警固の兵が走り回るのが影のように見えた。

今何刻《なんどき》なのか。長く寝入っていたのか、うたた寝の間に幻影を見ていたのか、判断がつかなかった。

「殿、実親どのが戻られましたぞ」

小田庄左衛門が報告に来た。

「すると、あのつるべ撃ちは」

「尻《し》っ払《ばら》いでござる。追撃してくる敵を追い払っているのでござろう」

いよいよ敵が攻めてきたかと緊張していると、かがり火の中を実親が悠然と戻ってきた。

「喜べ。敵はまんまと罠にはまったぞ」

釣り野伏せは功《こう》を奏《そう》し、蒲生の先陣部隊は我を忘れて追撃してきた。浪打峠に布陣していた五百の兵がそれを待ち構えて痛撃を加え、五、六百の敵を討ち取った。

首尾は上々、長居《ながい》は無用と退却を命じると、敵は思わぬ痛手にいきり立って九戸城下まで追ってきた。そこで城下に配した伏兵が、挨拶《あいさつ》がわりの鉛玉をくらわしたという。

「先陣といっても相手は五、六千だ。蒲生の本隊や他の大名たちも、これに釣られるように夜明けとともに攻め寄せてくるだろう」

「計略通りというわけですね」

「当たり前だ。戦が始まる前に、ひと眠りさせてもらうぞ」

実親は庄左衛門がさし出した水を旨《うま》そうに飲み干すと、自分の部屋に引き上げていった。

櫓台に上がってみると、昨日の火はすべて消え去り、城下も野山も闇に包まれている。その中を松明《たいまつ》をかかげた蒲生勢が、浪打峠から城下に向かって進軍してくるのが見えた。

夜の間に本隊と合流した蒲生勢は、夜明けを待って在府小路の南の八幡平まで押し出してきた。その数は三万と号しているが、先陣が突出したために荷駄隊はまだ到着していなかった。

やがて浅野長政、井伊直政、堀尾吉晴も在府小路や若狭館を取り巻くように布陣した。

奥州勢は出羽の小野寺義道《おのでらよしみち》、仁賀保勝利《にかほかつとし》、秋田実季、津軽の津軽為信、松前《まつまえ》の松前慶広《よしひろ》の順で馬淵川の対岸に旗を並べ、南部信直だけが白鳥川対岸の山に陣を構えていた。

家中ごとに鎧の色も旗差し物もちがう。兜《かぶと》の前立てや背中に背負った母衣《ほろ》も、贅《ぜい》をつくし意匠《いしょう》をこらしたものばかりである。

そうした軍勢が城の回りをびっしりと取り囲む様子は、まるで金襴緞子《きんらんどんす》を敷きつめたようだった。

長い長い奥州の歴史の中でも、これだけの大軍が攻め寄せてくるのは源頼朝の奥州征伐以来である。目に焼きつけて語り草にしようと、城中の者たちは思い思いの場所に出て見物していた。

政則も明日香や子供たちをつれて本丸の櫓台に上がった。

狭い盆地に大軍がひしめく様は、狭い箱にびっしりと豆粒を詰め込んだようである。煮炊《にた》きをしたり陣小屋を建てる場所もないのだから、この先の苦労は並大抵ではないはずだった。

「父上、天下の軍勢を相手にするって本当だったんだね」

福寿丸の声は興奮に上ずっていた。

「そうだ。あの対《むか》い鶴《づる》の旗を立てた蒲生どのは、近江の蒲生という所で生まれた方だ」

「近江って父上も修行に行ったんだよね」

「比叡山《ひえいざん》のふもとの坂本の寺に何度か行ったことがある」

「あそこが一番きれい。紅葉が下りてきたみたい」

治子が穴牛村に布陣した井伊直政の軍勢を指さした。

天下に知られた井伊の赤備えである。朱色の鎧と旗がびっしりと固まった姿は、確かに山頂の紅葉とよく似ていた。

「敵はこんなに大勢なのに、本当に三日で戦が終るのでしょうか」

明日香は不安に顔を強張らせていた。

「上の兄者が立てられた計略だ。我らはそれを信じて戦うしかない」

政則にも不安はある。だが状勢は政実が言った通りに動いているし、冬まで持ちこたえることができたなら敵は全滅の危機にさらされるのは明らかだった。

「四郎、お前も来い」

下から実親が声をかけた。

これから大手門で敵の挨拶を受けるというのである。

「客人《まろうど》じゃ。兄弟そろって迎えようではないか」

虎口《こぐち》を通って大手門の楼上に上がると、政実と康実が待ち受けていた。

格子《こうし》ごしに表を見ると、敵の先陣八千ばかりが焼け野原となった在府小路に三段に布陣していた。

やがて蒲生勢の中から騎馬武者が馬を乗り出し、大手門の前で声を張り上げた。

「それがしは蒲生飛騨守《ひだのかみ》氏郷が家臣、蒲生源左衛門郷成《さとなり》である。汝《なんじ》ら九戸一党は関白殿下のご命令に背き、主家である南部大膳大夫《だいぜんのだいぶ》に反逆した大罪人である。よって関白殿下は即刻退治し、奥州の無事をはかるようにお命じになった。前非を悔いて降伏するなら、家臣領民の命は保証する。あくまで楯突くつもりなら、城を打ち破ってなで斬りにするばかりじゃ。いずれの道を選ぶか、とくと考えて返答するがよい」

源左衛門郷成は二本松城主として四万石を与えられている。氏郷が伊達政宗に備えて境目に配した武勇の士だった。

政実は格子戸を引き開けて敵の前に姿をさらした。

「丁重なるご挨拶、痛み入る。こたびの戦《いくさ》は南部の内紛ではない。関白は朝鮮出兵のために、奥州から人足を狩り集めようとしておる。その是非を問う戦いじゃ。そもそも武士とは領民を守るためにある。しかるに関白は、領地を安堵《あんど》することと引き替えに領民を差し出せと迫っておる。これに従って武士の一分が立つとお思いか。我ら九戸の漢《おとこ》は、命を捨てても異を唱えるのが本分と心得ておる。遠来の諸士に苦労をかけるのは本意ではないが、貴殿らが関白の力を怖《おそ》れて唯々諾々《いいだくだく》と従われるなら是非もない。南部鉄であつらえた矢玉でお迎えいたすゆえ、心してかかって参られよ」

政実の野太い声は、敵陣を通りこして折爪岳まで届いている。その声が四方に木霊《こだま》し、山上がりした領民や山中に布陣した者たちにも聞こえたほどだった。

「ご返答、しかとうけたまわった」

源左衛門郷成は兜の目庇《まびさし》を上げ、政実を見上げて涼やかに笑いかけた。

やがて蒲生勢の鉄砲隊が二百人ばかり出てきた。最新式の大型銃の筒先を棒で支え、火薬筒をつけた鉄の矢を装塡《そうてん》した。

「あれは棒火矢でございます」

政則は都にいた頃に聞いたことがある。火をつけた火薬筒を鉄砲で撃ち込み、城門や櫓《やぐら》を炎上させる新兵器だった。

「そんなことは分っておる。まあ見ておれ」

政実が重い格子戸を閉めた直後に、敵は棒火矢を撃ち込んできた。十本ばかりが門《もん》扉《ぴ》にも格子にも屋根にも突き立ち、火薬筒が派手な炎を噴き上げた。

政則は実親に助けられて梯子《はしご》を下り、虎口の内側に避難した。政実と康実も落ち着き払って後につづき、内門の扉を閉ざした。

こちらは鉄張りの鉄門《くろがねもん》で、棒火矢を撃ちかけられてもびくともしないように作られていた。

大手門はほどなく焼け落ち、敵の足軽が城内に乱入しようと虎口に殺到した。

だが幅五間（約九メートル）、奥行き十間ほどの虎口は石垣で封じられ、内門はぴたりと閉ざされている。

足軽たちは石垣に梯子をかけて城内に乱入しようとしたが、石垣の上の土塀の狭間《はざま》から鉄砲を撃ちかけられ、たちまち百人ばかりが命を落とした。

蒲生勢は二の丸や松の丸の塀に向かっても棒火矢を撃ちかけた。

ここは土塁の上に土塀をめぐらしたものなので、棒火矢で炎上させることはできない。ところが黒塗りの下見板でおおっているので、板塀と勘ちがいして焼きたてようとしたのだった。

蒲生勢は二間ばかりの間をおいて正確に棒火矢を撃ち込んでいく。すると塀の内側にひそんでいた城兵が、水弾《はじ》き（大型の水鉄砲）で素早く火を消し止めた。

敵はその隙《すき》を与えまいとさらに多くの棒火矢を撃ち込んでくる。それでも水弾きの用意に抜かりはなく、水を飛ばす腕は正確で、火縄から火薬筒に燃え移る前に消し止めた。

「こしゃくな。ならば火が移る寸前まで待って鉄砲を撃て」

鉄砲隊の組頭がそう命じた。

この判断は功を奏し、棒火矢は火を噴き上げながら下見板に突き立つようになった。ところがわずかでも撃つ時機が遅れると、筒先にあるうちに炎を噴き上げる。その火が銃身に詰めた火薬に引火し、暴発する鉄砲が相次いだ。

しかも城兵たちは思いもかけない行動に出た。下見板の下の端にかけた綱を引っ張り、くるりと一回転させて城内に取り込んだのである。

これで燃えないまま板に突き立っていた棒火矢三百本ばかりが、労せずして手に入ったのだった。

「どうじゃ。あれだけの火薬があれば、数千発の鉄砲が撃てる。赤壁《せきへき》の計というものじゃ」

発案した実親は得意満面である。

劉備《りゅうび》の軍師である諸葛孔明《しょかつこうめい》は、赤壁の戦いの時に敵に矢を射掛けさせて十万本の矢を手に入れた。その故事にならったものだった。

第十四章　和議の使者

浪打峠《なみうち》からの道はブナの林におおわれていた。すでに落葉を終え、寒々と立ちつくす木々が頭上をおおい、視界を閉ざしている。

蒲生《がもう》飛騨守氏郷《ひだのかみうじさと》は真鹿毛《まかげ》にまたがって細く曲がりくねった道を下りながら、九戸《くのへ》城下から聞こえてくる銃声や喚声《かんせい》に耳をこらしていた。

十四歳での初陣《ういじん》から二十二年間、戦いに明け暮れてきたので、戦場の感触は体が覚えている。遠くから地鳴りのように伝わってくる喧騒《けんそう》を聞いただけで、戦場の様子を想像することができた。

身方の軍勢は九戸城を取り囲み、それぞれの持ち場から攻撃を仕掛けているが、鉄砲の筒先がそろっていない。統制も計略もない攻め方で、敵の反撃に手こずっているようだった。

（小城《こじろ》とあなどって、一番乗りの手柄を争っているのであろう）

氏郷はそう思った。

九戸城の規模は出陣前に入手した縄張り図を見て知っていた。馬淵《まべち》川と白鳥《しらとり》川、猫《ねこ》淵《ぶち》川を外堀とした堂々たる構えだが、三千五百の兵で守るには広すぎる。

六万の軍勢で攻めかかれば、敵兵は分散されて守備が薄くなるのだから、そこを突破して城中に乗り込めばいい。落とすのにさして手間はかからないはずだった。

風は北西からゆるやかに吹き、木々の梢《こずえ》をざわめかせている。氏郷はその風に焼け跡の饐《す》えた臭《にお》いが混じっていることが気になった。

敵は一戸《いちのへ》城下に火を放って行く手をはばもうとしたが、その時よりはるかに濃密な臭いである。九戸城下まではまだ半里ちかくもあるのだから、どうしてこんな臭いがただよっているのか分らなかった。

氏郷はふと嫌な予感にかられ、

「物見はまだ戻らぬか」

前を行く近習に声をかけた。

「身方にさえぎられて戻れぬものと存じます」

道は荷車がようやく通れるほどの幅しかない。そこを大軍が長蛇の列をなして進んでいるので、逆行するのは難しいのだった。

やがて一行は本道をはずれ、西側の御伊勢堂《おいせどう》への道をたどった。氏郷は九戸城の南に位置するこの高台に本陣をおくことにし、先発隊に陣ごしらえを命じていた。

高台に出ると、あたりを一望に見渡すことができた。

九戸城下も馬淵川ぞいに広がる集落も一面の焼け野原で、家どころか寺も神社も残っていない。山のふもとの一合目あたりまで計ったように焼き払われ、焼けて赤黒くなった地肌をさらしていた。

(こ、これは……)

氏郷は内心動揺した。

籠城《ろうじょう》する時城下に火を放つのは兵法の常道である。だがこれほど徹底して焼きつくした光景を見たのは始めてだった。

氏郷の先陣は在府小路《ざいふこうじ》から大手口を攻めている。その先に浅野・井伊勢が布陣して若狭館《わかさだて》をにらんでいる。城の北側には南部信直《なんぶのぶなお》、馬淵川の対岸には奥州《おうしゅう》の諸勢が旗をならべていた。

不思議である。六万余の軍勢が城を隙間《すきま》なく取り囲む様《さま》は勇壮なはずなのに、奥州の大自然の中ではいかにも小さく頼りない。

一合目まで焼き払われた野山が溜池《ためいけ》の縁《ふち》のように見えるせいか、六万の軍勢が水底に引きずり込まれてあえいでいるようにさえ思えるのだった。

予想した通り身方の攻撃は統一が取れておらず、銘々勝手に攻めかかっている。あれでは敵の守備力を分散することはできない。

「今すぐ各隊に出向き、攻撃を中止させよ。今後は余の采配《さいはい》に従ってもらう」

氏郷は使い番の頭《かしら》を呼んで命じた。

「それにここでは全体の指揮を取るには遠すぎる。井伊勢が布陣している背後の山に本陣を移すゆえ、直政《なおまさ》どのに陣ごしらえを頼んでおけ」

氏郷が指したのは天神堂《てんじんどう》山という小高い山だった。

「後続の荷駄隊はどうしておる」

「敵が放った火にさえぎられ、いまだに一戸城下にとどまっております」

使い番の頭は状況をしっかりと把握していた。

「ならばここまで来る間に陣小屋用の木材を確保させよ。これだけ焼き払われては、まわりの山から切り出すのは難しかろう」

命令一下、赤い撓《しな》いを背負った使い番たちが馬で飛び出していった。

ところがいつまでたっても身方の攻撃はやまなかった。散発的に攻めかかっては、手痛く反撃されて退却している。

遠目にはそれほど堅固な城とも見えないのに、鉄砲や棒火矢による攻撃が通じないのである。

しかも使い番が誰一人もどって来なかった。荷駄隊につかわした者には、至急もどって状況を報告せよと命じているのに、半刻《はんとき》すぎても一刻すぎても何の音沙汰《おとさた》もなかった。

（いったい何をしているのじゃ）

苛立《いらだ》って別の者に様子を見に行かせようとしていると、南の方から一羽の鳩《はと》が飛来し、九戸城の本丸に吸い込まれるように降りていく。

ややあって折爪《おりつめ》岳の尾根からも鳩が天高く舞い上がり、九戸城へと向かっていった。

「申し上げます」

使い番の頭が息せき切って復命に来た。

「一戸城下の荷駄隊につかわした者が、浪打峠で何者かに討たれておりました」

もどりが遅いのを案じて別の者をつかわしたところ、人馬共に倒れてこと切れていたという。

「馬までが何故《なにゆえ》討たれたのだ」

「腹を射抜かれておりました。毒矢を使ったものと思われます」

「毒だと」

伊達政宗《だてまさむね》に毒をもられた時のことを思い出し、氏郷の胃の腑《ふ》から吐き気が突き上げてきた。

「マタギと呼ばれる猟師たちは、熊《くま》を狩るのに毒矢を用いるそうでございます」

やがて各隊に向かった使い番も、毒矢をあびて倒れているのが発見された。一人、そしてまた一人。何者かがどこかに潜み、使い番すべてを討ち取っている。

そのためにいつまでたっても攻撃中止の命令が伝わらないのだった。

「南部信直どのを呼べ。百人ばかりで隊列を組み、敵の攻撃をかわしながら陣所へ向かうのだ」

大膳大夫信直は黒革のマントを頭からすっぽりとかぶり、馬にも革の馬鎧《うまよろい》を着せてただ一騎でやって来た。

敵が毒矢を使ったと聞き、即座に防備を固めたのである。

「お呼びとうかがいましたので」

黒革のマントを脱ぎ捨て、唐綾縅《からあやおどし》の鎧姿になって片膝《かたひざ》をついた。すっきりと鼻筋が通り目の色の深い男だった。

「さっそくにかたじけない。この土地の事情に通じた貴殿に、お知恵を拝借したい」

氏郷は信直の聡明《そうめい》さを一目で見抜き、これまでの状況を手短かに話した。

「それは山の民の仕業と存じます」

「山の民とは」

「マタギや山立衆《やまだち》、山師や木地師、修験者《しゅげんじゃ》など、尾根を巡り歩きながら生計を立てている者のことでございます」

「木地師や山師などは畿内にもいるが」

「奥州は古くは蝦夷《えみし》の土地でございました。平泉が源頼朝公によって征服された時、蝦夷の多くが山中に逃れて生きるようになったと聞いております」

「その者たちが、九戸の身方をしているとおおせられるか」

「おそらく山中に伏して、お身方の背後をつこうとしているのでございましょう」

さっき九戸城に、一戸方面からと折爪岳から鳩が飛来した。あれは状況を報告するための伝書鳩だ。信直はそう言った。

「すると我々は九戸城におびき出され、まわりを包囲されたということか」

「まわりの尾根に、山の民が包囲陣を敷いていると見なければなりますまい」

「その数は」

「分りません。されど山を走り地形に通じた者たちゆえ、少数でも軍勢を撹乱《かくらん》したり通路を遮断《しゃだん》することはできると存じます」

「そうして我らを孤立させるつもりか」

氏郷は内心ぞっとしてまわりの尾根を見渡した。

孤立したまま冬になれば、野山は一面の雪に閉ざされる。その恐ろしさは昨年の冬の戦いで骨身にしみて分っていた。

「この状況を、貴殿ならどうなされる」

「身方の連絡を密にし、いっせいに攻めかかるべきだと存じます」

そうすれば敵は守りが手薄になるので、かならずどこかを攻め破ることができる。

信直の見方は氏郷とまったく同じだった。

「それがしが布陣した金録山からは、城下を手に取るように見渡すことができます。ここで全軍の指揮をお取りになればよろしゅうござる」

「馬淵川の西岸に布陣した者たちにも、その方面に陣替えを命じなければなるまい」

氏郷は総攻撃の手はずをととのえるために、九戸城の様子を視察することにした。

五百人ばかりの鉄砲衆を引き連れ、信直の案内で城下への道を下っていった。

銃声はすでにおさまり、各隊も矛をおさめて様子をながめている。攻撃中止の命令がようやく行き渡ったのだった。

氏郷は在府小路に出て先陣の将兵の苦労をねぎらった。

「思いの外、手強《てごわ》い城でござる。鉄砲も充分に備えておりまする」

蒲生源左衛門郷成《げんざえもんさとなり》が大手門まで案内した。

門は焼き落としているが、その奥の虎口《こぐち》にはばまれて突入できないでいる。自然の地形を利してきずいた曲輪《くるわ》は、空堀から十間（約十八メートル）もの高さがあり、まわりに頑丈な土塀をめぐらしていた。

氏郷は松の丸の南側の道を通って馬淵川ぞいに出た。

奥州街道が通り、城下町が広がっていたところだが、今は一面の焦土と化している。焼け木杭《ぼっくい》ひとつ残していないのは、敵に使わせないためだった。

その徹底ぶりを見て、氏郷は九戸政実《まさざね》の覚悟と信念の強さを感じ取った。籠城した将兵が政実と同じ気持でいるのなら、厄介なことになりそうだ。そんな懸念《けねん》を抱きながら馬を進め、本丸の正面に出た。

河岸段丘《かがんだんきゅう》が二段になってそびえ立ち、その上に城がきずかれている。高さはおよそ二十間。自然が作った巨大な城壁だった。

（何と、これは……）

氏郷は茫然《ぼうぜん》とした。

縄張り図や遠目では分らない凄《すさ》まじいばかりの構えである。北の白鳥川ぞいの城壁はこれより高いのだから、いくら兵をつぎ込んでも突破できる見込みはあるまい。

攻め寄せるとすれば在府小路と城の東側からしかなかったが、攻め口が狭いので一度に投入できる兵力は限られていた。

「冬はいつ来る？」

信直にたずねた。

「さようでござるな。あと半月ばかりと存じまする」

（たった半月）

氏郷は肝を冷やした。

それまでに攻め落とせなければ、六万の大軍が凍土の中で全滅するにちがいなかった。

氏郷の姿を幻視していた久慈《くじ》備前守政則《びぜんのかみまさのり》は、殺気立った叫び声で我に返った。

「頭を下げるな。早く薬を、薬を持って来い」

重傷を負った兵を、同じ組の者たちが戸板に乗せて運び込んだのである。

今朝から二刻ばかりの戦いで百人ちかくが傷を負い、本丸御殿に横たえられていた。

医療の心得がある政則は、城下の寺から駆けつけた僧や城中の女子供を指揮して治療に当たっている。

薬の調合や傷口の縫合《ほうごう》、そして息絶えていく者たちの苦痛の軽減など、目の回るような忙しさだが、半刻ほど前に敵の攻撃が止《や》んでひと息つくことができた。

その一瞬の間に、頭を割って飛び込むように氏郷の幻影が見えたのだった。

「備前守どの、お願い申す。長次郎を助けて下され」

必死の声に呼ばれて、戸板に乗せられた長次郎という足軽を診た。

胴丸をつけているのに腹を撃ち抜かれている。弾が貫通した穴から、血がわき水のようにしみ出していた。

「肩紐《かたひも》を切って胴丸をはずせ」

そう命じて傷口を改めた。

蒲生勢が放った弾は、鎧《よろい》を貫通して腹に深々と突きささっている。しかも胴丸の破片までがくい込んでいるので、手のほどこしようがなかった。

政則は腰に下げた竹筒を取り出し、朝鮮朝顔を煎《せん》じた薬湯を飲ませようとした。少しでも痛みをおさえ、やすらかに成仏《じょうぶつ》させるためだが、長次郎は苦痛のあまり歯を喰いしばって身もだえするので、飲ませることができない。やむなくあごを押し開き、口移しで薬湯を流し込んだ。

「お頭《かしら》、おっ母と女房《あっぱ》を」

組頭に二人を頼むと言い残し、年若い長次郎は息絶えた。

組頭は長次郎の髻《もとどり》を切り落とし、戸板に乗せて運び出すように配下に命じた。

「蒲生飛驒が通るど。南部信直も一緒だ」

御殿の外で声が上がった。

悲嘆にくれていた組頭が、反射的に鉄砲をつかんで飛び出していった。

政則も傷のいえきらない左足を引きずって本丸西の櫓《やぐら》にのぼった。すでに九戸政実と実親《さねちか》が来ていて、眼下を通る一行に目をこらしていた。

五百人ばかりの鉄砲衆の中ほどを、鯰尾《なまずお》の兜《かぶと》をかぶった氏郷が馬を進めている。横には龍頭《たつがしら》の前立てをつけた兜をかぶった信直が従っていた。

「なかなか堂々たる大将ぶりでございますな」

実親が政実に水を向けた。

「内心では城の構えに気圧《けお》されておる。馬を止めようとせぬのがその証拠じゃ」

「兄者のおおせの通りです」

政則は眼下に広がる光景が、幻視と寸分ちがわないことに意を強くし、和議を申し入れるなら今だと進言した。

「飛驒守どのは、兄者の策略にはまったことに気付いておられます」

「何ゆえそのようなことが分る」

実親にたずねられ、政則は返答に窮した。幻影を見たなどと言えば、大笑いされるにちがいなかった。

「自ら視察に出られたことが、その証《あかし》と存じます。それに時を移せば、やがて総攻めが始まりましょう」

「確かに備前守の言う通りかもしれぬ」

戦《いくさ》が長引けば犠牲者が増えるだけだと、政実は政則に和議の使者を申し付けた。

「薩天和尚《さつてんおしよう》をつれて信直の陣所へ行け。我らの心底を伝え、蒲生への仲介を頼むのじゃ」

その時、櫓下から乾いた銃声が上がった。さっきの組頭が長次郎の仇《かたき》を討とうと、土塀の狭間《はざま》から氏郷を狙《ねら》い撃ったのである。

だが距離は二町ちかくあり、弾がとどくはずがなかった。

「馬鹿者《ばかもの》。命令もなく撃つでない」

実親が叱《しか》りつけた時、蒲生の鉄砲衆が二十人ばかり、筒先をそろえて反撃に出た。

いずれも大型の鉄砲で、土塀を楽々と直撃している。その威力は九戸勢の想像をはるかに越えた凄まじさだった。

政則は着替えのために奥御殿に行った。この五日ほど籠城仕度に忙殺されて着替えも行水もしていない。城内の誰もが同じ状態なので気にもならなかったが、使者を命じられたからには身ぎれいにしておきたかった。

この交渉が成功するかどうかに、籠城した将兵三千五百、家族や領民一千五百余の命がかかっている。首尾よく事が運んだとしても、政則ら兄弟四人の生きる道は閉ざされるが、この命と引き替えに奥州を救えるなら本望だった。

奥御殿では鉢巻をしてたすきをかけた侍女たちがあわただしく働いていた。

北の方や亀千代《かめちよ》の指揮に従って鉄砲の弾を鋳造《ちゅうぞう》している。庭に作ったかまどに手鍋《てなべ》をかけて鉛をとかし、六つの湯口をあけた鋳型に流し込む。鉛が冷えるのを待って二つ合わせの鋳型を開けると、六つの弾が出来ているという寸法である。

ところが弾には湯口からそそいだ跡や、鋳型の合わせ目にしみ込んだ鉛がついている。それをヤスリでそぎ落とし、完全な球形に仕上げなければ、命中率がいちじるしく落ちるのだった。

明日香と子供たちも、弾から余分な鉛をそぎ落とす仕事をしていた。鉛の粉で手を真っ黒にしてヤスリを使っている。その手で顔をさわったらしく、福寿丸《ふくじゅまる》も治子《はるこ》も頬やあごが黒く汚れていた。

「みんな頑張っているな」

政則はねぎらいの言葉をかけた。

「父上、今日は十個もけずったよ」

福寿丸がけずりかけの弾を得意気に見せた。

「わたしは三つ」

治子も負けじと言ったが、まだ充分な仕事ができる歳《とし》ではなかった。

「何かご用でしょうか」

明日香が前垂れで手をふいて立ち上がった。

「南部どのへ和議の使いに行く。いつもの大紋を出してくれ」

「まあ、和議が成るのですか」

「まだ分らぬ。だが早期の和睦《わぼく》は計略のうちだ」

政則は差し出された褐色《かち》（濃紺色）の大紋に着替え、烏帽子《えぼし》をかぶった。

「傷は痛みませんか」

「少々不自由だが、杖《つえ》がなくても何とか歩けるようになった」

「皆がご無事のお帰りをお待ちしています。どうぞ、お気をつけて」

明日香が体を寄せて匂《にお》い袋を懐《ふところ》にさし入れた。もし和議の交渉がうまくいかなかったら、その場で斬《き》られることもある。その時見苦しい姿をさらさないための心得だった。

政則は小田庄左衛門《しようざえもん》を従え、薩天和尚とともに南部信直の陣所へ向かった。庄左衛門が竹竿《たけざお》の先に編笠《あみがさ》をかかげて和議の使者であることを示しているが、どんな扱いを受けるかまったく分らなかった。

「この鳩が役に立ってくれるといいのでござるが」

庄左衛門がもう一方の手に下げた鳥籠《とりかご》を持ち上げた。

交渉が首尾よくいった時に、城内にいち早く知らせるためのものだった。

「南部を思う気持は、信直どのもひときわ強い。腹を割って話せば分って下さるはずだ」

「しかしその暁《あかつき》には、九戸の首を差し出さねばならぬのでござる。何とも割に合わぬ話でござるな、和尚どの」

「さようじゃ。どうした因果か、蒼天《そうてん》といると損な役ばかりめぐってくる」

薩天は不平をならべながらもどこか楽しげだった。

「口上は師匠にのべていただきたいのですが」

「わしは中立の者として立ち合うだけだ。口上はそちがのべよ」

「和議の使者は陣僧がつとめるものと存じますが」

「信直が怖いか」

「いいえ。礼義を守りたいだけでございます」

「わしは陣僧ではない。余計な気づかいをせずともよい」

信直は金録山に本陣をおき、ふもとに柵《さく》を結い回して守りを固めている。白鳥川の渡しを渡り、柵にきずかれた門で来意を告げると、しばらく待たされた後で中に入ることを許された。

「待たれよ。その荷物は」

布をかけた鳥籠を持つ庄左衛門を、門番の者が見とがめた。

「信直どのに献上する堂鳩でござる」

庄左衛門がちらりと布をめくってみせた。

山頂の広場に陣幕をめぐらし、中央に信直が座っている。左右には北左衛門佐《きたさえもんのすけ》や桜庭《さくらば》安房守《あわのかみ》ら重臣たちが控えていた。

政則が幕の内に入って片膝《かたひざ》をつこうとすると、

「それには及ばぬ。これ」

信直が床几《しょうぎ》を運ばせ、これに座るように勧めた。

「兄政実の申し付けにより、和議の使者として参上いたしました。お取り計らいの程、よろしくお願い申し上げます」

政則は政実の書状を差し出した。

信直は手ずから受け取って目を通した。降伏の条件と仲介を依頼する旨《むね》が記されたものである。

「うむ。九戸四兄弟の首をさし出す所存か」

信直が書状に目を落としたままつぶやいた。

「籠城の当初から、その覚悟でございます」

「ならば断わるわけにはいくまい。蒲生どのと相談の上、ご本陣に案内いたす。明朝辰《たつ》の刻（午前八時）、ここに訪ねて参るがよい」

「この条件を認めていただけるのでしょうか」

「蒲生どのは何とおおせられるか分らぬ。だがわしはこの条件で和議が成るように、全力をつくして執り成すつもりじゃ」

信直は意外なばかりに協力的だった。

「信直どの、どうした風の吹き回しじゃ。悟りでも開かれたか」

薩天があたりをはばからず戯言《ざれごと》を言った。

「和尚、その通りじゃ。政実どののお考えが正しかったことが、骨身にしみて分り申した」

「ほう。文殊菩薩《もんじゅぼさつ》のご利益《りやく》かな」

「蒲生どのがすべてを明かして下されたのでござる。この十五万の大軍が何のためのものか」

「すると人狩りのことも聞いたのじゃな」

「さよう。それゆえこの命を賭《か》けて、政実どのの計略を助ける所存」

信直は感極まって目を赤くしていた。

「よう言うて下された。それでこそ南部の漢《おとこ》じゃ」

薩天は首にかけた数珠《じゅず》をすり鳴らし、仏の加護を願う真言を高らかにとなえた。

それだけで皆の心がおだやかになり、一致して事を成そうという覚悟が定まっていった。

「その堂嶋は、わしに献上されると聞いたが」

信直がたずねた。

「これは九戸城にもどる伝書鳩でございます。ご尊意をわが主《あるじ》に伝えていただければ、有難く存じます」

庄左衛門が鳥籠を差し出した。

「さようか。ならば」

信直は矢立てを取り出し、「諸事同心いたし候《そうろう》」と記して花押《かおう》をしたためた。

その文を結んだ鳩は、白鳥川をこえてあっという間に九戸城の本丸にもどっていった。

翌朝は霜が下りるほど冷え込みが厳しかった。

政則と庄左衛門と薩天は、信直に案内されて御伊勢堂の高台にある蒲生氏郷の本陣をたずねた。

昨日布陣したばかりなのにまわりに柵をめぐらし、内側に三尺ばかりの高さの土嚢《どのう》を積んでいる。この状況で敵から攻撃されるおそれは少ないのに、万全の備えをおこたっていなかった。

信直が先に立ち、柵にもうけた冠木門《かぶきもん》をくぐっていく。

遠目には分らないが、門の内側にも土嚢を積んで虎口をもうけている。あと何日かすれば、立派な陣城が出来上がるにちがいなかった。

「たいしたものでござる。我々とは徹底ぶりがちがいまするな」

庄左衛門がしきりに感心した。

「氏郷どのは織田信長公に見込まれたお方だ。先の先を考えて手を打っておられる」

氏郷は若い頃に人質として信長に預けられたが、その才質に惚《ほ》れ込んだ信長が娘婿《むすめむこ》にして重用した。そんな噂《うわさ》を、政則は都にいた頃に聞いたことがあった。

出迎えの近習に案内されて御座所に向かっていると、村人らしい十数人がひと固まりになって焚《た》き火を囲んでいた。

粗末な野良着《のらぎ》を着て寒そうに肩をすくめた者たちの中に、見覚えのある娘がいる。

平泉寺でおしら様を下ろしてくれた可奈である。

その横で草鞋《わらじ》の修理をしているのは藤七の配下だった。

「あの者たちは」

政則は近習にたずねた。

「道案内の者でござる。村々から徴発《ちょうはつ》して使っておりまする」

可奈はそうした者たちの中にもぐり込み、氏郷の側近くから念波を送っていたにちがいあるまい。

政則は初めてそのことに気付き、感謝の意を伝えたかったが、うかつなことをしては可奈の正体を敵に見抜かれるおそれがあった。

氏郷は山の中腹の陣小屋で待っていた。会津から持参した板や柱できずいた六畳二間の建物で、ひと間は茶室になっていた。

「一服差し上げよう。お上がり下され」

鎧直垂《よろいひたたれ》姿の氏郷が茶室に案内した。

信直が正客《しょうきゃく》となって上座につき、政則ら三人はその後に従った。

釜《かま》の湯はすでに煮立ち、湯気を上げて茶室の空気を温《ぬく》めている。耳をすますと釜が立てる松籟《しょうらい》の音がかすかに聞こえた。

氏郷は点前《てまえ》畳に座り、四人それぞれに茶を振舞った。千利休の愛弟子《まなでし》だけあって、手元がすっきりと伸びた見事な所作だった。

「貴殿が久慈備前守どのですか」

茶碗《ちゃわん》をさし出しながら声をかけた。

「さようでございます。このようなおもてなしをいただき、かたじけのうございます」

「都で仏道の修行をしておられたそうですね」

「四人兄弟の末ですので、幼い頃に仏門に入れられました。都にいたのは七年ばかりでございます」

「和議の条件については、信直どのからうかがいました。人狩りを中止し、家臣領民の命を助けるなら、城や所領とともに九戸兄弟の首をさし出すと」

「さようでございます。何とぞご慈悲をもって、お許しいただきとう存じます」

政則は作法通りに茶をいただき、深々と頭を下げた。

「ご領内には豊かな鉱山があると聞きましたが」

氏郷が出方をうかがうようにたずねた。

「鹿角《かづの》に金山があります」

「硫黄《いおう》もとれるそうですね」

「私は見たことがありませんが、兄が鉱山の場所を記した絵図を持っています。それもすべて進上するつもりです」

「何もかも失ってもよいとおおせられるか」

氏郷がいぶかしげな表情をした。

「人狩りさえ中止していただくなら、それで本望でございます」

政則は静かな口調で言い切った。

「それでは何ひとつ、貴殿らの利益にはなるまい」

「兄は常々、奥州の大義を守り抜くことが自分の役目だと申しております」

「大義のためなら命を捨てても構わぬと」

「我ら四人、そのように覚悟しております」

「見事なものだ。事にのぞむお覚悟も、我らをここまでおびき寄せたお手並みも」

氏郷が表情をやわらげて茶碗を引き、お茶はどうだったかとたずねた。

「おいしく頂戴《ちょうだい》いたしました。都のお茶でしょうか」

「伊勢の松阪で作らせたものです。都の茶よりまろやかなので、好んで用いています」

「氏郷どの、その茶を少し分けていただけまいか」

井戸茶碗に見入っていた薩天が、時機をとらえて口をはさんだ。

「いいですよ。和尚も茶をたしなまれますか」

「田舎者の我流じゃが、味の良《よ》し悪《あ》しくらいは分るでな。甥《おい》どもが腹を切る前に、この茶でもてなしてやりたいのでござる」

この条件で和議に応じてくれるかと、薩天は遠回しにたずねていた。

「さあ、それはどうでしょうか」

「これからますます冷え込みがきつくなり、在陣の諸将のご苦労も並大抵ではないと思うが」

「それは承知しております。しかし諸将の中には、この程度の城くらい、総攻めにすればすぐに落とせると考える方もおられるのでござる」

「貴殿もそうお考えか」

「落とす手立てはいくらもあります」

氏郷は迷いなく言い切った。

「されど冬が来る前にけりをつけられるかどうかは、やってみなければ分りません」

「そうなれば少なからぬ犠牲が出る。のるかそるかの博打《ばくち》を打つよりは、今のうちに勝ち戦の実《じつ》を取った方が良いのではござらぬか」

「我々には落とせぬと、和尚はお考えですか」

「そうは言わぬ。しかし正面きった戦を仕掛けたなら、貴殿らの敵は九戸城ばかりではなくなる。山や尾根にひそむ者と奥州の大自然、そして長年この地を守ってきた祖霊、地霊が、こぞって六万の大軍に挑むことになりましょう」

「祖霊、地霊ですか」

氏郷は点前を終えて道具を元の位置にもどし、信直をうながして席を立った。

「奥州奉行の浅野どののお考えもうかがわなければなりません。評定を開いて参りますので、しばらくお待ちいただきたい」

「蒲生さま、卒爾《そつじ》ながら」

政則は持参した熊の胆《い》の包みを開いた。熊の胆嚢《たんのう》を乾燥させて粉末にし、薬草と練り合わせたものだった。

「これは？」

「熊の胆と申します。奥州に古くから伝わる胃腸の薬です。胃が痛む時や吐き気がする時に、水か湯でお飲み下され」

政則は練り固めた褐色《かっしょく》の薬を笄《こうがい》で切り取り、毒が入っていないことを示すために飲んでみせた。

氏郷は一瞬警戒心をあらわにしたが、政則の邪気のない顔を見ると仕方なげに包みを受け取った。

氏郷は信直を従えて在府小路への道を下りていった。

先陣をつとめる蒲生源左衛門郷成の陣所に浅野長政、井伊直政、堀尾吉晴を集め、九戸政実の申し出にどう対応するか話し合うことにしていた。

「久慈備前守とは、どういう男でしょうか」

信直にたずねた。

「さようでございますな。我らとはちがうものを見ていると申しますか、ちょっと変わっていると言いますか」

「ちがうものとは？」

「長い間僧籍にあったせいか、現実よりは理想のほうに重きをおいて物事を考えているようです。あれではとても領主は務まらないでしょうが、人に安心感を与える人徳を備えております」

だから和議の使者には適していると、信直は政則に好意的だった。

「和議の条件について、信直どのはどう思われますか」

「この戦はそれがしと九戸が引き起こしたことゆえ、諸将に大軍をひきいて駆けつけていただいたことに感謝しておりますし、大変申し訳なく思っております。ですからこのようなことを言える筋合いではないのですが」

「構いません。今は二人だけですから」

思ったままを言ってくれと、氏郷はためらう信直の背中を押した。

「政実は初めから、奥州での人狩りをやめさせるために戦うと申しておりました。南部がひとつになってそれを止めさせるべきだと説いておりましたが、それがしはそんなことが実際に行なわれるとは信じておりませんでした」

「ところがそれは事実だった」

「飛騨守さまにそう教えていただき、目から鱗《うろこ》が落ちました。それをいち早く気付いた点でも、兄弟四人で命をかけて阻止しようとした点でも、政実の方がそれがしより一枚も二枚も上でござる。成ることとならばこの和議に応じ、奥州を救っていただきとう存じます」

「奥州の山の民とは、それほど手強いものですか」

「山の道、尾根の道を知り尽くした者たちです。真冬の山でも自在に走りますし、生き抜く術《すべ》を心得ております」

「このあたりは葛西《かさい》や大崎《おおさき》より雪が深いと聞きましたが」

「比べものになりません。二間は積もりますし、時には人が生きたまま凍るほど冷え込みます」

「二間ですか」

氏郷は胃に鈍い痛みが走るのを感じ、熊の胆の包みを懐に入れていることを思い出した。

「申し訳ござらぬ。しばらくお待ち下され」

近習に水を運ばせて熊の胆を飲んだ。ほろ苦い味とともに薬が胃に落ちていく。何やら効き目がありそうだった。

（しかし、どうして）

政則は胃痛のことを知っているのだろう。氏郷はふとそう思い、祖霊地霊という薩天の言葉を思い出した。

先陣の陣所に行くと、源左衛門郷成が出迎えた。

「皆様、おそろいでございます」

陣所には浅野、井伊、堀尾が鎧姿で床几に腰を下ろしていた。氏郷と信直も床几を持ち込み、小さな車座になった。

「ご足労をいただきかたじけない。先程九戸から降伏の申し入れがございました」

「田舎侍め。六万もの大軍を見て怖気《おじけ》づきおったか」

浅野長政が唇の端をつり上げて薄く笑った。

「降伏の条件は次の通りでございます」

氏郷が政実からの申し出を伝えると、長政は即座に反対した。

「そのようなことを認めずとも、城を踏みつぶしてなで斬りにすれば良いのじゃ。負け犬の分際で天下の仕置きに異をとなえるとは片腹痛いわ」

「さよう。刃向かう者は一人も残さずなで斬りにせよと、関白殿下も命じておられる」

堀尾吉晴が長政に追従した。尾張丹羽郡の出身で、天正十三年（一五八五）の佐々《さっさ》成政《なりまさ》征伐の頃から、羽柴秀次の付け家老に任じられて諸国を転戦している。

今度の出陣も総大将秀次の名代としての意味あいが強かった。

「井伊どのは、どうお考えですか」

氏郷が井伊直政にたずねた。

「お二方《ふたかた》のお言葉はもっともなれど、この城を攻め落とすのは容易ではありますまい」

「ほう。何故でございますか」

「先程一刻ばかり攻めさせて様子をうかがいましたが、城兵の士気も高く、鉄砲も充分にそなえておりまする。土塀から鉄砲を撃ちかけられては、この城壁を登ることはできません」

「籠城《ろうじょう》の兵はたかだか三千五百でござるぞ」

鉄砲や銃弾の装備もたかが知れていると、長政が直政の慎重さを笑った。

「恐れながら、九戸は鹿角の金山を支配しております。その上硫黄を産する鉱山もありますので、弾や塩硝《えんしょう》は充分に備えていると存じます」

信直が直政の肩を持った。

「馬鹿な。奥州で硫黄がとれるとは聞いたこともないわ」

「長政どの、ところが現にそうなのでござる」

氏郷は石田三成がその鉱山を手に入れようと、津軽為信と結んで画策していることを語った。

「ならば治部は、そのために十五万もの兵を動かしたとおおせか」

「それればかりではありませぬ。朝鮮出兵に備えて訓練をさせるつもりなのでござる。拠点となる城の確保や連絡網の維持、人足の徴発など、奥州を敵国と見立てて試してみるつもりなのです」

「治部めが、そのような話」

一度もしたことがないと、長政が不機嫌そうに黙り込んだ。

「これは関白殿下と数人の側近しか知らぬことです。それゆえ早目に戦を終わらせて領国に戻らなければ、この先どんな負担を押しつけられるか分りませぬ」

「されど飛騨守どの」

さしたる戦もせずに和議を結んでは、関白殿下のお怒りを買おうと、吉晴が危ぶんだ。

「それに我らの一存で人狩りを中止すると約束すれば、殿下のご下知に背くことになりませぬか」

「人狩りは公《おおやけ》に命じられたことではござらぬ。石田治部が殿下のお許しを得て勝手に取りかかろうとしているのでござる」

だから城さえ落とせば、申し開きをする手立てはある。氏郷はそう考えていたが、そのためには皆が口裏を合わせておく必要があった。

「籠城の兵は三千五百。その一割ばかりの首を取れば、関白殿下にも納得していただけるのではござるまいか」

家康の名代をつとめる直政が、遠慮がちに申し出た。

「九戸四兄弟の他に、三百余人に腹を切らせるということですか」

「九戸が本気で和議を望んでいるのなら、それくらいの犠牲は受け容《い》れると存ずるが」

この発言をきっかけに、話は和議の条件に移っていった。

第十五章　生き残る者

評定の結果を待ちながら、久慈備前守政則《くじびぜんのかみまさのり》は物思いにふけっていた。蒲生氏郷《がもううじさと》らはこの条件で和議に応じてくれるのか。それともさらなる厳しい条件を突きつけてくるか。もし和議を拒否されたなら、どんな対応を取ればいいのだろう……。

この交渉に九戸《くのへ》城中の五千余人の命ばかりか、奥州《おうしゅう》の命運がかかっている。そう思うと責任の重さに押しつぶされそうだった。

氏郷が出て行ってからすでに半刻《はんとき》が過ぎている。これほど時間がかかるのは、和議に応じるか否《いな》か意見が分れているからにちがいない。反対しているのは奥州奉行の浅野長政《あさのながまさ》だろうか、それとも井伊直政《いいなおまさ》だろうか。

二人はどう思うかと聞いてみたかったが、薩天和尚《さってんおしょう》は結跏趺坐《けっかふざ》して忘我の境地に入っている。小田庄左衛門《おだしょうざえもん》は片膝《かたひざ》を立てて壁によりかかり、軽い寝息をたてていた。

あたりは静まり返っている。本陣だけでも一万以上の軍勢がいるのだから、普通なら人の怒鳴り声や馬のいななきが聞こえるはずである。ところが整然と静けさを保っているのは、統率と訓練が行き届いているからだった。

茶室には松籟《しょうらい》の音がつづき、釜《かま》から立ちのぼる湯気が程良い温かさと湿気を保っている。待たせている間のことまで考え、氏郷が炭を多めに入れていったのだった。

床の間の柱に竹の花入れをかけ、名残《なご》りの竜胆《りんどう》を一輪生けてある。野原で風に揺れている様をおもわせる可憐《かれん》な風情《ふぜい》だった。

(花をのみ待つらむ人に山里の)

政則は藤原家隆《ふじわらのいえたか》の歌を思い浮かべた。

下の句は「雪間の草の春を見せばや」。千利休が茶の湯の真髄《しんずい》に通じるとして愛した歌である。

そうした心づかいの中にひたっているうちに、政則は武将たちがなぜこれほど茶の湯を大切にしているか分った気がした。それは互いに素の人間、人としての原点にもどることによって、理解し合い和解し合える道があるという意思表示ではないか。

そう気付くと、政則の波立っていた心が次第に鎮《しず》まっていった。

「ようやく雑念が消えたようじゃな」

薩天が座禅を組んだままつぶやいた。

やがて表に足音がして、氏郷と南部《なんぶ》信直《のぶなお》が連れ立って入ってきた。

「お待たせした。評定の結果を申し上げる」

氏郷が次の間にあぐらをかき、そちらが出した条件では和議に応じることは出来ぬと告げた。

「他に何をお望みでしょうか」

「九戸兄弟の御首《みしるし》の他に、主立った家臣の首三百を差し出してもらいたい」

「さ、三百と申されましたか」

政則は息を呑《の》んだ。

「さよう」

「途方もないことです。こうした場合、大将首をさし出せば降伏の礼にかなうと聞いておりますが」

「その通りじゃが、我らは六万の軍勢を動かしておる。さしたる戦《いくさ》もせずに和議に応じたとあっては、関白殿下にお叱《しか》りを受ける。そう案じる方々がおられるのだ」

「蒲生さまもそうお考えですか」

「降伏するだけなら、その方ら四人の首だけでこと足りよう。だが人狩りの中止に応じるからには、他所《よそ》から付け入られる隙《すき》があってはならぬ」

氏郷が懸念《けねん》しているのは、人狩りの中止を条件に和議を結んだと石田三成《いしだみつなり》にさとられることだ。三成は秀吉の了解を得てこの計画を進めているのだから、氏郷らの独断を憎み、戦を嫌って和議を結んだと訴えるおそれがある。

そうなった時に、城を囲んでわずか三日で降伏を許したと言われてはいかにも都合が悪い。そこで激戦の末に士分の者三百余を討ち取ったと主張できる証拠が必要なのだった。

「兄政実《まさざね》は我ら兄弟以外は誰一人死なせぬと申しております。この条件で許していただかねば、戦になるのもやむを得ぬと考えるかもしれません」

「そうなったなら、城中の者たちの生きる道はない」

「しかしあと一月、いや半月持ちこたえることができたなら、皆様の退路も断たれることになりましょう」

そうなったなら六万の軍勢が、兵糧《ひょうろう》も薪《まき》も補給できないまま凍死することになる。

政則は言外にそう匂《にお》わせて譲歩を迫った。

「昨年の冬、わしは雪地獄の中にいた。その恐ろしさは骨身にしみて分っているが、他の方々はそうではない。それゆえ奥州の冬より関白殿下の叱責《しっせき》を怖《おそ》れておられるのだ」

先陣の大将とはいえ、他の武将たちの意向を無視することはできない。氏郷も難しい立場に立たされていた。

政則は九戸城にもどり、氏郷から出された条件を九戸政実に伝えた。

「実親《さねちか》、康実《やすざね》をこれへ」

政実は弟二人を呼び、兄弟四人で対応を協議することにした。

「侍の首三百……」

九戸実親が悲痛な顔で絶句した。

人数からいえば籠城兵《ろうじょうへい》の一割弱だが、侍は一門一族の指導者たちである。これに応じれば、九戸家の親類縁者は南部から跡形もなく消えることになる。

「氏郷どのも上方勢がおかれている状況については承知しておられました。しかし人狩りの中止に同意するなら、これくらいの戦果を示さなければ関白の了解を得られないと、他の武将衆が言っておられるそうでございます」

政則は交渉のいきさつについて手短かに説明した。

「南部信直どのはいかがじゃ。和議に協力するとおおせであったが、この件について何とおおせられておる」

　反対してくれなかったのかと、実親が失望をあらわにした。

「和議には尽力していただいているようですが、この件については何もおおせになりませんでした」

「兄者はどう思われる。この話に応じるか否か」

「応じられるはずがあるまい」

　政実に迷いはなかった。

　三百人もの首をさし出したなら、奥州の大義を守り抜いたとはいえない。計略通り戦い抜き、相手がこちらの条件を飲むのを待つしかないと考えていた。

「しかしいったん戦い始めたなら、鉾《ほこ》をおさめる交渉がしにくくなりましょう」

「困るのは向こうも同じだ。将兵の陣小屋も建てられないまま冬が来たならどうなるか、これから日に日に思い知らされることになろう」

「さすれば一日も早く城を落とそうと、遮二無二《しゃにむに》総攻めを仕掛けて参りましょう。これを防ぎきるのは至難のことと存じます」

「彦九郎《ひこくろう》、お前らしくもないことを言うではないか。全滅するよりは三百の首をさし出した方がよいと申すか」

「そうは言っておりませぬ。三百の首さえあれば事足りるなら、どこかで調達する方法はないかと考えていたのでござる」

たとえば敵に夜襲をかけて三百人を討ち取り、それを九戸の侍の首と偽ってさし出すことはできまいか。実親はそう言った。

「夜襲では、そんなに多く討ち取れるものではない。それに首実検というものもある」

「実検に当たられるのは、信直どの始め南部家の方々でござろう。我らの志に共鳴しておられるなら、偽りの証言をしていただけるのではないでしょうか。のう四郎、そう思わぬか」

「確かに応じていただけるかもしれませんが、上の兄者がおおせられたように一度の夜襲で三百もの首を取るのは難しいと思います」

大勢で少数を押し包むのならまだしも、少数で大軍の中に攻め込むのである。首を取ろうと深追いすれば、こちらが押し包まれて全滅するおそれがあった。

「それなら敵を城内におびき寄せればどうでしょうか」

黙って話を聞いていた中野《なかの》康実が、初めて口を開いた。

「それは名案じゃが、康実、何か手立てはあるか」

「お忘れでござるか。それがしは今でも津軽為信《つがるためのぶ》どのの間者《かんじゃ》でござる。このまま和議の交渉がまとまったなら、鉱山の絵図は蒲生氏郷どのの手に渡ることになる。そう知らせたらいかがかと」

「為信のことだ。抜け駆けをしてでも絵図を奪い取ろうとするだろうな」

「それゆえそれがしが内側から手引きすると知らせ、攻め入って来たところを討ち取るのでございます」

康実の口調は相変わらず湿り気をおび、人を小馬鹿《こばか》にしたような響きがある。だがすでに心を入れ替えているとは、皆が認めるところだった。

「兄者、それなら三百の首をそろえることができまする。先代晴継《はるつぐ》さまの仇討《かたきう》ち供養《くよう》にもなりましょう」

実親は為信に何度も煮え湯を飲まされてきた。これまでの借りを倍にして返そうと勇み立っているのだった。

「確かにそれならうまくいくかもしれぬ」

「仕掛けても良いのでござるな」

「ただ問題がひとつある。城内で津軽勢が討ち取られたと聞いたなら、氏郷どのは差し出した首に不審を持たれよう。首実検の場に為信を呼んで首を改めさせたなら、すぐに偽者《にせもの》だと見破られる」

「それなら先に和議を結んでしまえばいかがでしょうか」

政則が進言した。

氏郷が示した条件に対する返答を、明朝辰《たつ》の刻（午前八時）までにするように迫られている。そこで三百の首を差し出すという条件で和議を結び、城を明け渡すのは翌日まで待ってもらう。

そしてその夜津軽勢をおびき寄せ、待ち伏せして三百の首をいただく。そうすれば津軽為信は和議の軍令に違反したことになり、城中で被害を受けたことを訴えられなくなる。

それゆえ差し出された首が自分の家臣だと気付いても、見て見ぬふりをするしかなくなるのではないか。

「それは名案じゃ。為信の奴《やつ》め、あのひげ面《づら》をかきむしって悔しがることであろう」

実親が快哉《かいさい》を叫び、康実にその段取りでいいかとたずねた。

「承知いたしました。明日の夜、丑《うし》の刻（午前二時）に夜討ちをかけるように知らせておきましょう」

策謀家の血が騒ぐのか、康実も青白い頬をほんのりと上気させていた。

急ぎお知らせ申し上げます。昨日、今日と上方勢の猛攻を受け、その凄《すさ》まじさに城内は右往左往いたしております。おそらくこうして連絡をするのもこれが最後になるでしょう。

九戸政実は早々と降伏すると決し、弟の政則と薩天和尚を蒲生氏郷の本陣につかわしました。あれほど決戦を主張していた実親も、六万の大軍を見るなり怖気《おじけ》づき、一も二もなく政実に賛同しているのですから笑止千万です。

降伏の条件は城と所領と我ら四兄弟の首を差し出すことです。所領の中には鹿角《かづの》の金山も、我らが探し求めている硫黄《いおう》の鉱山も含まれています。

今日の氏郷との交渉では、謀叛《むほん》に関わった侍たちの首をもっと差し出すように求められましたが、政実も実親もそれで城内の家臣や領民の命を救えるのならやむを得ないと、申し出に応じることにいたしました。

ただしその人選に手間取るゆえ、城を明け渡すのは明後日の九月五日にしてほしいと氏郷に願い出るつもりでございます。

さて拙子はこのような状況の中、貴殿との約束をはたそうと城内に踏みとどまっております。

北の方に仕える旧知の侍女から絵図のありかを聞き出しましたが、合戦になって本丸御殿の警戒が厳しくなったために、奪い取ることができないでおります。もし失敗したなら絵図を手に入れる機会は永久に失われるので、慎重に機会をうかがっておりましたが、思いがけず明後日に降伏と決ったためにその猶予《ゆうよ》もなくなりました。このままではあの絵図は降伏の証《あかし》として氏郷に渡されてしまいます。

これを防ぐには貴殿の手勢をもって夜襲をかけ、力ずくで奪い取るしかありません。城の守りは厳重ですが、猫淵《ねこぶち》川を渡り、若狭《わかさ》館《だて》と外《と》館《だて》の間の空堀に入れば、二の丸の搦手門《からめてもん》まで真《ま》っ直《す》ぐに進むことができます。

拙子が手勢二百をもって空堀の柵《さく》と搦手門を開けておきますので、明日の夜の丑の刻、ふくろうの鳴き声を合図に行動を起こして下さい。さすれば絵図を奪い取れるばかりか、九戸城への一番乗りの手柄も手に入れることができましょう。

警戒が厳しいので返信は無用です。貴勢が猫淵川の対岸に陣を移されたなら、この企てを了承されたと受け取り、手引きができるように仕度をととのえておきます。使いの者を案内者にして城内に攻め入って下さい。

もしこの計略が成らなければ、拙子も降伏の証としてこの首をさし出さなければならないのですから、これほど愚かしいことはありません。そうした危険をかえりみずに城内にとどまっているのは、貴殿との約束をはたしたい一念からでございます。

どうかこの旨《むね》ご斟酌《しんしゃく》あって、最後の機会に賭《か》けていただきとう存じます。拙子も共に戦い、大きな成果を持って城を出られるように願っております。

頓首再拝

その夜、政則は奥御殿の明日香《あすか》たちの部屋で寝た。

こうして家族で過ごすのはこれが最後である。一緒に夕餉《ゆうげ》の食卓を囲み、福寿丸《ふくじゅまる》や治子《はるこ》の話を充分に聞いて、家族四人で枕《まくら》を並べて眠りについた。

福寿丸も治子も嬉《うれ》しさのあまり、夜具に入ってからも競うように話をしていたが、やがて安らかな寝息をたて始めた。

政則は行灯《あんどん》に照らされた二人の寝顔をしばらく見つめていたが、

「今夜はここに来てくれないか」

久々に明日香を側に呼んだ。

「汗臭いですよ。しばらく湯を使っていませんから」

「それは皆同じだ。代わりにこれを使ってくれ」

政則は昨日明日香が渡してくれた匂《にお》い袋を、懐《ふところ》にさし入れた。

「髪も洗っていませんけど」

明日香は気の毒そうに言って政則の胸に額を押し当てた。

鉄砲の弾を削っている時に鉛の粉が舞うせいか、髪にも着物にも鉛《なまり》の臭いがついている。満足な食事もとれないので体がひと回りやせていた。

「ずいぶん苦労をかけたが、それもあと二日だ」

政則は明日香を抱き締めて背中をさすった。

「和議がととのったのですね」

「そうだ。明日の夜ひと戦して、明後日には城を明け渡す。城内の家臣や領民は、明日の夜の戦にまぎれて城を抜ける」

明日の夜、津軽勢が夜襲をかけてきたなら、三百余を討ち取り、残りの者たちを白《しら》鳥《とり》川の対岸の南部信直の陣所へ追い払う。それを追うように見せかけて、城中の将兵や領民を外に落とすのである。

すでに薩天が信直のもとにおもむき、脱出してきた者たちを保護するという確約を得ていた。

「主《ぬし》さまはどうなされるのですか」

「我ら四兄弟は謀叛の責任を取って腹を切る。それは初めから覚悟していたことだ」

「人狩りをやめさせるために、でございますか」

明日香が急に表情を険しくした。

「そうだ。その条件で降伏を許すと、蒲生氏郷どのが約束して下された」

「主さまがいなくなってしまったら、わたくしたちはどうすればいいのでしょうか」

「義父上《ちちうえ》や家臣たちとともに久慈にもどるのだ。後のことは心配しなくていい」

「主さまはわたくしが自分のことだけを心配しているとお思いですか」

「いや、そうではないが」

「では、どうしてもっと早く話して下さらなかったのです」

「この交渉を成功させるには、秘密をもらすわけにはいかなかった。だから話すことができなかったのだ」

「そうですか。所詮《しょせん》わたくしなど……」

明日香はそう言いかけ、体を固くして黙り込んだ。

「お前たちにはすまないと思っている。だがこれ以外に」

「分っています」

政則の話を遮り、明日香は背中を向けた。そうして息を荒くして突き上げてくる思いに耐えていたが、やがて体を震わせて泣き出した。

政則もその気持は察しているが、何と言って慰めていいか分らない。静けさと闇《やみ》が、重く二人にのしかかった。

「なあ、明日香」

初めて会った日のことを覚えているかと語りかけたが、返答はなかった。

「兄者に京都の寺から連れもどされ、久慈の城に行ってそなたに引き合わされた。私は二十九、そなたはまだ十四歳だった」

その頃の明日香は今の治子によく似ていた。色白の丸顔で、笑うと頬にえくぼができた。そして黒い瞳《ひとみ》には何かを思い詰めているような強い光が宿っていた。

小柄だったせいだろう。初めて明日香と会った時、八つか九つの少女だと思ったものだ。そんな無垢《むく》な幼なさがあった。

「私は僧形のままだったから、そなたもさぞ驚いたことだろう。しかし私はあの時、こんな妻を持てるのなら還俗《げんぞく》するのも悪くないと思ったものだ。そして今もそう思っている。たった九年間だったが」

「わたくしは嫌でした」

明日香が鋭く政則の話を断ち切った。

「こんなお坊さんが、どうして家《うち》に来たのだろうと思っていました。そして夫になられる方だと聞いた時には、嫌で嫌で泣き出してしまいました」

「そうだろうな。あの頃の私は、いかにも風采《ふうさい》が上がらなかった」

仏道の修行をすればするほど、この世の矛盾と人間の愚かさが見えてくる。本当の修行はそこから始まるのに、生半可な理解のゆえに世俗の人間をさげすみ、この世に腹を立てていた。

そのねじ曲がった心が、顔にも態度にも現われていたのである。

「そんなことではありません。その頃わたくしは、別の方に心を寄せていたのです」

明日香の声は小さいが、何もかも断ち切る酷《むご》さがある。政則はあまりに意外で、背後からいきなり斬《き》りつけられたような気がした。

「そうか。それは初めて聞く話だな」

「ですから……、心置きなくみんなのために死んで下さい。わたくしたちのことなど、心配していただかなくて結構です」

突然、銃声がした。夜番の兵が不審な者でも見つけたのか、五、六発の連射が三度つづいた。

政則は明日香を庇《かば》うように背中から抱き締めた。明日香もその手を握りしめ、小さく体を震わせている。

隣で寝ていた治子が、火がついたように泣き出した。怖い夢でも見たのか、「来ないで、来ないで」と口走りながら、引きつけを起こしたように手足を宙に泳がせている。

明日香が素早く抱き起こし、

「よしよし、何も心配しなくていいのですよ」

耳元で語りかけながら背中をさすった。

戦が始まってから、こうした発作を何度か起こしたというが、政則は本丸御殿に泊り込んでいたので気付かなかった。

ようやく治子の発作がおさまると、福寿丸のすすり泣きの声が聞こえた。体を丸くちぢめ、夜具をひっかぶって声を押し殺している。

「どうした、お前も怖い夢を見たか」

政則は福寿丸を抱き上げた。やせた体は思いがけないほど小さかった。

「父上、死んじゃ嫌だ」

福寿丸が政則の首にしがみついた。

「嫌だ嫌だ。ずっと一緒にいてよ」

そう訴えながら、我慢の堰《せき》を切ったように手放しで泣いている。

「分ってる。お前の気持は分っているよ」

抱きしめてしばらく背中をさすりつづけると、体の強張《こわば》りがとけてやすらかな寝息を立てはじめた。政則と明日香はそれぞれに子を抱き、心にわだかまりを抱えたまま闇の中でうずくまっていた。

「すみません。さっきは心にもないことを申しました」

明日香が小さくつぶやいた。

「心を寄せていた方など、いるはずがございません。主さまと初めて会った時、わたくしは何と幸せだろうと胸がはずみましたもの」

「そうか。腹立ちのあまり、私をこらしめようと思ったか」

「だって、少しも迷っておられないのですもの。哀《かな》しくて悔しくて、主さまの心をかき乱さずにはいられなくなったのです」

「私だってそんなに強くはないよ。哀しくて手足が冷えていくようだった」

「そんなら温《ぬく》もりを分けてさしあげましょうか」

明日香がくすりと笑うのが闇の中でも分った。

「頼むよ。もうすぐ冬だからな」

二人は子供を寝かしつけ、元のようにひとつの夜具におさまった。

政則は肩を抱き寄せ、ほつれた髪をかき上げた。明日香は黒目がちの瞳で政則をじっと見つめた。

「嫌いになったでしょう。わたくしのこと」

「どうして」

「だって。あんな惨《むご》い嘘《うそ》をついたから」

「黙っていた私が悪い。しかし、皆を救うためなのだ。決してお前を信用していなかったわけではない」

「ごめんなさい。本当はみんな分っていたのです」

明日香がほっとしたように身をゆだねた。

政則は唇を合わせ、夜着の帯をといた。

明日香は息を乱し、すがりつくように背中に手を回す。政則はそれをしっかりと受け止め、とけ合うように肌を合わせた。

翌朝、政則は薩天とともに御伊勢堂の蒲生氏郷の本陣に向かった。

和議の交渉に入っていることは城中の将兵に知らせていない。政則も僧衣をまとって笠《かさ》をかぶり、薩天の弟子を装《よそお》っていた。

妙に体が軽い。昨夜明日香とひそやかに交わり、これまで経験したことのない歓《よろこ》びを分かち合うことができた。今もこの先もしっかりと結びついていると感じ、時を越えた安らぎの中にたゆたっていた。

それが何とも不思議である。政則にはこうしたことのすべてが前世で定められ、その手順に従って事をなしている気がする。頭ではなく体がそれを分っているようだった。

「悟りの陰に水仙花の香り有り、か」

薩天は何も聞かなくても政則の変化を察していた。

「蒼天《そうてん》よ、これが最後の問いじゃ。花はなぜ季節ごとに咲く」

「訳などありませぬが、有限の花が無限の時の流れを教えてくれます」

「さようか。こたびの苦難が一段抜けさせてくれたようじゃな」

それが悟道《ごどう》有って道心無しの未熟さを乗りこえる境地だと、空に印を結んで印可の代わりとした。

氏郷は陣幕の内にいた。中央にすえた床几《しょうぎ》に小具足姿で座っている。側には南部信直が従っていた。

「さっそくご対面いただき、かたじけのうございます」

政則は片膝をつき、政実の書状をさし出した。

氏郷は感慨深げに目を通し、

「よく決断してくれた。これで無用の血を流さずにすむ」

政則の労をねぎらい、書状を信直に回した。

「三百の首と名簿は、明朝城を出る時にお渡しいたします。それでよろしいでしょうか」

「構わぬ。明け渡しは辰の刻でいいな」

「必ずそのように計らいますが、願い上げたき儀がひとつございます」

「申せ」

「城中の将兵と領民が安全に退去できるよう、南部信直どのの陣所を通らせていただきとう存じます」

政則の申し出に、氏郷はかすかに表情を固くした。何かを察したようだが、

「南部どの、いかがじゃ」

信直に判断をゆだねた。

「異存はございませぬ。まわりは他国の軍勢ばかりゆえ、我が陣所を通るのが良かろうと存じます」

「ならばそのようにするがよい。こうした折には不測の事が起こる。用心堅固《けんご》にいたせ」

氏郷は念の入った忠告をし、急に表情をやわらげて昨日の熊《くま》の胆《い》はよく効いたと言った。

「それは良うございました。この地のマタギがあつらえたものは格別でございます」

「そのようじゃ。しかし何ゆえ余の不調が分った」

「仏道の修行をしていた頃、医学の手ほどきを受けましたので」

まぶたのむくみを見て分ったと答えた。

「さようか。そちのような薬師《くすし》がほしいものじゃ」

氏郷が返礼に竹筒に入れた茶杓《ちゃしゃく》を渡した。最後の茶会にはこれを使えという意味だった。

政則と薩天は交渉が成ったことを知らせるために九戸城へ急いだ。

城というものは、出る時より入る時の方が何倍も難しい。城兵は敵の間者がまぎれ込むことを厳しく警戒しているので、番所ごとに手形を示し、笠の庇《ひさし》を上げて顔を見せなければならなかった。

手形は薩天にあてたもので、政則は弟子ということになっている。普通はそれで通ることができたが、搦手門を抜けて二の丸に入った時、

「もしや、婿《むこ》どのではござらぬか」

義父の久慈直治《なおはる》に呼び止められた。運悪く直治主従が警固にあたっていたのである。

「そのような形《なり》で、どこに行かれたのでござる」

「薩天和尚とともに、三の丸の様子を見に行ってきました」

政則は何とか言い抜けようとしたが、それで納得する義父ではなかった。

「婿どの、もしや」

直治は汗臭い体を寄せ、和議の交渉に行ったのではないかと、声をひそめて問い詰めた。

「和尚は昨日も南部の陣所に行かれた。それ以来、敵の攻撃がぴたりと止《や》んでおる。どうもおかしいと思っていたのじゃ」

「いや、三の丸のことが……」

「しかも婿どのまで行かれたとは、話はかなり進んでいるということじゃな」

「存ぜぬことでございます。先を急ぎますゆえ」

冷や汗をかいて言い訳している政則を、薩天は他人事のようにながめている。これもどこかで見た光景のような気がした。

「敵が動き出しました。馬淵《まべち》川ぞいの津軽勢でござる」

物見櫓《ものみやぐら》に上がった兵が鋭い声を上げた。

急いで櫓の下まで行くと、卍《まんじ》の旗をかかげた津軽為信の軍勢三千が馬淵川の浅瀬を渡っている。そうして白鳥川ぞいに布陣する南部勢の前を通り、天神堂《てんじんどう》山のふもとに続々と移動していた。

康実の密書を受け取った為信は、指示された通り猫淵川の対岸に陣を移して夜襲にそなえたのだった。


事は思惑通りに進んでいる。あとは万全の準備をするのみである。

報告を受けた九戸政実は、本丸御殿の大広間に一門一族と国人衆《こくじんしゅう》、一揆《いっき》衆の主立った者三十数人を集めて評定を開いた。

「急ぎご参集いただいたのは、お知らせせねばならぬことがあるからです」

いつものように康実が進行役をつとめた。

「左近将監《さこんのしょうげん》どのは上方勢と二日にわたって交渉をつづけ、和議を結ぶこととなされました」

その言葉に大広間が水を打ったように静まり、やがて少しずつざわめきだした。いきさつを聞かされていない者には、寝耳に水の話なのである。

「驚かれるのは無理もありません。しかし蒲生氏郷どのは、我らが仕掛けた計略にいち早く気付き、このまま戦をつづければ六万の軍勢が全滅すると焦《あせ》りをつのらせておられる。それゆえ一日も早く和議を結びたいと望まれたのでございます」

「そんだば、おらだちぁ勝っだのが」

「和議の条件は、どんたものになっだが」

列座の者からそんな声が上がった。

「そのことについては、交渉の使者をつとめた備前守がご報告申し上げる」

康実がうまくやれと、政則に目でうながした。

「当方から申し出た条件は、城と所領を明け渡し、謀叛の責任を取って我ら兄弟が腹を切ることとです。その代わりに人狩りの中止と、家臣や領民の助命を求めました」

ところが氏郷は、戦勝の証として侍三百人の首を求めた。政則がそう言うと、大広間は再びざわめきだした。

「んだば、降伏と同じでねぇか」

「それだば、城を枕に討死したほうがましだべ」

まわりの者と小声でささやき交わしている。

「さて、その首のことじゃが」

頃合いを見計らって政実が口を開いた。

浮き足立っていた者たちがいっせいに注目し、大広間は静けさを取りもどした。

「身内からそのような犠牲を出すようなら、とても和議には応じられぬ。わしはそう言い張ったが、首を出してすむのなら他所《よそ》から調達すればよいという知恵をひねり出した者がいた。その計略に従い、恨み重なる津軽勢を城内におびき寄せることにした。津軽勢が天神堂山の下に陣を移したのは、誘いに乗ったからだ」

「なるほど。おびき寄せて討ち取った首を、上方勢に差し出すのでござるな」

一門の重鎮である櫛引河内守清長《くしびきかわちのかみきよなが》が、してやったりとばかりに手を打った。

「さようでござる。その首に九戸勢の名簿をつけて差し出します。それゆえ名前を上げた方々は、城を出た後、別人として生きてもらわねばなりませぬ」

「それを忍ぶくらい何でもあるまいが、九戸家が亡《ほろ》び、ご兄弟が腹を切られるのでは、何のために兵を挙げたか分らぬではないか」

「人狩りさえ止めさせることができれば本望でござる。兵を挙げた時から、我らの命は捨てるつもりでおりました」

「お言葉でござるが、承服できぬ」

広間の中ほどにいた久慈直治が、立ち上がって異をとなえた。

「左近将監どのの計略が成り、六万の上方勢を全滅させることができるのなら、何ゆえこのまま戦われぬ。戦って勝ったなら、ご兄弟の首をさし出すこともござるまい」

そうだ、そうだと、賛同の声を上げる者も少なからずいた。

「お言葉はもっともでござる。しかし考えてもみられよ」

政実は決意のこもった目でゆっくりと一同を見渡した。

「たとえ冬が来るのを待って上方勢を全滅させたとしても、来春にはさらに多くの敵がこの奥州を踏みにじるためにやって参りましょう。それに勝つことはできませぬ」

「我らはそれを承知で義を貫こうとしたのでござる。備前守どのは当家にとっても大事な婿。方々《かたがた》のご一存で腹を切ると決められては迷惑でござる」

「義父上、お気持は有難いのですが、兄者のおおせられることが正しいのです。勝つことができぬなら、誰かが犠牲となって大きな成果を勝ち取るしかありません。それが我らの勝利なのです」

政則がおだやかになだめた。

「しかし、それでは……」

娘や孫たちはどうなるのだ。直治はそう言いかけたが、政則の迷いのない目差《まなざ》しに止められて力なく腰を下ろした。

日暮れまでにそれぞれ十人ずつの名簿を差し出すことに決め、評定は無事に終わった。

政実は弟三人を部屋に呼び、康実に申し付けることがあると言った。

「お前は津軽勢を城内に手引きした後、そのまま本丸下の空堀に兵を伏せておけ。そうして敵が白鳥川を渡って敗走しはじめたなら、他の将兵や領民をひきいて追撃し、南部の陣所に入って保護を求めよ」

「私だけ生きよとおおせられるのですか」

康実が心外そうに顔をゆがめた。

「そうだ。生きて九戸家の家臣、領民の面倒を見てやってくれ」

「なぜです。私が腹も切れぬ臆病者《おくびょうもの》だと、今も思っておられるのですか」

「そうではない。お前は津軽為信の秘密をすべてつかんでいる。もしお前が死ねば、為信は和議の軍令に背いたことを棚に上げ、我々が差し出した首が偽物だと訴え出るやもしれぬ」

そうなれば人狩りを中止する約束が反故《ほご》にされるおそれがあるので、生きて為信の口を封じる役目をはたせというのである。

「なるほど。そこまでお考えでしたか」

実親は政実の深慮に改めて敬服していた。

「生き残るのも決して楽な道ではない。だが我らの志をとげるため、力を尽くしてくれ」

政実が姿勢を改めて頭を下げた。

「そうですよ。これは下の兄者にしかはたせぬ役目です」

政則も引き受けてくれと頼み込んだ。

康実は心外そうに兄弟三人の顔を見回し、仕方なげに溜息《ためいき》をついた。

日が暮れ、敵の見張り台から城内の様子が見えなくなるのを待って、政実らは津軽勢を迎え討つ仕度を始めた。

搦手門のある二の丸には政実が隼隊《はやぶさたい》二百をふくむ五百余を、外館《とだて》には実親が弓、鉄砲、槍隊《やりたい》からなる三百を、そして若狭館には小田庄左衛門が二百の兵をひきいて配置についた。

康実に案内された津軽勢は、外館と若狭館の間の空堀を通って搦手門へ向かう。そこを正面と左右から攻撃するのである。その気になれば敵を全滅させられる布陣だった。

二の丸の政実勢の後ろには、一揆衆や足軽、人足など二千五百余がひかえている。津軽勢が敗走を始めたなら、これを追撃する形で城外に脱出するためで、久慈直治が大将となって指揮をとっていた。

足を負傷している政則は合戦に参加することができないので、本丸下の空堀に将兵の家族や領民たちを避難させる役に廻っていた。

日暮れを待って全員を空堀に移動させ、脱出する陣形をととのえさせる。そうして直治が指揮する軍勢が敵を追って城外に向かったなら、その後につづいて脱出させるのである。

政則はひとつひとつの仕事を淡々とこなしていた。これが最後の戦いである。計略を成功させるためには、ひとつの失敗も許されない。終始冷静さを保ち、瞬時に的確な判断を下さなければならなかった。

「それではこれでお暇《いとま》いたします」

北の方が亀千代《かめちよ》や侍女たちをつれて挨拶《あいさつ》に来た。走りやすいように着物の裾《すそ》をからげ、草鞋《わらじ》をはいていた。

「義姉上《あねうえ》、長い間お世話になりました」

「四郎さまこそ、よく働いて下さいました。心残りは多いのですが」

そう言って軽く会釈《えしやく》し、空堀の壁にかけた梯子《はしご》を下りていった。

本丸から最後に出てきたのは明日香だった。福寿丸と治子の手を引き、身の回りの品を袋に入れて背負っている。

明日香は覚悟の定まった迷いのない目をしていたが、福寿丸と治子は別れを嫌がって政則の腰にしがみついた。

「さあ、早くしないと皆の迷惑になる」

政則は治子を抱き上げ、そのまま梯子を下りていった。福寿丸も意を決してその後からついてきた。

空堀の幅は五間（約九メートル）、深さは三間半もある。長さは五十間ちかくもあって、千五百人ほど入っても少しも窮屈な感じはしなかった。

すべての仕度を終えた九戸勢は、闇の底で息をひそめてその時を待った。

空は薄曇りで、三日月の光がぼんやりと雲を照らしている。あたりは静まり返り、川のせせらぎと虫の音だけが物淋《ものさび》しげにつづいていた。

やがて猫淵川のほとりでふくろうの声がした。一度、二度、三度。手引きに来たことを知らせる康実の合図である。

それを待って津軽勢が渡河にかかった。鎧《よろい》に身を固めた屈強の将兵が、腰まで水につかって無言のまま川を渡る。その数は五百、いや、八百をゆうに越えていた。

康実と配下の兵は、川ぞいにめぐらした柵を開けて津軽勢を招き入れ、先に立って搦手門に向かった。両側に城壁がそびえる空堀の道を、腰をかがめ足音をひそめて進んでいく。

津軽勢の先頭を切る鉄砲隊は、火挟みに火縄をはさんでいつでも発砲できる構えを取っている。その火が二百ばかり並んで闇の底を進むさまは、蛍の乱舞のようだった。

搦手門の前で、康実が再びふくろうの声を上げた。すると門扉《もんぴ》が内側から音もなく開いた。

すべては手筈《てはず》通りである。これで一番乗りの手柄は我らのものだ。津軽勢がそう確信して門前まで詰め寄った時、康実らがいっせいに走り出し、二の丸の城壁の向こうに姿を消した。

それと同時に搦手門が、音を立てて内側から閉ざされた。

「しまった。罠《わな》だじゃ。はがられたぞ」

その叫びに恐慌《きようこう》をきたした津軽勢の頭上に、九戸勢が屋根の庇のように鉄砲の筒を差し出した。

「射《う》て射て」

政実の野太い号令とともに、三百挺《ちよう》の銃が火を噴いた。二の丸と外館と若狭館からのいっせい射撃に、津軽勢はなす術《すべ》もなく討ち取られていく。

こうした場合に取れる手立ては城壁にへばりついて射撃の死角に入ることだが、三方から狙《ねら》い撃たれてはその策も使えない。

ただひとつ有効な方法は、死んだ仲間を抱え上げて楯にすることだった。

「各隊ごとに輪になって、死人ば楯にさしろ」

大将らしい武者が大声で指示している。その努力をあざわらうように九戸勢は松明《たいまつ》を投げ入れた。

これは酷《むご》い。闇の底に身を隠そうとしていた津軽勢を松明の火が赤々と照らし、恐怖に顔をひきつらせて右往左往している様子をあばき出した。

そこを狙って二度目のいっせい射撃を加えると、百人以上が空堀を血に染めて倒れ伏した。

この射撃は津軽勢を絶望のどん底に叩《たた》き落とした。もはやどんなにあがいてもここから脱出することは不可能である。そう思い知らされた将兵は恐慌をきたし、軍勢としての規律を失った。

その時、どこからか叫び声が上がった。

「三の丸は手薄じゃ。白鳥川ば渡って、南部どのの陣地さ逃げ込みへ」

訛《なま》りの強いこの声を聞いた津軽勢は身方の指示だと思い込み、我先にと白鳥川に向かって走り出した。

ところがこれは、政実が津軽出身の部下を使って仕掛けたことだった。

逃げる敵は撃つなと命じてある。前方の者が無事に死地から脱出して三の丸に逃げるのを見た津軽勢は、身方の屍《かばね》を踏みこえ乗りこえ後につづいた。

彼らの半数近くが白鳥川の浅瀬を渡ったのを見定めて、

「今だ、行くぞ」

直治がひきいる二千五百が、搦手門から打って出た。

追撃をよそおって脱出するためである。敵と充分な間合いをとったのは、あまり早く追撃にかかると、逃げきれぬと見て反撃してくる輩《やから》がいるためだった。

その一団が通り過ぎると、康実と二百の兵が本丸下の空堀にいた領民を脱出させはじめた。津軽勢を搦手門までおびき寄せた康実らは、同じ空堀に身を伏せてこの時を待っていたのである。

白鳥川対岸の南部勢も、約束通りの働きをした。敗走してくる津軽勢を金録山《こんろく》の方に落とすと、二千五百の兵を次々と自陣の中にまぎれ込ませた。

楽に川が渡れるように、兵たちが手を取り合って川の上流に立ち、水の流れをゆるやかにしている。

「すまねえな。恩に着るだ」

「何をへってるだ。同じ南部の人間でねえが」

そんなやり取りが方々で起こった。

政則はその様子を二の丸の角櫓から見ていた。作戦は大成功である。これで皆を城から落とし、首をそろえて明日の明け渡しにそなえればいいと胸をなで下ろした時、
突然東の方で鬨《とき》の声が上がった。

数千の兵があげる声が地を揺るがしたかと思うと、当世具足《とうせいぐそく》に身を固めた兵たちが若狭館と二の丸の間の空堀から続々と攻め入ってきた。

その数は五百、千。いや二千ちかい。まさか津軽の別動隊かと目をこらしていると、

「浅野弾正《だんじょう》の兵でござる。ご用心なされ」

若狭館の庄左衛門が声を上げた。

津軽為信が救援を乞《こ》うたのか、それとも城内の混乱に乗じて一気に城を乗っ取ろうとしたのか、浅野長政が独断で二千の兵を動かしたのである。

「兄者、まだ領民たちが川を渡っておりませぬ」

政則は大声で窮地を訴えた。

このまま城内への突入を許したなら、領民たちが見せしめになで斬りにされるおそれがあった。

「分っておる。隼隊、若狭館の向かいに回れ」

政実は隼隊に攻め込んで来る敵を銃撃させようとした。

庄左衛門も二の丸の向かいに兵を移してこれに呼応し、外館の実親は鉄砲隊を空堀の正面に配して敵を待ち構えた。

二重の鉤《かぎ》形をつらねた空堀は、このようにどの方面から攻められても対応できるが、浅野勢の備えは万全だった。

軍勢の正面と両端の者たちが人の背丈の二倍ほどもある竹束を押し立て、ひしと守りを固めながら押し入ってくる。まるで動く砦《とりで》だった。

それでも九戸勢には鉄砲を撃ちかけて侵入を防ぐ以外に手立てがない。要は何とかして竹束の備えをくずすことだ。

その方法を真っ先に見つけたのは庄左衛門だった。素焼きの陶器に火薬を入れた焙烙玉《ほうろくだま》に火をつけ、敵の頭上に投げ落とした。

焙烙玉は炎を噴いて爆発し、敵と竹束をなぎ倒した。

そこを狙って猛烈な銃撃を加えたが、敵はすぐに竹束を立てて元のように備えを固める。

庄左衛門はもう一度焙烙玉を投げたが、後がつづかなかった。これは万一の場合に備えたもので、二発しか持っていない。

「かくなる上は突撃あるのみじゃ、者共、つづけ」

政実が槍をかい込んで馬上にまたがり、搦手門《からめてもん》を開けて突っ込んでいった。

竹束の壁に体当たりをくらわせ、馬上からさんざんに槍を突きまくる。隼隊も遅れじと後につづき、敵中に馬を乗り入れての白兵戦となった。

「者共、我らも遅れるな」

外館から黒ずくめの鎧をまとった実親が飛び出し、百人ばかりがそれにつづいた。

実親の豪勇《ごうゆう》ぶりは南部一円に鳴りひびいている。従う兵も屈強の者たちばかりだった。

兄弟二人の捨て身の攻撃に浮き足立った浅野勢は、十間、二十間と後退をつづけたが、やがて槍衾《やりぶすま》で政実らの突撃を止め、その後ろで鉄砲隊が弾込めを始めた。

このままでは身方は至近距離からの銃撃にさらされることになる。

その窮地を見て取った政則は、煙硝《えんしよう》の作業場に駆け込み、火薬をつめた瓶をさがした。

二升ばかり入る酒瓶が三つ、棚に整然と並んでいる。そのふたを開け、火縄をはさんだ布でしっかりと栓をした。

「これを巽《たつみ》櫓まで運べ」

三人の兵に持たせると、かがり火から燃えさしの松明を引き抜いて後につづいた。

二の丸の巽櫓は東南の角にあった。在府《ざいふ》小路《こうじ》の方面から攻め入ってくる敵にそなえた角櫓に登ると、空堀にひしめいている浅野勢が眼下に見えた。先陣が押しもどされたために、先に進めずに暗がりの中で押し合いへし合いしている。

政則は火薬瓶を投げて敵を追い払おうとしたが、櫓の上から投げ落としたなら瓶が割れて用をなさないおそれがある。火が燃え移る寸前まで待って敵の頭上で爆発させればいいが、焙烙玉とちがってにわか作りなので加減が分らなかった。

政則は腰に巻いた紐《ひも》をとき、瓶の口に結びつけた。そうして櫓の窓から吊《つ》り下げ、傾斜のついた城壁を転がす。そうすれば瓶は割れることなく空堀の底まで落ちるはずだ。

そう考えて火縄に火をつけたが、うまくいかなかった。紐を持った兵が瓶の口まで火縄が燃え進むのを待ちきれずに手を離したために、瓶が城壁を転がるうちに火が消えたのである。

「恐れるな。瓶の口まで燃え進んでも、爆発するまでにはしばらく間がある」

政則は兵を励ましたが、どれくらいの間があるかも爆発の威力も分らない。怖気《おじけ》づいて早目に手を離すのは無理もなかった。

政則は二人の兵に腰の紐をとかせ、結び合わせて倍の長さにした。

そうして瓶の口に結びつけていると、前方から鉄砲のいっせい射撃の音がした。装《そう》塡《てん》を終えた敵が、政実や実親らを狙い撃ったのである。

「火をつけよ、急げ」

政則は火縄に点火させ、両手で抱えて燃え進むのを待った。

心の中で数をかぞえて間をはかり、瓶の口まであと一寸ばかりに迫った時、するすると紐を送って吊り下げた。

闇の中で火縄の火が蛍火のように見えたが、どこまで燃えたか分らない。

「一、二、三、四……」

瓶の口まで燃え進む間をはかり、うまくいけと祈りながら手を離した。

瓶は紐を引きずりながら城壁を転がっていく。そうして敵の足元まで落ちたが、何の変化も起こらなかった。

しかも落としたことを、敵に気付かれたのである。

「何やこれは」

「紐がついとるで。酒の差し入れとちゃうか」

明りをかざしてのぞき込んだ瞬間、地響きとともに大爆発が起こった。目の前が炎に赤く染り、爆風で櫓の庇が吹き飛んだ。

政則らも衝撃を受けて櫓の壁に叩きつけられ、空堀がどうなっているか確かめることもできない。

何という恐ろしいことをと自分の所業に慄然《りつぜん》としていると、再び爆発が起こった。さっき落とした瓶が、今の爆発によって誘爆したのである。

最初の爆発で損傷を受けていた櫓は、この衝撃に耐えられずに城の内側に向けて倒壊した。

政則らはかろうじて脱出したが、見ると土塀も長さ二十間ばかりにわたって倒れていた。

政則は恐る恐る空堀をのぞいてみた。

数百人の者たちが押しつぶされたように倒れている。黒く焼け焦《こ》げた者もいるし、鎧に火がついて燃えている者もいる。生き残った者たちも肝をつぶし、ただ茫然《ぼうぜん》と立ちすくんでいた。

「今だ。一気に追いくずせ」

実親が槍を大車輪にふり回し、陣頭に立って攻めかかっていく。我に返った浅野勢は、迎え討とうともせずに逃げはじめた。

「返せ返せ、この臆病者めが」

実親は踊り狂うように槍をふるって敵を空堀から追い出したばかりか、浅野勢の本陣に向かって追撃していく。

「兄者、危ない。もどられよ」

それ以上深追いしてはならぬと呼びかけたが、実親はここぞとばかりに先へ先へと進んでいった。

終　章

九戸城の落城から一ヵ月後、奥州《おうしゅう》の野山は初雪におおわれた。明け方から降り始めた粉雪はやがて大粒のボタ雪に変わり、一刻《いっとき》ばかりの間にくるぶしあたりまで降りつもった。

紅葉を終えた山や、刈り取りの終わった田が雪におおわれ、一面の銀世界である。奥州特有の長く厳しい冬が始まったのだった。

純白という言葉が似合う真新しい雪を踏みながら、政則と平泉寺《へいせんじ》の藤七《とうしち》は安比《あっぴ》川ぞいの道を歩いていた。

久慈備前守《くじびぜんのかみ》の名を捨てた政則は修行僧蒼天《そうてん》になり、托鉢笠《たくはつがさ》をかぶり僧衣をまとっている。藤七は修験者《しゅげんじゃ》の姿で、笈《おい》を背負っていた。

ちょうど昼時で、川ぞいの集落からは昼餉《ひるげ》を炊《た》く煙が上がっている。このあたりは九戸方となって山上がりした者が多かったが、以前のような穏やかさを取りもどしていた。

領主にとって何より大切なのは、耕作にあたる領民である。かつて朝廷は耕作者を百姓《おおみたから》と呼んで手厚く保護したほどだ。

新しく南部全域の領主となった信直も、戦《いくさ》をさけて山上がりしていた領民に村々に帰るよう呼びかけた。

自分の命令だけでは安心できないだろうと、浅野長政、堀尾《ほりお》吉晴《よしはる》、井伊直政、蒲生氏郷の連名で、領民の無事を保証する書状を出してもらったほどである。

その文面が面白い。

〈当所百姓地下《じげ》人等《にんら》ことごとく還住《かんじゅう》せしむべく候《そうろう》。いささかも非分の儀有るべからず候条、早く還住すべきもの也〉

非分の儀がないとは、理不尽な扱いはしないということだ。

九戸政実らが降伏を約したのは九月四日、剃髪《ていはつ》して城を明け渡したのが五日、そしてこの書状は翌日の六日に出されている。

名だたる四将がこれほど低姿勢なのは、徹底して行なわれた領民の山上がりに大きな脅威を感じていたからだった。

二人はやがて前森山の裾《すそ》のなだらかな高地をこえて赤川の上流に出た。川ぞいの道をしばらく下ると、松尾宿に着く。今夜はここで泊ることにした。

「明日は八幡平《はちまんたい》へ向かいます。この雪では少々難渋するでしょうから、夜明け前に発《た》ちましょう」

だから早目に休んでくれと、藤七が念を押した。

これから絵図に記されていた鉱山を訪ね、その足で山の王国へ入ってゆく。政則には未知の世界なので、先達《せんだつ》の藤七に何もかもゆだねていた。

思えば数奇な運命である。落城後に生きのびるとは、想像さえしていないことだった――。


九月五日、政則と政実は髪をおろし、薩天和尚《さってんおしよう》にともなわれて蒲生氏郷の本陣に出頭した。

小田庄左衛門ら十人ばかりが付き添い、浅野勢との戦いで討死した九戸実親の首を持っていた。

実親は九戸城を死に場所と決め、後へ退《ひ》こうとしなかったのである。

「我ら三兄弟、かように頭《かしら》を並べて降伏させていただき申す」

政実が口上をのべ、約束の首三百は城の二の丸に名札をつけて並べていると伝えた。

夜襲をかけてきた津軽勢の首を、後に残った者たちがそれらしく見せかけていた。

「九戸家には、もう一人兄弟がおられたはずだが」

氏郷がたずねた。

「三男の康実がおりまする。されど昨夜の戦の最中に行方知れずとなりました」

「逐電《ちくでん》したか」

「分りませぬ。あるいは昨夜の爆発に巻き込まれ、顔の見分けもつかぬ骸《むくろ》になったのかもしれませぬ」

本陣には南部信直もいたが、康実が領民を引き連れて陣中に逃れてきたとはおくびにも出さなかった。

「弾正どの、それで構いませぬか」

氏郷が浅野長政にたずねた。

「異存はない。我らも関白殿下のお申し付けに恥じぬ働きができて本望じゃ」

浅野勢は爆発に巻き込まれて多数の死傷者を出している。だが和議の誓約が成った後の抜け駆けなので、普通なら手柄を言い立てることもできずに引き下がらざるを得ない。

ところが長政は津軽勢の窮地を救おうとして出陣したのだと言い張り、自軍の被害は九戸城への一番乗りをはたした時に受けたものだと秀吉に報告するように求めた。

氏郷は早期の決着をはかるためにこれに応じたので、長政も異存なく従うことにしたのだった。

それから半月後の九月二十日、政則と政実は栗原《くりはら》郡三迫《さんのはさま》（宮城県栗原市）の羽柴《はしば》秀次《ひでつぐ》の本陣まで連行された。

これには氏郷と信直が軍勢をひきいて同行したので、一般的には九戸家の主立った者たちも連行されたと伝えられているが、実際には二人だけだった。

秀次の前に引き出された後に、打ち首になる。その前に薩天和尚が名残りの茶会を開いてくれた。

特別の計らいで許されたもので、氏郷と信直が同席した。

「我流の点前《てまえ》でござる。おくつろぎ下され」

薩天は照れたように言ったが、すべての所作が流れるように美しく、氏郷でさえ目を見張ったほどだった。

濃茶《こいちゃ》の練り具合も程が良く、胸の中に風が吹き込むような香りが立った。

「どうぞ、ご正客《しょうきゃく》から」

薩天が氏郷に大ぶりの茶碗《ちゃわん》をさし出した。

氏郷は作法通りに茶をすすり、飲み口を懐紙でぬぐって信直に渡した。それを政実、政則も相伴する。

敵と身方になって戦った者同士だが、力を合わせて和議を成しとげた心のつながりがあった。

「政実どの、よくぞ南部を救って下された」

信直が姿勢を改めて礼を言った。

「礼を言うのはこちらの方じゃ。諸々《もろもろ》のご配慮、かたじけない」

「家臣、領民は南部の宝でござる。保護するのは当然のことじゃ。皆を落として下されたお陰で、復興も早まりましょう。ついてはひとつ、お願いがござる」

「何でござろうか」

「九戸城から我が陣所に逃れてきた者の中に、康実がいたと申す者がおりまする。それが事実なら、あの者を家老に取り立て、九戸領の差配を任せとうござる」

信直は何もかも承知の上でそう申し出た。

「やがては嫡男《ちゃくなん》亀千代どのを康実の養子にして、家を継がせまする。むろん、ここだけの話だが」

「信直どの、すまぬことでござる」

政実が信直に向き直って深々と頭を下げた。

南部家の中に九戸の血筋が残れば、家臣や領民たちも肩身が狭い思いをせずにすむのである。

「南部がひとつになることは、我ら二人の願いでござった。しかしそれがしには、関白殿下が人狩りを命じておられるとは、どうしても思えませんでした。それゆえ政実どののお言葉に、耳を傾けることができなかったのでござる」

「それが良かったのかもしれぬ。信直どのの働きのお陰で、南部はこうしてひとつになることができました」

「お言葉、かたじけない。政実どのに救っていただいたこと、この先も決して忘れはいたしませぬ」

「私もひとつ、伝えたいことがある」

氏郷がおだやかな目を政則に向けた。

「早期に決着がついたお陰で、双方ともに大きな犠牲を出さずにすんだ。これは薩天和尚と弟子の蒼天のお陰じゃ。その功により政則の死罪を免じるように、秀次どのにお願い申し上げる」

「それはご無用に願います。すべてを覚悟して兄者の計略に従ったのですから」

自分だけ生き残ることはできないと、政則は膝《ひざ》を進めて訴えた。

「人を殺すことと生かすことは、どちらが大事じゃ」

氏郷が鋭く問いかけた。

「むろん、生かすことでございます」

「ならば生きて、その役目をはたすがよい。この奥州のために、やらねばならぬことはまだまだあるはずじゃ」

「氏郷どの、よう言うて下された。ここまで仕上がった弟子を失うのは、何としても惜しいと思っていたところでござる」

薩天が莞爾《かんじ》として笑い、いそいそと薄茶の仕度にかかった。

「私もそう思います。政則の首が必要なら、どこぞの首に名札をつけて差し出せばよいのでござる」

氏郷は三百の首が替玉だと気付いている。それでも知らんふりをして和議を取りまとめたのだった。

「かたじけない。これで思い残すことなく旅立つことができまする」

政実が太い首をぴたぴたと叩《たた》き、鉱山の絵図を政則に託した。

和議が成った時、この絵図は氏郷に引き渡すつもりだった。ところが氏郷は、検地帳に載っていないものを受け取る必要はないと突っぱねた。

ひそかに鉱山を手に入れようとしていた石田三成への反感が、こうした態度を取らせたのかもしれなかった——。

松尾宿で一泊した政則と藤七は、翌朝未明に宿を発った。

絵図には鴨田山《かもだ》と西側の茶臼岳《ちゃうすだけ》、それに鴨田山の南に小さく丸が記されているばかりである。これではどこに鉱山があるのか分らなかった。

「この黒い丸の所が鉱山でしょうか」

「それは目印でござる。行ってみれば分り申す」

藤七は炭と食料を入れた笈を背負い、先に立って歩き始めた。

鴨田川ぞいの道を二里ほどさかのぼり、南へしばらく下ると、小高くなった野原に石を丸く並べた所があった。古代の祭場跡である。

円の中心には石塔が建てられ、まわりに石が敷きつめてある。直径七間ほどの外円の二ヵ所だけ、石を置かずに円が途切れているところがあった。

「これは日高見《ひたかみ》の国の人々が祭りの場としたところでござる。こちら側は」

藤七は円の東側の途切れた所に立ち、日が昇る側を開けて太陽の力を取り込むためのものだと言った。

「それでは、こちらは」

政則は戌亥《いぬい》（北西）の側の隙間《すきま》に立った。

「それは現世の力が入ってくる場所でござる。真ん中の石塔とその隙間の延長線上に、何が見えますか」

「茶臼岳です。茶臼岳が正面に見えます」

昇る朝日に照らされて、雪におおわれた山頂が白く輝やいていた。

「その線上に現世の力、つまり硫黄《いおう》の鉱山があるのでござる」

「そんなに昔から硫黄が使われていたのですか」

「医薬品や害虫の予防などに使われており申した。また燃える石とも呼ばれ、明りとして使うこともあったようでござる」

「しかしこれだけでは、ここと茶臼岳の間のどこに鉱山があるか分らないではありませんか」

「その絵図を貸して下され」

藤七は腰のウメガイを抜き、刃を定規がわりにして茶臼岳と鴨田山、それに丸い印を線で結んだ。

鴨田山を直角点とした三角形ができ上がった。

「次にこの石を見て下され」

戌亥の隙間から東の隙間に向かって八つ目の石が、他とは明らかに色がちがう。鉄分を多く含んだ黒っぽい石だった。

「重要なのは戌亥の隙間とこの石の角度なのでござる」

藤七は石塔を中心として円周の角度を計り、それを鴨田山の直角点に移した。

その角度にそって引いた線と、茶臼岳と丸い印を結んだ線が交わる所に鉱山があるという。

現在釜石《かまいし》環状列石と呼ばれている古代の遺跡は、単なる祭りの場ではなく、硫黄鉱山のありかを示す標識だったのである。

そこから沢伝いに一里ほど登ると、山の中腹の広々とした場所に出た。

九戸城の倍ほどの広さがある平地は、一面雪におおわれている。表面に凹凸《おうとつ》があるのは、下が岩場になっているからだった。

「雪をかき分けて、下の岩を見て下され」

藤七に言われた通り雪を払うと、黄色い岩が顔を出した。全体が硫黄の固まりなのである。

「この下の岩が、みんな硫黄ですか」

「さよう。この山の下にも、まだまだたくさん眠っており申す」

「凄《すご》い。石田治部や津軽為信が血眼になって手に入れようとしたはずだ」

「来年は朝鮮出兵にかかると聞きましたので、これを畿内に運べば飛ぶように売れるはずでござる」

「いや、それをすれば、再びこの山を狙《ねら》って上方の大軍が押し寄せてまいりましょう」

だからこのままひっそりと眠らせておいた方がいい。政則はそう思った。

火薬瓶二つで数百人の命が吹き飛んだ光景が脳裡《のうり》に焼きついている。こんな物を使わないですむ世の中が早く来てほしいと、絵図を雪の下の地中深く埋め込んだ。

山はそのまま三百年ちかい眠りにつくが、明治時代に本格的に開発され、東洋一の硫黄の産出量を誇る松尾鉱山となったのである。

「それではここから八幡平に向かい申す。ここから先へ進めば、二度と里の世界にもどることはできませぬ」

家族や縁者とも会えなくなるが、それでもいいかと藤七がたずねた。

「構いません。三迫で鬼籍《きせき》に入った身ですから」

「山の王国の一員として、働いて下さるのでござるな」

「お役に立つかどうか分りませんが、そうしなければ今度の乱で命を落とした方々に申し訳が立ちません」

「そのお覚悟がお有りなら……」

藤七が何かを言いかけ、気恥かしそうに口ごもった。

「何です。遠慮なく言って下さい」

「たいしたことではござらん。山に入っても、身の回りの世話をする者が必要ではないかと思っただけでござる」

藤七は何やら腹を立てた様子で足早に歩き出したが、しばらくしてから、おしら様を降ろした可奈《かな》は自分の娘だと打ち明けた。

政則ははっと胸を衝《つ》かれたが、何も言わずに藤七に従って坂を登り始めた。

そういえば爾薩体《にさつたい》で七人の武士が忽然《こつぜん》と消えたのは、こんな雪山でのことである。あれはやはり催眠術にかけられたのだろうかと思ったが、思い詰めた険しい顔をして先を急ぐ藤七に、今さらたずねるのはためらわれた。

尾根の道からは、雪におおわれた奥州の大地が一望に見渡せる。北上川を中心とした平野が広がり、里の村々からは朝餉を炊く煙がいく筋も上がっている。

だが政則は一度もふり返ることなく、高くそびえる八幡平の頂きだけを見すえて歩きつづけた。

主要参考文献

『二戸市史　第一巻』二戸市発行
『久慈市史　第一巻』久慈市史刊行会発行
『九戸の戦関係　文書集』二戸市教育委員会発行
『九戸争乱記』簗部善次郎著、東北民俗研究会発行
『骨が語る奥州戦国九戸落城』百々幸雄等著、東北大学出版会発行

解説

熊谷達也

二〇一一年三月十一日午後二時四十六分。あの日が私たちの目の前に暴《あば》き出したものは、なぜこうも東北は奪われ続けなければならないのかという理不尽さであった。だが、それに気づいた者は意外なほど少なかった。知識人とて例外ではない。巨大地震と大津波という大災害、そして原発事故という人災を、私たちがかつて経験したことのない災厄として捉《とら》え、同じ悲劇を繰り返さないための方策を論じることは、確かに間違いではない。だが、最初に見ておくべき事の本質は違うところにある。

奪われ続けてきた東北（奥州）の痛みと慟哭《どうこく》。それが東日本大震災の本質であった。

その本質を見据えたうえで震災後に書かれた、あるいは書かれなければならなかった、いわば「災後の文学」としての性格を色濃く宿す作品群が既に存在し、あるいは生まれつつあるなかで、安部龍太郎の『冬を待つ城』は、間違いなくその一翼を担《にな》うものであろう。震災を直接描くことだけが災後の文学の営みではない。あの震災の本質は何だったのかを見つめる眼差《まなざ》しの覚悟が問われた時、それに応《こた》え得る強度を持った典型のひとつが『冬を待つ城』だとも言える。

通史では「九戸《くのへ》政実《まさざね》の乱」として知られる天正十九年（一五九一）に奥州北部（南部地方）で起きた騒乱が『冬を待つ城』の舞台であるのだが、その背景には、豊臣秀吉による天下統一とその後の朝鮮出兵が存在する。

本能寺の変により織田信長が歴史の表舞台から退場した後、明智光秀を葬《ほうむ》った豊臣秀吉が天下統一への道を突き進み始めるのだが、その最終的な仕上げが、東国、奥州の仕置きだった。天正十八年の七月から八月にかけての奥州仕置きによって天下統一を成し遂げたのもつかの間、豊臣政権による強引な仕置きに不満を抱く者が多くいた奥州の地で大規模な一揆《いっき》が頻発し、秀吉は再度、奥州仕置き軍編成の必要に迫られる。その状況下で勃発《ぼっぱつ》したのが九戸政実の乱だった。だが、この騒乱が歴史の表舞台で語られることは（皆無ではないものの）ほぼなかった。というのも、北部奥州七郡の知行を認められた南部《なんぶ》信直《のぶなお》に対して不満を抱いた九戸政実が起こした反乱、とするのが一般的な見方だったからである。このような、放っておけば歴史の底に埋もれていくような、些末《さまつ》なものとして扱われがちな出来事に、嗅覚《きゅうかく》の鋭い優れた歴史作家は注目する。注目の根拠となるのは、多くの場合、作家の中に残る拭《ぬぐ》いきれない疑問であろう。

確かに不思議なのである、九戸政実の乱の実態は。この騒乱自体は、最終的には九戸政実が家臣らと共に籠城《ろうじょう》した九戸城が落城して決着を見るのだが、九戸側のわずか三千五百の兵力に対し、城を包囲した奥州仕置き軍の兵力は六万（仕置き軍全体では実に十五万）にも達するのである。秀吉はなぜそれほどの大規模な戦力をやっきになって投入する必要があったのか、よく考えれば不思議なことだ。しかも籠城戦、つまり持久戦を選択したはずの九戸政実は、わずか数日であっさり降伏してしまう。これもまた、不思議と言えば実に不思議な話である。この疑問に対して、誰もが納得し得るような形で明確な解答を与えているのが『冬を待つ城』であり、歴史作家安部龍太郎が、いかなる手腕でこの謎《なぞ》を解き明かしていくのか、その過程に立ち会えることは、読書の大きな喜びだ。

タイトルが暗示しているように『冬を待つ城』では、冒頭から執拗《しつよう》なまでに凍《い》てつく冬の寒さと厳しさが描かれる。印象的な序章の舞台は、日本ではなく漢城《ソウル》、つまり文禄二年（一五九三）の朝鮮半島だ。百メートルを超える幅を持つ川が全面凍結している光景を、暗い目で見つめる石田三成がいる。三成が憎々しげに思い浮かべているのが、打首になってもまだ高らかに笑い続ける九戸政実である。その九戸政実こそが全編を通してこの物語の不動の主役なのだが、実際に物語を進める役割を担うのは、作中で九戸四兄弟の末弟として描かれる久慈四郎政則《くじしろうまさのり》である。

九戸家の四男として生まれた政則は、幼いころに仏門の修行に出されたのち、二十九歳の時に突如、長兄政実の命で還俗《げんぞく》させられ、近隣の（といっても険しい山越えが必要なのだが）久慈家に婿《むこ》養子に入ることになる。それ自体はごく当たり前の政略結婚であったわけだが、そうした経歴を持つせいか、久慈政則は、戦乱の世に生きなければならない武将としては少々頼りなく、異例なほどにナイーブな人間だ。

久慈政則が登場する第一章から、半年間も雪に閉ざされる奥州の冬の厳しさが、まずは描かれる。ここでとりわけ興味深いのは、ただ寒さに耐えるだけではなく、奥州人がいかにして冬の厳しさと折り合っているのか、家屋の構造や食材の扱い等を丁寧に描写して、その暮らしぶりを鮮明に浮かび上がらせているところだ。

年の瀬も迫る真冬の奥州で、久慈政則は思い悩んでいる。秀吉の奥州仕置きによって南部氏の宗家と認められた三戸《さんのへ》の南部信直が、政則らが暮らす北奥州七郡の有力者に対して南部家への臣従を以前から迫っていたのだが、来《きた》る正月元旦に三戸城まで参賀に訪れて臣従の実を示せと言ってきていた。ところが、九戸一族を率いる長兄の政実が、正月参賀を拒むと言い出したのだ。

信直の命に背くことは関白秀吉の命に背くのと一緒である。このまま南部信直との合戦になれば、九戸と南部は共倒れになる。そうなったら秀吉は、これ幸いとばかりに所領を没収し、気に入りの大名を配して奥州の領民に過酷な負担を強いるに違いない。その事態を避けるためには、何としても兄を説得して参賀に行かせねば……と、そこから久慈政則が行動を起こし始めるのだが、先に書いたように、その言動や巡らす思いがどうにも頼りない。人間として、そして武士としての軸が定まっていないのである。

が、ある時、事態が一転する出来事が起きる。この物語の大きな鍵《かぎ》となる「山の王国」に政則が出向いた際、美しい娘によって「おしら様」を降ろしてもらうことで、太古から続く奥州の歴史を幻視したのである。それを契機に久慈四郎政則は、明らかに変わっていく。彼の中に、奥州の地で自然と共存しながら生きてきた蝦夷《えみし》の末裔《まつえい》としての自覚が生じたことで、自身が拠《よ》って立つべきアイデンティティーが確立され、戦乱の世にあっても屹立《きつりつ》可能な一個の人格が誕生した。この場面は、静かながらもこの物語のクライマックスのひとつであることは疑いようがない。だからこそ『冬を待つ城』は、震災後に書かれなければならなかった物語の群れの一翼を担う。

とある場面で、九戸政実は訴える——我が奥州は長い間、中央からの侵略にさらされてきた。阿倍比羅夫《あべのひらふ》、坂上田村麻呂《さかのうえのたむらまろ》、前九年の役、後三年の役、源頼朝。そのたびに我らの祖先と奥州の大地は、屈服を強いられ屈辱に泣いてきたのだ——と。あるいは別の場面で久慈政則は問いかける——我らはどうすれば良い。和を求めようとすれば虐《しいた》げられ、虐げられまいとして武器を取れば滅ぼされる。こんな理不尽なことがあっていいのか——と。これこそが奪われ続けてきた東北（奥州）の慟哭なのだが、『冬を待つ城』の時代が過ぎ去っても、変わらず東北は奪われ続けていく。

秀吉が進めようとしていた中央集権的国家が徳川家康によって否定され、地方分権的連合国家の性格を持った江戸幕府が安定して存続していた時でさえ、時に奥州が飢《き》饉《きん》に喘《あえ》いだ際、見て見ぬふりで（消極的な収奪と言える）放って置かれた。やがて江戸幕府が崩壊し、戊辰《ぼしん》戦争によって謂《いわ》れのない戦争を仕掛けられた東北は、またしてもずたずたに引き裂かれた。さらに時代が下り、太平洋戦争という悲劇を経たあとも同様だった。戦後の復興と高度経済成長の下、東北の地は労働力と食料、そして頭脳の、中央への供給地とされ続けてきた。その後、バブル景気が崩壊したことで、逆説的に東北はようやく奪われ続ける状況から脱することができたかと思えたのだが、それはあくまでも幻影にすぎなかった。フクシマの原発事故により、東北で作った電力が中央で消費されていたことを私たちは知らされた。目に見えないエネルギーまでも東北は奪われていたのである。のみならず、東北の同胞は原発難民のレッテルを貼《は》られ、心無い差別の中で住む場所をも奪われた。

もういい加減にしてくれ――半ば諦《あきら》めを伴った、もはや慟哭とも言えない呟《つぶや》き。それが東日本大震災の本質を見た東北人の本音であることを、安部龍太郎は見抜いている。

さて、ここで再び時代を『冬を待つ城』に戻そう。

豊臣秀吉、あるいは石田三成は、九戸政実や久慈政則が暮らす奥州から、いったい何を奪おうとしていたのか。読者の興味を殺《そ》ぐことになってはまずいのでここでは明示しないが、『冬を待つ城』の虚実織り交ぜた物語によってそれが明らかになっていくサスペンスフルな過程は、まぎれもなく一級のエンターテインメントである。しかも、優れた歴史小説が常にそうであるように、現代にも通じる連続性と普遍性が備わっており、ああ、なるほどそういうことだったのか、という数々の深い満足感と共に最後のページを読み終えることになるだろう。たとえそれが、一人の作家が産み出した仮説としての虚構であったとしても、十分な説得力があれば真実になり得ることを『冬を待つ城』は教えてくれるのである。

最後にもうひとつだけ、どうしても述べておかなければならないことが残っていた。

東北で生まれ育ち、東北で暮らし、東日本大震災の被災地を内側から見つめつつ東北を描いてきた、一人の作家としての謝辞である。

九戸政実という、強《したた》かで一筋縄ではいかない人物像を『冬を待つ城』は謳《うた》い上げた。温暖な気候に暮らす西の人間が怯《おび》える冬の寒さと厳しさを、我がものとして手懐《てなず》けてきた奥州人は、素朴で実直だけではない別の貌《かお》と懐《ふところ》の深さを併せ持っている。なるほどそういえば、奥州人を甘く見ると酷《ひど》い目に遭うぞと、安部龍太郎は既に序章で明らかにしていたのだった。

安部龍太郎さん、ありがとう。私はこの作品で、すっかり貴方《あなた》のファンになりました。

（二〇一七年八月、作家）

この作品は平成二十六年十月新潮社より刊行された。

新潮文庫最新刊

桐野夏生著
抱く女
一九七二年、東京。大学生・直子は、親しき者の死、狂おしい恋にその胸を焦がす。現代の混沌を生きる女性に贈る、永遠の青春小説。

西村京太郎著
十津川警部「吉備 古代の呪い」
アマチュアの古代史研究家が殺された！彼の書いた小説に手掛りがあると推理した十津川警部は岡山に向かう。トラベルミステリー。

知念実希人著
火焔の凶器
―天久鷹央の事件カルテ―
平安時代の陰陽師の墓を調査した大学准教授が、不審な死を遂げた。殺人か。呪いか。人体発火現象の謎を、天才女医が解き明かす。

楡周平著
東京カジノパラダイス
元商社マンの杉田は、日本ならではの魅力を持ったカジノを実現すべく、掟破りの作戦に奔走する！未来を映す痛快起業エンタメ。

周木律著
雪山の檻
―ノアの方舟調査隊の殺人―
伝説のアララト山で起きた連続殺人。そしてノアの方舟実在説の真贋――。ふたつのミステリに叡智と記憶の探偵・一石豊が挑む。

古野まほろ著
R.E.D. 警察庁特殊防犯対策官室 ACT III
完全秘匿の強制介入で、フランスに巣くう日本人少女人身売買ネットワークを一夜で殲滅せよ。究極の警察捜査サスペンス、第三幕。

冬《ふゆ》を待《ま》つ城《しろ》

新潮文庫　あ－35－16

平成二十九年十月一日発行
平成三十年九月二十日五刷

著者　安《あ》部《べ》龍《りゅう》太《た》郎《ろう》

発行者　佐藤隆信

発行所　株式会社新潮社

郵便番号　一六二―八七一一
東京都新宿区矢来町七一
電話　編集部(〇三)三二六六―五四四〇
　　　読者係(〇三)三二六六―五一一一
http://www.shinchosha.co.jp

価格はカバーに表示してあります。

乱丁・落丁本は、ご面倒ですが小社読者係宛ご送付ください。送料小社負担にてお取替えいたします。

印刷・大日本印刷株式会社　製本・株式会社大進堂

ISBN978-4-10-130527-1 C0193